해한(解恨)의 세계
문순태 문학 연구

저자 박 성 천

박문사

머리말

한(恨)이 없는 사람이 있겠는가. 살아온 이야기를 책으로 펴내면 족히 서너 권은 된다는 이들의 말이 예사로 들리지 않는다. 그들의 내면과 인식의 언저리에 자리한 감정의 실체가 오랫동안 뇌리를 떠나지 않았었다. 진부함으로 치부하기에는 우리 모두의 삶이 그리 녹록치않다는 사실을 불혹이 훨씬 넘은 이즘에야 톡톡히 깨닫고 있다. 어쩌면 소설은 부조리한 세상에서 상처투성이인 삶을 살아야 하는 이들이 외쳐대는 담담하면서도 나지막한 목소리가 아닐는지.

문순태의 작품에는 그런 목소리가 짙게 배어 있다. 남도의 깊디 깊은 샘물에서 건져 올린 그의 언어가 지향하는 세계는 해한(解恨)과 초극의 참세상이다. 가장 낮게 엎드린 채 숨죽이며 호흡해야 했던 이들에 대한 무한한 연민과 '증언'은 그의 소설쓰기의 출발점이자 서사의 본질이다.

한을 'Han'이라고 표기하면 조금은 세련된 이미지가 발현될지 모르겠다. 그러나 한이든 'Han'이든, 진부하든 세련되었든 삶의 무늬를 그려내는 작가의 내면은 본질적으로 피투성이일 수 밖에 없다. 그 음험하면서도 불가해한 틈새를 비집고 피어나는 언어의 꽃이 소설이며 문학이다. 문순태가 그리고 있는 궁극적 서사는 그 틈새가 무한히 확장된 생명과 소통의 세상이다.

늘 새로운 도전은 시행착오와 아쉬움을 남긴다. 그동안 소설 쓰기와 소설 연구라는 미묘한 경계 위에 그림자처럼 서있었다. 마치 교실 뒤쪽 한 컨에 조용히 앉아 있는 한생처럼…. 소설 쓰기와 연구, 어느 쪽으로도 부족하지만 그러나 그것이 내 운명이며 선택이라면 타박하거나 변명을 하고 싶지는 않다. 그 또한 세상과 교유하는 나름의 방식이자 내가 존재하는 이유일 테니까.

여기에 실린 글은 미진했던 학위 논문을 조금 손 본 것과 올 초에 순천대학교 남도문학기행 웹사이트 구축 일환으로 문순태 선생님을 인터뷰했던 내용을 정리한 것이다. 한 권의 책으로 엮어내려니 적잖이 부끄럽다. 그러나 이마저도 온전히 내가 감당해야 할 몫이라는 사실을 모르지 않는다. 늦깎이 연구자로서 선후배 연구자들의 앞선 발자국을 바라보며 찬찬히 따라가겠다는 식상한 다짐으로 스스로를 다잡을 뿐이다.

일흔이 훨씬 넘은 연세에도 『타오르는 강』을 9권으로 증개작 출간하신 문순태 선생님의 청년 못지않은 창작의 열정에 경의를 표한다. 그리고 부족한 제자의 지난한 연구 과정을 지켜봐주신 김춘섭, 박양호 선생님께 감사의 마음을 전한다.

2012년 4월에 박성천

목 차

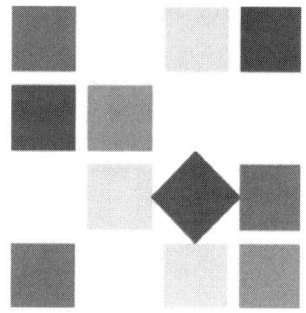

Ⅰ. 서론

제 1 장 연구목적 및 선행연구 검토
제 2 장 연구 범위와 방법

제1장

연구목적 및 선행 연구 검토

광주와 전남은 문화의 보고답게 수많은 유적과 유물이 산재하고 훌륭한 예술가를 많이 배출한 지역이다. 남도로 대변되는 이들 지역의 문화에는 한(恨)이라는 독특한 정서가 내재되어 있다. 한은 남도 문화를 대변하는 정서로 역동적이며 다면적인 속성을 지닌 감정의 실체다. 문순태는 이러한 남도 특유의 정서인 한을 소설로 형상화한 작가이다. 그는 과거의 비극을 극복할 수 있는 길은 한을 풀고자 하는 의지와 화해 그리고 소통의 삶임을 역설한다. 본고는 문순태 소설에 드러나 있는 한을 토대로 그의 작품세계를 조감하고 비판적 성찰을 하는데 목적이 있다.

문순태 소설의 주된 배경은 고향이다. 문순태에게 고향을 지키는 향토 작가라는 수식어가 늘상 따르는 것은 그의 소설 세계의 질료가 그만큼 고향과 역사에 근거하고 있음을 의미한다. 그러나 문순태의 소설을 좀더 세밀한 분석의 틀로 논구해 보면 고향과 역사라는 범주로 묶어두기에는 그의 작품세계가 매우 다양한 스펙트럼을 형성하고 있음을 확인하게 된다.

그의 대표적인 소설들을 살펴보면 다음과 같다. 「징소리」, 「고향으로 가는 바람」, 「물레방아속으로」와 같은 작품이 고향을 소재로 한 귀향 소설이라면, 「달궁」, 「철쭉제」, 「제3의 국경」, 「시간의 샘물」, 「피아골」, 「문신의 땅」은 6·25 전쟁의 참상을 고발하고 이를 극복하기 위한 해한(解恨)의 방법을 모색한다는 측면에서 전쟁소설이며, 조선과 백제라는 역사적인 시대를 배경으로 유민들의 한에 초점을 두고 있는 「백제의 미소」와 「정읍사」는 역사소설이라고 유형화 할 수 있다. 또 「淸부부」, 「안개우는 소리」「깨어있는 낮잠」은 산업화로 인해 도시로 이주한 농민들의 궁핍한 삶과 한을 기층민중의 시각에서 바라보고 역사적 의의를 형상화하고 있다는 점에서 민중소설로, 『느티나무 사랑』, 『그들의 새벽』, 「느티나무 아저씨」는 광주민주화운동의 역사적 의의와 진상규명에 대한 방법적 성찰을 제시하고 있다는 점에서 오월 관련 소설로 분류가 가능하다.

또한 근자에 출간된 「된장」을 비롯한 「울타리」, 「그리운 조팝꽃」, 「늙으신 어머니의 향기」, 『41년생 소년』은 세대간, 지역간, 계층간의 갈등과 내면에 잠재해 있는 한의 문제를 화해와 공유라는 측면에서 접근하고 이를 생명과 소통이라는 관점으로 바라보고 인식의 범위를 확장하였다는 점에서 소통소설로도 볼 수 있다.

이처럼 문순태의 소설은 귀향소설, 역사소설, 전쟁소설, 민중소설, 소통소설로 유형화가 가능할 만큼 작품의 영역이 방대하다. 이는 문순태가 다양한 방면에 걸쳐 자신만의 독특한 소설적 성취를 구축해왔다는 것을 의미한다.[1] 이와 같은 다양한 그의 소설세계의 근저를 이

---

1) 문순태의 소설 세계가 다양할 뿐더러 역사적·시대적 상황과 맞물려 있는 것은 그의 삶의 이력과 무관치 않아 보인다. 전남매일신문사 기자, 조선대학교 사대 독일어과 교수, 전남일보 신문사 편집부국장을 역임했지만 1980년에 반체제 기자로 낙인이 찍혀 해직을 당한다. 이후 1988년 전남일보 기자로 복직, 편집국장을 역임하고, 1996년 광주대학교 문예창작과 교수로 자리를 옮기면서 작품 세계가 한층 더 다양해지고 풍요로워진다. 문순태의 작가 연보는 다음과 같다.

1939년 전남 담양군 남면 구산리에서 부친 문정룡과 모친 정순기 사이에서 장남으로 출생.

1945년 남국민학교 입학.

1956년 광주학강초등학교 졸업. 광주 동성중학교에 특대생으로 입학.

1958년 광주고등학교에 입학. 이 무렵 박봉우 선배를 따라, 이성부와 함께, 광주 양림동 김현승 선생 댁에 찾아다니며 시를 써 보이고 지도를 받음.

1960년 고등학교 3학년 때 전남일보 신춘문예에 시가 당선, 전남매일 전신인 농촌중보 신춘문예에 단편 「소나기」가 당선됨.

1961년 전남대 철학과 입학 2학년을 마침. 재학시 용봉문학회를 만들어 초대회장이 됨.

1963년 숭실대학 기독교철학과 3학년에 편입. 아버지가 세상을 뜨자 광주로 내려와 조선대학교 국문학과 3학년에 편입.

1964년 유영례와 결혼. 장녀 리보 출생.

1965년 현대문학에 김현승으로부터 시 「천재들」 추천 받음. 조선대 졸업.

1966년 전남매일신문사 기자로 입사. 「남도의 빛」발간. 장남 형진 출생.

1967년 제4회 한국신문상 수상. 차녀 정선 출생.

1972년 서독에 가서 '괴테 인스티튜트'에 다니며 독일어를 공부하고 귀국. 신문기자에 매력을 잃고 소설 습작 시작함.

1974년 한국문학 신인상에 단편 「백제의 미소」가 당선됨. 송기숙, 한승원 등과 소설문학 동인활동을 함.

루고 있는 것은 고향과 관련한 역사적 사실이다. 그리고 이 고향과 역사의 근저에 기반하고 있는 핵심적 정서는 한(恨)이다. 소위 문순태를 '한의 작가'로 명명하는 것은 이 '한'이 여타의 소설적 장치와 기법, 작가의 세계관, 시대 상황, 역사의식, 생명의식 등과 긴밀하게 교호하는 것은 물론 부단하게 소설 작업을 추진하게 하는 원동력으로 작용하고 있기 때문으로 풀이된다. 범박하게 말한다면 문순태의 소설은 모두 한에서 시작되어 그 한의 풀림으로 종결되는 순환적 구조를 지니고 있다고 볼 수 있다.

이동하는 문순태의 대표작 「징소리」를 가리켜 "한의 문제, 샤머니즘의 문제, 향토성의 문제, 기교적 측면의 문제, 심정적 차원과 이성적 차원의 비중에 관한 문제 등등 다양한 측면의 관심의 대상으로 제기되었던"[2] 작품으로 평가한 바 있다. 그와 같은 이동하의 평가는 천이두가 언급했던 '한(恨)과 인정'이라는 방법론과 그 맥을 같이 하는 것으로 '김동리와 황순원의 계보를 이어받아, 거기에 현대적인 변용을

1975년 조선대학교 사대 독일어과 교수로 자리를 옮겼다가 한 학기를 마치고 다시 전남매일 신문사 편집부국장으로 되돌아옴.
1980년 반체제 기자라는 이유로 해직을 당함.
1983년 숭실대 대학원 국문과 졸업.
1985년 순천대학 국어과 교수로 취임.
1988년 전남일보 창간 초대 편집국장으로 옮김.
1991년 전남일보 주필 부임.
1995년 광주 전남 민족작가회의 회장. 조선대학교 이사.
1996년 광주대학교 문예창작과 교수로 강단에 섬.
2006년 광주대학교 문예창작과 정년 퇴임.
 2) 이동하, 「실향의식과 恨의 미학」, 『고향과 한의 미학-문순태의 소설 세계』, 이은봉 외 엮음, 태학사, 2005, p.178.

가했다'3)는 평가를 상기시킨다.

그러나 문순태가 상정하고 있는 한은 일반적인 정한과 원한이라는 기본적인 틀을 넘어 다양화되는 양상을 띤다. 그의 소설에는 정한과 원한 이외에도 '적극적 지향성을 추구하는 원(願)으로서의 한론', 다시 말해 한원론(恨願論)4)과 '한국인 고유의 심리적 콤플렉스를 또 다른 한의 양상으로 보는 갈등복합체로서의 한론(恨論)'5), '70·80년대 군사독재 체제에 의한 수탈과 억압으로 민중의 내면에 응어리진, 이른

3) 이동하, 위의 책『고향과 한의 미학-문순태의 소설세계』, pp.172-173, 참조.
4) 원(願)으로서의 한론은 정한론에 비하여 보다 적극적 지향성을 강조하고 있는 것이다. 이런 미래 지향적 속성을 한국적 한의 고유한 속성으로 포착하려는 일련의 논의가 한원론(한원론)이다. 이동주를 비롯하여 이어령·유현종 등의 견해가 그것이다. 천이두, 『한의 구조 연구, 문학과지성사, 1995, p.68.
5) 프로이트 심리학의 관점에서 한을 갈등의 심리로서 구명하려는 논의 가운데서 주목의 대상이 되는 것은 김종은(金鍾殷)의 「소월의 병적(病跡)-한의 정신분석」과 오세영의 「한의 논리와 그 역설적 의미」등의 논문이다. 김종은의 논문은 정신병리학적 관점에서 김소월의 전기에 나타나 있는 작가 자신의 정신 질환의 궤적을 추적하고 있으며 오세영의 논문은 김종은의 이론을 인용하면서 김소월의 대표작이라 할 「초혼(招魂) 과 「진달래꽃」을 분석하고 있다…김종은은, "한은 결코 진취적 또는 포용적으로 될 수 없으므로 결국, 한의 서정도 생산적으로 되지 못하였다"고 말함으로써 한국적 한의 우호성·진취성을 전적으로 부정하고 있다. 또 오세영도 "한은 긍정적 감정과 부정적 감정, 우호적 감정과 배타적 감정, 방어적 감정과 공격적 감정이 의식과 무의식의 세계에 있어서 서로 갈등하는 구조로 되어 있다"고 말하고, "한은 앞으로 나아갈 수도 뒤로 물러날 수도 있는 자기 모순의 감정이다."라는 결론을 내림으로써 앞서 말한 바 한의 내재적인 초극의 기능을 간과하고 있는 것이다. (천이두, 앞의 책 pp.74-80쪽 참조. 김종은, 「소월의 病跡-한의 정신분석」, 『문학사상』20호, 1974.5. 오세영, 「한의 논리와 그 역설적 의미」, 『문학사상』51호, 1976.12.)

바 민중적 한론'6) 등이 복합적으로 얽혀 있으며 최근 발표되는 소설에
는 소통과 생명주의 의식 등이 한과 연계되어 형상화되고 있다. 그만
큼 그의 소설의 영역이 넓다는 것이며 다양한 해석의 가능성을 담지
하고 있음을 전제한다.

문순태의 작가로서의 이력은 광주고등학교 3학년에 재학 중이던
1960년에 전남일보 신춘문예에 시가, 같은 해 전남매일 전신인 농촌
중보 신춘문예에 단편 「소나기」가 당선되면서 시작된다. 이후 1965년
현대문학에 「천재들」이 추천되고 1974년 한국문학 신인상에 단편 「백
제의 미소」가 당선되면서 본격적인 창작의 길로 들어선다. 40여 년 가
까운 창작 활동 기간 문순태는 모두 9권의 창작집과 9권의 장편소설,
대하소설 『타오르는 강』7)1-7권, 동화집 2권, 산문집 3권을 비롯하여
기타 평전, 역사 기행문 등 4권, 소설이론서 1권을 펴낼 만큼 왕성한
작품 활동을 하였다.8)

---

6) 천이두, 앞의 책, pp.74-80 참조.
7) 현재 대하소설 『타오르는 강』은 기존의 7권에서 9권 분량으로 증개작 출간
   된 상태다.
8) 지금까지 펴낸 문순태의 소설집 목록은 다음과 같다.
   창작 소설집-『고향으로 가는 바람』(창작과 비평사, 1977), 『흑산도 갈매기』
   (도서출판 백제, 1979), 『징소리』연작 (1980, 수문서관), 중편집『물레방아속
   으로(심설당, 1981), 『인간의 벽』(나남출판, 1984)』, 『살아있는 소문』(문학사
   상사, 1986)』, 중편집 『철쭉제』(고려원, 1987), 『문신의 땅』(동아, 1989), 『꿈
   꾸는 시계』동광, 1990), 중편집 『제 3의 국경』(예술문화사, 1993), 『시간의 생
   물』(실천문학사, 1997), 『된장』(도서출판 이룸, 2002). 『울타리』(이룸, 2006)』
   장편소설-『걸어서 하늘까지』(1980, 창작과비평사), 『달궁』(1984, 문학세계
   사), 『피아골』(정음사, 1985), 『성자를 찾아서』(수문서관, 1985), 『한수지』
   (정음사, 1987), 『타오르는 강』1-7권(창작과 비평사, 1989)』, 『다산 정약용』

그러나 문순태의 적극적인 창작활동에도 불구하고 그 동안의 연구
는 미미한 수준이다. 그마저도 문학 잡지나 작품집에 실린 단평 위주
의 '작품론과 작가론'[9], 신문서평, 인터뷰 기사가 대부분이고 대체로

(큰산, 1992)』,『도리화가』(동광, 1993),『느티나무 사랑』(열림원, 1997),『그
　　들의 새벽』(한길사, 2000),『성자의 지팡이』(다지리, 2001),『정읍사』(이룸,
　　2002),『41년생 소년』(랜덤하우스 중앙, 2005).
9) 송기숙,「견고한 의식과 뜨거운 애정」,『창작과 비평』여름, 창작과비평사,
　　　1978.
　　김현곤,「고향으로 가는 바람」서평,『문학과 지성』,문학과지성사 1978.
　　김열규,「원한과 신명사이,「징소리」론」,『주간조선』, 1980.11.
　　김윤식,「우리 소설의 표정-문순태의 물레방아 속으로」,『문학사상사』,문학
　　　사상사, 1981.
　　황광수,「과거의 재생과 현재적 삶의 완성,『타오르는 강』론」,『창작과 비평』,
　　　창작과비평사, 1983.
　　조남현,「소설과 상징의 메카니즘-문순태 작「어머니의 城」」,『현대문학』,
　　　현대문학, 1984.7.
　　권영민,「이야기를 말하는 방식문제「인간의 벽」」,『문학사상』, 문학사상사,
　　　1984.9.
　　이재선,「역사와 개인의 관계「비석」」,『문학사상』, 문학사상사, 1984.11.
　　정현기,「식민지 백성들 서로가 깨뜨린 도덕성」,『현상과 인식』봄, 1985.
　　김우종,「확고한 역사의식」,『소설문학』, 1985.5
　　황국명,「주체적 삶과 형식적 서투름」,『전망』, 1986.3
　　이동하,「고통을 극복하는 길」,『문학정신』, 1987.12.
　　이동하,「고향찾기의 변모와 분단의 상처」,『문학과 비평』, 1988.겨울.
　　서석준,「철쭉제연구-용서와 화해의 길」,『고황론집』, 1991.8
　　송재일,「한의 얽힘과 풀어내기,「철쭉제론」」,『문학시대』3집, 1992.
　　임헌영,「귀환의지와 해한의 미학-문순태론」,『우리시대의 소설읽기』,1992.
　　한만수,「시간, 그 무덤과 샘물「시간의 새물」」,『실천문학』봄, 실천문학사,
　　　1998.
　　이미란,「5·18의 객관적 묘사,『그들의 새벽』」,『예향』, 광주일보사, 2000.6
　　이호림,「서사의 신선함과 소설의 즐거움「나는 미행당하고 있다」」,『문학
　　　창작』, 2001.8
　　이중재,「늙으신 어머니의 향기에 대하여」,『문학과 창작』, 2003.3

고향의 상실, 분단문제에 천착하는 작가라는 평가에 수렴되는 양상을 보인다. 이 또한 「철쭉제」, 「징소리」, 「물레방아 속으로」와 같이 독자들에게 호평을 받은 특정 소설에 집중돼 연구의 미진함이 따른다.

문순태 문학에 대한 학문적 연구 또한 거의 이루어지지 않았다. 이 같은 현상은 동시대 동향의 작가들과 견주어볼 때도 연구 성과의 미진함이 드러난다. 다행히 근자에 그의 소설세계를 깊이 있게 논구한 『고향과 한의 미학-문순태의 소설세계』[10]가 간행된 것은 나름의 성과

배경열, 「문순태 소설의 원과 한의 역사, 「백제의 미소」 작품론」, 『문학과 창작』, 2003.1.

염무웅, 「고향심의 세계-문순태의 「물레방아속으로」」, 『작가』, 2003.

권택영, 「「늙은 어머니의 향기」에 보내는 찬사」, (2004이상문학상 수상작품집) 『문학사상사』, 문학사상사, 2004.

10) 『고향과 한의 미학-문순태의 소설세계』(이은봉 외 엮음, 태학사, 2005)에는 다름과 같은 작가론 및 작품론에 대한 평문들이 수록되어 있다.

박　진, 「기억의 재구성과 역사의 서사화-장편소설 『41년생 소년』」

박철화, 「빈자리, 혹은 과거와 현재의 공존-소설집 「된장」」

신덕룡, 「기억 혹은 복원으로서의 글쓰기-소설집 「시간의 샘물」」

임헌영, 「문순태의 작품세계」

김인환, 「귀환의 의미-장편소설 「피아골」」

송하석, 「전후 35年의 恨 소설-중편소설 「제3의 국경」」

권영민, 「문순태와 恨의 歷史-대하소설 『타오르는 강』」

김동환, 「소설에서의 권력 언어의 문제-'철쭉제'에 나타난 권력 관계와 권력 언어」

송재일, 「비극적 한의 얽힘과 풀어내기-『철쭉祭』론」

염무웅, 「고향심의 세계-중편소설 『물레방아 속으로』」

김윤식, 「原罪·元體驗으로서의 6·25-「물레방아 속으로」」

박선경, 「'성'과 '성담론'을 통해 본, 삶의 내면과 이면-문순태의 전쟁테마 소설을 중심으로」

이동하, 「실향의식과 '한'의 미학」

성현자, 「「징소리」의 이미지 考」

로 꼽힌다. 그러나 이 또한 독자들에게 널리 알려진 일부 작품에 치우쳐 있어 토착의 삶과 향토적 서정, 모성적 가치관에 기반한 문순태의 소설세계에 대한 다양한 연구가 이루어지지 않은 상태이다.

마찬가지로 학문적 연구 논문도 손에 꼽을 정도이다. 지금까지 진행된 연구 논문을 검토해 보면 다음과 같다.

한의 문체에 주목한 김정자[11]는 문순태를 "한국인의 의식을 표출하고 민중의 삶의 근원을 캐며 그 문학적 재능과 깊이의 뿌리를 내리고자 하는 작가"로 규정한다. 그는 문순태, 황석영 그리고 이청준 등의 소설에 공통적으로 나타나는 한의 문체를 주목하면서 이들의 한의 문체가 곰삭은 한국인의 인격에서 우러나오는 그윽하고 깊이 있는 한국인의 멋이라는 사실을 말한다. 또한 세 작가를 비교 검토하면서, 황석영과 이청준이 한국적 한의 정서를 문체화하려 애쓰고 있는 흔적이 역력한 데 비해 문순태의 경우는 끈질김과 강인함, 우직함과 어리석음, 순박함과 끈끈함으로 한의 문체를 직조하고 있으며 이로 인해 작품 전체가 한의 맥류를 흐르고 있다고 본다. 이러한 연구는 기존의 문순태를 규정하고 있는 '한의 작가' '고향을 지키는 작가'라는 작가론적, 작품론적 접근에 머무르는 한계에서 나아가, 한이 서사 구조적 차원에서 작가의 의식과 텍스트 내적으로 어떻게 연관되어 있는지 내밀한

오세영, 「산업화와 인간상실-「징소리」」
김열규, 「원한과 신명 사이-「징소리」」
이보영, 「민중의 恨과 그 힘-문순태의 작품세계」
11) 김정자, 「'한'의 문체, 그 맥락의 오늘-황석영·이청준·문순태를 중심으로」, 『국어교육』57, 1986.

검토를 요한다.

문석우[12)]는 『징소리』에 나타난 고향 상실의 문제를 시베리아 출신 라스뿌찐의 소설 『마쪼라의 이별』과 비교하여 신화적 접근으로 재해 석하고 있다. 그는 『마쪼라의 이별』이나 『징소리』 모두 신화적 이미 지와 모티프들이 형상화되어 있지만 신화가 갖는 특성인 회귀와 순환 적 구조에서는 차이를 보인다고 말한다. 『징소리』에 등장하는 마을이 수몰 이후에도 신화적 모티프들이 정화와 재생을 통해 반복, 순환되 어 나타나고 있는 데 비해, 『마쪼라의 이별』에서는 비록 죽음과 종말 이후의 연장되는 세계에 대해 인정하고 순환의 여지를 남겨 놓고 있 지만 신화적 순환구조의 고리가 미약하다고 주장한다. 모티프와 상징, 제의적 성격을 주목한 신화적 접근 분석은 나름의 의미를 지니지만 불과 물, 그리고 전통적 공간이라는 상징적 관계가 기존의 상징과 원 형을 그대로 적용했다는 인상을 갖게 한다.

「철쭉제」에 등장하는 인물과 시간, 공간을 통해 대립과 화해라는 의미를 견인하고 있는 나정미[13)]의 연구 또한 신화적 이미지와의 관련 성에 주목하고 있다. 지리산 등반이라는 현재적 시간의 축을 중심으 로 주인공이 귀향하기까지의 체험적 시간의 축이 교차하는데, 여기에 는 두 가계의 과거 내력과 갈등이 내재되어 있음을 밝힌다. 주변인물 과 매개적 인물을 통해 박검사와 박판돌이 화해하게 되는 양상을 신

---

12) 문석우, 「고향상실에 나타난 신화성-라스뿌찐의 『마쪼라의 이별』과 문순태 의 『징소리』를 중심으로」, 『비교문학』30, 2003.
13) 나정미, 「문순태의 「철쭉제」연구」, 경남대학교 석사학위논문, 2004.

화의 기본틀과 연결지어 설명하고 있지만 다소 도식화되어 있다는 인상을 주며 따라서 기존의 문학비평과 뚜렷한 변별성을 갖기에는 무리가 따른다.

'성'과 '몸'이라는 키워드를 통해 사랑담론의 역학관계와 삶의 내면과 이면을 성찰하고 있는 박선경[14]의 연구는 남성 중심의 성담론에 대한 문제를 제기한다. 그는 여성의 몸이 전적인 타자로서 물화되어 있으며 남성 중심적 가족주의에 의해 철저히 통제되고 억압된 공간으로서만 존재한다고 주장한다. 또한 여성에 대한 '성'폭력은 원한-복수의 갈등구조를 진행시키기 위한 모티브로 사용됨으로써 여성의 성을 물화된 사물로만 취급하는 기존의 성폭력적 구조의 인식과 별반 다르지 않다는 비판적 시각을 견지한다. 일견 타당한 면이 없지 않으나(몇 편의 소설만을 가지고 분석했을 때), 이는 문순태의 소설세계 전반을 종합적으로 조감하지 못한 데서 오는 견해라고 본다. 다시 말해 문순태 소설이 지향하는 인식적 관점에서 볼 때, '성(性)'은 화해와 해한의 매개적 측면으로도 이해할 수가 있기 때문이다. 그리고 성담론에 있어서 남성은 가해자, 여성은 피해자라는 이분법적 관점은 문순태의 다양한 소설세계를 자칫 축소시키거나 왜곡시킬 가능성을 노정하고 있다. 「달궁6」에서 순기와 정아의 화해를 지향하는 섹스, 「저녁 징소

---

14) 박선경, 「'여성 몸'과 '사랑 담론'의 역학관계-문순태 「황홀한 귀향」과 「물레방아 속으로」를 중심으로」, 『한국언어문학』53, 2004.
박선경, 「'성(性)'과 '성담론(性談論)'을 통해 본 삶의 내면과 이면-문순태 소설의 전쟁모티브와 성폭력모티브를 조명하며-」, 『한국현대소설연구』, 2004.

리」의 순덕이 남편 몰래 강만식과 정사를 나누는 장면, 「피아골」에서 만화가 설월 스님을 유인하여 성관계를 맺고 급기야 설월이 파계를 하는 사례 등은 여성만이 성폭력 피해자라는 견해와는 명백히 상치된다. 따라서 문순태의 글쓰기가 성담론과 관련하여 남성이라는 가해자를 중심으로 언표화되고 있다는 평가는 다소 무리가 있다고 본다.

최창근[15]은 문순태 소설을 '탈향/귀향'이라는 기본 구도로 설정하고 모티프의 유형이 서사 구조와 어떻게 연관되는지를 추적, 이를 통해 서사의 원동력과 의미를 분석하고 있다. 70년대 초기 소설 몇 작품을 대상으로 하였지만, 이전의 주제적, 인상적 접근 방법과는 달리 서사 구조적인 접근을 하였다는 것은 일말의 성과로 보인다. 그럼에도 서사의 기본 구도를 '탈향/귀향'으로 한정해버린 것은 분석틀의 도식화 우려가 있으며 무엇보다 여전히 문순태를 '고향을 지키는 작가'로 제한해버릴 소지를 담고 있다. 고향의 회복이라는 한의 풀림 못지 않게 작가 문순태에게는 세대와 역사, 계층간의 화해를 넘어서 생명체와의 공존과 소통이라는 더 넓은 인식의 세계가 존재하고 있기 때문이다.

한편 지금까지 타 작가들의 소설에 나타난 한(恨)을 연구한 논문을 살펴보면 다음과 같다. 이선영은 「한승원 소설에 나타난 恨의 양상 연구」[16]에서 한승원 소설의 한은 그것을 극복하는 슬기, 즉 한의 양상을

---

15) 최창근, 「문순태 소설의 '탈향/귀향'서사 연구」, 전남대학교 석사학위논문, 2005.
16) 이선영, 「한승원 소설에 나타난 恨의 양상 연구」, 동아대학교 석사학위논문, 2001.

통해서 한의 마디를 삭이고 풀어내면서 삶을 사랑하는 한 양식으로 자리잡고 있다고 주장한다.

김정하[17])는 천승세의 「신궁」의 은유체계를 중심으로 '한풀이'의 서사구조와 연관성을 주목하면서 굿과 같은 주술 행위가 현실 문제에 대한 정서적 반응 내지 인간 본연의 감정, 사회적 문화 등을 담아내고 있다고 본다.

유은재[18])는 이문구의 소설에 나타난 한이 작가의 독특한 문체와의 교감을 형성하며 동시에 상흔이 해독되고 승화되는 양상으로 전개되고 있음을 밝힌다.

이와 같이 타 작가들의 소설에 나타난 한과 관련한 학문 차원의 연구도 극히 적을 뿐 아니라 연구의 방향이나 성과 또한 한정적이다. 더욱이 '한풀기'라는 결말에 이르기 위한 논의가 어느 한 측면만이 부각됨으로써 전체적인 의미망을 도출하는데 아쉬움을 준다. 한은 앞의 논자들이 공통적으로 언급하고 있는 것처럼 한국민의 정서이자 밝음과 어둠의 특징을 지닌 감정이다. 또한 그것의 양상이 다양하고 복잡하여 한두 가지로 정의되거나 수렴되는 것은 아니다. 때문에 여러 작품을 비교 분석하고, 서사화의 과정을 분석하는 가운데 한의 본질과 그와 관련된 작가의 존재방식이나 가치관을 좀더 세밀하게 논구할 수

---

17) 김정하, 「한국소설의 恨풀이 모티프와 주술적 연구-천승세 「신궁」의 은유체계를 중심으로」,
한국문학이론과 비평, 1998, vol.2.
18) 유은재, 「이문구 소설의 恨과 문체의 교감 연구」, 중앙대학교 석사학위논문, 2005.

있다고 보인다.

이와 같이 문순태 소설의 연구, 특히 한과 관련한 연구는 작가의 활발한 창작 활동에 비해 미비한 수준이다. 작가론, 작품론 못지 않게 기법이나 구조에 관한 연구, 서사와 서술 전략과 같은 작품 내적인 연구의 필요성이 제기되는 것은 이 때문이다. 특히 역사적 사실을 형상화한 역사 소설에 관한 부분이나 기층 민중에 관한 소설의 연구 또한 심층적인 논의가 이루어져야 할 것으로 보인다. 최근에는 생명과 생태주의에 입각한 모성적 가치관을 통해 과거의 잠재된 한을 해한의 차원으로 승화시키는 작품을 발표하고 있어 다양한 해석의 가능성을 담지하고 있다. 그 외에도 작가는 소통불능의 상황을 또 다른 한의 상황으로 설정, 주체와 타자의 이해와 공유를 바탕으로 통합에 이르는 길을 제시하기도 한다.

따라서 본고의 연구 목적은 문순태 소설에 나타난 한의 원인과 양상을 살펴보고 한의 양상이 어떠한 방식으로 서사화되고 있는가를 논구하는 데 있다. 주체의 행위와 의지에 따라 내재화된 감정이 현실이라는 공간에서 어떻게 사건과 연계되고 발현되는가를 밝힘으로써 한의 다층적인 면과 긍정성이 규명될 것이다. 이를 토대로 궁극적으로 작가가 지향하는 해한이 어떻게 성취되고 의미망을 형성하는지를 고찰하며 아울러 현대적인 측면에서 환기되는 한의 요인과 의미도 논구할 수 있을 것이다.

연구 범위와 방법

앞서 언급한 대로 문순태의 소설을 일관되게 관통하고 있는 정서는 한이다. 대부분의 소설이 한이라는 정서를 기반으로 형상화되고 있다는 의미이다. 그렇다면 한이라는 용어가 함의하고 있는 의미는 무엇인가. 지금까지 한의 개념을 둘러싼 논의가 적지 않게 진행되어 왔고 또한 한에는 다양한 의미가 내포되어 있다는 것에 연구자들은 의견을 달리하지 않는다. 일반적으로 한은 '원한'과 '한탄'으로 나뉜다. 전자가 "지난 일이 원망스럽거나 원통하거나 억울하게 생각되어 응어리가 진 마음"을 지칭하는데 반해 후자는 "뉘우쳐지거나 원통하여 한숨을 지음"이라는 의미를 지닌다. 여기에 그리움과 설움이 내재된 감정, 즉 정한도 한의 범주에 속한다.

문순태는 이와 같은 원한, 한탄, 그리움의 감정이 내재되어 있는 인물의 내면을 주목한다. 그리고 한을 해한(解恨)의 측면으로 승화시키기 위한 나름의 방식을 모색한다. 이러한 방식은 기계적이고 윤리적 측면이 아닌 작가 '문순태의 방식'을 의미한다. '문순태의 방식'이라고 일컬을 수 있는 '한의 서사화'는 궁극적으로 인물의 한의 극복 양상과 연관되는데, 이는 본고의 연구 범위와 연구 방향을 지지하고 견인하는 규준이 된다.

연구 범위와 방법을 한정하기 위해 우선 서사에 대한 총괄적인 정의를 살펴보고자 한다. 대체로 일련의 사건이 상황과 결합하여 이야기될 때 서사와 서사물이라는 표현을 쓰게 된다. 서사의 의미는 크게 세 가지의 뜻을 의미하는 바 '첫째로 하나의 사건을 지칭하거나 두 번째로 행동과 상황이 얽히는 총체성을 뜻하며 마지막으로 누군가가 무엇을 이야기하는 사건, 즉 서술행위 자체'를 말한다.[1] 한편으로 서사물이란 "그 어느 쪽도 다른 한 쪽의 필수 전제이거나 당연한 귀결이 아닌 최소한 2개의 현실 또는 허구의 사건 및 상황들을, 하나의 시간 연속을 통해 표현된 것"[2]으로 규정되기도 한다. 나아가 서사는 '삶 자체요 서술행위가 곧 소설의 플롯'[3]으로 정의되기도 한다.

앞서의 한과 서사의 정의를 바탕으로 본고에서 탐구하는 '한'의 서사라 함은 한과 관련된 행동과 상황이 얽히는 관계와 그리고 그와 같은 관계를 통제하고 서술하는 행위에 관한 탐구라는 것을 전제한다.

---

1) G, 쥬네트, 『서사담론』, 권택영 역, 교보문고, 1992, pp.15-16.
2) G. 프랭스, 『서사학이란 무엇인가』, 최상규 역, 예림기획, 1999, p.10.
3) Tzvetan Todorv, 『산문의 시학』, 신동욱 역, 문예출판사, 1992, pp.77-93. 권택영, 『소설을 어떻게 볼 것인가』, 문예출판사, 1995, p.158.

이를 좀더 구체적으로 서술하면 한의 서사는 '응어리진 감정' '정신의 기능' '삶의 실체' '플롯'과 같은 제 요소가 유기적으로 결합된 구조라고 할 수 있다. 즉 내면적 요인에 의해 인물의 행위가 사건과 상황에 의해 변주됨으로써 특정한 결말에 이르게 되는 것을 일컫는다. 여기에는 작가가 설정한 특정한 방식에 의해 한과 관련된 서사의 직조화가 이루어지고 있다는 사실이 전제되어 있는데 이는 곧 세상을 바라보는 작가의 시각과 미학적 태도가 반영되어 있다는 것을 뜻한다.

이러한 맥락에서 보면 본 연구는 한의 여러 유형과 특징 그리고 프로이트와 라깡의 정신분석적 측면, 탈식민주의 이론이나 욕망이론 같은 사회·역사적 측면, 쥬네뜨와 프랭스, 토드로프, 발과 같은 여러 서사학자들의 서사이론과 최근의 생태주의와 페미니즘의 이론 등이 직·간접적으로 연관되어 있다는 것을 알 수 있다. 특정한 인물의 내면에 각인된 한의 실체는 기억의 공백과 변형에 의해 변주되고 행위로 연계되는데 그 저변에는 사회·역사적인 상황과 당대의 담론과 같은 제 문제가 복합적으로 결부되어 있다는 것을 의미한다.

한편으로 한의 실체와 그것의 사후작용으로써 발현되는 인물의 특정 행동 양식과 욕망의 양상이 어떠한 의미를 지니고 있는가에 대해 고찰이 무의미하다는 비판적 견해도 있을 수 있다. 그러나 한과 관련된 서사 연구는 재론했다시피 정신분석적 측면뿐 아니라 한국적 상황의 역사적 근대성, 사회변동의 역동성, 그리고 각기 다른 세대의 가치관과 이데올로기가 맞물려 있는 사안으로 종래의 원한과 해한이라는 이분법적인 접근만으로는 간단히 해결될 수 있는 문제가 아니다. 또한 사회 제 분야에서 계층·지역·성(gender) 간의 갈등과 세대차이로 인한 구성원간의 반목이 심화되는 상황은 그것의 본질적인 근인이 무엇인가에 대한 비판적 성찰을 요구한다고 본다. 본고가 지향하는 한의 극복 양상의 다른 초점은 바로 앞서와 같은 갈등 문제를 한과 연관시켜 보고자 하는 것이다.

문순태가 소설을 통해서 형상화했던 시대는 해방과 6·25 한국전쟁, 5·16 군사 쿠데타, 80년 5·18 광주민주화운동으로 이어지는 근현대사의 비극과 궤를 같이한다. 이는 크게 '전쟁 체험'과 '근대적 체험'으로 대변되는데, 전자가 살육과 광기에 의한 인간성 말살의 파괴적 현실을 강요하였다면 후자는 급속한 도시화와 산업화로 도시 빈민을 양산하고 빈곤을 심화시켰다. 근현대사의 격변기에 겪어야 했던 이러한 고통의 체험과 비극적 사건은 자연스레 인물들의 내면에 원한, 정한, 그리움, 후회, 소외와 같은 다양한 한의 감정을 각인시켰을 것으로 보인다. 문순태 소설에서 한의 서사라 함은 기본적으로 타자인 외부적인 요인에 의해 삶의 굴절(한)을 경험한 인물이 이전 세계로의 회복에 대한 욕망을 견지함으로써 새로운 삶의 의미가 획득되어지는 과정이라고 할 수 있다.

앤소니 폴 커비는 서사란 인간 경험, 즉 계열적이면서 시간적이며 그래서 실제적인 경험을 이해하기 위한 특권화된 매체라고 본다.4) 이

---

4) Anthony Paul Kerby, *Narrative and the Self* (Bloomingstone and Indianapolis: UP, 1991),p.3. 최성민, 「서사 텍스트의 구성 원리 연구」, 서강대학교 석사학위논문, 2001, p.10.

는 서사가 지니는 기본적인 원리를 언급하는 것으로, 삶의 의미는 서사라는 형식에 의해 존재하고 가치가 부여된다는 것을 함의한다. 그러한 견지에서 본다면 본고의 한의 극복 양상은 논리적 인과성에 기반한 사건·상황의 관계 속에서 도출되는 다양한 의미와 작가의 심미적 입장과도 관련된다고 볼 수 있다.

연구 대상으로 삼은 작품은 비교적 한의 양상이 구체적으로 드러난 소설로 제한하였다. 대상 작품은 다음과 같은 기준에 의해 선정하였다.5)

첫째 중편소설과 연작소설을 중심으로 선정하였는데 이는 초기, 중기의 문순태의 작품이 대체로 두 유형의 소설 양식을 따르고 있기 때문이다.6) 「달궁」, 「징소리」가 대표적인 작품인데 이러한 양식을 통한

---

5) 본고에서 연구 대상으로 삼은 소설과 언급하고 있는 소설은 다음과 같다. (연구 목록 작품의 발표 연대는 『고향의 한과 미학-문순태의 소설 세계』를 근거로 하고 있다.… 이후 작품 분석에서 출판사와 연도, 수록된 책의 명칭은 생략한다.) 『고향으로 가는 바람』, 「고향으로 가는 바람」, 「淸夫婦」, 「깨어있는 낮잠」, 도서출판 백제, 1979)/ 『흑산도 갈매기』, 도서출판 백제, 1979/ 『달궁』, 문학세계사, 1982/『인간의 벽』, 「인간의 벽」, 도서출판 나남, 1984/『오늘의 한국문학33인선』, 「백제의 미소」, 「어머니의 城」, 양우당, 1988/『제3의 국경』, 「철쭉제」, 「제3의 국경」, 「문신의 땅」1·2, 「꿈꾸는 시계」, 예술문화사, 1993/ 『징소리』, 『일송포켓북』, 2006/ 『느티나무 사랑』1-2권 (1992년작, 열림원, 1997/ 『시간의 샘물』, 「꿈길」, 「느티나무타기」, 「정읍사」, 「흰거위산을 찾아서」, 「시간의 샘물」, 「느티나무 아저씨」, 실천문학, 1997/ 『된장』, 「된장」, 「그리운 조팝꽃」이룸, 2002/ 『41년생 소년』(2005년작, 랜덤하우스 중앙, 2005/ 『울타리』, 「늙으신 어머니의 향기」, 「감로탱화」, 「울타리」이룸, 2006.

6) 문순태 소설의 전반적인 한의 극복 양상을 살펴보기 위해 중편소설과 연작소설 외에 최근에 발표되었던 자전적 소설 『41년생 소년』과 5·18을 소재로 한 『느티나무 사랑』과 등단작 「백제의 미소」등도 연구 대상에 추가하였다. 『41년생 소년』은 자전적 소설의 특성상 작가 문순태가 인식하고 있는

형상화는 다분히 작가의 의도적인 선택으로 보인다. 전자가 6·25전쟁을 전후로 펼쳐진 두 가문간의 살육과 복수, 화해의 과정을 그리고 있다면 후자는 급속한 산업화로 인해 고향을 등진 농민이 도시빈민으로 전락하는 실상에 초점이 맞추어져 있음을 알 수 있다. 이는 서사의 배경이 되는 시공간의 특수성과 인물의 근대화를 경험하는 삶의 국면이 단편의 양식보다는 중편과 연작소설로 형상화하는 것이 인간의 삶과 관계적 측면을 다각도로 조명할 수 있다는 장점에서 취해진 전략으로 풀이된다. 또한 두 장르는 단편의 정치함과 단일함의 효과, 장편의 사건과 스토리 위주의 전개 양상을 일정부분 포괄할 수 있는 장점을 지니고 있어 서사 구조의 내적 관계를 다양하게 논구해 볼 수 있는 여지를 제공하고 있다.

둘째 한의 어느 일면보다는 다양한 속성이 드러난 작품을 대상으로 삼았다. 언급했다시피 일반적으로 한은 원한과 정한으로 나누는데 본고에서 상정하고 있는 한은 응어리, 복수심, 한탄, 회한, 회오 등과 같은 여러 감정이 복합적으로 내재되어 있는 작품을 위주로 하였다. 「인간의 벽」의 조만복 할아버지와 「문신의 땅」의 노마리아의 내면에 잠재되어 있는 한은 치욕의 역사가 가져준 원한뿐만 아니라 한탄과 회한, 회오의 감정이 혼재되어 있다. 이들의 한은 타자를 향한 인식의

한의 문제를 좀더 깊이 있게 들여다 볼 수 있다는 것과 『느티나무 사랑』은 5·18과 관련하여 한을 바라보는 작가의 관점을 살펴볼 수 있다는 이유로, 등단작인 「백제의 미소」는 향후 작가의 작품세계를 가늠하는 규준이 된다는 점에서 부분적으로 언급하고 있음을 밝힌다.

문제와 직결되며 나아가 행위와 연계된다는 점에서 서사를 매개하는 중요한 기제가 된다.

셋째 1990년대부터 2000년대 이후에 발표된 최근의 작품도 분석 대상에 포함하였다. 이 시기의 작품은 초기와 중기로 대변되는 리얼리즘 경향의 소설과는 변별되는 특징을 지닌다. 이전까지의 작품이 전쟁과 근대적 체험에 의해 파생된 제 문제들에 대한 비판적 성찰과 화해의 측면에 무게중심이 놓여 있었던데 반해 이후의 작품은 90년대 징후로 일컬어지는 욕망과 소통 그리고 세대의 갈등을 생명주의를 비롯한 모성주의적인 가치관으로 해결하고자 하는 의지를 드러내고 있다. 세대라는 개념을 비슷한 시기에 출생한 사람들이 겪는 역사적·문화적 경험과 관련시켜 이해한다면, 한국사회와 같이 급격한 변동을 겪는 사회에서 세대문제는 상대적으로 더욱 중요한 의미를 갖는다.[7] 「된장」, 「늙으신 어머니의 향기」, 「그리운 조팝꽃」의 인물은 공통적으로 한의 체험이 내면화되어 있다. 이러한 내면화는 일정부분 '자기 세계'에 대한 고착에서 비롯된 것으로 타자와의 원활한 소통을 방해하는 요인이 된다. 물론 여기에는 나름의 문화와 역사를 이해하는 후세대 특유의 태도와 인식에 의해 갈등이 심화된 측면도 있다.

넷째 5·18광주민중항쟁을 다룬 작품과 역사와 관련한 작품도 연구에 추가하였다. 역사적 사실과 설화를 배경으로 하는 작품의 근저에는 예외없이 사실과 허구, 역사와 문학이라는 관계가 놓여 있기 마련

---

7) 박재홍, 『한국의 세대문제』, 나남출판, 2005, pp.17-19 참조.

이다. 「느티나무 아저씨」, 「정읍사」, 「인간의 벽」은 각기 5·18광주민중항쟁과 백제시대의 설화, 그리고 일제의 강제징용이라는 역사적 사실을 배경으로 한다. 문순태가 주목하는 역사는 다분히 피지배계층의 시각으로 바라본 민중적 관점에 의거한다. 이러한 관점은 소설의 기저에 내재되어 있는 한의 양상과도 긴밀한 호응관계를 이루고 있다는 바, 작가의 소설세계를 폭넓게 가늠할 수 있는 단초를 제공하고 있다고 보인다.

이와 같은 기준에 의해 연구 대상을 선정한 것은 무엇보다 한의 여러 측면과 양상을 통합적으로 들여다보기 위해서이다. 한이라는 감정이 확고부동한 변치 않는 감정이 아닌, 타자와의 상호작용의 관계 속에서 변주되고 새로운 의미가 생성되는 내포적인 기능을 담지하고 있다는 사실을 전제할 때 이 같은 접근은 나름의 의의를 갖는다고 볼 수 있다.

다음은 앞서의 논의를 전제로 문순태의 한과 관련한 소설을 분류한 것이다.

① 전쟁소설:「문신의 땅」1·2,「철쭉제」,「달궁」,「제3의 국경」② 귀향 및 민중소설: 「징소리」,「안개우는 소리」,「깨어 있는 낮잠」,「청부부」③ 역사소설 및 5·18 관련 소설:「인간의 벽」,「정읍사」,「느티나무 아저씨」,『느티나무 사랑』④ 소통 관련 소설 :「꿈꾸는 시계」,「된장」,「늙으신 어머니의 향기」,「흰거위산을 찾아서」,『41년생 소년』,「그리운 조팝꽃」

일반적으로 소설의 유형은 다각적인 면에서 접근이 가능하다.[8] 소설은 근대에 이르러 형성된 장르로 개인의 주관적인 세계를 그리고 있는 서정 장르와는 달리 인물의 외면 세계를 객관적으로 드러낸다. 일반적으로 소설은 "형태, 제재, 플롯, 인물, 시점, 문체 등에 있어서 각기 다른 상호 연결된 미로"라고 할 수 있는데 이는 "소설의 구조에 대한 탐구가 구조 전체에 대한 개개 요소들의 관련성을 살펴봄으로써 이루어지기"[9] 때문이다. 지금까지 문학 연구에 있어서 소설유형에 대한 다각도의 접근이 있어왔던 것은 소설의 인물들이 지니고 있는 궁극적인 문제, 즉 '총체성 회복'에 대한 탐색에서 기인한 측면이 있다. 이는 소설의 본질적인 존재 이유가 주체와 타자와의 대립을 다룬다는 사실을 전제하며 작가의 세계를 향한 관점과 창작 방법론이 결부되어 있다는 것을 뜻한다. 이처럼 소설은 인물의 총체성의 추구와 작가의

---

8) 부쓰는 소설 유형을 설정하는데 인물에 나타난 정신 세계의 발전 과정을 중시하고 있다. 그에 의하면 현대소설은 ①성격발전소설 ②전락소설 ③과념소설 ④감상소설 ⑤탐구소설로 구분된다. 이는 독일에서의 발전소설, 교양소설, 교육소설을 통틀어 성격발전소설이라 하고, 전락소설을 악한소설이라 한 것과 동궤에 속한다. 한편 무어는 소설의 유형을 ①행동소설 ②성격소설 ③극적소설 ④연대기소설 ⑤시대소설로 구분하고 있다. 이중 중심이 되는 소설 유형은 성격소설, 극적소설, 연대기소설인데 이러한 구분의 기준은 시간과 공간이 지닌 상대적인 배분 방식에 의해 이루어지고 있다…. 한편 루카치는 세계에 대한 주인공의 대응 양상을 중심으로 하여 소설의 유형을 구분하고 있다. 그는 현대소설의 유형학을 설정하는데에 ①추상적 관념주의 소설 ②환멸에서 깨어나는 낭만주의 소설 ③이 양자의 종합으로서의 교양소설④톨스토이 소설을 들고 있다. 김용구,『한국소설의 유형학적 연구』, 국학자료원, 1995, pp.17-18 참조.

9) 김용구,『한국소설의 유형학적 연구』, 국학자료원, 1995, p.15.

세계관이 내밀하게 연관되어 있는 장르이기에 유형화에 대한 기준을 명확하게 구분하기가 어렵다. 그러나 지금까지 연구된 소설 유형은 다음 몇 가지로 집약되는데 '문예사조에 의한 구분, 정신사적 연구방법에 의한 구분, 서술자의 유형에 관한 구분, 문학사회학적인 방법, 소설 구성 요소에 의한 구분10) 등이 그것이다.

이와 같은 기준을 토대로 본고는 문순태 소설을 유형화하고 그 기준에 따라 어떻게 한이 서사화 되는가를 고찰하였다. 연구의 방향이 서사적인 측면에 초점을 두고 있기 때문에 유형화의 기준은 소재와 플롯, 인물의 성격, 시·공간과 같은 소설의 구성 요소를 토대로 이루어졌다. 위의 ①, ②, ③, ④는 기본적으로 소재를 중심으로 유형화한 것으로 작품은 각기 전쟁, 귀향 및 민중의 삶, 역사와 광주5·18민중항쟁, 소통과 관련되어 있다. 또한 시·공간의 배분과 같은 측면도 유형화의 고려 사항이 되었다. 즉 스토리적인 측면과 담론적인 측면을 비교하여 작가가 어느 편에 더 무게중심을 두고 있는가도 기준으로 삼았다는 것이다. ④의 소통 관련 소설은 각기 '전쟁' '된장' '냄새'라는 소재가 모티프적인 성격을 띠지만 스토리 위주보다는 담론 위주로 서사화가 이루어지고 있어 제재 외에 서술적인 측면이나 주제적인 측면이 기준으로 첨가되었다.

물론 문순태 소설은 여러 측면의 소재가 복합적으로 얽혀 있어 하나로 유형화하기는 쉽지가 않다. 이는 한이 복합적이며 중층적인 양

10) 김용구, 『한국소설의 유형학적 연구』, 국학자료원, 1995, pp.18-19 참조.

상으로 드러나기 때문인데 귀향소설에 역사 또는 소통의 요소가, 전쟁소설에 귀향의 요소와 소통의 내용이, 민중소설에 역사 내지는 귀향 관련 메시지가 내포되어 있다는 것이다. 특히 귀향이나 전쟁과 관련한 소설은 두 요소의 특징이 혼재되어 있어 엄밀히 구분하기가 어려운 점이 있다. 본고에서는 소설 유형의 또다른 근거로 주체의 한의 재인식 과정을 기준으로 하였다. 한을 재인식하는 과정에 있어 주체의 행위가 탐색위주냐(①,②), 여로 위주냐(③, ④), 소통 지향이냐(④)에 따라 구분하였다는 것이다.

한의 기제와 형성을 근거로 파악되는 문순태의 세계관은 다분히 비극적인 동시에 화해지향적이다. 이는 문순태가 주목하였던 시대적 상황이 공통적으로 역사적 격변과 개인적 실존이 충돌하는 '한의 시대'였다는 것을 전제한다. 뿐만 아니라 작가는 「인간의 벽」, 「정읍사」와 같은 작품에서 역사적 비극이 개인에게로 전이되는 측면을 포착, 착취와 억압으로 인한 통한의 역사가 개인의 한과 연계되어 있다는 입장을 드러내며 이에 대한 해한을 모색하고 있다. 본고는 앞서와 같은 근거와 전제를 바탕으로 한이 어떻게 서사화되고 그 과정에서 주체의 한의 극복 양상이 실현되고 있는가를 파악함으로써 현 시대에서 문순태 소설이 지니고 있는 문학적 의미와 향후 과제를 조명하고자 한다. 구체적인 논의 전개는 다음과 같다.

Ⅱ장에서는 먼저 본고 논의의 틀이 되는 한에 대한 예비적 고찰을 한다. 한에 대한 정의와 유형에 대한 총괄적인 작업을 함으로써 분석의 기본 틀을 마련하게 될 것이다. 한의 유형화는 천이두의 『한의 구조

연구』를 토대로 하였고 탈식민주의 이론, 근대성 담론, 프로이트의 정신분석과 같은 이론을 참고로 현대적 측면에서 한의 의미를 확장하였다. 천이두는 정한론, 한원론, 갈등적 한론, 원한론, 민중적 한론 등으로 한을 유형화하고 있다. 본고는 이를 바탕으로 문순태 소설에 드러난 한을 분류하는 작업을 진행하며 한의 기능적인 면과 서사화의 기본 전제에 대한 고찰을 함으로써 한의 서사화에 대한 원칙을 밝힌다.

Ⅲ장에서는 한의 메카니즘과 변주 양상의 측면을 논의하려고 한다. 여기에는 한이 형성되는 근원적인 원인과 사후성의 반영으로 현실 속에서 드러나는 갈등의 측면, 그리고 한이 희구와 바램의 동인으로 작용하게 되는 관계를 살펴보게 될 것이다. 요약하면 다음과 같다. 첫째, 과거의 한이 현재에까지 이어지고 심화되는 현상에 주목하고 이것이 향후 서사대상(사건)으로 연계되는 측면을 고찰한다. 둘째, 여기에는 주체의 복원의 열망과 동일성 회복에 대한 욕망이 이전의 심리적 상황과 이후의 사건적 상황과 어떠한 인과적인 관계에 놓여있는지를 분석한다.

Ⅳ장에서는 주체의 한에 대한 재인식과 그로 인한 전이(轉移)의 과정을 살펴보고 이를 통해 도달하게 되는 해한(解恨)과 승한(勝恨)의 지향점에 대해 논의할 것이다. 재인식과 전이란 '객관화'의 과정으로 이는 행위에 대한 반성적 성찰을 의미한다. 탐색과 여로는 '객관화'의 기본 전제로 주체가 과거의 한의 실체(사건이나 당사자)와 대면하는 과정에서 감정이 전이되는 현상을 일컫는다. 한의 재인식 과정을 통해 획득되는 해한과 승한의 지향은 가치의 지향이라는 풀림과 통합의

세계가 전제되어 있다. 이와 같은 한의 극복 양상을 토대로 작가 문순태가 지향하는 세계와 존재 방식을 가늠하게 될 것이다.

Ⅴ장에서는 한의 서사적 특질과 의미망을 논구한다. 문순태 소설에서 한의 비극성은 '과정으로서의 한풀이'가 주는 사건의 역동성에 기인한다. '과정으로서의 한풀이'는 궁극적으로 '결과로서의 풀림'으로 귀착된다. 한편으로 해한의 과정은 시간의 순차성과 인과성을 중심으로 일정한 방식에 의해 전개되는 특징이 있다. 본고에서는 이와 같은 서사물의 전완성이 주는 효과가 문순태 소설에 어떠한 영향을 미치고 있는지를 고찰하고자 한다. 마지막으로 한은 고향을 등지게도 하지만 귀향을 매개하는 기제로 작용한다는 점을 근거로 주체의 출향과 귀향이 한의 서사 구도와 연계되는 측면을 살피게 될 것이다. 탈향과 고향의 공간성 그리고 신원찾기의 과정으로서의 귀향의 의미에 대해서도 고찰하고자 한다.

Ⅵ장은 논의의 결과를 정리하고 문순태 소설에서 한이 극복되는 양상을 중심으로 전개되는 한의 서사화가 어떠한 의미망을 형성하고 작가의 세계관과 연계되는지를 언급하고 향후 연구 과제를 밝히게 된다.

II.
한의 유형과 서사화

본 장에서는 한이라는 용어가 함의하고 있는 뜻과 유형에 대해 살펴보고자 한다. 이는 한의 극복 양상을 중심으로 전개되는 문순태 소설을 연구하기 위한 기초 작업에 해당한다. 지금까지 한의 개념을 둘러싼 논의가 적지 않게 진행되어 왔고 또한 한이라는 용어에는 다양한 의미가 내포되어 있다는 것에 많은 연구자들은 의견을 달리하지 않는다. 또한 논자들은 한이 1960년대와 1970년대 한국 문학의 인식의 틀로서 활용되어 왔다는 것에 대해서도 별다른 이견이 없다. 그러나 한국인의 고유한 정서인 한이 본질적인 측면에서 변화는 없지만 시대에 따라 원인이나 발현 양상이 이전의 시대와는 다른 형태로 드러나고 있다는 사실에 대해서도 이견이 없다. 그것은 과학을 수단으로 한 "현대의 자본주의와 이성 중심주의는 근대인의 소외와 분열을 낳는"* 상황과 불가분의 관계에 있다는 것을 의미한다. 한의 또다른 양상으로서의 소외와 분열은 주체로 하여금 결핍으로서의 욕망을 경험하게 하고 이는 현실에서 또다른 억압의 기제로 작용한다.

　이처럼 현대의 한의 의미는 과거의 속류사회학적인 인식의 경계를 뛰어넘는다. 따라서 본 장은 기존의 한의 의미에 사회역사적 맥락을 결부하여 고찰함과 아울러 유형화를 시도하고자 한다. 또한 서사이론을 토대로 한의 기능과 서사화가 어떠한 방식에 의해 전개되고 있는가를 파악ㅎ하고자 한다. 먼저 한의 개념과 유형을 살펴보자.

---

* 나병철, 『근대 서사와 탈식민주의』, 문예출판사, 2001, p.31.

한의 개념과 제 유형

한글 사전에 실린 한의 의미는 ①지난 일이 원망스럽거나 원통하거나 억울하게 생각되어 응어리가 진 마음과, ②원한과 한탄의 준말이다.[1] 천이두는 한이 개개의 주체 안에서 초극되는 과정에 있어 각기 양상을 달리할 뿐 아니라 각 문화권의 아이덴티티나 에토스의 차이를 볼 수 있으며 또한 한국 문화권에 있어서 한자(恨字)는 그 본래의 자의(字意)를 기반으로 하고 있으면서도 매우 다양한 코노테이션이 새로이 형성되어 있다는 사실에 주목한다.[2]

또한 천이두는 정한론은 한결같이 시인 김소월을 논하는 과정에서 거론되어 왔다는 데에 일련의 공통성이 있다고 지적한다.[3] 그 예로

---

1) 권태명 펴냄,『동아 새국어사전』, 동아풀판사, 1989, p.2207.
2) 천이두,『한의 구조 연구』, 문학지성사, 1993, pp.12-13참조.

김동리와 서정주가 김소월의 시에 대해 연구한 「청산과의 거리-김소월」과 「소월 시에 있어서의 정한의 처리」라는 논문을 근거로 들고 있다. 김동리는 "아무것으로도 영원히 메꿀 수 없는" 소월의 "그리움의 감정"을 "정한이라 불러도 좋을 것이다"라고 규정하였으며, 이는 충족될 수도 대리 보상을 구할 수도 없는 영원한 상실감을 이른다고 말한다.[4] 마찬가지로 서정주는 정한을 "정(情)의 끝에 오는 한(恨)"이라 하였는데, 이는 간절한 그리움에 끝에 오는 한의 감정을 명한 것으로 볼 수 있다는 것이다.[5]

한편 김열규는 맺힘에 대해 "서러움 · 괴로움 · 외로움 그리고 아픔과 억울함도 있으나 뭐니뭐니 해도 한만큼 지독하게 맺히는 게 없다"고 말하면서 "결(結)과 해(解)의 양극, 맺힘과 풂의 양극 사이에 한국인의 생활 영역이 있다면, 그것은 다시 한과 신명의 양극 사이에 걸쳐 있는 셈이 된다"[6]고 주장한다.

문순태는 한을 정한(情恨)과 원한(怨恨)의 두 가지로 분류한다.[7] 한

---

3) 천이두, 위의 책, pp.54-56 참조.
4) 김동리, 『문학과 인간』, 白民文化史, 1948. 천이두, 위의 책, pp.54-56 참조.
5) 서정주, 「소월 시에 있어서의 情恨의 처리」, 『현대문학』54호, 1959. 천이두, 위의 책 pp.54-56 참조.
6) 김열규, 『한맥원류』, 主友 간, 1981. 천이두, 위의 책, pp.81-88 참조.
7) 문순태, 「한국문학에 나타난 한의 연구」, 숭실대학교 석사학위논문, 1982. 천이두, 앞의 책 pp.54-56 참조.
   작가 문순태가 석사학위 논문 주제로 '한국문학에 나타난 한'을 연구한 것은 그의 작가적 관심사가 한마디로 '한'이었다는 사실을 반증한다. 이러한 작가의 한에 대한 천착은 이후의 작품세계를 '한의 극복과 해한의 지향'이라는 방향으로 견인한 것으로 보인다.

이 절망이나 체념의 정서가 아닌 의지와 생명력, 희망이라는 것이다. 정한(情恨)은 그리움과 설움이 내재된 감정으로 좌절과 상실에서 기인하는 한탄의 정조와 그 궤를 같이하며 원한(怨恨)은 부정적 의미의 응어리, 다시 말해 '맺힘'의 상태인데 여기에는 '풀림'이라는 해한의 의미가 전제되어 있다. 또한 문순태는 현대소설에서 원한은 복수로써 해한을 하지 않고 소설미학으로 수용하여 극복의 의지로 발전한다는 사실을 역설한다.

이처럼 기존의 한의 의미는 일반적으로 '맺힘'이라는 감정의 응어리로 요약된다. 이 응어리는 문학적인 측면에서 파악되는 한국민 고유의 정서적 특질을 일컫는다. 여기에는 다분히 수동적이고 부정적인 의미가 내재되어 있는데 한의 요인이 사회제도적인 측면보다는 관습적이며 인간 관계에 의해 파생된다는 데 특징이 있다. 권선징악으로 결말이 맺어지는 한국의 고전문학이나 민요, 판소리는 대부분 한을 소재로 하거나 한을 구현하는데 초점을 두고 있다는 사실은 이를 반증한다.

그러나 현대적 의미에서 한은 기존의 개념과는 달리 그 의미가 확장되고 있다. 근대라는 이름으로 추진되어온 과학화, 합리화, 대량생산체제는 인간성 상실이라는 폐해를 낳았다. 이성 일변도의 사고는 "공동체적 맥락을 폐기하고 과학을 대상과 직접 관계하는 우월적 진리로 상정한다"는 의미를 내포하는데, 이는 "로고스 중심적 공간에서 반성적으로 얻어진 추상적 체계를 다양한 삶의 맥락에 적용하여 삶 자체를 폭력적으로 체계화하려 시도하는 것"[8]을 의미한다. 이러한

"폭력적으로 체계화하려 시도"는 결과적으로 인간소외와 공동체의 분열이라는 부정적인 양상을 낳는다. 이처럼 기존의 한이 개인적이고 인간관계에 의해 형성되는 측면이 있는데 반해 현대적인 관점에서의 한은 사회체제와 자본주의를 전제로 하는 과학적 실용주의에 의해 기인한다는 특징이 있다.

불도저는 아침부터 해질 무렵까지 달궁을 극락산 너머로 떠밀어 버릴 것 같이 성난 소리로 으르렁거렸다. 수박등 아래 벼포기가 푸릇푸릇한 논박닥까지 흙더미로 베워지고 있어, 논은 팔았어도 행여 한 해 농사라도 더 지어 볼까 싶어 모를 심었던 마을 사람들은, 벼논이 검붉은 황토에 묻힐 때마다 관청 돝배 앓기로 어디 가서 하소연 한마디 할 수 없는 처지여서, 지네발 같은 캐터 필러가 움찔거리고, 햇살에 눈이 부실 만큼 번쩍번쩍하는 강철 배토판이 부쩍부쩍 흙을 찍어 내리는 것을 보고, 마치 그 날캄한 것이 자기들의 심장이라도 도려내는 듯한 섬찌근한 아픔을 느꼈다.   (「달궁」, p.7)

위의 인용문에서 불도저가 밀어내는 수박등 아래의 논바닥은 파괴되어 가는 공동체의 모습을 함의하고 있다. 그리고 '불도저'는 '수박등'이라는 공동체를 파멸로 몰아가는 자본주의의 전제 조건인 '도구적 이성'을 상징하며 동시에 강제적인 권력이 작용하는 사회제도의 한 단면으로 확장해볼 수 있다.

한편 현대적 관점에서의 한은 프로이트가 말한 정신병의 근인인 억

---

8) 나병철, 『근대 서사와 탈식민주의』, 문예출판사, 2001, pp.30-31.

압된 무의식과도 관련지어 생각해 볼 수 있다. 프로이트는 억압을 통해 어떤 표상이 의식의 전면에 나타나지 않을 때를 무의식 상태에 있다고 규정한다. 역설적으로 정신병의 치료는 이러한 억압된 무의식을 반추하게 하여 의식 상태에서 이를 경험하게 하는 것이다. 무의식에서 일어나는 과정은 의식의 상태와는 명백하게 변별되는데 무의식은 "리비도를 집중 배출하려고 하는 본능적 대표자들로 이루어져 있다"는 사실을 전제로 한다. 다시 말해 "소원 충동들이 무의식 조직의 중심을 이루고 있다"는 의미로 이는 "본능 충동들은 서로가 아무런 영향을 미치지 않는 대등한 관계를 유지하면서 병존하고 있으며, 또 서로 간에 아무런 갈등이나 충돌도 내보이지 않는" 특징이 있다는 것이다. 이와 같은 무의식의 존재는 "의식을 통해 알고 있는 대부분이 장시간의 잠재적인 상태에 있다는 것"[9] 을 뜻한다.

한국인의 내면에 잠재되어 있는 한은 공통적으로 '장시간의 잠재적인 상태에 있는 무의식의 존재'와 연계되어 있다고 주장할 수 있다. 정상적인 사람에게서는 발견될 수 없는 정신적인 병리 현상들, 강박이나 '자기세계'로의 고착과 분열적 증세는 잠재된 기억에서 파생된 퇴행적 행위이기 때문이다.

문순태 소설에서 서사적 공간의 확대 차원에서 서술되고 있는 인물의 꿈이나 환시, 환청과 같은 증상은 과거의 고통의 기억과 사건에 연

---

9) 지그먼트 프로이트, 『정신분석학의 근본 개념』, 윤희기·박찬부 역, 열린책들, 1997, pp.189-194 참조.

관되어 있다. 「징소리」에서 텍스트 전반에 걸쳐 울려 퍼지는 '징소리'는 인물의 내면에 잠재되어 있는 한의 실체와 관련이 있다. '징소리'의 환청은 정신적인 증상인 강박에 의해 표출된 것으로 무의식의 공간에 억압의 형태로 억눌려 있던 내면의 소리가 발현된 것으로 볼 수 있다.

> 욱신욱신 정월 대보름날 밤 메기굿할 때처럼 귀청이 찢어질 것 같은 징소리에 펀뜻 잠이 깬 순덕이는 벌떡 일어나 귀를 기울였다.
> "이 밤중에 무슨 징소리람."
> 순덕이는 귓바퀴를 곤추세웠으나, 휘휘휘 가게 앞 전깃줄을 간지럽히는 북풍(北風) 내닫는 소리와 찰브락거리며 모래톱을 핥아대는 파도 소리뿐, 징소리는 들리지 않았다.
> "바람 소리였으까… 파도 소리까."   (「징소리」, p.50)

이 작품에서 '징소리'는 순덕의 무의식에 내재되어 있는 죄의식이 환청에 의해 표상된 것이다. 억압에 의해 무의식 상태에 억눌러 있던 '징소리'가 의식의 수면으로 드러난 것은 순덕의 잠재의식 속에 장시간 내재되어 있던 과거의 고통스러운 체험이 정신적 증상의 형태로 나타난 것이다. 이러한 '징소리'는 순덕에게서만 나타나는 것이 아니라 남편인 칠복에게도 예외없이 환청으로 표상된다. 여기에서 주목할 수 있는 것은 무의식과 의식의 활동 사이에는 일정부분 연관성이 있다는 것인데, 의식으로 발현된 현상 이면에는 잠재된 기억과 정신적인 영역이 반영되어 있다는 사실이다.

한의 또다른 개념은 욕망과도 연계하여 의미를 확장할 수 있다. 간절히 바라는 것이 좌절될 때, 또는 환경에 의해 욕구가 좌절될 경우에 주체의 내면에는 긍정적인 감정과 부정적인 감정이 혼재되어 형성된다. 이는 욕망 자체가 갈등이라는 요소를 내재하고 있다는 사실을 뜻한다.

르네 지라르의 '욕망의 삼각구조'[10]는 주체와 매개자, 대상이라는 요소와의 사이에서 벌어지는 욕망의 양상을 설명하고 있다. '욕망의 삼각구조'는 주체가 특정 대상을 원하지만 실질적으로 매개자의 욕망을 모방한다는 사실에 초점이 맞추어져 있다.[11] 이를 한국적인 정서인 한의 개념과 결부하면 주체의 바람으로 초점화할 수 있는 원(願)이라는 욕망이 투영되어 있다고 볼 수 있다. 달리 말하면 이루지 못한 꿈, 소망, 소원이 욕망이라는 또다른 감정의 양태로 투사되어 있다는 의미이다. 물론 이러한 바람이 외부로 표출되는 것과 내부에 잠재되어 있는 경우 드러냄과 은닉이라는 차이가 있는데 지라르는 '욕망을 선언하는 행위를 외적매개라 하고 욕망을 감추는 것을 내적 매개'[12]라 지칭한다.

---

10) 지라르는 현대인의 욕망은 삼각형의 구조로 되어 있다고 보면서 소설의 주인공이 지니고 있는 욕망의 왜곡되고 비진정한 속성을 분석하고 있다. 이로써 시장경제체제 사회 속에서 개인은 그 욕망마저 자연발생적인 것이 아니라 중개자에 의해 암시된 욕망을 소유하게 되었음을 제시한 셈이 되었으며, 그렇게 함으로써 주인공의 욕망의구조와 주인공을 태어나게 한 사회의 경제구조 사이에 구조적인 동질성을 발견하게 하는 데 크게 기여한다. Rene Girard, 『낭만적 거짓과 소설적 진실』, 김치수・송의경 역, 한길사, 2001, p,24.
11) Rene Girard, 『문화의 기원』, 김진식 역, 에크리, 2006, pp.66-67 참조.
12) 권택영, 『소설을 어떻게 볼 것인가』, 문예출판사, 1995, pp.199-203참조.

욕망이 한이라는 감정과 연계될 수 있는 것은 기본적으로 인물들의 내면과 행위와 연관되기 때문이다. 문순태 소설에서는 소통과 관련한 주체의 욕망이 드러나는데 특히 '외적 매개'와 '내적 매개'의 양상의 변별되는 양상을 띤다. 이는 주체와 타자와의 갈등이 한이라는 정서를 바탕으로 다양하게 발현되고 있음을 뜻한다.

"아기를 만드는데 일 년이면 충분하지 않겠어요?"
그랬다. 내가 돌아온 것은 어머니에게 아기를 만들어주기 위해서였다. 그것은 어머니의 간절한 소망이기도 했다. 어머니의 소망을 이루어주기 위해서 잠시 데이빗과 헤어져 있기로 한 것이다. 처음에 나는 어머니한테 입양을 권고했다. 그러나 어머니는 핏줄 섞인 아이가 필요하다는 것이었다. 네이빗과 나는 아이를 갖지 않는다는 조건으로 동거를 시작한 것이었기 때문에 데이빗의 아기를 가질 수는 없었다.
"엄마, 걱정 마세요. 일 년 안에 꼭 손자를 만들어드리겠어요. 그럼 됐지요? 데이빗한테도 그렇게 말했더니 좋다고 했어요."
"데이빗과 헤어지고 한국에서 좋은 남자 만나서 결혼을 하거라."
"엄마, 아직 데이빗하고 나는 서로를 필요로 하고 있어요. 결혼은 안 해요. 그 대신 어머니 소원대로 손자를 만들어줄게요. 그러기 위해서 이렇게 왔지 않아요. 그럼 됐죠?"
나는 단호하게 말하고 어머니에게 등을 돌려 돌아누웠다.
(「된장」, p.115)

위의 인용문에서 어머니는 딸에게 손자를 갖고 싶다는 바램을 피력한다. 오래 전 아들이 우물에 빠져 죽은 뒤로 어머니의 내면에는 아들에 대한 그리움과 한이 자리하고 있다. 미국에서 돌아온 딸은 어머니에게 자신이 아들을 낳아드리겠다고 말한다.

위의 상황을 지라르의 '욕망의 삼각구조'에 의거하면 어머니는 아들이라는 대상을 자발적으로 원하는 것 같으나 딸이라는 매개자를 통해 욕망을 모방하고 있다는 것을 알 수 있다. 생물학적으로 어머니는 가임이 불가능하다. 그런 어머니에게 있어 아들은 꿈이자 소망이며, 삶을 지탱하는 근원과도 같은 것이다.

화자인 나의 욕망 또한 아들이라는 생명으로 귀결된다. 화자에게 있어 매개자는 미국에서 동거를 했던 데이빗이라는 남자와 한국에서 만난 붕어빵 장수인 낯선 청년으로 양분된다. 화자와 데이빗과의 관계가 겉으로 드러난 '외적 매개'의 관계라면 청년과의 관계는 외부로의 욕망이 감추어진 '내적 관계'를 이루고 있다.

이처럼 「된장」에는 어머니와 화자, 그리고 욕망으로 대변되는 아들이라는 존재의 축과 다른 한편으로는 화자와 데이빗과 낯선 청년, 또 다른 욕망의 대상인 아들이라는 축이 욕망의 관계를 형성하고 있음을 알 수 있다. 이러한 관계에서 주체자의 태도와 매개자의 반응은 향후 욕망의 실현 내지는 좌절로 이어지는 중요한 변수가 된다.

본고에서는 먼저 앞서와 같은 한의 속성을 전제로 문순태 소설에 드러난 한의 원인과 극복 양상에 따른 한의 유형화를 시도하였다.[13]

---

13) 본고에서 언급하는 한의 유형은 일정부분 천이두의 『한의 구조 연구』를 토대로 참조하였다. 천이두는 한국적 한은 크게 원한론, 민중적 한론, 복합갈등론, 정한론, 한원론으로 나뉘어진다고 말한다. 천이두, 『한의 구조 연구』,

① 원한론은 말 그대로 원의 감정이 그대로 한으로 고착화된 경우이다. 일반적인 한의 유형을 대표하는 것으로, 부정적이며 공격적인 정서가 내면화되어 있는 상태를 일컫는다. 한국인은 '원한인(怨恨人)'이라는 천이두의 언급은 그만큼 한국인이 "서러움을 남달리 잘 타고, 원한을 남보다 더 하게 가슴에 끼고 사는 사람들"이라는 의미가 내포되어 있다. 한마디로 한이 맺혀 있어 풀지 않으면 부정적인 결과가 초래된다는 것이다.

우리말에 "한풀다."라는 말의 의미가 a) 맺힌 마음을 풀거나 소원을 이루다, b) 한풀이를 하다로 되어 있는 것은 한의 원인뿐 아니라 해한에도 초점이 맞추어져 있다는 것을 뜻한다. 원한론은 비교적 시대 상황과 밀접하게 관련되어 있다. 전쟁이나 사회 격변과 같은 시기에는 살상, 겁탈, 재산탈취와 같은 비인간적 행위가 횡행하고 피해자의 내면에는 그로 인한 복수의 감정이 싹트게 된다.

문순태 소설에서 원한론은 주로 전쟁을 소재로 다루고 있는 작품에서 찾을 수 있다. 「달궁」, 「철쭉제」, 「문신의 땅」은 그와 같은 원한에 대한 원인과 풀이의 당위성을 지적하고 있는 소설이다. 6·25전쟁으로 인간성이 파괴되고 공동체가 분열되는 왜곡과 상실을 경험한 주체가 어떻게 가학자 내지는 가학을 강제했던 비극의 역사와 화해를 하고 해한의 과정에 이르는가를 모색하고 있다.

② 민중적 한론은 수탈과 억압의 대상이었던 민중의 내면에 드리워

문학과지성사, 1993, pp.53-98.

진 한을 일컫는다. 이 민중적 한론은 1970년대 후반에서 1980년대에 이르는 기간에 군사독재체제에 저항하는 민중운동세력에 의해 논의 되어왔다. 이 시기에 억압의 현실을 바꾸고자 하는 민중의 열망은 자연스레 사회 개혁을 위한 저항으로 발현되었고 그러한 표출은 한마디로 사람다운 세상의 건설이라는 가치 지향의 세계로 집약된다. 때문에 민중적 한론은 '문학적인 연관관계뿐만 아니라 사회심리학적인 입장, 민중신학적 입장 등 다양한 관점에서 논의되었다'는 데 그 특징이 있다.[14]

1970년대와 1980년대에 걸쳐 급속하게 진행된 산업화와 도시화는 고향상실과 빈민의 양산이라는 문제를 낳았다. 이 시기를 배경으로 문순태 소설에서 그려지고 있는 고향은 수탈과 억압이라는 정신적 외상의 근원지로서의 의미를 담고 있다. 「징소리」, 「깨어 있는 낮잠」, 「안개 우는 소리」는 그와 같은 소설로 작품속의 주인공은 '민중적 인물'을 대변한다. 이들의 내면에는 공통적으로 한이 응축되어 있다. 그러나 한을 풀고자 하는 의지가 구체적인 행위로 연결되어 긍정적인 결과를 도출하기보다는 외부적인 요인에 의해 좌절을 겪고 만다.

'민중적 인물'은 자본주의에 의해 억압받는 타자들로 그들은 스스로 타자성을 인식하지만 주도적인 주체로 나서지는 못한다는 것이다. 이는 도시적 삶의 양태와 논리가 빚어내는 사물화 현상의 단면으로 "인간 사이의 모든 진실된 가치는 소멸되어 가고 인간과 사물 간의 관계

---

14) 천이두, 『한의 구조 연구』, 문학과지성사, 1993, p.89.

뿐 아니라 인간 간의 관계 역시도 매개되어지고 타락한 관계, 철저히 수량적인 가치만을 지닌 관계로 대체되어 가는"[15] 상황이 만들어낸 결과이다. 문순태의 민중 관련 소설이 초점을 두고 있는 것도 바로 이와 같은 현실을 상정하고 있으며 기저에는 민중에 대한 애착과 함께 이들과 교감하고자 하는 욕구가 내재되어 있다고 볼 수 있다.

③ 한원론(恨願論)은 말 그대로 바램이라는 적극적인 지향성을 내재한 한의 특성을 포괄한다. 한원론에서의 초점은 원(怨)이 아닌, 원(願)에 바탕을 둔다는 것이다. 실현하지 못한 소망과 충족되지 못한 미래의 꿈이 바로 한의 기저를 형성한다는 얘기다. 때문에 한원론(恨願論)의 관점에서는 꿈의 현실화가 바로 '풀림'이며 그 이전까지의 단계는 여전히 '맺힘'이라는 감정의 응어리 상태로 남아 있음을 뜻한다. 역설적으로 말하면 "한이 많은 사람은 그만큼 소망과 꿈이 많았다는 것을 반증하는 것"[16] 으로 볼 수 있다. 이는 원(怨)이 타자에 대한 증오와 또는 외부적 요인에 대한 감정의 응어리인 반면 원(願)은 비록

---

15) L. 골드망, 『소설 사회학을 위하여』, 조경숙, 청하, 1982, p.22.
   골드만(L. Goldmann)은 주인공의 타락은 주로 매개화 현상(mediatisation), 즉 진정한 가치가 내재적 차원으로 끌려 들어감으로써 자명한 현실로서는 저버리는 현상으로 표현된다(Ibid, p.20.)고 설명한다. 인간과 상품 사이의 자연적이고 건전한 관계는 물건의 '사용가치'에 지배될 때이지만, '교환가치'는 생산형태에 의해 만들어진 새로운 경제 현실이 매개화 현상이다. 때문에 인간의 의식과 생산이 맺고 있던 관계가 배제되거나 혹은 내재적인 것이 되어 버리는 것이다.(Ibid, p.21) 김정남, 『한국 소설과 근대성 담론』, 국학자료원, 2003, pp.46-47 재인용.
16) 이어령, 「한(恨)과 원(怨)」, 『한국인의 마음』, 동경, 학생사, 1985. 천이두, 『한의 구조 연구』, pp.70-72 참조.

주체 자신이나 타자에 의해 한스러운 고통이 야기되었다 하더라도 이를 초극하려는 의지를 발휘하게 한다는 점에서 변별된다.

문순태 소설에서 한원론(恨願論)의 양상, 즉 바램으로서의 적극성과 긍정성은 외부를 향해 열려 있다는 데에서 나름의 의미를 획득하고 있다. 이는 앞서 언급했던 욕망의 구조적인 면에서도 접근할 수 있다. 이루지 못한 소망을 매개자를 통해 희구한다는 점과 다른 한편으로 소통에의 열망 자체가 주체 내부에 자리하고 있는 한의 감정을 초극하도록 강제한다는 점이 이를 반증한다. 「된장」, 「늙으신 어머니의 향기」, 「꿈꾸는 시계」, 「흰거위산을 찾아서」, 『41년생 소년』은 기본적으로 실현되지 못한 꿈에 대한 소망과 소통에의 열망을 견지하고 있다.

한편으로 소통에의 열망은 사회학적인 관점에서 세대간의 갈등을 이해하고 해결할 수 있는 단초가 된다는 점에서 또 다른 함의를 갖는다. 이른바 '동시대의 비동시대성'으로 명명되는 세대간의 갈등은 20세기 초 독일에서 활동했던 미술사가 핀더의 핵심사상으로 "연대기적으로 같은 시대에 살고 있는 사람들이 주관적·내면적 시간을 달리하는 상이한 세대들로 구성된다."[17]는 의미를 담고 있다. "경험의 질이

---

17) 핀더의 명제를 만하임(Mannheim, 1952: 283)은 '동시대(인)의 비동시대성'으로 표현한 데 비해, 마리아스(Mari'as, 1970: 114)는 '동시대적이 아닌 것의 동시대성', 또는 '동년배적이 아닌 것의 동시대적 공존'으로 이해하려 한다. 양자의 표현방식상의 차이가 있긴 하지만 의미하는 바는 마찬가지다. 즉, 경험의 질이 다르고, 세상을 달리 보며, 다른 방식으로 살아가는 여러 세대(비동시대성)가 한 시대에 공존하고 있다(동시대(인), 동시대성, 동시대적 공존)는 의미에서 말이다. 박재홍, 『한국의 세대문제』, 나남출판, 2005, p.47.

다르고, 세상을 달리 보며, 다른 방식으로 살아가는 여러 세대가 한 시대에 공존하고 있다"는 것은 각 세대의 바램과 욕망이 상이하다는 것을 전제로 한다. 이 차이에서 오는 소통의 부재와 단절은 또 다른 측면의 한의 원인이 된다는 점에서 심각한 사회 문제를 노정하고 있다. '한 정서의 현대화'라는 측면에서 문순태가 직시하고 있는 바도 이 같은 연장선에서 파악이 가능하다.

④ 정한론(情恨論)은 대부분의 논자들이 인정하는 바대로 한이 한국인 고유의 정서라는 사실을 인정하는 데서 출발하고 있다. 문자 그대로 정한은 '그리움'이 한이 되어버린 경우를 일컫는다. 앞서 언급한 대로 이 정한론은 대부분 김소월의 시를 논하는 과정에서 등장하였으며 김동리·서정주 등에 의하여 쓰이기 시작했지만 조선시대의 별한·이한 등에서도 근거를 찾을 수 있다.

이 같은 정한은 감상적 허무주의라는 비판도 없지 않았으나 이러한 경향이 기본적으로 한국 문학의 전통적인 측면과 연계된다는 주장도 있었다. 또한 천이두는 "정한에 있어서의 대타적 우호성은 분명 밝고 건강한 일면을 반영하나, 그것은 동시에 어둡고 부정적인 면과 복합체를 이루고 있다는 사실"[18]을 강조한다. 이는 정한이 '한의 일면적 속성을 집약적으로 부각시키고 있지만 한의 하위개념으로 규정되고 있음'을 뜻한다.

문순태 작품에서 드러나는 정한은 대체로 위에서 거론한 측면, '한

---

18) 천이두, 『한의 구조 연구』, 문학과지성사, 1993, p.67.

의 일면적 속성을 집약적으로 부각시키고 있지만 한의 하위개념'으로써 형상화의 질료가 되고 있다. 여기에서 하위개념으로써의 질료라는 것은 원한론, 민중적 한론, 한원론의 부가적인 측면에서 정한론이 활용되고 있다는 의미로 앞의 열거한 한 유형의 기저를 형성하는 배경적인 정서가 되고 있다는 것이다. 원한론에는 비극에 의해 죽은 혈육에 대한 정이, 민중적 한론에는 실향민의 고향에 대한 애틋한 정서가, 한원론에는 잃어버린 꿈과 욕망에 대한 그리움이 각기 투영되어 있음을 전제한다.

⑤ 복합체로서의 한론은 한을 한국인 고유의 심리적 콤플렉스로 보는 입장이다.[19] 프로이트의 심리학적 관점에서 한을 바라보았다는 점에서 기존 논의와 변별이 되지만 그러나 명백한 한계를 지닌다. 그것은 천이두가 지적한대로 "한에는 비애·설움 등이 중요한 속성의 일부를 형성하고 있는 것은 사실이지만 슬픔은 한의 일부의 속성이지 그 전부는 아니라는 것"이며 "한에는 비애 외에도 다른 많은 속성들이 다층적으로 포괄되어 있다."는 사실을 간과하고 있다는 점이다. 그러므로 복합체로서의 한론은 슬픔의 감정 외에 정한, 원한, 그리움, 분

---

19) 프로이트 심리학의 관점에서 한을 갈등의 심리로서 규명하려는 논의 가운데서 주목의 대상이 되는 것은 김종은의 「소월의 병적-한의 정신분석」과 오세영의 「한의 논리와 그 역설적 의미」 등의 논문이다. 김종은의 논문은 정신병리학적 관점에서 김소월의 전기에 나타나 있는 작가 자신의 정신 질환의 궤적을 추적하고 있으며, 오세영의 논문은 김종은의 이론을 인용하면서 김소월의 대표작이라 할 「초혼」과 「진달래꽃」을 분석하고 있다. 천이두, 『한의 구조 연구』, 문학과지성사, 1993, p.74.

노, 바램, 욕망과 같은 다양한 감정이 결합되어 변주되는 양상을 전제로 한다고 볼 수 있다.

문순태 소설에서 복합체로서의 한론은 주로 역사나 5 · 18광주민중항쟁을 소재로 하는 작품에서 두드러지게 드러난다. 「정읍사」, 「인간의 벽」그리고 「느티나무 아저씨」, 『느티나무 사랑』과 같은 작품의 기저를 형성하고 있는 한은 어느 한가지로 규정할 수 없을 정도로 복합적인 양상을 띤다. 그것은 공통적으로 역사적인 문제와 직결된다는 점에서 원인을 찾을 수 있는 바, 굴절과 통한의 역사를 바라보는 작가의 관점이 일정부분 투영된 것으로 풀이된다.

또 하나는 서술시점과 스토리시간과의 거리에서 발생하는 서사외적인 측면을 들 수 있다. 서사화 과정에 있어 한을 어느 한가지로 재단하였을 경우에 객관성의 문제와 더불어 자칫 역사를 바라보는 작가의 시각에 대한 논란을 불러올 수도 있다는 점이다. 왜냐하면 한은 피학자 뿐 아니라 가학자의 내면에도 형성되는 감정이기 때문이다. 이러한 전제는 다분히 "역사소설이라는 장르가 역사주의의 산물, 즉 역사적이고 철학적인 의식의 증대와 맞물려 있다는 사실"[20]을 떠올리게 하는 것으로 역사와 관련한 소설에 대한 기본적인 작가의 인식을 가늠케 하는 요인으로도 볼 수 있다.

---

20) 공임순, 『우리 역사소설은 이론과 논쟁이 필요하다』, 책세상문고 · 우리시대, 2000, p.25.

제2장
....

기능과 서사화의 전제

　본 절에서 논의하게 될 한의 기능과 서사화는 한이 내재하고 있는 순기능적인 면과 관련되어 있다. 기존의 갈등과 대결의 입장을 변화시키는 인자는 환경의 변화와 같은 외부적인 요인보다는 스스로의 자각이나 의지와 같은 내부적인 원인이 더 많이 작용한다. 한에 의해 변화되는 인물의 행위는 사건과 상황으로 연계되고 이는 자연스럽게 서사라는 관계망을 형성하게 된다. 본 절에서의 또 다른 논의는 서사화가 어떠한 방식에 의해 전개되고 있는가에 대한 개괄적인 고찰이다.

　한이 내면화되어 있는 주체를 지배하는 심리적 상태는 크게 두 양태로 표상된다. 하나는 극복에 대한 의지이며 다른 하나는 체념 그 자체이다. 이 두 심리적 상황은 상호 대조적인 속성을 띠지만 그러나 한 가지로 통합되는 성향을 지니고 있다. 일반적으로 한편의 부정적인 측면이 고양되면 그에 비례하여 반대편의 속성도 상승되는 양상을 보인다는 것이다. 앞서 살펴본 대로 한은 다양한 측면이 함축되어 있는데 이러한 양상을 아우르고 방향을 견인하는 구심점은 질적 변화로의 전이라는 측면과 연계된다.

한국적 한에 있어서의 이와 같은 질적 변화를 가능케 하는 기능은, 한국적 한의 내재적 속성으로서의 가치 생성의 기능이다. 한국적 한의 내재적 속성으로서의 가치 생성의 기능, 그것이 곧 '삭임'의 기능인 것이다.1) '삭임'이라는 용어는 '삭이다'의 명사형으로 다음 두 가지의 뜻이 담겨 있다. 국어사전에는 ① 먹은 것을 소화시키다. ② 한창 달아오른 분한 마음을 가라앉히다, 로 나와 있는데 모두 '변화'라는 의미를 포괄한다. 이를 하나의 관계로 묶어보면 '가치 생성=질적 변화=삭임' 이라는 등식이 성립된다. 이러한 관계는 한이 긍정적인 방향으로 주체의 상황을 견인한다는 뜻을 함의한다.

그렇다면 문순태 소설에서 한은 어떠한 기능을 담지하고 있는가. 전통적 측면에서 '삭임'의 기능은 인내와 인고라는 의미가 상당부분 투영되어 있다. 시간의 경과를 통해 변화에로의 다다름이라는 뜻에 무게중심이 담겨 있다는 것이다. 그러나 문순태 소설에서 한은 주체의 행위를 견인하고 행위를 통해 종국적으로 반성적 성찰에 이르는

---

1) 한국적 한의 부정적 속성 즉 그 공격성과 퇴영성, 그리고 그 긍정적 속성, 즉 우호성과 진취성은 일원적 총체성으로 포착하지 않으면 그 정체를 규명할 수 없다. 한은 한국인의 주체에 있어서 그 부정적 속성이 끊임없이 초극되는 것이며, 그 초극의 과정을 통하여 그것은 소멸되는 것이 아니라 그 자체가 끊임없이 긍정적 속성에로 질적 변화를 계속해갈 뿐이다. 천이두,『한의 구조 연구』, 문학과지성사, 1993, p.99.

통로로서의 기능을 수행한다. 본고에서 상정하고 있는 한의 개념은 바로 이와 같은 기능적인 의미가 내포되어 있는 변화에의 열망과 가치 지향성을 수반한다. 즉 고정불변의 감정이 아니라 '삶은 서사'라는 틀에서 역동적으로 변화를 추동하는 궁극의 실체라는 것이다.

> 나는 아버지의 유해를 끼고 천왕봉에 올라가면서 이를 부드득 갈며, 박판돌이에 대한 복수의 불길을 지폈다. 조금 전 아버지의 팔다리에 묶인 전선줄을 들어내면서도 박판돌이에 대해 치솟는 감정에 부르르 손이 떨리기까지 했었다.
> "신선놀음하는 함씨가 지금 있을까요?"
> 나는, 파란 하늘을 쑤셔 대는 듯 우쭐우쭐 출렁여 보이는 천왕봉을 올려다보며 물었다.
> "죽지 않았다면 아직 있겠재!"
> "그 사람, 죽을 때까지 혼자 천왕봉에서 살겠대요?"
> (「철쭉제」, p.152)

화자인 나의 한은 아버지를 죽인 판돌에 대한 복복 감정이 내면화된 것이다. 검사가 되어 출세를 했던 나의 유일한 목표는 아버지의 원수를 갚는 것이다. 한은 현재의 나를 있게 한 원동력이자 가까운 미래에 감행하게 될 보복행위의 전제 조건이다. 그러나 역설적으로 나를 변화시키는 힘은 한이다. 위의 인용문은 한이 화해로 전이될 가능성을 암시하고 있다. 천왕봉에서 세상과 단절한 체 혼자 살고 있다는 함씨라는 인물과의 만남이 매개가 되리라는 예측을 갖게 한다. 함씨가 천왕봉에서 살고 있는 이유는 "아무하고도 싸우지 않아도 되기 때문"

이라는 것인데, '싸움'이 환기하는 의미는 타자와의 대립, 즉 원한 감정을 일컫는다. 이는 또한 '세상에 있었을 때'는 '맺혀' 있는 것이 적지 않았음을 상정한다. '세상'과 '천왕봉'이라는 공간적 거리는 심리적 거리를 표상하는 바, 그 '거리'는 함씨로 하여금 '원한 감정'을 희석시키고 새로운 삶의 방식을 강제한 것으로 보인다.

> "욕심을 부린다거나, 누구를 미워한다거나 하는 것 말입니다."
> 한동안 어둠 속의 움직임을 자세히 관찰하듯 들여다보고 있던 함씨는 다시 나직하게 입을 열었다.
> "한세상, 백 년을 다 살아도 삼만육천오백 일밖에 안 됩니다. 그 짧은 동안을 짓밟고, 모함하고, 미워하며 살아갈 필요가 없을 것 같아요."
> 함씨는 버릇처럼 웅크리고 두 무릎 사이에 손을 넣어 싹싹 손바닥을 비비며 이야기를 계속했다.
> "가장 높은 곳에 살고 있으면서도 내 몸은 세상에서 가장 낮은 곳에 있는 것같이 가장 무기력하고, 내 생각은 가장 밑바닥에서 헤어나지 못한 것 같단 말씀입니다. (중략) 결국 내가 묻는 말에 내 양심이 대답을 해주더군요. 욕심을 버리고 두려워 마라, 너는 곧 한줌 흙이며 바람이요, 구름인 것이다. …."　　　　　　　　(「철쭉제」, PP.157-158)

함씨는 화자에게 욕심을 부린다거나, 누군가를 미워한다는 것은 다 부질없는 일이라고 말한다. 욕심은 무언가를 바라는 것으로 원(願)에 해당하며 누군가를 미워한다는 것은 원한(怨恨)이나 증오(憎惡)에 해당한다. 이러한 응어리를 벗어버렸다는 것은 한이 긍정적으로 변모되었음을 뜻하는 것으로 해석할 수 있다. 그러나 한편으로는 고립된 '자기 세계'로의 유폐라는 다소 부정적인 시각을 주는 측면도 있다. 세상과의 절연이 한의 긍정적인 측면으로의 전환보다는 타자와의 단절을 통한 '자기 세계'로의 침잠이라는 해석도 가능하기 때문이다. 그럼에도 주체의 인식의 변화가 현재적 삶의 모습을 바꿔놓을 가능성을 노정하고 있다는 것, 그리고 타자인 화자에게 새로운 가치를 증여하게 되리라는 예측은 향후의 긍정적인 기능을 담보하고 있다고 볼 수 있다.

주체의 행위를 변화시키는 동력은 앞서 언급한 '삭임=질적 변화 노정=가치 생성의 가능성' 이라는 의미망과 대체로 일치한다. 그러나 양상은 일정부분 변별된다. 서사화에 있어 '삭임'은 '재인식'이라는 주체의 능동적 과정으로 행위와 사건이 결합되는 인과성을 근거로 하기 때문이다. 달리 말해 서사적 측면에서 '재인식'이란 과거의 한스러운 체험이나 감정이 주체의 의식적 인식이나 행위에 의해 변화 가능성을 견인하는 것으로 볼 수 있다. 물론 '삭임'이라는 용어에도 일정부분 주체의 행위를 전제하고 있지만 여기에는 보편적으로 '인내' '정진' 같은 소극적 적극성의 의미가 더 많이 투영되어 있다고 보는 것이다.

한편으로 한의 기능에 있어 삭임이라는 재인식과 더불어 중요한 요인으로 부가되는 개념은 전이이다. 재인식과 전이는 서로 맞물려 있는 과정으로 주체의 재인식은 반드시 이후 전이의 과정과 연계된다. 전이란 서사적 측면에서 "사건이 과정이고 변화라는 사실"[2]을 의미한

---

2) 사건은 행위자에 의해 야기되거나 경험되는 한 상태로부터 다른 상태로의

다. 그러나 문순태 소설에서 전이는 심리적인 면과 주체의 행위에 초점이 맞추어져 있다. 일반적인 전이에 대한 정의는 "심리적 방어기제의 일종으로서 대상에 대한 감정이나 환상을 그들의 대리물에게 옮겨버리는 것" 또는 "정신적 에너지를 한 가지 형태의 표현으로부터 다른 형태의 표현으로 옮겨버리는 심리적 방어기제"[3]이다. 위에서 보듯 전이는 "옮긴다."라는 뜻을 함의하는데 옮김의 대상이 '감정' '환상' '정신적 에너지'임을 알 수 있다. '감정'이나 '환상' '정신적 에너지'는 일정부분 본고에서 논하는 '한'으로 대체될 수 있는 바 문순태 소설에서 전이란 "한의 감정이 옮겨진다."라는 뜻을 지닌다. 그렇다면 '한가지 형태의 표현으로부터 다른 형태의 표현으로 옮긴다'는 것은 무엇을 뜻하는가. 한의 감정이 다른 한 이외의 감정으로 바뀌는 것을 일컫는다. 여기서 바뀐다는 것은 '질적인 변화'가 수반되었다는 것을 전제하는 것으로 한이 '풀림'의 단계로 들었음을 의미한다.

그러나 문순태의 한이 프로이트나 라깡의 정신병리적인 측면과 변별되는 것은 그것이 퇴행적인 방어기제와는 변별된다는 점이다. 한국인의 한은 긍정적인 에너지로의 변화와 가치의 지향이라는 측면에 초점이 맞추어져 있다. 이는 한이 발생하였던 당시의 상황에서 타자의 입장을 좀더 객관적으로 바라볼 수 있는 시각을 확보하였기 때문에

전이로 정의되었다. 발은 전이의 기준으로 ① 변화 ② 선택, ③ 대면으로 든다. M. 발, 『서사란 무엇인가』, 한용환 역, 문예출판사, 1999, pp.31-37.

3) J. C. 네마이어, 『정신병리학의 기초』, 유병희 역, 민음사, 1992, p.343. 김형중, 「애타게 자궁을 찾아서」, 『문학이론의 경계와 지평』, 한국문화사, 2004, p.337. 재인용.

가능하다. 즉 용서, 화해, 이해, 포용과 같은 양상으로의 전이는 타자를 고려하는 주체의 적극적인 의지에서 비롯되었다는 의미이다.

이처럼 한은 그 자체로 변화를 견인하는 기능을 담지하고 있음을 알 수 있다. 주체로 하여금 재인식을 하게 하고 이를 근거로 감정이 전이되도록 순기능의 역할을 도모한다. 한은 고정불변의 감정이 아니라 삶이라는 하나의 과정에서 파악되는 의미를 지닌 실체라는 것이다. 다음의 인용문을 살펴보자.

> 우리는 고물 시계와 재봉틀을 달빛골짜기 마을에 묻고 떠났다. 내가 고물 시계와 재봉틀을 땅에 묻자고 했을 때 필식이는 반대했다. 아무 데나 버리면 될 것을, 죽은 사람 장사 지내는 것처럼 수고스럽게 땅을 파고 묻을 필요가 있느냐는 것이었다. 나도 처음에는 그렇게 생각했다. 어차피 집에 다시 가지고 가기도 뭣해. 그냥 아무 데나 버릴까 싶기도 했다. 그렇지만 오래된 괘종시계와 재봉틀은 필식이와 나에게 단순한 물건이 아니라는 생각이 들었다. 분명 의미 있는 유형물인 것이었다. 비록 낡은 고물이지만 필식이 아버지와 내 어머니의 삶과 깊은 연관이 있었다. 그리고 그 자식들인 필식이와 나의 삶에도 무형으로 연결되어 있다는 느낌이었다. 그런 소중한 것을 아무 데나 버릴 수는 없었다. 나는 부모의 삶과 연결된 것들에 대해 최소한의 존엄과 예의를 표하고 싶었다. (『41년생 소년』, p.273.)

인용된 『41년생 소년』의 주인공 화자는 6·25전쟁 때 피난지였던 '월곡리'를 찾아와 땅속에 '괘종시계'와 '재봉틀'을 묻는다. 화자의 행위는 이전의 내면에 드리워져 있던 전쟁의 상흔으로 대변되는 한의 감정을 '바꾸기' 위한 상징성을 지닌다. 이로써 한의 감정이 응고된 화자의 과거의 기억은 인용문에 나타난 바와 같이 "존엄과 예의"로 전이된다. 이러한 과정은 화자가 여로라는 시간여행을 통해 과거로 대변되는 한스러운 체험을 재인식한 뒤, 특정한 행위(괘종시계와 재봉틀을 묻음)를 통해 얻어지는 전이의 결과이다. 문순태 소설에서 한이 이후의 감정으로 바뀌는 과정, 일테면 "존엄과 예의"와 같은 긍정적인 방향으로 전향되는 과정은 재인식과 전이가 서로 이웃하여 가치의 생성을 도모하는 관계임을 말한다.

한의 기능과 관련한 문순태의 주인공들은 능동적이고 지향적이다. 이들의 의식에는 과거의 한이라는 억눌린 감정에서 탈피하고자 하는, 변화하고자 하는 욕구가 잠재되어 있다. 이들은 결국은 변화의 방향으로 선택을 하는데, 이것을 추진하는 동력은 상황을 대응하는 의지와 행위에서 비롯된다.

한이 기능적인 면에서 주체의 인식과 행위를 변화시키는 작용을 한다는 것은 '서사라는 삶'이라는 맥락에서 논의가 가능해진다. 문순태 소설에서 한을 근거로 하는 서사는 고향을 기반으로 하는 화해의 세계를 향해 초점을 두고 있다. 인물들은 각기 스스로가 상정하고 있는 고향 공동체를 지향하고 있는 관계로 "서사의 욕망은 유토피아적 공동체를 향해 움직이는 사회 구성원들(인물들)의 운동(플롯)을 포착"해내는 과정으로 볼 수 있으며 "인물과 플롯을 담아내는 과제는 실상 인간의 삶이라는 대상을 인식하려는 인식론적 과제(사상과 주제)와 분리되지 않는다"[4]는 것이다.

문순태 소설에서 '인물과 플롯을 담아내는' 서사화의 과정은 주체의 한을 극복하는 과정에 수렴된다. 이는 한의 기능과 서사화의 관계에서도 파악이 가능한 문제이다. '기제(원인)-형성-양상(발현)-재인식-전이-해한'으로 이어지는 한의 서사화는 연속성이라는 시간의 국면에 의해 직조된다. 연속성은 서사가 '삶'이자 '인물과 플롯을 담아내는' 과정이라면 서사화는 이러한 과정에 관련되는 담론적 또는 서술적인 측면이 부가되는 것이다. 쥬네트가 스토리와 서술은 서사라는 매개를 통해 이루어지는데 서사는 그것이 얘기하는 스토리와의 관계 속에서 살고 담론은 그것을 말하는 서술 행위와의 관계 속에서 산다는 표현을 한 것은 '서사화'의 본질을 표지하는 것으로 보인다.

이와 같은 서사화의 측면은 상당부분 개념의 유사점과 불분명한 경계가 드러나는데 이는 기본적으로 소설이라는 장르가 내재하고 있는 역동성과 모든 장르를 아우르는 서사의 포괄적인 특성에서 기인한다고 보인다. 본고에서 한을 중심으로 전개되는 서사화란 '행동과 상황이 얽히는 관계'라는 기본적인 서사 분석(발의 스토리의 개념)과 채트먼의 담론적인 측면, 쥬네트와 리몬 케넌의 서술적인 개념을 일정부분 토대로 전개되고 있음을 전제한다.

또다른 전제는 한이 시간의 흐름에 따라 그 양상은 변화하지만 본질적인 측면은 시간의 흐름과는 무관하게 일정하게 존재한다는 점을 근거로 공시적 측면의 접근을 시도한다. 이는 두 측면이 상반된 관계

---

4) 나병철, 『근대 서사와 탈식민주의』, 문예출판사, 2001, pp.35-36.

가 아니라 한이 내재하고 있는 특성을 감안하였을 때 상호 보완적인 고찰이 요구된다는 전제에서 출발하며 한편으로 작가의 한을 바라보는 인식과도 연계된다고 하겠다.

지금까지 한의 유형과 그에 따른 서사화의 측면을 고찰하였다. 필자는 한의 개념을 전통적인 원한의 감정이라는 측면 외에 현대적인 여러 요인(정신분석적 측면, 근대성의 부정적 측면, 욕망과 갈등의 측면)을 들어 의미를 확장하고자 하였다. 한의 세계를 크게 ①원한론(怨恨論), ②민중적 한론, ③한원론(恨願論), ④정한론(情恨論), ⑤복합체로서의 한론으로 나눌 수 있었다. 각각의 유형에 따라 문순태 소설을 분류하였다. 원한론은 6·25전쟁 관련 소설이, 민중적 한론은 도시 빈민을 소재로 하고 있는 민중 관련 소설이, 복합적 한론은 역사를 다루거나 5·18광주민중항쟁을 소재로 하고 있는 소설이, 한원론은 소통이라는 욕망을 초점으로 한 작품이 해당하였다. 한은 그 기저에 순기능을 내재하고 있는데 가치 생성을 견인하는 삭임이라는 과정은 변화가능성을 수반하는 재인식의 단계와 상통하였다. 인물의 재인식은 이후 행위를 수반함으로써 한의 감정이 바뀌는 전이의 단계로의 진입을 견인한다. 이와 같은 일련의 과정은 한의 서사화라는, 인물과 플롯이 결합되는 스토리가 서술 행위라는 작가의 담론적 관계에 의해 달성된다.

III.
한의 서사적 상황과 변용

문순태 소설에서 한은 어두운 면만을 내포하지 않는다. 한국적 한이 부정적이고 어두운 면과 함께 긍정적이며 밝은 면을 포함하고 있는 것과 같은 맥락이다. 문순태를 일면 향토적 작가로 명명하는 것은 작품 세계가 안고 있는 한의 '복합적인 특징' 때문이다.

전쟁과 같은 거대한 외상을 겪고 난 직후 시기의 작가는 하마터면 자신이 겪을 수도 있었던 신경증을 작품을 통해 대신 겪는다. 이때 작품은 작가에겐 예방 접종과 같은 역할을 한다. 미리 앓음으로써 치료되는 병이 곧 작품이라는 것이다.* 그와 같은 논리는 전쟁뿐만 아니라 작가가 추구하고자 하는 이상이나 가치관이 타자에 의해 무참하게 훼손되거나 변질되었을 때도 그와 같은 고통을 겪는다고 볼 수 있다. 즉 전쟁 이외에 급격한 자본주의화·산업화로 빚어지는 고향의 붕괴 또는 소통불능으로 인한 관계의 단절 등도 작가에게는 외상의 한 원인으로 작용할 수 있다는 가정이 성립된다.

주체의 의식속에 내재된 한은 특정한 상황을 계기로 현실에서 부각된다. 한국전쟁의 휴전이 비극의 종결이 아니라 비극의 지속과 또다른 비극을 잉태했고, 80년 광주의 아픔이 과거라는 역사의 상흔에만 머물러 있는 것이 아니라 '계속되는 광주'로 의미가 확장되는 것은 기본적으로 한이 내재하고 있는 속성에서 기인한다.

이러한 양상은 내재된 한이 현실에서 사건과 연계되는 '사건적 상황'으로의 전이를 뜻한다. 한의 양상이 현시되고 심화되는 측면, 상실

---

* 김형중, 『소설과 정신분석』, 푸른 사상, 2003, p.99.

해 버린 세계에 대한 염원은 특정 사건과 긴밀히 호응함으로써 서사의 인과관계를 지탱해주는 요인으로 작용한다. 이는 주체와 타자의 대립과 화해라는 기본적인 구도에 한의 재현적인 측면과 현실의 갈등이 사건과 맞물려 서사적 긴장감을 반영하고 있음을 의미한다.

한의 발생 요인

  문순태가 주목하는 비극적 상황은 서사 주체들이 역사의 비극적 상황에서 맞닥뜨린 절망적 '실존의 시간'이다. 이 절망적 '실존의 시간'은 서사 주체와 타자들 그리고 서사 주체로서 일정 부분 목격자와 행위자로 참여했던 경험자아, 다시 말해 작가 문순태에게 근원적인 한의 기억과 이미지를 각인시켜 주었을 것으로 예상된다.

  기억과 이미지는 특정 상황속에서 구체화되고 각인되는 것으로 소설에서 상황은 서사를 전개시키는 일련의 계기적 측면에 해당한다. 주체로 하여금 내재적 또는 외양적 변화를 강제하는 기제로서뿐 아니라 인물이 처해 있는 제 요건과 긴밀한 관계를 형성하게 한다. 야스퍼스는 비극적인 것은 직관 앞에서는 현존재의, 곧 인간의 현존재의 소름끼치는 공포를, 그것도 이러한 공포를 인간존재의 포괄자에 바탕을 둔 분규에 있어서 보여주는 사건으로서 등장한다고 본다.[1] 이러한 관점은 한계상황을 설명하는 것으로 "한계상황의 자각은 실존을 각성시키는 근본적 계기가 되며 그러한 상황에서는 투쟁·죽음·우연·허물과 같은 고통을 받는다."[2]는 사실에 바탕을 둔다.

　문순태 소설에서 '한계상황'은 언급한 대로 한국전쟁과, 5·18과 같은 역사적 격변기와 자본주의와 산업화로 인해 궁핍과 수탈의 대상으로 전락해버린 기층 민중이 처한 고통의 상황을 모두 지칭한다. 소설에서의 '한계상황'은 트라우마를 발생시킨 특정한 시간과 환경 두 요소를 포괄한다. 본 절에서는 한의 근인이 작용하는 비극적 상황에 대하여 논하기로 한다.

1) 6·25와 비극 상황

　전기철은 전후의 불안의식의 수용과 내재화 과정을 추적하면서 "전

---

1) 비극적인 것에 대한 차된 의식- 동시에 이 의식에 의해서 비극적인 것은 처음으로 실현된다- 은 고뇌와 죽음, 단순한 유한성과 무상함을 파악하는데 그치지는 않는다. 따라서 이러한 모든 것이 비극적인 것이 되기 위해서는 인간이 행동하지 않으면 안 된다. 인간은 자기 자신의 행위에 의해서 비로소 분규를 일으키고 따라서 이 불가피한 필연성을 통해서 파멸을 초래한다. 현존재로서의 삶이 파멸할 뿐 아니라 완성의 모든 현상이 좌절된다. Karl Jaspers, 『비극론·인간론(외)』, 황문수 역, 범우사, 1975, pp.34-35참조.

2) 김병우, 「존재와 상황」, 한길사, 1982, p.151 참조. 윤충의, 『한국문학의 직관과 상황 그리고 표현 기술』, 국학자료원, 2001, pp.199-200.

쟁의 공포가 현실의 의식을 이룰 경우 인간은 합리의 체계나 정상적인 과정으로서의 삶을 믿지 않으며, 오직 상황과 대면해 있는 동물적 인간의 존재 문제를 제기하게 된다"[3]고 언급한 바 있다. 이는 전쟁은 합리성과 정상성을 이탈케 하여 인간을 '동물적 인간의 존재'로 전락시키는 기제로 작용한다는 사실을 강조한 것이다. 이러한 상황 인식은 송하춘, 이남호가 『1950년대 소설가들』[4]에서 밝힌 바 있듯이 '이데올로기에 대한 성찰은 50년대의 문학이 지닌 역사주의적 관점을 관통하고도 남음이 있으며 적개심과 절규, 포화의 참상에서 동물적 감성을 제어하기란 힘들다'는 의미와 궤를 같이 한다.

이처럼 비극적 상황에서 기인하는 한은 인물의 윤리적 측면 이전에 인간의 본질적 측면을 전제로 형성되는 것이 보편적인 현상이다. 양은창은 『한국 전후소설 구조론』[5]에서 전쟁이란 양상에 등재된 인간들의 윤리상을 말하기 이전에 인간의 본질적인 요소를 캐고 그 내부를 드러내야만이 현상을 이해할 수 있다고 언급한 바 있다. 이는 "주체가 지닌 어쩔 수 없는 오인의 구조나 주체의 함몰 현상에 대한 이해 없이 결과론적인 과정만으로는 부정적인 인물들을 품으로 끌어들이지 못하게 된다."는 뜻으로 풀이된다. 그의 관점에 의거하면 「철쭉제」의 판돌은 윤리적인 측면보다는 인간의 본성에 근거한 측면에서 파악해야 할 인물이다. 판돌이 6·25때 박검사의 부친을 죽일 수밖에 없었

---

3) 전기철, 『한국 전후 문예비평 연구』, 도서출판 서울, 1992. p.69.
4) 송하춘, 이남호 편, 『1950년대 소설가들』, 나남, 1994, p.116.
5) 양은창, 『한국 전후소설 구조론』, 웅동, 1999, p.32.

던 근원적이고 본질적인 이유가 억울하게 죽임을 당한 부친의 한을 풀어주기 위해서였다는 사실은 한이 윤리적인 측면에 앞서 본성과 관련된다는 것을 보여준다.

이러한 한의 형성과 관련된 서사 정보, 즉 비극적인 상황은 작중인물이나 화자를 통해 구체적이고 명시적으로 제시되고 있다. G. 프랭스는 "모든 서사물은 어떤 종류의 서사화된 정보를 전달하는데, 정도의 차이는 있지만 화자가 이 정보의 출처가 된다."고 보고 있으며 "전달되는 정보의 대부분은 명시적 (explicit)으로 확언된다."[6]고 말한다.

> 수류탄이 터지면서 흙더미가 허공으로 치솟았다. 그런데 다시 땅에 떨어진 것은 흙더미뿐만이 아니었다. 사람의 팔 다리며, 살점들이 사방에 흩어졌다. 발딱 뒤엎어진 토굴의 흙더미 속에 동강난 시체들이 뒤엉켜 있었다. 토굴 속에 사람들이 들어 있었던 것이었다. 얼핏 헤아려도 스무남은 명은 될 것 같았다. 놀란 것은 배 달수뿐만이 아니었다. 허공으로 치솟았던 흙더미가 쏟아질 때, 핏방울들이 부대원들의 제복에까지 튕겨 묻었을 때, 그들은 놀라움에 비명처럼 소리를 질렀다.
> "이새끼, 배 달수 너는 사람 사냥을 하러 온 게야?"
> 문 순묵 대장이 발길로 배 달수를 차며 내질렀다. 대장의 옷에도 피가 묻어 있었다. 배 달수의 얼굴이 창백하게 엷어졌다.
> (「피아골」, p.292)

---

6) G. 프랭스, 『서사학이란 무엇인가』, 최상규 역, 예림기획, 1999, p.55.

인용문에서 보듯 6·25의 비극적 상황은 '사람 사냥'이라는 표현으로 대변된다. '사람 사냥'은 살육과 만행이 도저하게 자행되었던 역사의 비극을 보여주는 단적인 사례로 당시의 정황이 '동물적 인간의 존재'로 전락할 수밖에 없는 한계 상황임을 보여준다. 이는 참상 자체를 있는 그대로 보여줌으로써 서사대상인 비극적 상황을 강조하기 위한 의도로 풀이된다. 특히 문 순묵에 의해 '사람 사냥'이라는 발화가 이루어진 것은 작중 인물 대부분이 그러한 비극적 인식에 영향을 받고 있었음을 의미한다. 그것은 인간이 '동물적 인간의 존재'로써만 그 존재의 의미가 확인되는, 즉 인간의 의지와 이성이 차단된 '동물적 본능'만이 지배하는 파괴적인 세계임을 드러내고 있는 것이다. 이처럼 화자를 통해 명시적으로 전달되는 서사 정보는 전장의 참상이 어두운 측면을 부각시켜 내면화되는 계기로 작용하고 있음을 뜻한다.

가을비가 추적추적 내리던 날 낮에 노루목 재각에서 벼락치는 듯한 소리가 들려왔다. 순기는 불안한 예감에 휘감긴 채 어머니와 함께, 미륵교를 건너 재각에 가보았다. 그리고 모자는 함께 까무러치고 말았다. 순기는 그렇게 되고 말 것이라는 것을 예상하고 있었다. 삼촌이 숨어 있던 토굴이 무덤을 파헤쳐 놓은 것처럼 벌룽 뒤집혀 있었다. 토굴 안에 수류탄을 넣어 터뜨린 것이었다. 뒤집힌 흙더미 속에 담요, 양동이며 쌀자루, 요강이 휴지처럼 찢겨져 있었으며, 삼촌의 팔과 다리며 몸뚱이가 여기저기에 흩어지고 묻혀 있었다.

(『달궁』,pp.105-106)

「달궁」연작에서도 살육의 만행이 화자를 통해 명시적으로 제시되고 있다. 특히 김만복이 순기의 삼촌이 토굴에 숨어 있는 것을 알면서도 수류탄을 투척한 사건은 6·25가 '사람 사냥'과 진배없는 만행의 시대였다는 작가의 비극적 인식을 드러낸 것으로 볼 수 있다. 특히 전세와 상황의 반전에 따라 살생이 반복되고, 이에 대한 복수가 가해짐으로써 발생하는 한은 인간의 본질적인 측면을 여실하게 보여주는 사례로 보인다. 이러한 사례는 명시적인 정보에 의해 비극적 상황을 여과 없이 전달하고자 하는 작가의 의도가 전제[7]되어 있음을 뜻한다.

'사람 사냥'의 만행은 공통적으로 가계의 비극으로 연계되는 특징이 있다. 6·25 한국전쟁이 동족상잔의 비극으로 명명되는 것은 공동체 공간에서 살육을 비롯한 비인간적 만행이 자행되었다는 점 때문이다. 「철쭉제」의 판돌과 박검사, 「달궁」의 순기와 김만복은 6·25가 발발하기 전까지는 전통적인 공동체의 관습의 지배를 받는 인물들이었다.

이처럼 전쟁은 단순한 일탈을 넘어 공동체의 논리를 전복시키는 비인간적인 상황을 강요하기에 이른다. 살인과 겁탈, 재산탈취와 방화로 이어지는 참상은 전쟁이라는 한계상황을 빌미로 자행된 만행이었다. 6·25전쟁 이후 전황에 따라 수시로 전도되는 상황은 인물들에게 한을 각인시키고 복수의 의지를 갖게 했다. 그러나 보다 근본적인 원

---

7) G. 프랭스는 상정(想定) (posed) 과 전제 정보 (presupposed information) 사이에 차이가 있는 것과 마찬가지로 전제 정보와 암시 implicit 정보 사이에도 차이가 있다는 것 또한 주의를 요한다. 첫째 [이것이 가장 명백하다]간접적으로라도 전자가 진술이 되어 있는데 반해, 후자는 진술이 안 되어 있다. G. 프랭스, 앞의 책, pp.66-67.

인은 이전의 가계 사이에 내재되어 있던 한의 감정이 전쟁을 계기로 표면화되었다는 사실이다. 6·25가 가계 사이에 내재되어 있던 한을 표출하는 원인으로 작용하였다는 점은 그것이 구조적인 측면에서 향후 해한의 양상이 어떠해야 하는지를 상정한다.

2) 5·18과 역사적 비극

1980년대를 대표하는 비극적 상황은 단연 5·18광주민중항쟁이다. 문순태의 5월 관련 소설은 당시의 상황을 재현하는 측면보다는 역사적 의미에 초점을 두고 객관적 바라보기를 시도하고 있다. 특히 '느티나무'를 소재로 한 『느티나무 사랑』이나 「느티나무 타기」와 같은 작품은 작가가 의도적으로 서사적 측면보다는 서술적인 면에 더 많은 비중을 두고 담론화에 고민하고 있음을 보여준다. 문순태는 "80년 5월의 아픔은 무엇인가 나로 하여금 계속 고향에 머물러 있기를 강요하고 있다."[8]고 밝힌 바 있는데, 이는 당시의 5월 체험이 한국전쟁 참상 못지 않은 고통과 한으로 작용하고 있다는 것을 의미한다.

---

8) 문순태, 「고향과 역사와 통한의 미학」, 『창작이란 무엇인가』, 도서출판 정민, 1990, p.80.

① 그 다음날도 길섭은 돌아오지 않았다. 그로부터 이틀 후, 계엄군
이 시민군들에게 도청을 넘겨주고 광주를 떠난 다음날인 5월 22
일에야 나는 주인집 아저씨에게 길섭이가 돌아오지 않았다는 사
실을 말했다. 월남전 때 길섭이 아버지의 부하였다는 주인집 아
저씨는 그 사실을 뒤늦게 말해 준 나를 심하게 나무랐다. 울고 싶
었다. 나는 주인집 아저씨와 함께 길섭이를 찾아 휘적휘적 거리
로 나갔다. 총을 멘 시민군들이 철모를 쓰거나 타월로 얼굴을 가
린 채 트럭을 타고 거리를 질주하는 모습을 본 나는 너무 심하게
가슴이 덜컹거려 인도 쪽으로 비켜서서 한참동안 마음을 진정시
킨 후에야 다시 걸었다.   (「느티나무 아저씨」, pp.195-196)

② 그날 지수와 봉구는 온종일 느티나무 아래서 기호를 기다렸다.
(중략) 그 동안 기호가 얼마만큼 변했는지 궁금했다. 그것은 기호
쪽도 마찬가지일 것이었다. 기호는 절름발이가 되어 있는 지수를
보고 놀랄지도 모를 일이다. 그리고 보니 지수와 기호는 절름발
이가 되었다는 공통점이 있다. 기호는 어려서부터 소아마비로 다
리를 절었으나 지수는 어른이 된 후, 5·18때 총에 맞아 다리를
다친 것이 달랐다.   (「느티나무 타기」, pp.238-239)

③ 그러나 많은 야학당의 학생들과 그들을 가르치던 강학들이 박지
수 목사를 좋아해 따랐으며, 박지수 목사도 그들에게 각별한 애
정을 느끼고 후원을 아끼지 않았다. 대학생들만으로 빛고을 야학
당을 이끌어 갈 수 없었기에 교회의 신자들을 동원해서 물질적인
지원을 해줄 수밖에 없었다. 그 때문에 강학들과 학생들은 박지
수 목사를 빛고을 야학당 교장이라고 불렀다. 더욱이 그들은
1980년 5월 18일, 강학들이 시위에 가담한 것을 계기로 강학들의

뒤를 따라 야학당의 학생들도 도청 수비재가 되었으며, 이들을 걱정한 나머지 종당에는 박지수 목사까지도 시민군이 지키고 있는 도청에 들락거렸다. 그러나 계엄군이 진입하던 날 총상을 입은 박 목사는 시민들을 선동했다는 이유로 붙잡히게 되었으며, 다리에 부상까지 입은 몸으로 군재에 회부되어 무기징역을 선고 받기도 했다. (『느티나무 사랑1』, pp.72-73)

위의 인용문들은 모두 5·18의 체험이 내면적인 상처로 작용하고 있다는 사실을 보여준다. 즉 ①의 혈육과의 이산 그리고 ②와 ③의 신체의 훼손이 광주체험에서 기인하며 이러한 비극의 체험이 주체들로 하여금 한의 감정을 강제하였다는 의미이다.

이들의 내면에 드리워진 한은 정신적인 외상인 트라우마와는 변별된다. 물론 일정부분 내면적인 상처라는 공통점을 지니지만 한은 그 것을 푸는 해소와 극복이라는 행위의 측면에 무게중심이 실려 있는 반면 투라우마는 불안, 고착, 자살충동과 같은 부정적이고 병리학적인 측면과 가깝다. 또한 한은 주체로 하여금 경색되었던 인간관계에 대한 회복과 변화의 가능성을 견인한다. 이는 순환적인 특징인 한의 연쇄를 차단할 수 있는 의지를 실현하게 함으로써 새로운 가치의 발견에 이르게 한다는 것이다.

화자에 의해 전달된 한의 근인이라고 할 수 있는 서사대상과 인물에 대한 정보는 명시적이면서 동시에 암시적이다. 행방불명과 절름발이라는 사실이 현재의 인물이 처한 명백한 정보를 제공하는 한편 인물들의 그간의 고통과 더불어 향후 전개될 사건에 대한 암시를 하고 있다는 의미이다. G. 프랭스가 언급한 "정보는 암시적으로 전달될 수 있는데 이는 확언되는 것이 아니라 맥락*context* · 수사법 · 함의 *connotation* 기타의 방법을 통해 시사된다."는 측면과도 연계된다.

이처럼 서사 대상에 대한 명시적 정보와 암시적 정보가 혼합되어 드러나는 것은 5 · 18에 대한 작가의 의도적인 '거리두기'로 보인다. 즉 폭압적 현실과 비극적 한을 배태한 세력에 대한 단죄도 중요하지만 5 · 18을 정치적 목적이나 출세의 방편으로 이용해서도 안 된다는 의미가 내포되어 있다고 볼 수 있다. 즉 행방불명이라는 이산의 고통과 신체의 훼손이라는 불구의 삶을 살아야 하는 이들에게 또다른 한을 주어서는 안 된다는 무언의 메시지가 암시되어 있으며 뿐만 아니라 광주 체험은 어떠한 허구의 세계, 허구의 체험보다 가혹하고 한스러운 역사를 내재하고 있다는 뜻이기도 하다.

신덕룡은 「폭력의 시대와 1980년대 소설」[9]에서 "광주항쟁의 결과가 가져다준 비통함과 분노, 허탈과 좌절, 비겁과 부끄러움의 체험은 1980년대 중반까지 삶의 순간순간을 파고드는 하나의 악몽"이라고 언급한 바 있다. 그것은 '5 · 18의 비극적 상황이 치유할 수 없는 내상(內傷)으로 남아 일종의 '가위눌림'의 상태로 존재'한다는 의미일 것이다. 또한 그러한 '가위눌림'은 많은 논자들이 언급했던 '부채감'이라는 표현과 일맥상통한다.

---

9) 신덕룡, 「폭력의 시대와 1980년대 소설」, 『한국현대문학사』, 현대문학, 2005, p.569.

문순태의 5·18광주민중항쟁과 관련 소설에 등장하는 인물들의 의식속에는 그러한 '가위눌림'과 '부채감'이 존재하는데 이 '가위눌림'과 '부채감'은 결국 한의 기제로 작용한다. 텍스트에서 명시적으로 '가위눌림'과 '부채감'으로 확언하고는 있지 않지만 서사대상을 암시적으로 언급함으로써 그와 같은 의미를 함축적으로 전달하고 있다.

한편 한을 배태한 비극적 상황은 작가의 서사적 상상력이 역사적인 측면으로 확장된 소설에서도 확인할 수 있다. 조선시대와 삼국시대를 배경으로 한「백제의 미소」와「정읍사」는 전자가 지도층의 착취와 부패로 억압의 삶을 살아야 하는 민중의 궁핍한 삶에 초점을 두고 있는 반면, 후자는 나라의 패망으로 유랑의 삶을 살아야 하는 도림이라는 설화속 인물을 형상화하고 있다. '궁핍의 삶'과 '유랑의 삶'은 당시의 역사적 상황이 빚은 비극의 전형으로 볼 수 있다.

「백제의 미소」에서 도공들의 한은 김진사로 대변되는 권력층의 착취에 기인한다. 송기를 벗겨먹었다고 땅쇠에게 죽도록 얻어맞은 바우나 김진사의 성적 착취의 대상이 된 부녀자들의 모습은 당시 착취의 대상이었던 민중의 삶을 여실히 보여주는 사례다.

문순태가 '백제'라는 역사적 시공간으로까지 서사적 상상력을 확대하여 민중의 한을 추적하는 것은 그가 강조했던 작가라는 존재에 대한 물음과 일치한다. 그에 따르면 "작가는 현실적, 역사적 존재로써 한쪽 발은 현실을 딛고, 또 한쪽 발로는 역사를 딛은 채 이상을 실현시키고자 하는 이"라는 것이다.[10] 따라서 작가는 역사의 주체가 민중임을 파악하고 지난 역사의 창을 통해 오늘을 재조명하고 더 나아가서는 미래까지도 제시해주는 역사적 존재로서의 책무를 다해야 한다는 사실을 강조한다. 이러한 관점에 의거하면 「백제의 미소」에 등장하는 도공들과 바우가 지니는 절망은 당시의 역사적 상황이 빚어낸 한인 동시에 근현대사의 민중의 한과 동일하다는 사실과 접하게 된다. '백제'라는 어휘가 명시적이지만 암시적인 것은 그와 같은 현실적인 의미와 역사적인 의미가 결부되어 있기 때문으로 여겨진다.

「정읍사」에서도 나라의 패망이라는 비극이 민중의 한으로 전이되는 양상이 드러나 있다. 외형적으로 백제의 패잔병 도림이라는 인물의 떠돌이 삶에 대한 이야기이지만 내적으로는 도림과 그의 아내 정녀와의 사랑과 이별이라는 정한에 초점이 맞추어져 있다. 따라서 「정읍사」에서도 「백제의 미소」와 마찬가지로 한이 형성된 원인과 배경에 대한 진술은 암시적이다. 도림과 정녀의 별리의 원인이 신라와의 전쟁에서 패한 백제의 몰락이 원인이지만 그보다 근원적인 패망의 원인은 지도층의 부패와 타락으로 인한 자멸에서 기인하기 때문이다. 또한 인물의 내면에 내재하고 있는 한이 역사적 상황과 개인이 처해 있는 상황에 따라 변별된다는 점도 예측이 가능하다.[11] 즉 패잔병인 도

---

10) 문순태, 「고향과 역사의 통한의 미학」, 『창작이란 무엇인가』, 도서출판 정민, 1990, p.85.

11) 문순태 소설에서 드러나는 한은 일반적인 원한 외에도 '다양한 감정'으로서의 한이 중첩되어 있다. 「꿈꾸는 시계」가 그와 같은 대표적인 작품이다. '삼십오 년간의 징역살이'를 하고 출소한 점수와 그를 마중나온 친구이면서 화자인 나, 그리고 여동생은 모두 한(恨)이라는 공통의 심리적 기제에 묶여 있지만 각자의 한은 그 의미가 다르다. 여동생에게는 오빠가 하루속히 석방되기를 바라는 원(願)으로서의 한과 그리움(情)으로서의 한이, 화자에게는 친

림에게는 신라에 대한 복수의 원한이, 정녀에게는 남편에 대한 그리움의 정한이 각인되어 있을 거라는 의미이다.

「인간의 벽」또한 「백제의 미소」 「정읍사」와 같은 맥락에서 한의 원인과 형성을 찾아볼 수 있다. 일제에 의한 한일합방은 지도층의 시대착오적인 인식과 부패, 무능이 불러온 결과로 이로 인한 최대의 피해자는 일반 민중이었다는 작가의 역사인식이 투영되어 있다는 것이다. '조만복'과 '요시다'로 대변되는 인물의 설정은 곧 조선의 민중과 일제의 군국주의로 치환이 가능하다. 또한 조만복이 요시다의 초청을 받고 일본행을 결정하는 행위는 향후 전개될 서사가 화해로 귀결될지, 아니면 여전한 한맺힘으로 남아있을 것인가에 대한 궁금증을 증폭시킨다. 또한 이는 작가가 비극적 역사에 대해 어떠한 시각을 갖고 한(恨)이라는 모티프를 배치했느냐의 문제와 상관된다. 다시 말해 어떠한 담론적 견지에서 해석의 가능성을 상정하고 있느냐의 문제와도 직결된다는 것이다.

「인간의 벽」또한 진술적인 측면에 있어 한의 원인에 대해 명시적인 확언보다는 암시적인 정보를 주고 있다. 작가는 다양한 해석에 대한 가능성을 열어두고 있다는 것이다. 주지하다시피 G. 프랭스는 "소위 문학 텍스트의 해석의 차이는 대부분이 암시적 정보의 확정의 차이에서 연유"한다고 본다. '조만복'과 '요시다' 두 인물에 관한 진술에 있어

구에 대한 그리움(情)과 역사의 희생자라는 체념(嘆)으로서의 한이, 그리고 당사자에게는 6·25 전쟁의 피해자라는 억울함(寃)과 혈육과 친지에 대한 그리움(情)의 한이 내면화되어 있다.

명시적인 측면보다는 암시적인 정보 차원의 진술이 이루어지고 있는 것은 메시지에 대한 독자들의 해석을 염두한 것으로 보인다.

3) 산업화와 인간상실

공업위주의 외연적 불균등 성장에 따른 농업의 공중분해, 이로 인한 농민층 분해로부터 농촌인구의 도시이입에 따른 노동자·이농민·도시빈민의 자본에 대한 임금노동의 상대적 과잉, 정경유착으로 인한 특정 대기업의 중소기업 장악 등이 거의 구조적으로 정착했던 시기가 1970년대였다.[12]

문순태 소설에서 인간상실은 1970년대와 1980년대 급속히 진행된 산업화로 인한 이농과 출향, 그러한 현상을 촉발하게 했던 배금주의와 물신풍조에 기반한 자본주의적 삶의 양태와 관련이 있다. 전통사회를 형성하였던 내부적인 공동체 원리, 가부장적 체제하의 가족주의, 집단주의가 점차 무너지고 이로 인한 인간 상실의 문제가 본격적으로 대두된 것과 맥을 같이 한다. 주지하다시피 인간 상실이란 물질과 여타의 외적 가치에 의해 인간존엄이 훼손되거나 물질에 의해 인간이 부차적인 문제로 전락했다는 부정적인 뜻이 담겨 있다. 또한 이러한

---

12) 김복순, 「노동자의식의 낭만성과 비장미의 '저항의 시학'」, 『1970년대 문학연구』, 민족문학사연구소 현대문학분과, 소명출판, 2000, p.118.

인간상실은 지배층보다는 피지배계층인 민중의 물질적·정신적 희생을 담보로 한다는 점에서 그 폐해가 크다고 하겠다.

1970년대의 급속한 자본주의적 근대화는 표면적인 화려함과는 달리 민중의 희생과 눈물을 바탕으로 이루어진 결과였다. 저임금/저곡가로 상징되는 1970년대 분단 자본주의의 구조적 수탈과 그에 따른 뿌리 깊은 소외의식은 민중이 자신의 정체성을 자각하는 계기가 되었다.13)

그러므로 문학은 사회가 병들고 자유와 인권이 침해를 당하고 역사가 후퇴를 하고 산업화가 급속도로 이루어지거나 과학문명이 발달하여 GNP가 올라갈수록 인간에게 더욱 필요한 것입니다. 권력과 기계와 돈이 인간을 지배하게 되므로 인권과 인간성의 회복이 필요한 것과 마찬가지입니다. 오늘날 산업화에 따른 경제성장으로 배금주의가 팽배하여 삶의 가치가 크게 흔들리고 있습니다. 삶의 가치관이 흔들리기 때문에 정(情)이 메말라 버리고 진정한 인간이 이 땅에서 견뎌내지 못하고 뿌리 뽑혀지고 맙니다.

진정한 삶의 가치가 무엇인가. 잘 산다는 것은 무엇을 뜻하는가. 이런 것들을 경제적 가치로 따질 수 있단 말인가. 요즈음에 너나없이 잘살기 경쟁을 하고 있습니다. 바야흐로 잘살기 위한 경쟁의 시대입니다.14)

---

13) 하정일, 「산업화시대의 민족문학」, 『1970년대 문학연구』, 민족문학사연구소 현대문학분과, 소명출판, 2000, p.19.
14) 문순태, 『사랑하지 않는 죄』, 명우당, 1991, p.237.

문순태는 산업화에 따른 배금주의와 이로 인한 삶의 가치가 전도되는 현실을 주목한다. 이러한 사회 현상은 인간소외를 야기하며 공동체적 삶의 양식의 붕괴와 인간상실의 문제로 연계된다. 문순태의 민중 관련 소설에서 흔히 나타나는 이러한 인간상실의 문제는 여타의 1970년대 리얼리즘을 표방한 작가들의 소설과 유사한 면이 없지 않다. 그럼에도 문순태의 소설이 다른 작가들의 작품과 구별되는 것은 일관되게 소설을 관통하는 한의 정서 때문이다. 이것은 문순태가 집요하게 한의 문제를 천착하고 있다는 것을 뜻하며 한의 서사화와 관련하여 '신뢰할 만한'성과를 구축하고 있다는 의미로 풀이된다. 물론 '신뢰할 만한' 성과란 작가의 역사인식이 일반 민중의 시각에 근거하고 있으며 이를 통해 변화에의 당위성을 제기하고 있다는 것을 반증한다. 작가는 도시빈민과 기층민의 삶은 소위 '남도'로 대변되는 민중의 삶과 동일한 것이며 그러한 삶을 증언하는 것은 작가의 본질적인 책무라고 본다.

① 순자 애인은 청소부였다. 아침마다 딸랑딸랑 종을 흔들어 대며 개나리하숙옥에 온다. 그 청소부 차씨(車南洙)가 나타나면, 개나리하숙옥의 갈보들은, 「야! 순자 애인 왔다」하며 구경삼아 우르르 몰려나가곤 하는 것이었는데 처음 당사자인 차남수씨나 순자 두 사람은 심장이 후끈거리리고 했지만 두어 달이 지난 지금에 와서는 아무런 스스러움도 싹 없어진 듯 싶었다.

(「淸夫婦」, p.63)

② 인쇄소 월급날, 직공들은 마치 된 소나기 머금은 하늘처럼 뿌드드
하게 찌푸려져 있었다. 그러나 그들은 여지껏 한번도, 큰 소리로
불평을 토하지 않고 속으로만 웅얼웅얼 씹어 삼켰다. 불평을 속
으로만 씹어 삼키자니 내장이 후끈거려 엉뚱한 일로 신경질을 부
리며 서로들 팩팩거렸다. 연일 푹푹 찌는 더위에, 남들은 바캉스
니 피서니 들떠서 법석을 떨고 야단들인데 봉급을 타 봐야 한 달
먹을 식량, 연탄값을 제하고 나면 제육 한 칼 맘놓고 떠다 먹을
돈도 없이 달랑달랑한 판이라, 뼈 빠지게 일을 해도 고작 이거냐
싶은 생각에 못난 자신이 미울 따름이었다.

(「안개우는 소리」, pp.107-108)

③ "자석이 죽자 얀장머리 없는 메느리년 핏덩이 같은 애기 두고 시
집가뿐지고, 워따워따, 십육년 간 간장 녹이고 살아온 이얙을 다
늘어논다치면 한양 천리가 다 뭬여?"
　빈대떡 할머니는 지금것 손님들에게 이 말을 수천번도 더 했다.
"손주놈 언능 대학교만 마치면 그만 헐끈디, 그때꺼정 안죽고 사
까 몰라?"
"저내년에 고등핵교 졸업혀. 이 늙은이가 못 죽고 사는 기 다 그
놈 때문여!"
"장대모양 키가 훌쩍헙디다."
　정팔이도 언젠가 손님들이 북적거리는 밤에 빈대떡을 먹으러 왔
다가 성근지게 벗어부치고 술 심부름을 하는키가 크고 다부지게
생긴 빈대떡 할머니의 손자를 본 적이 있었다.

(「깨어있는 낮잠」, p.201)

위에 나타난 차남수, 순자, 박출복은 각기 청소부, 창녀, 인쇄소 직공으로 고향을 떠나 도시에 정착한 인물들이다. 이들은 1970년대 경제성장의 수혜와는 거리가 먼 소외된 기층 민중으로 전형적인 '뿌리 뽑힌 자'에 해당한다. 조남현에 의해 규정된 '뿌리 뽑힌 자'(the uprooted)는 하나의 집합명사로 피해·박탈·억울함 등의 뉘앙스를 담고 있다. 그에 따르면 '뿌리 뽑힌 자'(the uprooted)는 물질적인 면과 정신적인 면에 두루 다 걸치는 것이긴 하지만, 1970년대 소설의 경우 물질적인 면에서 뿌리가 드러나버린 사람들 혹은 뿌리가 드러나는 과정을 그리는 쪽으로 기운 것이다.[15]

문순태가 주목하는 '뿌리 뽑힌 자', 다시 말해 도시빈민들은 대략 세 가지 원인에 의해 형성된 집단이다. 첫째로 급속한 산업화로 인한 이농과, 둘째로 공동체 사회의 붕괴로 인한 출향이 그것이다. (물론 두 가지 측면이 모두 원인이 되어 고향을 떠난 사례도 있다.) 그리고 마지막으로 원래부터 도시에 정착해 있던 소시민이 급격한 산업화와 도시화의 격랑에 휩쓸려 빈민으로 전락한 경우이다. 이러한 제 원인은

---

15) 1970년대 소설에 나타난 뿌리 뽑힌 자 속에는 대체로 다음과 같은 존재들이 포함되었다. 첫째, 생존에 필요한 요건마저 제대로 갖추지 못할 정도로 비인간적인 대우를 받고 있는 노동자들. 둘째, 근대화·산업화·도시화의 격랑에 휩쓸려 하루아침에 삶의 터전 혹은 정신적 뿌리를 상실당하고 만 사람들. 셋째, 적응력를 갖추지 못한 나머지 몰락의 길을 걷고 만 정직하며 소박한 존재들. 넷째, 기존의 법·제도·관념과 극심한 마찰을 일으킨 끝에 정신적 항상성(恒常性)을 놓치고 만 사람들. 다섯째, 특히 6·25와 같은 과거의 역사적 사건으로부터 외상(外傷)에서 헤어나지 못한 나머지 일종의 실조상태(失調狀態)를 드러내고 있는 존재들. 조남현, 「1970년대 소설의 몇 갈래」, 『한국현대문학사』, 현대문학, 1989, p.508.

한의 근인으로 작용하며 따라서 그러한 원인에 의해 '뿌리 뽑힌 자'는 공통적으로 한이라는 감정에 얽매이게 된다.

「안개 우는 소리」의 박출복의 출향이 '뿌리뽑힌 자'의 두번째 경우라면(어머니를 겁탈한 박참봉을 아버지가 낫으로 찔러 죽임) 「淸夫婦」의 차남수와 순자의 출향은 첫번째에 해당한다. 차남수는 시골의 대장간이 없어지는 바람에 고향을 등지게 되었고 순자는 돈을 벌러 떠난 아버지를 찾으러 고향을 나왔다가 도시에 정착하였다. 그리고 도시의 소시민인 「깨어 있는 낮잠」의 빈대떡 할머니가 하루아침에 집이 헐리게 되는 상황에 처하게 된 것은 외형상 도심 재개발이라는 명분에 의한 것이지만 실질적으로는 지배층과 결탁한 자본권력에 의한 강탈에 의해서이다. 이처럼 문순태의 소설에 등장하는 민중들은 자기 동일성의 공간인 고향과 거주지에서 쫓겨나거나 밀려난 이들로 이들의 내면에는 소외와 박탈감이라는 상실의 감정이 자리하고 있다. 그리고 이러한 감정이 향후 전개될 사건의 촉매제로 작용하게 되리라는 예상을 가능케 한다. 때문에 서사 전략적 측면에서 한의 원인과 관련된 상황을 드러내는 방식은 이후의 서사구도와 맥락적 상관성을 지니게 된다.

인용문의 ①과 ②는 화자에 의한 발화인데 반해 ③은 인물이 다른 인물에게 발화를 통해 직접적으로 정보를 전달하고 있다. 즉 ①의 '순자 애인은 청소부였다.' '개나리하숙옥 갈보들'과 ②의 '봉급을 타 봐야 한 달 먹을 식량, 연탄값을 제하고 나면 제육 한 칼 맘놓고 떠다 먹을 돈도 없이 달랑달랑한 판이라, 뼈 빠지게 일을 해도 고작 이거냐 싶은 생각에 못난 자신이 미울 따름이었다.'는 화자가 명시적으로 정보를 전달하는 상황이다. 반면 ③의 "자석이 죽자 얀장머리 없는 메느리년 핏덩이 같은 애기 두고 시집가뿐지고, 워따워따, 십육년 간 간장 녹이고 살아온 이약을 다 늘어논다치면 한양 천리가 다 뭬여?"는 할머니라는 인물을 통해 현실의 상황이 구체적으로 드러내고 있다.

이처럼 한의 근인과 형성을 둘러싼 정보 제공 양상은 앞서의 6·25 전쟁소설과 흡사하다. 직접적이고 구체적이라는 의미이다. M. 발은 인물이 자기 자신에 대해 이야기하는 것은 자기분석을 실행하는 것으로 '신뢰할 수 없고', 기만적이며, 너무 미숙하다는 견해16)를 가지고 있다. 인용문은 자전적 소설이나 고백록과 같은 1인칭 주인공에 의한 서술이 아니기 때문에 어느 정도 '신뢰할 수 있는' 수준에 해당한다. 물론 이러한 명시적이고 직접적인 확언은 정보 자체에 어떠한 사실을 전제하고 있기 마련이다. ①, ②, ③의 정보는 이른바 '뿌리뽑힌 자'로 규정한 인물들의 공통된 특징이 전제되어 있다. 즉 "근대화·산업화·도시화의 격랑에 휩쓸려 하루아침에 삶의 터전 혹은 정신적 뿌리를 상실한"이들이라는 점이다.

이와 같은 명시적인 정보에 의한 사실의 전제는 「징소리」연작에서도 한의 원인을 기술하는 방식으로 쓰이고 있다. 내용에 있어 민중 소설이면서 동시에 귀향 소설의 특징17)을 지닌 「징소리」는 소외와 박탈

---

16) M. 발,『서사란 무엇인가』, 한용환·강덕환, 문예출판사, 1999, pp.162-166.

17) 「꿈길」도 앞서의 소설과 마찬가지로 주인공 은혜가 고향을 떠나오게 된 이유가 화자에 의해 직접적으로 명시되어 있다. 공원을 배회하는 할아버지를 상대로 몸을 파는 은혜는 자신의 잘못으로 친할아버지가 행방불명 된 것에 대해 괴로워한다. 은혜에 관한 정보 자체가 구체적이고 일반적인 것은 화자

감, 인간상실이라는 제 문제가 복합적으로 내재되어 있는 작품이다. 허칠복과 그의 아내 순덕이 타의에 의해 고향을 떠나지만 결국 도시 빈민으로 전락하게 되고 이후 고향에 대한 그리움으로 귀향을 하게 된다는 게 주된 내용이다. 이들의 내면에 한이 자리하게 된 근본 원인은 댐 건설로 인한 마을의 수몰에서 기인한다.

'봉구와 칠복이는 방울재 안에서 누구보다 가까운 친구였다. 그들은 마을이 없어지기 전까지만 해도 방울재에서 앞뒷집에 나란히 처마 맛 대고 살면서 너냐 나냐 친동기간처럼 가까웠었다.' (15-16쪽) "땜 때문 이지라우. 고향을 잃고 도회지로 나갔다가 마누라까정 도둑맞고 오장이 회까닥 뒤집혔다고 허드만유."(16쪽) 인용문은 각기 화자와 인물에 의해 정보가 명시적으로 전달된 경우이다. 이 같은 발화는 그 자체에 인물들이 전형적인 '뿌리 뽑힌 자'라는 사실이 전제되어 있다. 주지하다시피 G. 프랭스는 "어떤 종류의 정보를 끌어들이기 위하여 전제를 사용한다는 것은 그것이 새로운 것이 아니라 모든 사람이 이미 알고 있거나 알 수 있는 것"이라고 한다. 때문에 이러한 전제는 "화자의 상상의 소산이거나 자신의 개인적 견해의 실례가 아니라는"사실을 의미한다는 것이다. 앞서의 명시적으로 진술된 정보는 특정한 정보가 아니고 텍스트 내의 인물 뿐 아니라 독자 또한 충분히 숙지하고 있다는 사실을 말하고 있다.

가 은혜라는 인물과 치매 할아버지와의 거리를 일정하게 유지하고 있기 때문으로 풀이된다.

4) 소통부재와 인간소외

　문순태는 소통이 부재함으로써 나타나는 인간소외 현상 또한 비극적 상황으로 상정한다. 소통의 단절은 인물의 내면에 잠재해 있는 한을 이해하지 못한 데서 기인한다.

　소설에 있어 소통은 보편적으로 작가와 독자, 서사 내의 인물과 인물, 서사의 인물과 독자와의 관계 등 여러 층위로 나눌 수 있다. 그 가운데 서사 내의 인물과 인물간의 관계에서 발생하는 소통의 부재는 스토리를 견인하는 갈등의 핵심적 기제로 서사의 역동성을 부여하고 사건을 다양화한다. 문순태가 일차적으로 주목하는 소통의 축은 서사 내의 인물간의 관계, 특히 과거의 한을 내재하고 있는 세대와 그 이후 세대간의 갈등이다. 서사 내의 서로 다른 세대간의 갈등은 텍스트외적 층위의 요인, 즉 각기 다른 세대의 독자와 독자간의 갈등과 소통의 단절이라는 상황으로 비화될 수 있다는 사실이 암시되어 있다. 물론 여기에는 서사 주체인 인물과 외적 주체인 독자간의 소통되지 않는 현실에 대한 우려 섞인 작가의 의도가 투영되어 있다고 보인다.

　90년대 이후 우리 삶은 '욕망의 과잉시대'로 규정될 만큼 현재적 삶의 양태가 욕망으로 수렴되는 양상을 보여왔다. 비단 예술의 장르뿐 아니라 욕망은 삶의 모든 영역을 지배하고 기호화하는 코드가 되어버렸다. 욕망과 이미지로 대변되는 소유 위주의 삶의 양식은 가치관이나 삶의 방식과 같은 존재론적인 삶을 심각하게 위협하는 단계에 이르렀다.

문순태는 그러한 양상을 주목, '한 정서의 현대화'라는 측면으로 접근하고 있다. 이는 평론가 박철화가 「된장」을 두고 '현재와 과거의 접목'이라고 언급한 것과 같은 맥락이다. 즉 「된장」은 물질과 소유 위주의 현재적 삶의 관계를, 어머니 세대의 정서를 기반으로 한 소통과 공유의 관계로 회복하고자 하는 의지가 투영되어 있다는 것이다.

① 어머니는 미국에서 귀국하자마자 우물부터 파기 시작했다. 석류나무 옆에 있던 그 우물은 어머니와 내가 미국으로 떠나기 2년 전에 이미 메워졌었다. 어머니가 13년 만에 서둘러 귀국한 것은 메워진 우물을 다시 파기 위해서였는지 모른다. 그동안 비어 있었던 낡고 오래된 집에 어머니가 우물을 다시 판 것은 무엇 때문이었을까.　　　　　　　　　　　　　　　　　　　(「된장」, p.105)

② 그날 아침 오랜만에 할아버지 집에 온 열 살짜리 손자 녀석 철웅이가 무심히 던진 말이 가시가 되어 내 명치끝을 아프게 후벼 팠다. 순간 황량해진 내 마음속에 한 무더기의 조팝꽃이 눈발처럼 후루루 흩날렸다.
"누나, 왜 할아버지 집에는 가족사진이 없는 거야?"
초등학교 4학년생인 막내네 철웅이가 어린이답지 않게 뒷짐을 지고 갈지자 걸음걸이로 천천히 거실을 한 바퀴 돌아보고 나서 중학생인 제 누이에게 뚜벅 물었을 때, 나는 당혹감과 함께 왠지 모를 슬픔이 울컥 복받쳤다.　　　　　(「그리운 조팝꽃」, p.61)

③ 아파트 현관문을 따고 들어서자 어머니 냄새가 포연(砲煙)처럼 훅 기습해 왔다. 나는 역겨움 때문에 자신도 모르게 표정이 납작하

게 일그러졌다. 냄새는 순식간에 공격하듯 온몸에 달라붙었다. 어머니의 냄새는 너무도 강렬해서 질식할 것만 같았다. 내가 회사에서 돌아올 때마다, 기다렸다는 듯이 나를 맞는 것은 언제나 아내가 아닌, 어머니 냄새였다. (「늙으신 어머니의 향기」, p.13)

인용문은 모두 자아와 타자와의 원만하지 못한 관계를 드러내고 있다. ①은 어머니와 화자, ②는 할아버지인 화자와 손자, ③은 어머니와 화자가 각기 서로를 이해하지 못하는 상황에 놓여 있음을 보여준다. 이는 세대간 가치관의 대립에서 기인하는 것으로 근본적으로 과거라는 체험의 영역이 상이한 때문으로 풀이된다. 즉 현재적 삶은 과거의 삶과 불통의 관계에 있고, 다시 현재적 삶은 미래의 시간과 정서적 측면에서의 공유가 이루어지지 않고 있다는 부정적인 인식이 담겨 있다.

한편으로 이와 같은 소통의 단절은 인물들의 과거의 기억이 한(恨)에 얽매여 있음을 함축적으로 보여준다. 「그리운 조팝꽃」에서 손자 철웅이가 "왜 할아버지 집에는 가족사진이 없는 거야?"(61쪽)라고 묻는 것은 '사진'과 관련하여 화자에게 '한스러운 기억'이 내면화되어 있다는 것을 암시한다. 마찬가지로 "내가 회사에서 돌아올 때마다, 기다렸다는 듯이 나를 맞는 것은 언제나 아내가 아닌, 어머니 냄새였다."(「늙으신 어머니의 향기」, 13쪽)라는 화자의 독백은 향후 서사의 전개가 어머니와의 갈등, 나아가 어머니와 아내와의 갈등으로 비화되리라는 의미가 암시되어 있다. 또한 이는 명시적인 확언이 아니라 맥락에 의해 추론할 수 있는 것으로, 어머니의 한이 냄새라는 매개체와 연계되어 있다는 것을 함축적으로 전달하고 있다고 보인다.

「된장」에서 한의 원인을 드러내는 진술도 앞의 「그리운 조팝꽃」이나 「늙으신 어머니의 향기」와 같은 양상을 띤다. "어머니는 미국에서 귀국하자마자 우물부터 파기 시작했다." "그동안 비어 있었던 낡고 오래된 집에 어머니가 우물을 다시 판 것은 무엇 때문이었을까."(105쪽)와 같은 화자의 언술은 서사적 상황과 다른 작중 인물과의 관계가 '우물'과 직·간접적으로 연관되어 있음을 암시한다.

M. 발이 명시적 정보를 부여함에 있어 '명시적 정보가 암시적인 것보다 더 밝게 빛나지만 그 '빛'은 신뢰할 만하지 않음은 암시적, 간접적 자질 부여는 다른 독자에 의해 다른 해석이 가능'[18]하기 때문이라는 점을 든다. 이는 외부적인 상황이나 조건에 의해 전달되는 정보가 다양한 의미를 함축할 수 있기 때문으로 풀이된다. 「울타리」는 그와 같은 암시적인 정보가 외부적인 상황이나 조건과 결부되어 다양한 해석을 가능하게 한다는 사실을 보여주는 작품이다. 앞서 열거했던 소설들이 한의 기제에 대한 이해를 바탕으로 타자와의 소통을 지향하고 있다면, 「울타리」는 인간의 신념과 결부된 현실적 삶이 어떻게 소통 불능의 상황으로 전이되는가에 초점이 맞추어져 있다.

또한 주제론적인 면에서 「어머니의 城」[19]은 삶의 존재방식의 차이

---

18) M. 발, 『서사란 무엇인가』, 환용환·강덕화 역, 문예출판사, 1999, pp.162-166.
19) 한편 앞서의 소설이 특정한 기억이나 상징물을 매개로 한이 내재화되는 서사적 측면에 초점을 두고 있다면 「어머니의 城」은 인물간의 삶의 존재 방식에 소통의 문제를 제기한다는 점에서 차별성을 띤다. 어머니는 큰 아들 기수가 논을 팔아버린 것을, 자신의 삶의 방식을 침해하는 것으로 받아들인

에서 오는 소통 불능의 관계를 극복하고자 하는 의지를 형상화하고 있다. 그리고 동일한 기제에서 연유하는 한이 인물에 따라 다른 양상으로 작용, 불통의 관계로 전이된다는 사실을 보여준다.

④ "6·25 때 월북을 하셨던데, 특별한 이유가 있었습니까?"
어렵게 입이 열리기 시작했을 때 조심스럽게 눈치를 살피며 물었다.
"젊은 시절에는 내게도 꿈이 있었다우. 내 손으로 이상 세계를 만들 수 있을 것 같았거든요."
"그 꿈은 이루셨나요?"
"내 능력껏 최선을 다했지요."
"꿈을 이루지 못하셨군요."
"그 대신 가족을 이루었답니다."
"꿈 대신 가족이라⋯⋯."   (「울타리」, p.148)

'월북' '꿈' '이상세계'는 탈북자 김노인을 명시하고 암시하는 어휘이자 그가 오랫동안 남한사회에서 울타리 밖의 타자였음을 의미한다. 김노인은 화자가 월북을 하게 된 이유를 묻자 "젊은 시절에는 내게도 꿈이 있었다우. 내 손으로 이상 세계를 만들 수 있을 것 같았거든요."(148쪽)라고 말한다. 김노인의 진술에는 발화 자체만으로 포섭하기 어려운 다양한 뜻이 함의되어 있다. 무엇보다 '꿈'과 '이상세계'는

다. 어머니에게 '논'은 생명 그 이상의 의미를 갖는다. 그것은 과거에 화재로 인하여 죽을 상황에서 손막동(기수의 아버지) 이 자신을 구해준 답례로 친정에서 증여한 것이기 때문이다. 어머니와 세 명 형제의 각기 '논'을 바라보는 엇갈린 시각은 그 자체로 소통되지 못한 현실을 반영하는 것으로, 불통의 한이 전체의 서사를 지배하는 것으로 볼 수 있다.

다분히 추상적이다. 따라서 텍스트를 접하는 독자마다 해석에 대한 개방성은 상존해 있다고 볼 수 있다. 또한 김노인의 진술은 맥락적 관점에서 볼 때 '꿈'과 '이상세계'가 한의 근인으로 작용하고 있다는 것을 암시적으로 드러내고 있기도 하다. "그 대신 가족을 이루었답니다."(148쪽)라는 발화는 실질적인 일가를 이루었다는 뜻이기도 하지만, 그 가족이 꿈과 이상세계를 대체하는 자신의 존립근거이자 삶의 방식이라는 것을 함의한다는 것이다. 이와 같은 진술은 명시적 의미를 이해한다고 해서 진술 자체가 내포하고 있는 암시적 의미를 이해할 수 있는 것은 아니라는 G. 프랭스의 견해[20]를 상기시키는 것으로, 메시지 전달에 초점을 두고 있다는 것을 알 수 있다.

이처럼 비극의 근인을 드러내는 인물의 발화는 명시적이면서 암시적인, 이중의 시각을 견지하고 있음을 알 수 있다. 그것은 소통의 문제와 관련한 작가 문순태의 인식을 드러내는 하나의 단면으로 보인다. 작가의 의식 저변에는 공유되지 못하는 과거의 삶의 양태가 한이라는 정서의 형태로 내재되어 있다는 것을 의미한다. 무릇 작가란 자신만의 독특한 방식으로 '이야기를 하는' 존재인 것이다. 독일의 소설가 토마스 만의 표현을 차용한다면 작가는 '서술의 정령' 과도 같은 존재이다. 강렬한 소통에의 열망은 모든 소설가가 지니고 있는 본질적인 욕망이라고 할 수 있다. 그러한 관점에 의거한다면 위의 인용문 ①과 ③

---

20) G. 프랭스, 『서사학이란 무엇인가』, 최상규 역, 예림기획, 1999, pp.55-63 〈서사대상〉 제시 참조.

의 화자인 나는 명백히 내포작가인 문순태로 치환이 가능하다는 전제가 성립된다.

또한 굳이 '한 정서의 현대화'라는 언급을 재론하지 않더라도 '된장' '조팝꽃' '늙으신 어머니'는 그 자체로 과거 세대의 한을 상정하는 모티프가 된다. 작가가 『된장』서문에서 "내가 추구하고자 하는 것은 지나치게 맵고 쓰고 짜고 시고 단 맛을 적적하게 아우르는 된장 맛"이라고 밝힌 것은 다름아닌 "된장 맛은 신념이나 선택의 문제가 아니라, 관용과 표용의 미학이며 전통 속에 이어온 우리 민족의 아름다운 정신"이라는 의미를 명시하면서도 세대를 넘어 한의 의미를 공유하고 싶다는 내밀한 욕망을 암시하고 있는 것으로 보인다.

이상에서 논의한 바와 같이 문순태 소설에서 한의 근인이 되는 비극적 상황으로는 크게 네 가지를 들 수 있다. 6·25전쟁과 인간상실, 5·18광주민중 항쟁과 역사적 비극, 산업화와 인간상실, 소통부재와 인간소외이다. 이러한 비극은 한의 직접적인 원인이 될 뿐 아니라 서사를 전개시키는 일련의 계기적 측면에 해당한다. 주체로 하여금 내재적 또는 외양적 변화를 강제하는 기제로서뿐 아니라 처해 있는 제 상황과 반응을 하도록 강제한다.

제2장

내면화와 외면화의 병립

외부 요인에 의해 상처를 받은 인물의 내면에는 원망이라는 정서가 양태되는데, 이때의 감정의 응어리는 오랫동안 의식 속에 남아 이후 인물의 행위와 사고에 영향을 미친다.

한은 인물의 성격과 반응 양상에 따라 크게 긍정적인 면과 부정적인 면으로 구체화된다. 신덕룡은 문순태 소설에 나타나는 '한'을 패배적 감정과 의지적 감정으로 분류한 바 있다.[1] 전자가 스스로를 괴롭히는 자학적인 상태로 내면화하는 감정인데 반해, 후자는 원통함과 복수심을 키워가는 외부지향성을 지닌다는 것이다. 비극에 의해 한이 내면화된 인물은 외부 요인을 증오하고 적대시하거나 그와 달리 체념하거나 스스로를 자학함으로써 한을 '수용'한다는 의미이다. '수용' 여

---

1) 신덕룡, 「기억 혹은 복원으로서의 글쓰기」, 『고향과 한의 미학-문순태의 소설세계』, 앞의 책, pp.42-43.

부에 따라 자학, 체념, 자책과 같은 패배적 감정과 적대감, 증오감, 유감과 같은 의지적 감정이 자리하게 된다.

문순태의 소설에 등장하는 인물은 한을 대응하는 태도와 방식에 따라 패배적 내면형과 의지적 지향형으로 나눌 수 있다. 그리고 의지적 지향형은 다시 긍정적인 면과 부정적인 면으로 양분된다. 물론 이것은 과거의 경험을 수용하거나 대응하는 방식에 초점을 둔, 한의 형성 과정과 관련한 분류이다. 한을 매개로 특정한 사건이 연계될 경우 인물들의 한을 수용하는 방식은 일정부분 세 양태가 혼재되어 나타나기도 한다. 그것은 패배적 감정이 의지적 감정으로 전이되는, 한의 내재적 측면이 해한을 지향하는 양상으로 변모되는 과정에서 나타나는 현상이다.

문순태 소설에서 한을 대면하는 태도는 작중 인물의 성격 구현과 밀접하게 연관된다. 인물의 성격은 이전의 경험과 환경에 의해 형성된 것으로 향후 행동과 갈등을 이끌어내는 주요한 요인이라는 점이다. 화해와 복수, 응징, 소통의 지향은 전적으로 인물의 성격에 의해 지배를 받는다는 의미이다.

현대소설이 플롯보다 인물을 중시하는 경향은 성격을 구현하기 위한 작가의 의도에서 비롯된 것이다. G.루카치는 '한 인간이 겪는 기이하고도 심오한 세계체험을 매우 강렬하게 형상화하고 또 객관화된 운명 속에 빠져들도록 하는 것'[2]이 서사의 기본적인 형식이라고 언급한

---

2) G. 루카치, 『루카치 소설의 이론』, 반성완 역, 심설당, 1985, p.51.

다. 이는 '문제적 개인'이 내재하고 있는 성격적 특징은 체험과 운명에 결부된다는 의미로 향후 변화 가능성을 노정하고 있는 것으로 볼 수 있다. 문순태 소설에서 '문제적 개인'은 저마다 한과 관련한 특별한 체험을 한 인물로 이들의 반응은 향후 사건 전개의 주요한 유발 요인이 된다. 즉 인물은 어떤 상황에서도 삶을 살아야 하는 존재이므로 과거 체험(한)을 바라보는 태도는 성격화와 밀접하게 연계된다는 의미이다.

1) 내재화된 패배적 감정

패배적 감정은 한의 어두운 측면이 인물의 내면에 잠재된 경우를 말한다. 체념과 자학, 후회와 미련이 원망의 형태로 '맺혀' 있는 것을 일컫는다. 때문에 한을 초래한 외부적 근인을 해결하려 하기보다는 그 문제를 도외시하거나 의도적으로 회피하려는 경향을 보인다. 그러기 때문에 이들은 한의 '맺힘' 상태에서 벗어나지 못한다. 이러한 패배적 감정에 얽매여 있는 인물은 이후의 행위에 의한 결과 또한 '패배적으로' 끝날 가능성을 노정하고 있다.

천이두는 원한·한탄 이후에 오는 체념의 정서를 한국적 한의 속성으로 본다. 그에 따르면 한국적 한에 있어서 이러한 체념의 정서는 일종의 체념주의로 기울어지는 경우가 많다는 것이다. 그로 인해 한국적 한에서 흔히 볼 수 있는 소극적·퇴영적 자폐성(自閉性), 한국적 허무주의, 패배주의 등은 이러한 체념주의의 부정적 측면으로서 나타난다는 것이다.

문순태 소설에서 패배적 감정이 내면화된 경우는 대체로 민중 관련 소설과 귀향을 다룬 소설에서 두드러지게 나타난다. 루카치는 소설의 주인공은 외부세계에 대한 낯설음으로부터 생겨난다고 전제한다. 이를 문순태의 소설에 적용하면 특정한 인물에게 한이 내면화되는 것은 동일한 비극적 상황이라도 이를 받아들이고 반응하는 양상이 여타의 인물들과 구별되기 때문이다. 이러한 '구별'이 명백히 낯설음으로부터 연유하며 그로 인해 이후의 인물의 삶은 보통의 인물과 '구별'되는 방향으로 전개된다는 것이다.

> 순덕이는 이불을 걷고 앉았다. 징소리가 듣고 싶었다. 그러나 바람 소리와 철썩거리는 파도 소리만 들려왔다. 기실 그녀는 강만식을 따라 나선 것을 후회한 그날부터 밤마다 잠결에 징소리를 들어왔었다. 때때로 징소리는 그녀의 가슴속 깊숙이서 슬프게 들려오는 것 같기도 했는데, 그때마다 그녀는 가슴이 뻐개지는 것처럼 아팠다. 남편 칠복이가 실팍한 징채로 그녀의 가슴을 마구 후려치는 듯싶었기 때문이었다. (「징소리」, p.59)

「징소리」의 순덕은 문순태 소설에서 볼 수 있는 전형적인 패배적 성향을 지닌 인물이다. 외간남자와 통정을 하다 남편인 허칠복에게 발각되어 가출을 하였지만 뒤늦게 후회를 하게 된다. 통정과 가출, 후회로 이어지는 순덕의 행위의 이면에는 도시로 이주할 수밖에 없었던 수몰민의 비극적 상황이 전제되어 있다. 그녀의 내면에는 실향(失鄕)

이라는 한의 감정이 양태되어 있었다는 것이다. 그녀가 강만식이라는 사내와 가까워진 것도 마땅한 일거리가 없는 남편 허칠복을 대신해 식당에 나와 일을 하면서였다. 그러나 순덕이 외부세계에 대한 낯설음을 대면하는 방식은 도피적이고 자학적이다.

현실도피와 체념, 자폐성과 같은 패배적 성향을 지닌 인물은 스스로를 원망하고 자책함으로써 나름의 해결 방식을 도모하기도 한다. 이와 같은 방식은 타자와의 공유나 긍정적인 풀림의 과정으로의 입사가 배제된다는 점에서 부정적인 측면이 강하다.[3] 인물이 이러한 성격적 특징을 내재할 수밖에 없는 것은 이전의 '경험'에서 연유하는 측면이 있다. 삶의 근거지인 고향과 분리되는 경험에 있어 주체 스스로 해결할 수 있는 방법이 없다는 절망적 인식을 절감한 상태이기 때문이다. 원치 않는 이향(離鄕)과 그로 인한 낯선 운명과의 조우, 총체성의 상실은 종국적으로 주체로 하여금 이향의 과정에서 체험한 절망보다 더한 비관적 인식을 각인한 것으로 풀이된다.

「꿈길」의 치매노인은 가족으로부터 버림을 받은 충격에 과거의 기억을 잃어버린 인물이다. 그와 같은 동일선상의 인물로 「안개우는 소리」의 박출복의 아버지와 「깨어있는 낮잠」의 정팔의 어머니를 들 수

---

3) 「고향으로 가는 바람」의 덕보영감은 순덕의 경우와 달리, 수몰이 되었음에도 주체적으로 고향을 떠나지 못하는 소극적 인물로 볼 수 있다. 그는 수몰되기 이전의 마을에 대한 집착에서 벗어나지 못한다. 그러한 집착은 서정주가 김소월의 가슴에 "설움의 덩이"가 있다고 규정한 것과 같은 맥락의 '슬픔'으로 볼 수 있다. 덕보영감의 내면에 맺힌 슬픔은 한으로 자리하게 되고 결국 자살에 이르고 만다는 점에서 패배적인 인물로 볼 수 있다.

있다. 출복의 아버지와 정팔의 어머니는 각기 과거 체험으로 인한 충격으로 정신 분열을 겪거나 자살을 하게 된다. 전자는 상전으로 모시던 참봉에 의해 아내가 겁탈을 당하는 것을 목격하고 살인을 하게 된다. 후자는 철거반원의 일행인 아들이 자신의 친정 마을을 강제 철거한데 대한 자책감을 이기지 못하고 스스로 목숨을 끊게 된다.

전형적 인물이라 함은 특정한 시대와 특정한 계층, 특정한 역사적 상황을 대표하는 인물로, 사고나 가치관에 있어 보편성을 지니고 있다. 앞서 예로 든 순덕이나 치매노인, 출복의 아버지, 정팔의 어머니는 당시의 시대 상황, 다시 말해 산업화에 따른 이농으로 자본주의 사회에서 설 자리를 잃은 농민과 도시 빈민을 대표하는 인물이다.

이들에게서 보여지는 전형성은 자살과 현실도피, 현실의 부적응으로 요약되는데, 이들에게는 과거의 한의 체험을 수용하는 양상이 소극적이고 체념적이라는 변별적인 자질(또는 semic)[4]을 지닌다. 이러한 '변별적 자질'은 M. 발에 따르면 "작중 인물들의 이미지를 결정해주는 도구들에게만 초점을 맞추는 것을 포함하며"[5] 이는 "단지 몇 개 또는 심지어는 단 한명의 작중인물을 포함하는 그 도구들 중에서, 단지 이들만이 분석되며 '강한'(충격적이거나 예외적인) 것이거나 어떤 중

---

4) 마이클 J. 툴란은 작중인물에 대한 변별적인 자질(또는 semic) 분석의 실례를 파울러에서 찾는다. 「위대한 개츠비」에, 특히 데이지의 사내다운 남편인 톰 부케넌에 초점을 맞추고 있다. 불안감, 육체적인 강인함, 남성미…댄디즘, 부유함, 물질주의, 사치스러움, 세속적임…. (파울러, 1977 ; 36) 마이클 J. 툴란, 『서사론』, 김병욱, 1993, 형설출판사, p.146.
5) 마이클. J. 툴란, 『서사론』, 김병욱, 1993, 형설출판사, p.147.

해한(解恨)의 세계 문순태 문학 연구

요한 사건과 관련"된다는 것이다.

앞의 인물들에게 드러나 있는 '변별적 자질'을 요약하면 다음과 같다. ①『징소리』순덕 : 두려움, 자책감, 그리움, 소극적 ②「꿈길」치매 노인 : 유약함, 두려움, 패배주의, 도피성 ③「안개 우는 소리」: 도발적임, 유약함, 패배주의, 불안전성 ④「깨어 있는 낮잠」: 진실성, 두려움, 패배주의, 어두움.

인물의 특성은 M. 발이 언급한 대로 특정 사건과 연계된다는 점에서 나름의 의미를 지닌다. 앞의 인물들에서 보여지는 유약함과 패배주의, 불안전성은 자살 행위나 정신분열과 같은 심각한 질병을 야기이며 도발적이며 패배주의적인 특징은 살인이라는 극단적인 범죄로 이어진다. 이처럼 문순태의 민중소설과 귀향소설에서 과거의 한의 체험을 대면하는 인물의 성격과 설정은 다분히 '유형화'의 모습을 보인다. 이들의 이름과 행위가 과거의 체험과 밀접하게 연관되어 있고 이후에 전개될 사건과도 일정한 패턴에 의해 연계된다는 점에서 한의 부정적인 작용의 결과로 보여진다.

문순태 소설에서 패배적 성향의 인물은 고향과 민중을 매개로 하는 작품에서 형상화되며 주인공보다는 부인물에게서 두드러지게 드러난다. 주인공보다 부인물에게 패배적 감정이 내재되어 있는 것은 작가의 서사 전략에서 기인한 것으로 풀이된다. 그것은 주인공으로 하여금 과거의 한의 체험과 그리고 이후의 난관을 극복하게 함으로써 해한의 경지에 이르게 하려는 작가의 의도에서 비롯되었다는 점이다. 요컨대 서사에 있어 주인공은 본질적으로 운명과 싸워 이겨야 하는 존재이다. 「안개우는 소리」의 출복과 「꿈길」의 은혜, 「깨어 있는 낮잠」의 정팔이 '과거의 한'을 바탕으로 '현실의 한'을 극복하고자 하는 의지를 드러내는 것은 궁극적으로 '풂'이라는 지향과 맞물려 있음을 의미한다.

2) 주체 의지의 지향성

문순태 소설에서 주인공은 한을 내면에 숨기고 살아간다. 이는 많은 논자들의 언급대로 그의 한의 세계는 어두운 면과 밝은 면을 내포하는 한국적인 한과 일정부분 맥을 같이 하는 것으로 문순태의 소설이 한국적인 향토적 정서를 기반으로 하고 있다는 것을 반증한다.

김열규는 그의 저서 『恨脈怨流』에서 한국인을 '원한인(怨恨人)'으로 규정한다. 이러한 '원한인'은 문순태 소설에 나오는 주인공의 공통적인 성격의 단면을 닮아 있다. 즉 결(結)과 해(解)의 양극, 맺힘과 풂의 인식의 양극 사이에 존재하는 인물로 원한을 남보다 더하게 가슴에 끼고 사는 사람들이다. 이들의 맺힘, 이를테면 서러움, 괴로움, 외로움 그리고 아픔과 억울함은 응어리진 감정의 상태인 한을 풀어줌으로써 신명의 경지에 이를 수 있다는 것이다. 김열규의 '해(解)'의 측면은 이재선의 '풂'의 측면과 유사하다. 즉 이재선의 풀이는 부정적으로는 보복의 검은 폭력으로 지향될 수도 있지만, 긍정적으로는 긴장의 이완과 화합에 의한 삶의 활력적인 갱신이 될 수가 있다는 것으로 본다.[6] 이 지향은 대체로 긍정적인 면을 상정하며 타자와의 화해를 추구한다는 점에서 한을 가치의 대상으로 승화시키는 계기로 작용한다.

그러나 문순태의 소설에서 인물이 한을 대면하는 의지는 긍정적인 지향도 있지만 부정적인 측면도 있다. 또한 긍정적인 지향과 부정적인 측면의 의지가 혼재되어 드러난 경우도 있다. 부정적 측면이란 복수심, 증오와 같은 원망을 일컫는 바 앞서의 패배적 인물에게서 드러나는 체념이나 도피성, 유약함과 같은 '변별적 자질'과는 다른 특질을 보인다. 이들은 한을 강제한 대상에 대한 보복의 의지를 지니고 있으며 응징이 전제되지 않는 '풀이'는 무가치하다는 강박관념에 사로 잡혀 있다. 이들이 가학자에 대해 갖는 감정은 강렬하며 공격적이다. 긍정적 측면과 부정적 측면이 혼재되어 있는 경우는 인물이 과거 체험에 대해 선/악과 같은 이분법적인 시각을 드러내지 않는다는 의미이다. 그러나 이러한 혼재된 감정은 이후에 긍정적 측면으로 전이되는데, 이는 문순태 소설이 궁극적으로 지향하는 해한과 소통의 세계에 수렴되는 것을 뜻한다.

먼저 긍정적인 측면의 지향화를 살펴보자. 이들의 '변별적 자질'은 화해와 소통, 공유와 같은 '풂'이라는 이미지와 관련되어 있다. 소통 관련 소설이나 5·18를 다룬 소설에서 이와 같은 인물의 특성이 드러난다. 「느티나무 아저씨」의 조씨 아저씨는 항상 느티나무에 앉아 아들을 기다린다. 아저씨의 아들은 광주에서 학교를 다니던 중 5·18때

---

6) 이재선, 「풀이의 양면성」, 『소설문학』94호, 1987. 9. 천이두, 『한의구조 연구』, pp.53-98 참조.

행방불명되어 수년 째 소식이 없다. 아저씨에게 있어 기다림은 비극의 역사가 가져다 준 현실의 고통과 한을 극복하기 위한 의지적 행위로 보인다.

「느티나무 타기」의 기호에게서도 앞서의 조씨 아저씨와 같은 맥락의 긍정적 의지를 찾을 수 있다. 전쟁 때 어머니가 총에 맞아 죽은 이후 기호는 미국으로 이민을 떠나게 된다. 어릴 적 나무에서 떨어진 후유증으로 절름발이가 되었지만 그는 열심히 노력하여 미국에서 사업가로 성공한다. 그러나 그의 내면에는 늘상 고향에 대한 그리움이 잠재해 있는데, 이 그리움의 한은 죽음과 불구로 대변되는 상실과 고통을 극복하도록 의지로 승화된 것이다.

한에 대한 긍정적 지향화는 「시간의 샘물」의 지수와, 「된장」의 어머니에서도 확인할 수 있다. 전자가 도시에서 목사를 하다 귀향을 했다면 후자는 미국으로 이민을 갔다가 고향으로 돌아온 경우이다. 박지수가 5·18때 입은 총상으로 한쪽 다리를 쓰지 못하는 불구인데 반해 「된장」의 어머니는 외동아들을 잃어버린 참척(慘慽)의 한을 가지고 있다. 그러나 두 인물의 내면에 드리워져 있는 한은 긍정성을 지향한다는 데서 의미를 찾을 수 있다. 지수가 수십 년 동안 방치되어 있는 '각시샘'을 다시 파기 시작하고 어머니가 막혀 있는 우물을 파고 '된장'을 담는다는 것은 각기 자신의 세대의 한을 단절하고자 하는 의지로 풀이된다. 따라서 지수와 어머니에게 있어 각시샘과 우물은 죽음과 파멸로 상징되는 저주의 공간이 아닌 화해와 희망의 공간으로써 한의 긍정적 지향성을 담지하고 있는 것이다.

「인간의 벽」의 조만복 할아버지와 「백제의 미소」의 바우 또한 내면화된 한을 긍정적으로 지향하는 인물이다. 이들에게서 공통적으로 찾을 수 있는 이미지는 수치, 인내, 분노와 같은 자질로 연민과 인정, 정의와 같은 효과[7]에 의해 이러한 자질이 형상화되고 있다.

① 일 주일 전 조만복할아버지는 광주시의 충장로 한복판에서 광주학생 독립운동의 날을 부활시키자는 서명운동을 하고 있었다. 그는 우체국 앞에 책상을 갖다놓고 앉아서 지나가는 시민들을 상대로 한 달째 서명을 받고 있었다. 그렇게 하는 것만이 자신의 과거를 역사 앞에 속죄하는 일이라고 믿었다. 교통질서를 방해한다는 이유로 여러 차례 파출소에 끌려다니면서도 한 달 동안 서명받는 일을 계속해 왔다. 일본에 대한 적개심을 키울수록 자신의 죄책감도 함께 되살아났다. 아무도 그를 말리지 못했다.

(「인간의 벽」, pp.269-270)

② 배가 불룩하게 샘물을 마신 바우는 아까부터 마구리에 가죽을 팽팽하게 씌운 아름드린 북이며, 종각 눈썹차양에 매달아놓은 북방망이를 번갈아 쏘아보며, 달려가서 한번 둥둥둥 걸립패의 북잡이처럼 신나게 후려치고 싶어졌다. 하다못해 북을 향해 멀리서나마 돌팔매질이라도 하고 싶은 충동 때문에 온몸이 근질거렸다.

(「백제의 미소」, p.367)

---

7) 마이클 J. 툴란은 고유의 이름이나 여러 가지 이름과 한정된 묘사, 그리고 한 개인을 언급하는 대명사의 사용, 아이러니나 연민, 인정 또는 혐오의 효과는 이 다양한 수단들에 의해 텍스트의 어떤 긴장 범위 안에는 보통 여러 작중인물들의 하나의 지속적인 형상화가 있다는 점을 감안할 때 꽤 복잡해질 수 있다고 한다. 마이클 J. 툴란, 앞의 책, 『서사론』, p.148.

①과 ②에서 두 인물은 역사의 희생자라는 인식을 하고 있다는 점에서 긍정성을 함의한다. ①은 조만복 할아버지가 광주학생독립운동의 날을 맞아 서명을 하는 장면이며 ②는 바우가 자신과 도공들의 억울함을 알리기 위해 북 앞에서 고민을 하고 있는 장면이다. 이들은 자신들의 의지와 무관하게 한의 체험을 강제했던 대상을 향한 분노와 이를 해결하고자 하는 의지를 갖고 있다. 한편 특정한 효과에 의한 자질은 이들이 처해 있는 상황을 보여주는 동시에 향후 펼쳐지게 될 서사의 방향을 예고하기도 한다. ①의 조만복 할아버지가 요시다의 초청을 받고 일본으로 출국하게 되는 것과 ②의 바우가 김진사 댁의 하인에게 몰매를 맞게 되는 사건은 이들이 의지를 행동으로 구체화하는 데서 오는 필연적 결과이다.

다음으로 한의 부정적 측면의 의지를 살펴보자. 앞서 언급했듯이 부정적 측면 또한 의지적 감정을 내포하고 있다는 점에서 맺힘의 대립인 풀이를 기원하고 있다. 그러나 부정적 측면의 의지는 복수나 원한, 미움, 증오 같은 감정에 지배를 받고 있다는 점에서 긍정적 의지와 구별된다.

③ 나는 폐허가 된 마당의 쑥대밭 속을 서성거리며, 30년 전, 우리 집 머슴이었던 박판돌(朴判乭)이를 기다리고 있었다. 그를 기다리는 나는 잠시도 마음 가늠하지 못하고 언제 집이 들어섰었느냐 싶게 돼지풀이며 쑥, 여뀌풀 따위의 잡초들이 시새워 무성한 봉당 위를 왔다갔다했다. 마음 저미고 몸달아 있는 나는 기실 박판돌을 만나기가 두려웠다. 30년 동안을 어금니 부드득 갈며 이날

이 오기를 얼마나 몽글리어 왔던가.

(「철쭉제」, 『제3의국경』, p.78-79)

④ 방울재 허칠복(許七福)이가 고향을 떠난 지 삼년 만에 미쳐서 돌
  아와 징을 두들기며 댐을 막은 뒤부터 밀려드는 낚시꾼들을 쫓아
  댔다. 덩실덩실 춤을 추며 징을 두들기는 칠복이의 모습은 나무
  탈을 쓴 도깨비 같다고들 했다. 그리고 그가 그렇게 된 것은 고향
  을 잃은 서러움, 아내를 빼앗긴 원한 때문이라고들 했다.

(「징소리」, p.9)

위에서 보듯 부정적 측면의 의지는 인물이 과거의 한을 잊지 않고
동일한 방법으로 응징하려는 양상을 보인다. 이러한 의지는 앞서 거
론한 대로 인물이 처한 상황과 직결되는 것으로 향후 사건을 유발하
는 직접적인 계기로 작용한다. '사건적 상황은 인물의 행위적 갈등과
긴장을 불러오며' '심리적 상태가 사건적 행위나 심리적 상황의 조건
이 될 때 비로소 상황이 된다.'[8] 이는 부정적 측면의 의지는 인물의
행동방식에 지대한 영향을 미치며 원한의 감정이 외부로 향하고 있음
을 전제한다.

문순태 소설에서 주체의 내면은 과거의 체험(한)과 연계되어 사건
적 상황과 심리적 상황이 중층적으로 결합된 구조로 나타난다. 인용
문 ③은 갈등 관계에 있는 타자를 만나는 상황을, ④는 한의 직접적

---

8) 윤충의, 『한국문학의 직관과 상황 그리고 표현 기술』, 국학자료원, 2001,
   p.201.

대상과 무관한 간접적인 대상을 쫓아내는 상황을 보여준다.(이는 허칠복이 실향의 한을 낚시꾼에게 투사한 것으로 보인다.)

상황은 서사의 시대적 배경과 직결되는 것으로, 주체의 심리적 상황에 영향을 미치기 마련이다. 인용문은 각기 6·25와 1970년대 궁핍한 농촌을 배경으로 사건적 상황이 진행되고 있으며 이러한 사건적 상황은 인물로 하여금 과거의 원한을 행위로 전이케 하는 심리적 상황과 연계되어 있다는 사실을 보여준다.

마지막으로 인물의 내면에 의지적 감정과 패배적 감정이 혼재되어 있는 경우를 살펴보자. 이들은 궁극적으로 과거의 한을 극복해야 할 대상으로 인식하고 있지만 현실적으로 패배적 감정에 젖어 있다. 특히 전쟁, 분단과 관련된 체험을 한 인물에게서 그러한 양상이 두드러지게 드러난다. 또한 특정 사안에 대하여 이분법적인 태도를 취하기보다는 중립적이며 유보적이다.

"문순태는 어떤 등장인물에 대해서도 뚜렷한 이념성을 부여하지 않는다."9) 는 임헌영의 지적은 어느 한 편에 정당성을 부여하지 않는다는 뜻으로 선과 악의 이분법적 접근만으로는 분단과 전쟁으로 인한 한의 문제를 해결할 수 없다는 인식을 노정하고 있는 것으로 보인다. 이러한 인식이 투영되어 있는 인물로「문신의 땅」의 여인과 흑인 아들,「철쭉제」의 서달수,「꿈꾸는 시계」의 화자인 나, 그리고「울타리」의 김노인을 들 수 있다.

---

9) 임헌영,「문순태의 작품세계」,『고향과 한의 미학』, 태학사, 2005, p.51.

해한(解恨)의 세계 문순태 문학 연구

⑤ 윤 신부와 최 수녀가 블록집을 방문하고 돌아간 다음날 블록집의
   함석문에 채워져 있있던 쇠통이 보이지 않았다. 쇠통만 보이지
   않는 것이 아니라, 함석문이 삐딱하게 열려 있기까지 하였다. 산
   동네 사람들은 블록집의 함석문이 열려 있음을 알고 있으면서도
   아무도 그 집에 발을 들여놓지 않았다. 블록집 주변을 서성거리
   거나 기웃거리지도 않았다. 윤 신부가 산동네 사람들에게 블록집
   을 기웃거리지 말라고 당부를 한 때문만은 아니었다.

   (「문신의 땅」, p.21)

⑥ "내가 그 친구를 만나고 싶어 하는 거는 다른 뜻이 없으니 오해
   하지는 마시오. 그냥 한때 같은 꿈을 꾸었고, 옛 친구 얼굴이라도
   한번 보고 싶을 뿐이오. 그리고 그 친구한테 꼭 한마디 해 주고
   싶츤 말이 있어서 그러오. 고향에서 들은 이야기로는 그 친구 아
   직 비전향 장기수라고 합니다. 전향서만 쓰면 풀려나서 처자식과
   같이 살 수 있었다데도 거부를 했다고 합니다."
   나는 김 노인이 최동호라는 친구에게 꼭 해 주고 싶은 말이 무엇
   인지 알고 싶었지만 매달리며 묻지 않았다.   (「울타리」, p.154)

   블록집의 여인과 흑인 아들, 그리고 탈북자 김 노인이 과거 한을 수
용하는 태도가 신중하고 중립적이라는 것을 알 수 있다. ⑤의 여인이
사는 블록집의 '빼꼼하게 열린 함석문'과 ⑥의 '그 친구 아직 비전향 장
기수라고 합니다'의 김 노인의 발화는 그들이 과거의 한의 체험을 어
떠한 의미로 받아들이고 있는가를 보여주는 단적인 사례다. 또한 이
들의 한을 바라보는 관점이 향후 서사의 전개와 작가의 담론을 어떠
한 방향으로 견인할 것인지 예상을 가능하게 한다.

여인과 김 노인의 내면에 드리워져 있는 이러한 혼재성은 임헌영이 지적한 '비이념성'과 상통하는 측면이 있다.[10] 전쟁과 분단문제의 해결은 기본적으로 이념의 준거보다는 인간적 측면에 근거해야 한다는 관점을 암묵적으로 제시하고 있다고 보여진다. 문순태의 전쟁과 분단을 소재로 하는 소설에서 전개되는 사건의 양상이 다소 폭력적이고 가학적인 면이 있으나 탈 이념적이며 탈 정치적인 특징을 지니고 있다는 것은 그와 같은 연유에서 비롯된 것으로 볼 수 있다.

인용문의 여인과 김 노인에게 공통으로 내재되어 있는 '탈 이념적이며 탈 정치적인' 특징은 인간적인 측면에 근거한 이들의 이미지이자 고유성에 해당하는 것이다. 그러나 이들의 이미지를 결정하는 것은 슬픔, 외로움, 회한, 비애와 같은 '변별적 자질' 외에도 일정한 기준에 의거하고 있음을 발견하게 된다. 텍스트에 드러난 이들의 신분은 '양공주 출신' '탈북자'로 그것에 의해 현재의 상황이 규정되고 '변별적 자질'은 확대 심화된다.

여기에서 어떠한 예견 가능한 '준거 틀'(a frame reference)을 발견할

---

10) 임헌영은 그러한 문순태의 인식의 단면을 분단문제에서 연유한다고 본다. 즉 분단체제 아래서 민중들의 갈등과 모순구조를 파헤쳐 나가다가 가장 늦게 마주친 민족분단 문제가 작가 문순태로 하여금 사건전개의 연결고리로써 뿐만 아니라 해결구조로써의 기능까지도 추동하고 있다는 것이다. 임헌영은 이처럼 작가 문순태가 원한을 쌓는 방법으로 일정한 역사관을 고집하지 않는다는 것에 나름의 의미를 부여한다. 그러한 예로 분단체제 아래서 남북 어느쪽도 보다 전적으로 잘못이나 옳았다는 시각을 두지 않은 채 때로는 좌익측이 당하는가 하면(「어둠의 춤」「미명의 하늘」), 양쪽 다 당하기도 하고 (「말하는 돌」), 좌익끼리 당하는 예 (「바람벽」)도 있다. 임헌영, 「문순태의 작품세계」, 『고향과 한의 미학』, pp.45-57 참조.

수 있다. "의심할 바 없이 공적이라고 불리는 정보"를 '준거 틀'[11]로 규정하는데 앞서의 '양공주 출신' '탈북자'는 그 자체로 전쟁이 낳은 피해자이자, 그로 인해 현실에서 또 다른 소외와 편견을 감당해야 하는 이중적 피해자라는 것이다. '양공주 출신'과 '탈북자'라는 신분에는 외부적인 요인 외에도 주체 스스로의 선택적 행위가 개입되어 있다는 측면에서 이들의 과거에 대해 갖는 감정은 양가적이며 복합적이라는 것이다. 이처럼 특정한 인물의 정보와 연관되는 '준거 틀'은 인물이 과거의 체험을 어떻게 받아들이고 있는가, 즉 한을 대면하는 태도를 보여주는 기준이자, 향후 사건적 상황을 가늠하게 하는 근거로 볼 수 있다.

이상에서 논의한 바에 따르면 한은 인물의 성격과 반응 양상에 따라 크게 긍정적인 면과 부정적인 면으로 구체화된다. 인물은 한을 대응하는 태도와 방식에 따라 패배적 내면형과 의지적 지향형으로 구분이 가능하다. 그리고 의지적 지향형은 다시 긍정적인 면과 부정적인 면으로 양분된다.

패배적 감정이 내면화된 경우는 대체로 민중 관련 소설과 귀향을 다룬 소설에서 두드러지게 나타난다. 「징소리」의 순덕, 「꿈길」의 치매

---

11) 일정한 자료를 활용하면 인물에 대한 예견은 어느 정도 가능하다. 우선 이 자료들을 통해서 인물이 남자인가 여자인가를 결정할 수 있다. … 물론 이 준거 틀은 특정 독자 혹은 일반 독자나 작가에게 똑같이 적용시킬 수 있는 것은 아니다. 준거틀은 의심할 바 없이 공적이라고 불리는 정보를 가리킨다. M. 발, 앞의 책, 『서사란 무엇인가』, p.151.

노인, 「안개 우는 소리」의 출복의 아버지는 자본주의 사회에서 설 자리를 잃은 농민과 도시 빈민들로 이들에게서는 자살과 현실도피, 현실 부적응 양상이 드러난다.

긍정적인 측면의 지향화는 화해와 소통, 공유와 같은 '품'이라는 이미지와 관련되어 있다. 소통 관련 소설이나 5·18를 다룬 소설에서 이와 같은 인물의 특성이 드러나는데 「느티나무 아저씨」의 조씨 아저씨, 「시간의 샘물」의 지수가 그와 같은 예에 속한다. 부정적 측면의 의지는 복수나 원한, 미움, 증오 같은 감정에 지배를 받는다. 과거의 한을 잊지 않고 응징하려는 양상을 보이는데, 이는 인물이 처한 상황과 직결되는 것으로 향후 사건을 유발하는 직접적인 계기로 작용한다.

의지적 감정과 패배적 감정이 혼재되어 있는 인물은 과거의 한을 극복해야 할 대상으로 인식하고 있지만 현실적으로 패배적 감정에 젖어 있다. 「문신의 땅」의 노마리아, 「울타리」의 김노인과 같이 전쟁이나 분단과 관련된 체험을 한 인물에게서 나타나는 특징이다. 이들은 특정 사안에 대하여 이분법적인 태도를 취하기보다는 중립적인 입장을 견지하는데, 분단과 이념을 바라보는 작가의 담론이 일정 부분 투영된 결과로 보인다.

제3장

갈등의 서사적 추동

문순태 소설에서 과거의 갈등과 비극이 현실에서 새로운 양상으로 변주되는 측면은 과거와 현재가 공존하고 있다는 사실을 전제하는 것으로 인물의 심리적 상태가 서사적 계기로 연계될 가능성을 노정하고 있음을 뜻한다. 비극의 지속이 새로운 서사대상으로 연계되는 측면은 오월 관련 소설이나 소통을 주제로 다루고 있는 소설, 역사를 소재로 하고 있는 소설에서 빈번하게 나타난다.

과거의 비극이 또다른 사건을 배태한다는 것은 이전의 체험과 이후의 사건이 인과 관계에 의해 모종의 '질서'를 반영하고 있다는 것으로 풀이된다. 그 '질서'란 리쾨르의 시간의 관점[1] 같은 시간 인식을 대변하는 것으로 '과거란 기억이 남긴 흔적이며 미래가 기다림이라면 과거의 미래의 시간은 현재의 시간을 통해서만 인지할 수 있다'는 의미를

---

1) P. 리쾨르, 『시간과 이야기』, 김한식·이경래 역, 문학과지성사, 1999.

내포한다고 볼 수 있다. 문순태가 5·18과 같은 현대사의 비극을 아직 끝나지 않은 '진행중인 사실'로 주목하고 있음은 종국적으로 한풀이라는 해한의 상황을 상정하고 있음을 뜻한다.

한편 인물간의 갈등과 대립은 직접적인 사건을 매개하는 기폭제로 작용한다. 사건을 연계하는 갈등의 기저에는 주체의 실존적 고통인 한이 자리하고 있다. 이때 반작용의 주체인 타자는 인물의 복원과 동일성에 대한 열망을 방해하는 직접적인 요인이 된다. 고향을 소재로 한 소설에서 드러나는 주체들의 귀소본능의 저변에는 동일성의 훼손이라는 한이 자리하고 있다. 그 한(恨)에는 자의에 의해서든 타의에 의해서든 배반의 기억이 자리하고 있다는 사실을 전제하며, 배반의 기억은 각각의 작품속에 비극적인 양상을 추동함으로써 끊임없이 향수를 자극한다.[2] 전쟁을 다룬 소설과 귀향을 상정하고 있는 소설, 민중의 핍진한 삶을 그리고 있는 소설에서 이와 같은 양상은 동일하게 반복 변주되고 있다.

이러한 '배반의 기억'은 실향과 전쟁, 민중의 억압적 현실이라는 제

---

[2] 신덕룡은 문순태의 소설에서 주체들의 고향에 대한 감정은 이율배반적인 형태를 띤다고 한다. 그 예로 창녀와 치매 노인의 삶을 다룬 「꿈길」을 든다. 치매 상태에 있을 때는 끊임없이 고향으로 가자고 하다가도, 제정신이 돌아오는 순간 '절대로' 갈 수 없다는 자기부정이 그것이다. 여기에는 자신을 기다리던 '우리 색시'에 대한 죄책감과 현실에서 겪는 배반의 상처가 자리해 있다. 회한의 아픈 상처로 남은 죄책감이 그로 하여금 본능과 이성 사이에서 고통받게 하는 것이다. 따라서 고향은 '쉽게 갈 수 있는 곳이지만, 갈 수 없는' 곳이기도 하다. 신덕룡, 「기억 혹은 복원으로서의 글쓰기」, 『시간의 샘물』작품해설, p.320.

현상과 맞물려 타인과의 갈등 내지는 단절을 심화시키는 계기로 작용하기도 하지만, 그에 반하여 비극적 상황을 벗어나도록 욕망을 표면화하도록 강제하기도 한다. 주체와 타자와의 갈등이 또 다른 사건으로 연계된다는 것은 일정한 개연성의 규범에 의해 서사가 통제되고 변화되고 있음을 뜻한다.

이처럼 문순태 소설에서 한은 서사적 상황을 견인, 변주하는 서사적 계기로 작용한다. 이는 스토리의 새로운 연쇄가 형성되는 것을 뜻하는데 인물의 심리와 타자와의 갈등이 인과관계에 의해 새로운 변화로의 분화 가능성을 담지하고 있다는 의미이다. 본 절에서는 인물의 심리가 또다른 서사화로 연계되는 과정을 고찰하고 나아가 인물간의 갈등과 대립이 어떻게 사건적 상황을 매개하는가를 고찰하고자 한다.

1) 심리적 국면의 서사적 계기화

굳이 브레몽의 견해를 떠올리지 않더라도 '서사가 인간의 사고와 행위를 지배하는 것과 똑같은 법칙의 규제를 받는다[3]'는 사실은 이제는 명제가 되어버린 듯 하다. 브레몽의 견해에 의거한다면 문순태의 소설에서 드러나는 비극의 지속성은 이전의 비극의 원인인 한의 체험

---

3) C. 브레몽, 「서사 가능성의 논리」, 『현대소설의 이론』, 김병욱 편, 최상규 역, 예림기획, 1997, p.195.

이 그러한 결과를 견인한 것으로 볼 수 있다. 이때의 인물의 심리는 개인성이라는 특징을 함의하는 주체라는 관점으로 수렴된다. 일반적으로 주체란 "주변 세계와 구별되는 의식과 의미의 장으로서의 개인 정신"4)을 말한다. 타자와 외부적 환경 요인과 변별되는 심리적 타당성을 지니고 있다는 의미이다. 특정 주체의 주관적 체험은 그에 상응하는 심리적 특질을 내포하기 마련이고 이는 '의미 있는' 행위를 견인함으로써 서사화의 계기를 견인한다. 다음은 인물의 심리 상태가 어떻게 서사의 계기로 연결되고 있는가를 보여주는 사례이다.

"교장 선생님 말씀 안 들리냐?"
이번에는 최기식 선생님이 뺨을 후려치듯 역시 퉁명스러운 목소리로 다그쳤다. 그러나 상주는 여전히 탁자 위의 그림만을 뚫어지게 내려다보고 있었다. 그의 눈에 그림이 살아서 움직였다. 탱크가 구르고 군인들이 뛰어가고 총알이 날고 사람들이 쓰러졌다. (중략)
"대검으로 찌르는 사람이 누구냐? 누구를 그린 거야?"
곱슬머리 낯선 신사가 재떨이에 담배를 사뭇 신경질적으로 비벼 끄며 거듭 물었다. 그는 상주에게 처음으로 입을 연 것이었다. 매섭고도 따가운 눈초리에 비해 그의 목소리는 부드러운 듯 무거우면서도 나지막했다.   (『느티나무 사랑1』, p.25)

상주라는 아이가 그린 그림이 문제가 되어 교장 선생님과 담임 그리고 교육당국자로부터 추궁을 받는 장면이다. 상주의 그림은 5·18

---

4) R. 웹스터, 『문학 이론 연구』, 라종혁 역, 도서출판 동인, 1999, p.142.

때의 참상을 묘사한 것으로, "탱크가 구르고 군인들이 뛰어가고 총알이 날고 사람들이 쓰러지는" 상황에서 군인이 무고한 시민을 대검으로 찌르는 장면이 클로즈업되어 있다. 상주의 아버지 박지수는 5·18 때 야학 강학을 하다 총상을 입고 고향 거북재로 돌아와 농사를 짓고 있는 인물이다. 상주는 아버지가 아닌 친구들로부터 5·18의 참상에 관한 이야기를 듣게 되고 더욱이 아버지가 목사였다는 사실을 알게 된다.

인용문은 인물의 심리적인 국면이 외부 세계와 어떻게 갈등의 관계에 놓여 있는가를 보여준다. 아버지 박지수가 겪은 5·18의 참상이 고스란히 아들 상주에게 심리적인 상처로 작용하고 있다는 점과 또 하나는 아버지 박지수와 아들 상주가 심리적으로 낯선 관계에 놓여 있다는 사실이 암시되어 있다. 갈등관계가 지속되어 변화를 추동하는 하나의 상황으로 집약되어 왔다는 것이다. 이러한 해석은 구체적인 정황의 파악을 통해 확보되는데 선후의 인과 관계가 그 준거가 된다. 상주의 '그림 사건'은 아버지 박지수의 5·18의 체험에서 기인하며 이후 사건의 분화를 촉진하는, 또다른 사건의 원인이 되는 '서사적 상황'이 되는 것이다. 이를 요약하면 다음과 같다. 박지수의 5·18체험(원인)-'그림 사건'(결과와 또다른 원인)- ①박지수의 아내 김삼순이 학교에 불려간다.(결과1) ② 김삼순이 아들을 데리고 박지수가 있는 고향으로 찾아간다.(결과2)

다음의 예 또한 외부 세계와의 갈등 관계에 놓여 있는 인물의 심리적 상황이 또다른 서사의 계기로 작용하고 있음을 보여준다.

"그래 자네 아들놈이 소아마비에 걸린 것 나도 알고 있네. 헌데 승구 자네 올해 몇 살인가?"

조씨 아저씨는 갈색 뿔테안경이 뭉뚝한 코끝으로 흘러내릴 정도로 고개를 깊숙이 꺾은 채 목소리를 쥐어짜듯 나지막하게 물었다. (중략) 나는 그가 왜 나를 만날 때마다 나이를 묻는지 그 이유를 잘 알고 있다. 그는 내 나이를 알고 싶어서 묻는 게 아니었다. 그는 내 나이를 물으면서 나와 동갑내기인 그의 아들 길섭이를 생각하고 그의 단절된 과거와 현재를 동시에 떠올리고 있을 것이다. 그에게 아들 길섭이의 소식이 끊긴 17년의 시간은 모든 기억과 함께 의식마저 단절되어버린 것이나 다를 바 없었다.   (「느티나무 아저씨」,p.191)

조씨 아저씨는 17년째 마을 앞 느티나무에 앉아 5·18때 행방불명된 아들을 기다린다. 조씨 아저씨의 행위는 아들의 행방불명을 강제한 시대와 그리고 시간의 흐름에 따라 그 사실을 잊어버리고 있는 마을 사람들과의 보이지 않는 갈등이 표면화된 것이다. 인용문에서 조씨의 기다림은 아들의 행방불명이라는 원인에 의해 지배를 받으며 동시에 이후의 사건을 견인하는 원인으로 작용한다. 그리고 조씨 아저씨가 몸져눕게 되는 상황은 기다림에 의한 결과라는 서사적 연쇄에 귀결된다.

이처럼 선후관계가 명확한 인과성은 플롯의 기본적인 정의라 할 수 있는 E. M. 포스터의 "플롯이란 인과 관계를 강조하는 사건들의 이야기"5)라는 명제를 떠올리게 하는 측면이 있다. 이러한 명제에 의거하

---

5) E. M. Forster, *Aspects of the Novel* (London, 1927), p.130.

면 인용문은 '행방불명(원인)-기다림(결과, 원인)-몸져눕게 됨(결과)'로 요약되며, 그 자체로 인물의 한에 대한 지향적인 태도를 엿볼 수 있다. 그러나 한편으로 인물의 행위는 또다른 선택6)의 문제와 직결된다는 것을 암시한다. 조씨 아저씨가 행방불명된 아들을 기다린다는 것은 앞서의 원인에 의한 행위이지만 이 행위가 여러 양상으로 발현될 수 있다는 것이다. 예를 들어 ①잊고 지낼 수도 있고, ②다른 일에 신경을 쓸 수도 있고, ③입원해 있을 수도 있다. 이처럼 그 가능성은 열려 있다. 조씨 아저씨가 ①, ②, ③을 선택하였다면 기다림이 원인이 되어 몸져눕게 되는 결과는 초래되지 않았을 수도 있다는 것이다.

그럼에도 불구하고 인물이 기다림을 선택한 것은 한을 수용하는 측면에 있어 일반적인 한국인의 특징을 보여주기 위한 작가의 의도로 풀이된다. 일반적으로 한국인에게 있어 한은 윗세대가 원인이 되는 경우와 아래세대가 원인이 된 경우 모두 전이되는 양상을 보인다. 문순태 소설에서 전자는 전쟁을 다룬 소설에서 주로 드러나고 후자는 5·18를 다룬 소설에서 자식의 행방불명이 원인이 되어 한이 된 경우이다.

「그리운 조팝꽃」도 이러한 사례 가운데 하나이다. 광주에서 학교 다니던 아들이 실종되고 난 후 화자는 이십 년 가까이 가족 사진을 찍

---

6) 바르트는 기능적인 사건과 비기능적인 사건을 구분하고 있다. 기능적인 사건은 두 가지의 가능성, 즉 선택을 구체화하거나 그같은 선택의 결과를 드러내는 가능성 중 하나를 선택할 수 있도록 열려 있는 것이다. 일단 선택이 이루어지면 그것은 파블라의 발전에서 뒤따르는 사건의 과정을 결정해준다. M. 발, 앞의 책, 『서사란 무엇인가』, pp.34-35.

지 않는다. 가족 사진에서까지 아들이 '실종'되는 것을 원치 않기 때문이다. "우리 부부는 둘째가 오래된 흑백사진과 함께 가족의 일원으로 영원히 살아 있기를 바랐다. 그 때문에 나는 새 가족사진을 찍는 것보다는 둘째가 형제들과 함께 당당하게 서 있는 오래된 흑백사진을 확대시켜서 거실에 걸어 놓고 싶어했다."(68쪽) 이는 화자가 다른 자식들과 '사진찍기'와 관련하여 보이지 않는 심리적인 갈등 관계에 놓여 있다는 것을 의미한다. 가족사진 찍기를 거부하는 행위는 화자가 비극의 고통을 감내하기 위한 하나의 방안이지만 다분히 선택적 의미가 투영되어 있다. 화자의 선택이 다양한 행위로 발현될 수 있는 가능성을 담고 있다는 의미이다. ①아들의 옷가지를 그대로 보관한다든지 아니면 ②아들이 쓰던 방을 비워둘 수도 있다. 이와 같이 행위의 선택에 따라 다양한 결과의 가능성이 예측된다.

흑백사진에 집착하는 것은 그것이 '가족'이라는 의미를 담고 있으며 언젠가는 아들이 살아 돌아올 거라는 자기확신이 투영되어 있기 때문으로 풀이된다. '행방불명(원인)-흑백사진 집착(결과, 원인)-가족사진 촬영 무산(결과)'으로 이어지는 사건의 전개는 논리적인 연쇄에 기인하고 있음을 알 수 있다.

이처럼 한이 현실에서 하나의 결과로 드러나는 양상은 '심리적 질서를 반영'[7]한다. 일반적으로 인과 관계가 서사의 기본적인 특징이지만 '심리적인 질서'를 온전히 반영하는 것은 아니다. 그러나 문순태의

---

7) G. 프랭스, 앞의 책, 『서사란 무엇인가』, pp.102-103 참조.

소설에서는 일련의 '심리적인 질서'에 의해 한의 서사화가 이루어지고 있는데 「된장」에서 이러한 측면을 찾을 수 있다. 어머니와 화자는 모두 동생을 죽게 만들었다는 할머니의 저주에 의해 심리적으로 억눌려 있다.

두 인물은 미국으로 이민을 떠나 다시 한국으로 돌아오는 일련의 과정을 겪게 된다. 미국에서 오래도록 고향의 대숲 바람 소리를 잊지 못하는 데는 아들의 죽음과 남동생의 죽음이라는 한이 심리적 현상으로 발현된 것이다. 두 인물은 동일한 시간과 동일한 장소에서 죽음이라는 한의 기제를 공유하고 있기 때문에 이들은 심리적으로 일정한 유대가 형성되어 있다. 그러나 화자가 먼저 미국으로 떠나고 후에 어머니가 이민을 가고, 다시 어머니가 먼저 귀국을 하고 화자가 입국하게 되는 과정은 일정한 '심리적인 질서'에 기반하고 있음을 암시한다. 즉 남동생을 잘 돌보지 못해 죽음에 이르게 했다는 누명을 쓴 화자는 하루라도 빨리 한국을 떠나려 했을 것이며, 역으로 어머니는 죽은 아들과 고향이 그리워 먼저 입국을 결행했을 거라는 추측이 가능하다.

이후에 전개되는 행위는 인물들의 '심리적 질서'에 따라 양분된다. 이때의 '심리적 질서'는 다분히 타자와의 갈등에 의해 매개되고 변화되는 가능성을 함의한다. 귀국한 어머니는 우물을 파는 일을 시작하고, 화자는 한 남자를 만나고 임신을 하게 된다. '심리적 상황'의 '서사적 계기'로 전환이 이루어진 것이다. 요약하자면 '아들과 오빠의 죽음(원인)-출국과 귀국(결과, 원인)-우물파기[8]와 임신(결과)'로 이어지는 바, 심리적 질서에 의해 한의 양상이 일정한 법칙에 의해 전개되고 있음을 보여준다.

한편으로 문순태 소설에 빈번히 등장하는 꿈이나 환청은 다분히 주체의 심리적인 상황을 대변한다.[9] 과거의 갈등과 비극이 현실에서 더욱 심화되고 있다는 것으로 외부 환경과의 대립관계가 더욱 명확하게 형성되었음을 의미한다. 한의 감정에 깊이 침윤되어 있는 인물일수록 불안과 공포에 시달리며 현실에서의 환기는 이전의 원인에 대한

---

8) 「된장」의 '우물'처럼 특정한 사물이나 매개체를 통해 한의 심화되고 지속되는 양상을 보여주는 사례로 「시간의 샘물」의 '각시샘'을 들 수 있다. 6·25때 최병천은 누군가에 의해 '각시샘'에서 살해를 당한 인물이다. 그 사건을 계기로 '각시샘'에서 붉은 피가 연신 흘러나왔고, 그 이후로 마을의 온갖 재앙, 소개령과 토벌작전과 고향을 등지는 일련의 비극들이 이어졌다. 특정 매개체에 의해 비롯되는 한은 결국은 인물이 겪어야 했던 당시의 훼손된 역사와 맥을 같이 한다. 텍스트에서 '각시샘'은 주체에게 뿌리 내려진 역사의 상흔과 같은 의미를 갖는다. 따라서 「시간의 샘물」에서 현시되는 비극성은 다음과 같이 그 양상이 심화됨을 알 수 있다. 이를 요약하면 다음과 같다. '최병천의 죽음과 원한(원인)→ 말라버린 각시샘(결과, 원인)→마을의 온갖 재앙(결과)'

9) 「징소리」에 반복되어 나타나는 '징소리'와 허칠복의 아내 순덕의 눈에 펼쳐지는 고향의 모습(환시), 「피아골」에서 만화에게 자주 들리는 '울쇠 소리', 「꿈길」의 은혜가 수만리를 찾아가는 꿈, 『느티나무 사랑』의 지수가 꾸는 꿈, 「감로탱화」에서 화자에게 현시되는 억울한 죽음의 실체, 「된장」의 화자가 고향으로 돌아와 꾸는 꿈 등 본고에서 논하고 있는 거의 모든 소설에서 꿈과 관련된 장면이 나온다…. 문순태 소설에서는 꿈, 환청, 환시가 서사의 중요한 장치로 등장한다. 특히 역사와 관련한 소재를 다룬 서사에서 두드러지는데 작가는 "현실이라는 공간적 제약을 극복하기 위해, 다시 말해 상상력을 통해 허구적인 시공간을 확장하려는 의도"때문이었으며 한편으로는 "사건의 전개 과정에서 인과성의 확보와 같은 서사적 장치를 마련하기 위해서였다."고 한다. 그 외에도 문순태는 꿈을 서사의 매개로 자주 활용하는 것은 70·80년대 표현의 제약과 검열로 서사적 상상이 제약을 많이 받은 것도 한 원인으로 지적한다. (문순태 창작실 〈생오지〉에서 작가와의 대화. 2007.5.15)

결과이자 다른 사건이 '동기화'가 된다는 점에서 서사 논리의 지배를 받는다.

특히 「징소리」는 그러한 대표적인 사례로 소설 전반을 관통하고 있는 징소리는 칠복과 순덕의 내면에 드리워져 있는 그리움과 한탄, 회오의 감정을 대변한다. 이들의 내면에는 비극적 현실을 불러온 타자에 대한 증오, 원망과 아울러 스스로에 대한 자학의 감정이 복합적으로 투영되어 있다.[10]

다음의 「정읍사」에서도 인물의 심리적 국면은 서사의 중요한 계기가 됨을 보여준다.

> "참말로 벼락을 맞어 뒈질 놈…… 어쩌다가 늬가 요로코롬 되야부렸는지 모르겠다. 그때 어거지를 써서라도 무동이헌테 줬던들……."
> 그러면서 정녀 어머니는 참고 있던 원망과 분노와 서러움을 터뜨리느라 흐느끼기 시작했다.
> "어무니, 저…… 저…… 단소가락 소리 안 들리요? 해장이 아부지가 지를 부르는 소리 안 들려라우…?"
> "아이고 불쌍한 것……."

---

10) 그러나 징소리의 환청이 칠복과 순덕이라는 피학의 대상에게서만 나타나지 않는다는 것이다. 칠복의 징소리 때문에 낚시꾼을 상대로 장사를 할 수 없게 된 마을 사람들은 회의를 소집해 칠복을 추방하기로 결의한다. 그러나 칠복을 마을에서 쫓아내는 것으로 모든 문제가 해결되지는 않는다. 마을 사람들은 밤마다 칠복이 치는 징소리의 환청에 시달리는데, 여기에는 칠복에 대한 연민과 칠복을 쫓아낼 수밖에 없었던 자신들의 처지에 대한 자조의 감정이 투영되어 있다. 즉 이들의 내면에는 자신들이 칠복에게 한을 심어주었다는 가학의 가책이 내재되어 있는 것으로 볼 수 있다.

"어무니⋯⋯저그⋯⋯저⋯⋯ 들판을 질러오는 남정네 안 보이요? 소금가마니를 지고 있는 모양이 영락없이 해장이⋯⋯"

그러자 정녀 어머니의 눈에는 소금가마니를 진 남정네 모습 대신 어둠의 그림자만이 대지 위에 두껍게 질리는 것이 보였을 뿐이었다.

(「정읍사」, p.164)

정녀는 전투를 위해 집을 떠난 남편 도림을 기다린다. 정녀에게 도림이 불어주던 단소 소리는 그리움의 감정이 이입된, 이른바 T. S.엘리엇트의 '객관적 상관물'과도 같은 것이다. 정녀의 마음이 단소소리에 투영되어 있다는 것인데 이 같은 환청은 그녀의 내면에 자리하고 있는 별리(別離)의 한을 환기시키는 것으로 '심리적 상황'을 드러낸다. 이러한 심리적 상황은, 어느 날 도림이 새벽녘에 집으로 돌아오게 되는 서사적 계기와 맞물리게 된다.

단소소리로 상징되는 환청은 인과 관계를 지지하는 개연성(probability)을 담지한다. 개연성이라 함은 '사건 전개의 그럴듯함'을 의미하는 바, 폴 굿맨 Paul Good-man은 '이미 제시된 부분들 뒤에 있으며 또 다른 부분들을 이끌어내는 관계'[11]로 정의한다.

여기에서 ①"이미 제시된 부분"은 인용문의 두 사람의 이별(즉 한의 원인이 된 별리와 백제의 패망)을 뜻하며, ②의 "뒤에 있으며"는 정녀가 도림의 단소소리를 환청으로 듣게 되는 상황을 지칭하며, ③의 "또

---

11) P.골드만, The Structure of Literature, Chicao, 1954, p.14. 오탁번 · 이남호, 『서사문학의 이해』, pp.67-74 참조.

다른 부분들을 이끌어내는 관계"란 단소소리가 다른 상황을 견인한다는 것으로, 이는 후일 도림과의 짧은 만남을 의미한다. 앞의 ①·②·③을 연계하면 〈백제의 패망으로 이별을 하였지만 정녀는 도림의 단소소리를 환청으로 듣고 이는 후일 도림과의 짧은 만남을 이끌어 내게 된다.〉로 요약이 가능하다.

이러한 서사의 논리는 정녀의 도림과의 만남에 대한 욕망이 백제의 패망이라는 외부적 요인에 의해 지배를 받고 있으며, 한편으로는 그러한 '심리적 상황'을 연계해주는 인과적인 장치로 단소소리가 기능을 수행하고 있음을 보여준다.[12]

다음으로 꿈을 통해 환기되는 갈등의 측면은 대체로 인물의 관계가 가학과 피학으로 명확하게 구분이 된 경우에서 찾을 수 있다. 여기에는 현실에서는 재현 불가능한 비극의 단면이 꿈을 통해 펼쳐지는 사실을 전제한다. 인물의 비극과 갈등에 대한 관점은 심리적인 상황을 드러내는 것으로 향후 행위에 대한 가능성을 내포한다.

> 바우는, 두두두둥, 하고 온통 할미산을 뒤흔드는 것처럼 우람스럽고 연속적인 그 북소리를 들을 수가 있었는데, 그 꿈속에서도 임금님이 북소리를 듣고 분원리까지 왔었다. 임금님은 하얗게 은빛으로 번

---

12) 출향이나 귀향을 매개로 한 소설과 전쟁의 참상을 다루고 있는 소설에서도 환청을 통한 인물의 심리적 상황의 환기는 서사의 개연성을 확보하는 장치로 활용된다. 「제3의 국경」에서 박동실이 해마다 6월이면 총성과 포성에 시달리는 증세를 앓는 이른바 '유월병'은 박동실이 겪은 전쟁의 참상이 가져온 결과로 이후의 서사를 견인하는 인과적 장치로 작용한다.

쩍이는 큰 백마를 타고 분원리까지 날아와서는, 김진사를 꿇어앉히고 불호령을 내렸고, 청개구리처럼 땅바닥에 찰싹 어딘 김진사는 그저 살려달라고 손이 발이 되게 싹싹 빌었다. 그런 꿈을 꾼 날 바우는 기분이 좋아서 괜히 웃당산 아랫당산을 꿈속에서 쏘다니며 킬킬 팔팔 웃기도 하고 빽빽 소릴 지르기도 했다. 그러나, 그런 신나는 꿈은 어쩌다가, 일년에 두세 번 꾸기 마련이었다.(「백제의 미소」, p.369)

바우의 꿈은 가학자인 김진사를 응징하는 내용에 초점이 맞추어져 있다. 또한 김진사에 대한 복수가 현실에서도 실현될 수 있으리라는 예측을 가능하게 한다. 그것은 김진사에 의해 바우와 도공들이 일방적인 착취를 당했다는 사실을 전제로 한다. 따라서 바우의 꿈은 앞서 폴 굿맨이 언급한 대로 '이미 제시된 부분들 뒤에 있으며 또 다른 부분들을 이끌어내는 관계'로 정의되는 개연성을 지지하는 서사적 장치로 볼 수 있다.

아리스토텔레스는 꿈이란 수면(睡眠) 도중의 정신 생활로서 깨어 있을 때의 정신활동과 어느 정도 유사점을 갖고는 있지만 또한 대단히 커다란 차이가 있으며 깨어 있을 때의 정신 활동과 구별된다[13]고 한다. 이는 꿈이 현실의 생활과 구별이 되지만 정신 생활의 측면에서는 '활동'이라는 유사점을 공유한다는 의미이다. 그것은 프로이트가 『정신분석 강의』에서 〈꿈은 하나의 정신(심리) 현상이다〉라고 규정한

---

13) 아리스토텔레스, 『꿈에 대하여 *De somniis*』, 『꿈의 예언 *De divinatione per somnum*』, 지그먼트 프로이트, 『정신분석 강의』상, 임홍빈·홍혜경 역, 열린책들, 1997, p.118 재인용.

것과도 맥을 같이 하는 것으로 "인간들의 마음속에는 자신이 그것을 알고 있다는 것을 모르면서도 실제로는 알고 있는 정신적인 것이 있다."[14]는 전제가 내재되어 있다. '수면 도중의 정신 생활'과 '하나의 심리 현상'이라는 견해에 의거하여 꿈속의 바우의 행위를 들여다보면 현실과의 커다란 간극이 존재하고 있음을 알 수 있다. 바우의 현실적 바램과 욕망이 꿈을 통해 보복이라는 행위로 실현되고 있지만, 궁극적으로 신분의 상승이나 세상의 변혁과 같은 근본적인 변화와는 거리가 있다는 점이다. 그것은 프로이트가 말하고 있는 〈검열〉이라는 기제가 작용하고 있다는 것을 암시하는 측면이 있다. "〈현시적인 꿈manifest dream〉이란 무의식적 꿈의 사고 혹은 욕망이 〈압축〉과 〈전치〉 등의 복잡한 변형 과정을 거쳐 의식의 〈검열 작용censorship〉을 통과해 의식계에 드러난 것."[15]이라는 의미이다.

위의 인용문의 꿈에서 전경화되고 있는 장면은 '북소리'와 '임금님'으로 대변되는 제도화된 권력에 의한 합법적인 응징에 무게를 두고 있어 바우의 내면에 드리워져 있는 직접적인 보복 행위가 〈검열〉[16]

---

14) 지그먼트 프로이트, 위의 책 『정신분석 강의』중 여섯 번째 강의에 해당하는 「꿈-해석의 전제들과 해석의 기술」참조. pp.135-153 .
15) 박찬부, 『현대정신분석 비평』, 민음사, 1996. pp.27-28.
16) 문순태의 소설에서 드러나는 꿈과 관련한 〈검열〉은 세 가지 양상을 띈다. 전쟁, 역사, 5·18, 민중을 다루고 있는 소설은 그 자체로 한을 내재하는 소재이기에 꿈에서 재현되는 장면은 다분히 비극적이다. 때문에 꿈속에서는 당시의 비극적 상황이 다소의 변형된 과정을 거쳐 재현된다.(「달궁」) 또 하나는 주체의 의지가 보복이라는 가해의 형식을 통해 환시된다는 점이다.(「백제의 미소」) 마지막으로 한의 공간으로부터 벗어남으로써 고통을 이겨내

과정에 의해 일정부분 변형이 이루어졌을 것이라는 예측을 할 수 있다. 그것은 꿈 이후에 전개될 현실 공간에서의 서사는 간접적인 방식이 아닌 직접적인 한풀이와 관련된 사건과 연계되리라는 예측을 가능하게 한다.

이와 같이 문순태 소설에서의 꿈은 인물의 심리적 상황을 대변하는 기능뿐 아니라 서사시간과 서사공간을 확대하기도 한다. 현실의 서사적 공간에서 자행되었던 사건이나 상황이 꿈으로 환기되는 것은 인물의 심리적인 국면이 향후 서사를 견인하는 축으로 작용하고 있다는 것을 의미한다. 그 결과 또한 다양하게 변주될 수 있다는 가능성을 담지한다.

이상에서 살펴본 대로 외적 요인에 의해 형성된 인물의 특정한 심리적 국면은 향후 서사를 견인하는 매개로 작용한다. 심리적 갈등의 저변에는 공통적으로 한이라는 과거의 비극이 자리하고 있다. 그리고 한의 감정과 그로 인해 파생되는 갈등은 '심리적 질서'라는 일정한 규칙에 의해 서사적 계기로 연계된다. 이러한 양상은 단순한 변화라기보다는 일정한 연쇄에 의해 매개되는 것으로 서사 구도의 인과성을 높여준다.

고자 하는 욕구의 반영이다.(『느티나무 사랑』) 이렇듯 꿈은 한이라는 공간의 서사적 확대의 의미도 있지만, 그 공간으로부터 벗어나고자 하는 주체의 강렬한 욕구를 대변한다.

2) 인물의 대립과 사건의 매개

　문순태의 소설에서 비극 이전의 시간으로 돌아가고자 주체의 욕망은 현실의 장벽에 부딪혀 좌절되기 마련이다. 이들은 한결같이 고향의 복원과 동일성의 희구에 대한 열망을 견지한다. 복원과 동일성은 한의 대립적 개념인 해한(解恨)이나 승원(勝怨)과는 의미가 다르다. 후자가 "한을 푼다" "원을 극복한다"처럼 행위의 결과에 초점을 두고 있다면, 전자는 원인 이전의 상황으로의 복귀 내지는 원래의 자아로 돌아가는, 회귀에 무게 중심이 실려 있다.

　괴테는 지나간 것들에 대한 그의 회상을 『시와 진리』(Dichtung und Wahrheit)라고 불렀다. 그 제목은 어떤 사람의 삶의 문학적 재구성은 늘상 두 가지 차원, 즉 유의미한 연상(시)이라는 주관적 형태와 검증 가능한 전기적이며 역사적인 사건들(진리)이라는 객관적 구조를 포함한다. 두 차원은 전기적 및 자전적 문학 형태 속에서뿐만 아니라 어떠한 형태의 문학적 소묘 속에서도 전재한다.[17]

　위의 괴테의 언급은 기본적으로 서사 일반에 관한 특징을 지적하고 있다. 연상이라는 주관적 형태와 사건이라는 객관적 구조의 결합은, 기본적으로 기억에 의한 서사화라는 의미를 함의한다고 볼 수 있다. 또한 '지나간 것'에서 유추할 수 있는 내용은 서사 성분으로 구분하는 사건의 과정으로써의 시간의 특징이기도 하다.

---

17) 한스 메이어호프, 『문학과 시간의 만남』, 이종철 역, 자유사상사, 1994, p.45.

이러한 관점에 의거하면 문순태가 다루고 있는 전쟁과 귀향, 그리고 민중적 삶의 일상은 '지나간 것'에 대한 복원의 의지와 회한의 투영으로 요약된다. 그러나 한과 관련된 기억은 주체의 시각과 의지가 과거로만 향해 있는 것이 아니라 현재라는 시간의 바탕 위에 다가올 미래에도 일정한 방점을 두고 있다는 점에서 의미를 지닌다. 기억한다는 것은 "과거의 이미지를 갖는 것"[18]인데 그 이미지란 '사건들이 남긴, 그리고 정신에 새겨진 흔적이며 서술의 행위와 밀접하게 관련되어 있다'는 사실을 기본 전제로 한다. 때문에 문순태 소설에서 전쟁으로 인한 이산과 실향, 실존의 비극 그로 인한 주체의 의지와 욕망의 단면은 현재라는 시간 위에 중첩되어 있는 사건이자 앞으로 전개될 사건의 방향을 지지해주는 계기가 된다.

① 월계리에서의 일년 동안은 그의 생애에서 가장 외로운 한때였다. 이때처럼 헤어진 두 친구를 절실히 그리워해 본 일이 없었다. 그는 이기철이나 배출도를 따라가지 못했던 것을 얼마나 후회하였는지 모른다. (중략) 그가 월계리 이장집에서 하는 일이란 국민학교 오학년에 다니는 열두 살짜리 이장의 아들 귀돌이와 함께 놀

---

18) 리쾨르는 기대는 기억과 유사관계에 놓인다고 말한다. 그것은, 아직 존재하지 않는 nondum 사건에 선행한다는 의미에서, 이미 존재하고 있는 어떤 이미지로 구성된다. 그러나 그 이미지는 지나간 일들이 남긴 흔적이 아니라, 우리가 그렇게 미리 예상하고, 지각하고, 예고하고, 예측하고, 공표하는(기대라는 평범한 어휘가 갖는 풍부한 의미를 지적할 수 있을 것이다) 미래의 일들에 대한 어떤 '기호'이며 '원인'이다. (P. 리쾨르, 『시간과 이야기』, 김한식·이경래, 문학과 지성사, 1999, pp.40-41.)

아 주는 것이 고작이었다. 어쩌면 박동실이가 그 꼬마와 놀아 준 것이 아니고, 그 아이가 박동실의 외로운 처지를 동정하여 친구가 되어 준 것인지도 몰랐다. 그 기나긴 일년 동안 박동실은 확실히 이장집 아이를 통해서 회한과 번민과 적막감으로 부풀어오르는 외로움을 위로받을 수가 있었다. 그 아이와 함께 있는 동안 그는 어린 시절로 되돌아가고 싶은 마음뿐이었다.

(「제3의 국경」, pp.293-294)

② 체구가 우람한 이기철은 담갈색의 꼭 낀 미군 군복을 입고 있었는데, 초여름이었는데도 그는 버릇처럼 윗도리의 목깃을 곧추세우고 땟물에 절고 휴지처럼 꾸적꾸적해진 옅은 풀빛 전투모를 깊숙이 눌러 썼었다. 등은 진흙처럼 무겁게 갈앉았으나 뒤 한번 돌아보지 않고 절뚝거리며 걸어가 버린 발걸음은 싸우러 가는 전사와도 같이 절도가 있었기 때문에 그의 걸음걸이를 슬픈 눈으로 지켜 보고 있언 박동실은 더욱 그가 야속하게만 보였었다. 마지막 그의 뒷모습을 끝까지 쏘아보고 서 있었던 박동실은 더욱 그가 야속하게만 보였었다. (「제3의 국경」, p.280)

박동실은 6 · 25때 고향 친구인 이기철, 배출도와 함께 인민군으로 전쟁에 참전했다가 포로로 붙잡혀, 후일에 남쪽행을 선택한 인물이다. 인용문 ②가 포로수용소에서 수감생활을 하던 때의 기억에 관한 서술인 반면 인용문 ①은 여수에 정착한 박동실의 고향에 대한 그리움이 서술되어 있다. 서사 시간, 즉 스토리의 시간은 ②가 ①에 선행하는 것에서 알 수 있듯이 「제3의 국경」은 박동실이라는 인물의 기억을 중심으로 서술이 전개되고 있다는 것을 보여준다.

②가 전쟁의 원인, 즉 한의 기제와 관련되어 있다면 ①은 ②가 원인이 되어 주체로 하여금 고향에 대한 그리움, 순수했던 세계로의 회귀 의지를 갖도록 강제하고 있다. 또한 ②에서는 두 인물의 갈등 국면이 드러나 있는데, 이 같은 대립은 선택에 의해 강제된 것으로 향후 사건을 매개하는 측면으로 작용한다.

리쾨르는 행동이 이야기될 수 있다는 것은, 그 행동이 이미 기호, 규칙, 규범을 통해 연결되었기 때문이라고 설명한다. 즉 행동은 언제나 상징적으로 매개된다는 것을 뜻한다. 그러한 리쾨르의 견해를 굳이 언급하지 않더라도 인용문의 박동실의 행동은 '지나간 것'에 대한 회한과 그리고 더 나아가 '지나간 것' 이전으로 회귀하고자 하는 열망에 가득 차 있음을 알 수 있다. 반면에 이기철은 '지나간 것' 이전으로의 회귀보다는 더 나은 물질적 풍요에 대한 추구에 초점이 맞추어져 있다. 이는 6 · 25 당시의 선택을 강요했던 갈등이 현실의 또다른 대립과 갈등을 규정하고 있음을 의미한다.

인용문이 암시하는 다음 사건으로의 전개는 입국한 이기철과의 만남, 그리고 또다른 친구인 배출도에 관한 이야기가 자연스럽게 연계되리라는 예측이 가능하다. 따라서 박동실의 복원의 의지와 행위는 이기철의 선택과 대립됨으로써 갈등을 양산하고 심화시키는 서사적 계기[19]로 작용을 한다는 것이다. 이러한 '서사적 계기'는 '사건이 어떤

---

19) 채트먼은 핵사건을 일컬어 문제를 일으키고 또한 충족시킴에 의해 폴롯을 발전시켜 나간다고 한다. 핵사건은 사건들에 의해 취해진 방향으로 문제들을 발생시키는 서사적 계기들이다. S. 채트먼, 『이야기와 담론』, 환용환 역,

방향으로 갈 수 있는' 국면을 인과적으로 견인할 뿐아니라 인물의 행동과 '심리적 상황'에도 지대한 영향을 끼치게 된다. 그것은 '지나간 것'에 대한 반대 국면인 '도래해야 할 것'에 대한 지향으로 수렴된다. 박동실의 '도래해야 할 것'에 대한 지향은 전쟁이 발발하기 이전의 고향이 함의하고 있는 세계이다. 즉 세 친구를 이어주는 상징적 매개로써의 고향은 동심이 훼손되지 않는 순수한 세계, 서술자아가 복원의 열망을 꿈꾸는 이상사회[20]이기도 하다.

박영호는 『한국인의 원형적 사고』에서 〈소국과민형(小國寡民型)〉 내지는 〈대동사회형(大同社會型)〉으로 이상사회에 대한 견해를 피력

고려원, 1991, 69-72쪽 참조. 한편 마이클 J. 툴란은 주기능단위(cardinal function) 또는 핵(nuclei) 또는 채트먼의 매력적인 용어로는 '중핵(kernels)'; 이들은 각각의 서사물의 실제적인 중심점들이나 위기 국면들로 본다.(사건이 어떤 방향으로도 갈 수 있는) 이들은 연속적이고 순차적으로 발생한다. 마이클 J. 툴란, 앞의 책, 『서사론』, p.46.

20) 박영호는 『한국인의 원형적 사고』에서 낙원과 유토피아를 불만 요인이 제거된 사회 또는 제거되기를 희망하는 사회로 인식하는 데서 출발한다는 점은 누구나 동의한다는 사실에서 이 두 용어를 동일한 의미로 사용한다. 그에 따르면 낙원은 ①삼신산형 ②도원형 ③소국과민형 ④대동사회형으로 나뉘어진다. ①은 초월적 공간으로 불사의 존재인 신선들이 사는 공간을 지칭한다. ②는 현세초탈을 꿈꾸는 도연명의 의식을 보여주는 「도화원기(桃花源記)」에서 보여지는 이상향을 지향하는 의식, 답답한 현실세계로부터 자유로워지고 싶어하는 도가적 측면이 두루 포함되어 있는 공간을 의미한다. ③은 문명과 체제의 권력이 지배하는 현실사회로부터 공간적 일탈과 시간의 역진(逆進: 또는 정지)을 통하여 건설되는 것이 일반적인 사회를 말한다. ④는 서로가 서로를 존중하여 남녀노소 누구 한 사람이라도 소외되지 않는 균등한 삶의 형태를 지향하고, 재화에 대한 욕망이 절제되어 있어 이로 인한 분쟁이 생길 여지가 원천적으로 제거된 사회이다. 박영호, 『한국인의 원형적 사고』, 태학사, 2004, pp.163-186쪽 참조.

한다. 전자가 "문명과 체제의 권력이 지배하는 현실사회로부터 공간적 일탈과 시간의 역진(逆進: 또는 정지)을 통하여 건설되는 일반적인 사회"를 말하며 후자는 "서로가 서로를 존중하여 남녀노소 누구 한 사람이라도 소외되지 않는 균등한 삶의 형태를 지향하고, 재화에 대한 욕망이 절제되어 있어 이로 인한 분쟁이 생길 여지가 원천적으로 제거된 사회"를 일컫는다. 인용문에서 박동실의 복원의 열망은 이 두 사회가 적절히 혼합된 것임은 자명하다.

「달궁」에서 그리고 있는 궁극적인 세계 또한 전쟁 참상 이전의 순수한 이상 세계이다. 그것은 역설적으로 현재의 달궁의 모습이 타락하고 훼손된 공간으로 전락했음을 뜻하며 현재의 달궁을 둘러싸고 서사 주체간의 대립과 반목이 심화되고 있다는 사실을 전제한다.

주인공 순기의 귀향은 순수한 세계의 복원 의지와 맞물려 이루어지지만 향후 전개되는 사건은 이와는 대조적으로 전개된다. 표면적으로 순기의 고향행은 할아버지의 송덕비 철거 문제와 관련이 있지만 내적으로는 고향에 대한 그리움, 다시 말해 '달궁'이 상정하는 이상 사회로의 회귀를 지향하고 있는 것으로 풀이된다.[21] 순기의 의지는 이후의

---

21) 「흰거위산을 찾아서」의 지수와 기호가 백아산을 찾아가는 길에 만난 장우암이라는 농부에게서도 이상사회에 대한 의지를 읽을 수 있다. "내가 후손들헌테 바라는 것은 우리 부모님이 그랬던 것맹키로 이 땅에서 욕심부리지 말고 분수대로 살다가 이 땅에 묻히는 것이구만이라."는 언술이 이를 반증한다. '욕심부리지 않고 분수대로 살다가 이 땅에 묻히는 것'은 과거와 현재, 미래의 시간이 공존하는 시간을 의미하는 바 지수와 기호의 인식 확장에 영향을 미치게 된다. 서사적 공간으로써 '흰거위산'은 박영호가 『한국인의 원형적 사고』에서 밝힌 소국과민형과 같은 문명과 체제의 권력이 지배하는

사건의 진전을 견인하는 하나의 분기적 요소로 작용하는 바, 반동인물로 대변되는 김만복과의 만남으로 인해 갈등은 첨예화되며 그로 인해 서사의 역동성이 부여된다.

> 만화에게 있어서 연곡사 골짜기는 과거라는 공간의 영역이었다. 옛날 골짜기에 살았을 때와는 달리, 어른이 되어 대학까지 졸업하고 머릿속이 쓰레기 하치장처럼 오만 가지 잡동사니 생각들로 가득 들어차 있으며, 세련된 옷차림을 하였지만 골짜기 안으로 들어서는 순간부터 과거의 사람이 되어 버린 것이라고 생각했다. 그녀는 과거의 자신이고 싶었다. 그녀는 스스로 과거의 사람이 되기 위하여 연곡사 골짜기를 찾아왔지 않은가. 그렇기 때문에 죽은 무당 할머니가 다시 살아난다 해도 두려울 것이 없었다. 가뭇한 기억 속에서도 아버지를 다시 만난다는 것은 그녀에게는 죽은 할머니가 살아나는 것만큼이나 경악스러운 일이 아닐 수 없었다.　　　　　　(「피아골」, p.82)

위의 인용문은 만화의 출생 이전의 서사는 이른바 '지나간 것'으로 대변되는 아버지와 어머니의 한이 얽힌 역사임을 암시한다. 그리고 '지나간 것'에 대한 회오는 만화가 연곡사를 떠나 서울에서 살다가 지리산으로 돌아오기까지의 시간, 다시 말해 만화의 삶으로 규정할 수 있다. 여기에는 서울생활로 대변되는 대립과 갈등의 시간이 내재되어 있다는 것을 전제하기도 한다. 만화와 어머니, 만화와 선배와의 갈등

공간으로부터 일탈된 소국과민형(小國寡民型)과 같은 이상사회를 상징한다고 볼 수 있다. 그러나 그러한 사회에 대한 복원의 열망은 역설적으로 현실의 여러 제약으로 인해 그것에 도달하기가 힘든다는 점을 내포하고도 있다.

은 각기 지향하는 삶이 변별되는 것에서 기인한다. 따라서 인용문은 앞서의 '지나간 것'과 '지나간 것'에 대한 만화의 회오를 연결하는 하나의 분기점으로, 사건과 인물들의 행위를 연결시켜 하나의 서사로 통합시키는 역할을 수행한다.

그렇다면 만화가 상정하고 있는 "과거의 자신이고 싶은" 고향 즉 이상향은 어떤 모습일까. 앞서 언급한 박영호의 낙원 분류에 따르면 삼신산형과 도원형의 특징을 내재하고 있는 것으로 보인다.[22] 초월적 공간으로 불사의 존재인 신선들이 사는 공간이 삼신산형이라면 이상향을 지향하는 의식, 답답한 현실세계로부터 자유로워지고 싶어하는 도가적 측면이 두루 포함되어 있는 공간이 도원형이다. 이 두 유형은 만화의 내면에 자리하고 있는 한과 회오, 향수와 그리움이라는 '정신활동'이 투사된 공간으로 존재한다고 보인다. 물론 이 투사된 공간은 만화의 아버지인 서달수와 어머니 김지숙의 내면에 각인된 상흔, '전쟁의 매트릭스'[23]를 부분적으로나마 해소할 수 있는 공간의 의미도 함의하고 있다.

한편으로 문순태 소설에 등장하는 대부분의 인물들은 훼손 이전의 삶, 나아가 훼손 이전의 자아를 그리워한다. 훼손된 삶, 훼손된 자아는 개인의 의지와 관련 없이 비극적 상황에 의해 도래한 결과이다. '상황에 얽매여' 훼손된 삶을 살아가고 있는 인물들에게 있어 절대절명의

---

22) 박영호, 『한국인의 원형적 사고』, 태학사, 2004, pp.163-186 참조.
23) 이재선, 「전쟁체험과 1950년대 소설」, 『한국현대문학사』, 김윤식·김우종 외, 현대문학, 1989, p.366.

문제는 원래의 자아를 되찾는 것이다.

　루카치는 소설에서 주인공은 '언제나 찾는 자'로 규정한다. 그에 따르면 찾는다는 단순한 사실은, 목표나 그 목표에 이르는 길이 직접적으로 주어질 수 없다는 것을 의미한다.[24] 그러므로 찾는다는 행위는 고통과 가혹한 대가를 지불해야 한다는 사실을 전제한다. 달리 말하면 환경과 같은 외부 요인이나 반동인물과 같은 타자에 의해 방해를 받는다는 것이다.

　문순태 소설에서 상황에 '얽매인 존재', 즉 동일성을 소원하는 주인공의 욕망이 직접적으로 현실화되는 경우는 없다. 그러한 욕망은 다가올 미래에서나 가능하며 오히려 현실에서는 '찾는 것'에 대한 열망이 이전보다 더한 악조건의 상황으로 연계되는 경우가 빈번하게 발생한다. 과거의 비극이 한을 배태한 직접적인 원인이었다면 그것으로부터 놓여나기 위한 몸부림은 기존에 맺혀 있는 한스러운 감정에 좌절과 참담함이라는 외적인 결과를 덧씌우는 계기로 작용하게 된다는 것을 말한다. 특히 비극적 상황 외에 주변의 여건이나 과오로 인해 자아의 동일성이 훼손된 경우, 「문신의 땅」『징소리』, 「어머니의 城」, 「깨어 있는 낮잠」의 인물들에서 그러한 예를 찾을 수 있다.

---

24) 아니면 찾는다는 사실은 설령 그러한 목표와 길이 심리적으로 직접적으로 또 확고부동하게 주어진다고 해도, 그러한 것은 실제 존재하는 상호관련성이나 윤리적 필연성에 대한 분명한 인식이 아니라, 객관적 세계에서나 규범적인 세계에서는 그것에 상응하는 것이 있을 수 없는 단순한 하나의 영혼적・심리적 사실에 불과하다는 것을 의미한다. G.루카치,『소설의 이론』, 반성완 역, 심설당, 1985, p.65.

"베드로야 지금 몇 시나 되었느냐."

노마리아가 검둥이 아들에게 물었다. 그녀는 해가 떨어지고 날이 어두워지기를 기다리고 있었다. 아침부터 해가 지기만을 기다리고 있었던 것이다. 그녀는 여러 차례 방문을 열고 토마루에 내려와 해가 움직이는 것을 쳐다보곤 하였다. 해가 기우는 것을 바라볼 때마다 들물 때의 바다처럼 설레임의 충만감에 사로잡혔다. 참으로 오랜만에 느껴본 설레임이었다. 그녀는 황홀하기까지 하였다. (중략)

"기대는 너무 갖지 마셔요. 어머니는 옛날에 병원에만 다녀오시면 실망이 너무 커서 밤새내 우시곤 하셨잖아요."

베드로는 어머니가 아침부터 화장을 하고 날이 어두워지기를 기다리는 까닭을 잘 알고 있었다. 어머니는 산동네에 나와 있는 무료 진료 봉사단원을 만나 자신의 상처를 수술할 수 있는지 알아보고 싶어한 것이었다. 그녀는 한사코 싫다는 것을 베드로가 설득을 하여 결심한 것이었다. 베드로는 어머니의 고통이 무엇인지 알고 있었다.

"이번이 마지막이다. 에미는 더러운 이 몸뚱이를 아무에게도 보이지 않겠다고 결심한 지가 이미 옛날이었다만, 네 말을 듣고 이번에 마지막으로……"

노마리아는 말끝을 흐리며 얼핏 거울로부터 고개를 돌려 아들을 돌아보았다. 베드로는 어머니의 짙은 화장에 놀랐다.

(「문신의 땅2」,pp.29-30)

노마리아는 온몸에 문신이 새겨진, 오랫동안 내면에 한을 지니고 있는 인물이다. 그녀의 문신은 자신의 훼손된 삶을 반영하는 동시에 한국전쟁이라는 동족의 분단과 비극이 낳은 역사의 생채기이다. 전쟁은 그녀로 하여금 남편의 죽음과 친정 식구들의 몰살이라는 불행을 가져다주었다. 그녀는 생존을 위해서 미군을 상대로 몸을 팔지 않으면 안될 만큼 '얽매인 상황'에 내몰리게 된다. 이와 같이 생존을 위해 성을 파는데 그치지 않고 문신이라는 몸의 훼손까지 감당해야 했던 노마리아는 삶과 주체성을 외부적 요인에 의해 강탈당해 버린 파편화된 존재이다.

인용문은 노마리아가 산동네에 무료진료봉사를 나온 대학생 봉사대를 찾아가기 위해 날이 어두워지기를 기다리는 장면이다. 그녀는 밝은 곳에서 자신의 존재를 드러내는 것에 대한 불안감을 가지고 있다. 이는 노마리아의 내면에 문신과 관련한 이중적인 감정이 내재되어 있다는 것을 보여준다. 수술을 통하여 문신을 제거하고 싶다는 의지와 반면에 다른 이들에게 자신의 치부를 드러낼 수 없다는 패배적인 감정이 혼재되어 있다는 것이다. 오랫동안 노마리아 모자가 그들 스스로를 유폐함으로써 주변의 동네 사람들과 거리를 두었던 것은 후자의 감정, 다시 말해 회오와 후회의 한이 내면화되어 있었다는 것을 의미한다.

그러나 노마리아가 문신을 지우는 데에는 저잖은 난관이 따른다. 타자와의 갈등과 대립은 노마리아로 하여금 한의 감정을 증폭시키고 포기를 강요한다. 그것은 루카치가 말한 대로 "소설에서 주인공은 항상 무언가를 찾고자 하지만 목표나 그 목표에 이르는 길이 직접적으로 주어질 수 없다"는 의미를 떠올리게 한다. 의대생인 화자의 노마리아에 대한 부정적인 인식과 대립의 단면은 향후 '문신 제거 수술'을 둘러싸고 전개되는 사건이 역동적으로 전개되리라는 것을 암시한다. 노마리아는 아들에게 "에미는 생각을 바꾸었다"며 수술을 받지 않겠다는 의사를 전달한다. 그러면서 "어미가 죽거든 화장을 해야 한다. 문신을 지우지 않고 땅에 묻히기는 싫다."는 의향을 피력한다. 화장을 통해 문신을 제거한다는 것은 해한(解恨)의 상징성을 내포하고 있지만, 역설적으로 살아서는 해한에 이를 수 없다는 부정적인 인식이 투영된 것으로 풀이된다.

　귀향 및 민중소설에서 그와 같은 양상이 빈번하게 드러난다. 「징소리」의 순덕, 「어머니의 城」의 어머니, 「깨어있는 낮잠」의 정팔도 역시 훼손된 자아를 회복하고자 하는 인물이다. 그러나 이들의 동일성에 대한 열망은 타자에 의해 좌절이 되고 이로 인해 서사는 이전보다 더 역동적으로 전개되는 양상을 띤다. 물론 순덕과 정팔은 「문신의 땅」의 노마리아와 달리 스스로의 과오에 의해 주체적 의지를 상실한 인물이다. 그럼에도 이들이 동일성을 회복하고자 하는 의지를 지향한다는 것은 과거의 체험을 반성적으로 바라본다는 긍정성을 함의한다.

　　① 그는 보름 전에 잔심부름을 하는 꼬마 사내아이를 내보내고 삼학도에서 굴러먹었다는 얼굴이 제법 반반하고 행동거지 하나하나가 해반들하게 되바라진 화자를 데려왔다. 술꾼들이 순덕이한테 집적거리는 게 눈꼴사나워 못 보겠으니, 화자한테 술심부름시키고, 순덕이는 주인마담답게 카운터에 앉아 계산이나 하라고 했었다.
　　순덕이는 이불을 걷고 앉았다. 징소리가 듣고 싶었다. 그러나 바람 소리와 철썩거리는 파도 소리만 들려왔다. 기실 그녀는 강만식을 따라 나선 것을 후회한 그날부터 밤마다 잠결에 징소리를 들어왔었다. 때때로 징소리는 그녀의 가슴속 깊숙이서 슬프게 들려오는 것 같기도 했는데, 그때마다 그녀는 가슴이 뻐개지는 것처럼 아팠다. 남편 칠복이가 실팍한 징채로 그녀의 가슴을 마구 후려치는 듯싶었기 때문이다.　　　　　　　　　　(『징소리』, p.59)

② 언젠가 아버지가 밉지 않게 나무람했을 때도, 어머니는 다른 것은 다 하자는 대로 따르겠으나 장구배미논에 나가는 것만은 말리지 말아달라고 하였다.

장구배미 다섯 마지기는 어머니의 땅이었다. 그 땅은 어머니의 핏줄이고 육신이며 혼이었다. 어머니는 그 땅에 눈물과 땀과 한숨과 꿈을 묻으며 살아왔다. 어머니는 언제나 장구배미에 있었다. (중략)

"그 논은 우리 아부지 어머니나 같어라우. 우리 부모는 이 세상에 나흐고 장구배미논을 물려주셨당께요. 나는 알여라우, 장구배미 논에서 우리 아부지 어머니 숨소리를 듣는당께라우. 아부지 어머니가 이 마을에서 혼인을 흐고 처음 장만헌 땅이 바로 장구배미 아닌그라우."　　　　　　　　　　(「어머니의 城」, p.327)

인용문들에는 각기 주인공들의 '심리적 상황'과 함께 자신의 내면을 바라보는 반성적 시각이 투영되어 있다. 이들은 한때 과오로 순수한 자아를 잃어버렸지만, 이후 현실에서 겪게 되는 비인간적 경험을 통해 본래의 자신으로 돌아가고자 하는 의지를 갖게 된다. 지향은 이전의 평화로웠던 일상에 대한 기억으로 표면화된다.

인용문은 인물의 내면에 반성적 시각과 동일성의 희구가 연계되어 있음을 보여준다. 요컨대 반성적 사유가 본래의 순수한 자아로 돌아가고자 하는 주체의 바램과 동일선상에서 파악될 수 있다는 의미이다. 그러나 이들의 가치 지향은 대립관계에 있는 인물과의 갈등으로 좌초 위기에 놓여 있다. ①에서 순덕의 삶은 외적 요인에 의해 비극이 시작되지만 스스로의 잘못된 선택에 의해 굴절되고 있음을 보여준다. 그리고 잘못된 선택을 수정하고자 하는 의지가 대립적 인물인 강만식에 의해 훼손됨으로써 한의 감정이 심화되는 양상을 띤다. 출향이 외적 요인에 의해 강제된 한의 기제인 반면 현재의 갈등은 반동인물인 강만식에 의해 심화된 것으로 이전보다 더한 비극적 상황으로 변모될 가능성을 노정하고 있다.

순덕이 징소리의 환청에 시달리는 것은 또다른 상황으로 전이를 암시한다. 채트먼과 툴란의 '이야기는 그 행위 자체보다 정신적인 활동에 보다 더 긴밀하게 호응한다'는 측면은 순덕이 처한 현재의 상황을 대변한다. 본래 자신의 모습으로 돌아가고자 하는 의지가 강할수록 순덕은 환청에 시달리고 그와 맞물려 환청은 더욱 강렬하게 순덕에게 동일성의 회복에의 열망을 갖게 한다. 이러한 연쇄적인 현상은 이후 또다른 사건을 일으키는 요인으로 작용함과 아울러 플롯을 발전시키는 사건적 상황으로의 연계를 촉진한다.

남편 칠복에게도 본래의 자신의 모습, 본래의 가족의 모습, 본래의 고향으로 회귀하고자 하는 욕망은 강렬하다. 그러나 순덕과 마찬가지로 칠복 또한 본래의 모습을 회복하기에는 현실적 여건이 비관적이다. 예전에는 한 가족이나 다름없던 마을 사람들과 갈등관계에 놓여 있기 때문이다. 마을 사람들은 방울재로 돌아온 칠복이 술에 취해 낚시꾼들을 쫓아내는 일탈적 행위로 경제적인 지장을 받게 되고 결국 칠복을 쫓아내기로 합의를 한다. 이와 같은 양상은 루카치가 말한 '언제나 찾는 자'는 대상을 찾기 위한 과정에서 필연적으로 난관에 부딪친다는 사실을 떠올리게 한다. 즉 대립 관계의 인물과의 갈등은 현실의 제 여건을 악화시켜 한의 감정을 증폭시킴으로써 향후 사건을 역동적으로 견인하는 기능을 하게 된다는 것이다.

②의「어머니의 城」은 제목이 암시하는 바대로 어머니가 추구하는 가치에 대해 초점이 맞추어져 있다.[25] 인용문은 기태가 동생 기수에게 어머니의 실종에 관해 묻자 이에 답변하는 기수의 인식의 단면이 드러나 있다.

어머니에게 논은 '핏줄이고 육신이며 혼'이다. 그러므로 논을 팔아버린다는 것은 '핏줄이고 육신이며 혼'을 팔아버린 행위와 동일한 의미를 지닌다. 예컨대 동일성이라 함은 '현실과 이상, 과거와 미래, 실재와 개념이 구분되지 않은 상태'[26]로 헤겔의 총체성(totality)의 개념과 별반 다르지 않다.[27] 논은 어머니의 '절대적 정신'(Idee)을 표상하

---

25) 「어머니의 城」은 제목이 암시하듯 어머니가 추구하는 가치와 큰아들이 추구하는 가치의 상충이 극단적인 결과를 가져온다는 점에서 소통을 지향하는 소설로 볼 수 있다.

26) 송기섭, 「생산미학」, 『문학이론의 경계와 지평』, 한국문화사, 2004, p.32.

27) 호머는 「일리어드」와 「오딧세이」에서 인간과 신의 직접적이고도 자유스러운 소통을 매개함으로써 자율화 도덕성의 합일이 가능했던 그리스인들의 행복한 자의식을 형상화하였다. T. 메취 · P. 스쫀디, 『헤겔미학입문』, 여균동 · 운미애 역, 종로서적, 1983, p.86. 송기섭, 「생산미학」, 『문학이론의 경

며 '현실과 이상, 과거와 미래, 실재와 개념'이 혼용된 대상물로 볼 수 있다는 전제가 성립된다. 그러므로 어머니의 논에 대한 가치의 지향은 다른 상태로의 상황을 전이하는 가능성을 내재한다. 그것은 기태의 동생 기수가 우수 영농인으로 선정되어 면에서 실사를 나오고 이를 과시하기 위해 뒤주를 만드는 행위로 연계된다는 점에서 확인할 수 있다. 후일 실종된 어머니가 발견된 곳이 뒤주라는 사실은 어머니의 '자기에게로의 회귀' 의지를 반증하는 사례이다. 즉 뒤주와 장구배미 논, 그리고 어머니는 모두 동일한 '공간'의 의미를 지닌 통일성의 세계로 볼 수 있는 것이다.

「어머니의 城」과 달리 「깨어 있는 낮잠」에서는 아버지의 가치관을 통해 동일성을 회복하고자 하는 인물의 의지가 구체화된다. 여기에서도 인물의 '자아됨의 추구'는 반동인물에 의해 제지를 당한다.

요 얼마 전부터 박정팔은 자기도 모르는 사이에 사람이 달라져가고 있었다. 그것은 그가 어려서부터 지금 살고 있는 장터 뒤 목공소 창고로 이사를 오기까지, 십수년간 뼈가 굵은 산동네를 헐고 난 이후부터는 눈에 띄게 나타났다. 망치부대를 몰고 가서, 옛날 온돌박사 아버지와 함께 방두들을 놓아주었던 일백 가구가 실히 넘는 산동네를 미친 사람처럼 작살을 내던 그 순간에는 아무 생각도 없었다. 정팔이 부자의 손이 안 간 집이 없는 개다리집들에 망치를 휘두를 때, 한 때는 같이 웃고 울며, 살았던 낯익은 사람들이 돌멩이를 던지고 똥물을 끼얹으며 인정사정 없는 놈이라고 와글바글 욕을 퍼붓는 것

계와 지평』, 한국문화사, 2004, p.32.

도 아랑곳 하지 않고 박살을 낸 다음 집에 돌아와 곰곰 생각하니 울컥 울음이 복받쳤다. 그날 밤 박정팔은 소주 한 되를 다 둘러 마시고 울다가 웃다가, 미친 사람이 되어 있었다.(「깨어있는 낮잠」, p.213)

정팔은 뒤늦게 자신의 과오를 깨닫고 자신의 정체성을 찾기 위해 변화를 모색하는 인물이다. '깨어있는 낮잠'의 제목이 상정하는 것은 서술의 초점이 정팔의 행위에 맞추어져 있다는 것을 의미한다. '낮잠'이 비정상적인 현실을 외면하는 주인공의 도피 의식과 관련되어 있다면 '깨어 있는'은 그럼에도 불구하고 현실을 의식할 수밖에 없는 인물의 '심리적 상황'을 축약한 것으로 보인다.

한스 메이어호프는 『문학과 시간의 만남』에서 시간은 자아(self) 개념과 분리될 수 없는 서사적 요소라고 말하고 있다. 이는 현재와 과거, 과거와 미래, 또는 현재와 미래가 서로 중첩되어 서로 불가분의 영향을 주고받기 때문이라는 사실을 전제로 한다고 보여진다. 또한 그의 견해에 따르면 '자아나 인격(person), 혹은 개별자(individual)는 그것의 일대기를 형성하는 시간적인 계기들과 변화들의 연속이라는 배경하에서만 경험되고 인식된다'고 한다. 그것은 특정 인물에게 있어 시간적인 계기와 변화들의 연속은 그만큼 사건의 연계와 전이를 좌우하는 자질이라는 것을 뜻하며 그 같은 흐름 속에서 심리적인 특질과 사건적인 요소가 연쇄적으로 결합된다는 것이다. 즉 핍진성의 법칙에 의해 시간적인 계기와 사건이 통제되고 견인된다는 사실을 의미한다.

인용문은 철거 일을 하는 정팔의 심리가 변화의 과정 중에 있음을 드러낸다. 그의 삶이 특정한 계기와 맞물려 상황이 전도되는 방향으로 나아가고 있다는 예측을 가능케 한다는 것이다. 정팔의 난관은 현실적 상황과 순수한 자아로의 회귀라는 가치의 충돌로 수렴된다. 현실적 상황의 축에는 호텔 사장으로 대변되는 자본의 논리가 동일성의 희구의 축에는 구들장이 아버지의 정신이 자리하고 있다. 철거를 하지 않으면 용역업소에 사표를 내야 하는 '현실'과 비인간적인 행위를 해서는 안 된다는 '양심'과의 갈등이 표면화되어 있다. 이러한 대립은 정팔의 '심리적 상황'이 다른 사건으로 전이될 가능성을 암시한다. 이는 인물의 심리적 특질은 인과성을 내재하고 향후 행위를 유발하는 일반적인 서사의 계기적 측면과 궤를 같이한다.

정팔에게 아버지의 존재는 심리적 인과성과 사태적 인과성을 중개하는 기능으로 작용한다. 구들장 기술자인 아버지는 정팔에게 기술을 전수해준 장본인이다. 따라서 정팔의 철거 행위는 아버지의 존재를 배반하는 것이며, 스스로의 존재 근거를 부정하는 것으로 볼 수 있다. 이를 라캉의 관점에 의거한다면 '상징계의 아버지'를 인정하지 않는 의미로도 해석이 가능하다. 어린아이가 아버지와 동일시를 이루고 난 뒤에는, 상관화를 통해 자아가 획득된다고 하지만, 그러나 근본적으로 '아버지의 이름'(the Name-of-the-Father)[28]으로 규정되는 역할을 인정받을

---

28) 라캉은 여러 가지 형태를 띠고 있음에도 불구하고 오이디푸스 현상은 하나의 구조로서 인간을 근본적으로 그리고 전반적으로 변형시킨다고 한다. 그것은 이중의, 직접적인 거울관계로부터(이 모든 용어는 라캉 자신이 직접 사용한 것이다) 상상계와 반대되는 상징계의 특성인 중개된 관계로 전환하는 것을 의미한다… 라캉은 오이디푸스의 발달과정을 세 시기로 구분한다.

해한(解恨)의 세계 문순태 문학 연구

때 비로소 '상징계의 아버지'는 존재하게 된다고 전제하고 있다.

물론 예전의 정팔은 아버지와의 동일시 관계에 있었다. 그러나 주변 여건의 변화, 즉 급속도로 도시화되고 있는 현실은 아버지의 법(the Law of the father), 아버지의 이름(the Name-of-the-Father)으로 규정되는 힘이나 역할을 흔들어 버리는 요인으로 작용하고 만다. 여기에 정팔 스스로의 타락과 무능함도 일정부분 부정적인 영향을 끼쳤을 것이라는 점도 간과할 수 없을 것이다.

따라서 '아버지의 이름'(the Name-of-the-Father)을 회복한다는 것은, 다시 말해 동일성을 희구한다는 것은 과정이 간단치 않음을 암시하며 차후에 특정한 문제를 발생시키는 서사적 계기로 작용하리라는 예측이 가능해진다. 대립 관계의 인물이 행사하는 특정한 행위는 사태적 인과성에 의해 그가 지향하고 있는 가치와 성격적 특질에 의해서 발현된다. 이러한 대립 관계의 인물과의 갈등은 사건의 전망을 비관적인 방향으로 견인하는 측면이 있다. 이는 민중을 소재로 하는 문순태의 소설에 있어 인물이 추구하는 동일성은 비인간적 행위와 특정 가치 사이의 갈등이 극복되지 않고는 담보될 수 없다는 메시지가 반영된 것으로 볼 수 있다.[29]

첫 번째 시기에는 어머니와 아이의 이중관계가 나타나며 두 번째 시기에서는 오이디푸스를 통해 상징계로의 진입이 이루어지며 세 번째 단계에서는 아버지와의 동일시가 이루어지고 상관화를 통해 자아가 획득된다고 한다. A. 르메르, 『자크 라캉』, 이미선 역, 문예출판사, 1994, pp.130-150. 「주체가 상징계로 진입할 때 오이디푸스 콤플렉스가 하는 역할」 참조.
29) 「淸부부」와 「안개 우는 소리」에서도 주인공들은 타락한 현실속에서 동일성

문순태의 소설에서 한은 인물간의 갈등과 대립을 매개하고 촉진하는 기폭제로 작용한다. 한에 의해 파생되는 갈등은 '심리적 질서'라는 일정한 규칙에 의해 서사적 계기로 연계되는 양상을 띤다. 이러한 과정은 단순한 변화라기보다는 일정한 연쇄에 의해 매개되는 것으로 서사 구도의 인과성을 높여준다. 「느티나무 아저씨」,『느티나무 사랑』과 같은 오월 관련 소설, 「그리운 조팝꽃」, 「된장」과 같은 소통 관련 소설 그리고 「정읍사」, 「백제의 미소」, 「인간의 벽」으로 대변되는 역사 관련 소설에서 드러나는 인물의 심리적인 인과성은 과거 외부의 비극에 의해 강제된 것으로 이후의 서사적 논리를 지배하는 기능을 담지한다. 즉 한이 현실의 고통을 매개하고 추동함으로써 이차적인 행위의 국면을 지지하는 것이다.

문순태의 귀향과 민중, 전쟁을 소재로 하는 소설에서 드러나는 주체들의 귀소본능의 저변에는 훼손과 훼절이라는 한이 자리한다. 복원의 열망과 동일성의 희구는 주체의 실존적 고통이 클수록 강렬한 양상을 띠는데 여기에는 반작용의 주체인 타자와의 대립이라는 갈등이 전제되어 있다. 「제3의 국경」, 「달궁」, 「피아골」에서 주체의 복원의 열

의 희구라는 지향점을 견지한다. 물론 그러한 지향이 주체의 내면에 드리워져 있는 한의 체험에서 연유하는 바, 현실적인 문제를 극복해야만 도달할 수 있는 길이다. 「淸부부」의 하숙자는 어린 시절의 불우한 환경에 의해 창녀촌으로 흘러든 인물로 훼손된 자아를 찾고자 하는 열망을 지니고 있다. 「안개 우는 소리」의 박출복은 머슴 출신인 아버지의 한이 내면화되어 있는 인물이다. 이들의 순수한 자아를 찾고자 하는 의지는 서사의 구도에 있어 연쇄적인 흐름을 결정짓는 인과성을 담지한다.

망은 대립 관계에 있는 인물에 의해 방해를 받는다. 한편으로 한은 주체로 하여금 '찾는 것'을 희구하도록 강제하는 기제로 작용을 한다. 「문신의 땅」의 노마리아, 「징소리」의 순덕, 「깨어 있는 낮잠」의 정팔, 「안개 우는 소리」의 출복의 내면에는 한때의 과오로 인한 회오의 감정이 내면화되어 있다. 이들이 처한 '심리적 상황'과 내면을 바라보는 반성적 시각은 향후 변화 가능성을 담지한다. 그러나 이들의 반성적 시각에 근거한 행위는 타자의 대립과 방해에 의해 좌절의 위기를 맞는다. 이와 같은 주체의 복원의 열망과 동일성의 희구는 한이 향후 사건적 상황을 견인한다는 점에서 서사의 인과성과 역동성을 담보한다.

지금까지 문순태 소설의 한의 발생요인과 형성 과정, 그리고 갈등과 서사와의 관계적인 면을 고찰하였다. 각 절을 외적 요인, 내재화와 지향화의 병립, 갈등의 서사적 추동으로 나누어 고찰한 바 다음과 같은 결론을 얻을 수 있었다. 첫째 한의 근인이 되는 측면에는 6 · 25전쟁의 비극, 5 · 18광주민중항쟁과 역사적 비극, 산업화와 인간상실, 소통부재와 인간소외를 들 수 있다. 이와 같은 비극적 상황은 주체의 실존 근거를 위협하는 원인으로 작용한다는 점에서 한의 기제가 된다.

둘째, 한을 대응하고 수용하는 방식에 따라 인물은 패배적 내면형과 의지적 지향형으로 나눌 수 있다. 의지적 지향형은 긍정적 측면과 부정적 측면으로 구분되는데 전자가 적극적인 해한을 모색하는데 반해, 후자는 보복이나 복수와 같은 응징을 모색한다. 마지막으로 혼합형은 향후 긍정적 지향형으로 변모되는데 이들은 과거의 역사적 격변이나 비극에 대해 유보적인 입장을 취한다.

셋째, 한이 현실에서 발현되는 양상은 인물의 심리적인 갈등과 밀접하게 관련되어 있다. 현실의 갈등 국면은 '심리적 질서'라는 연쇄에 의해 비극을 심화시키거나 이후의 서사적 계기를 견인하는 기능을 담지한다. 또한 복원의 열망과 동일성 희구를 소원하는 주체의 바램은 대립적 관계인 타자와의 갈등으로 향후 사건적 상황을 매개한다.

IV.
한의 재인식과 전이 양상

본 장에서는 III장에서 고찰하였던 한의 양상과 변주의 측면이 주체의 재인식과 전이의 과정을 통해 한의 풀림에 도달하는 과정을 살펴보고자 한다. 그 과정은 크게 '재인식과 전이'와 '해한의 지향'으로 집약된다. 전자는 다시 〈탐색과 거리의 길항〉, 〈여로와 화해의 모색〉으로 분기되며, 후자는 〈순환의 각성과 승화〉, 〈풀림과 소통의 세계〉로 세분된다. 그리고 전자는 전쟁 소설, 귀향 및 민중 소설과 연계되고 후자는 역사 소설 및 5·18 관련 소설이 연계된다.

큰 틀에서 보면 귀향-재인식-전이-해한은 문순태 소설이 지니고 있는 기본적인 서사 구도이다. 재인식은 주체의 내면에 드리워진 한과 관련된 '응어리진 감정'의 변화를 지칭한다. 한을 바라보는 주체의 관점이 새롭게 바뀌는 것이다. 이는 "한의 부정적 속성은 끊임없이 '삭는' 것이며, 이 '삭임'의 기능에 의하여 한의 독소, 즉 공격성(怨)·퇴영성(嘆)은 초극되어 미학적·윤리적 가치로 승화·발효된다."*는 것을 의미한다. '삭임'의 기능이 시간의 흐름에 의한 '감정의 발효'로 볼 수 있다면 문순태 소설에서 '재인식'은 시간의 변화와 아울러 주체의 심리적, 환경적 변화와 타자와의 관계까지도 포괄하는, 또한 과정과 변화에 근거한 서사적 성분**들로 볼 수 있다. 시간이라는 물리적 요소 외에 주체와 타자의 관계, 즉 한을 맺히게 했던 대상과의 관계가 예전과

---

* 천이두, 앞의 책『한의 구조 연구』, p.101.
** M. 발은 사건, 행위자, 시간, 장소 등은 모두 파블라의 재료들로 규정한다. 다른 양상으로부터 이러한 단계의 구성 요소들을 차별화하기 위해 필자는 그것을 성분들 elements라고 부른다. M. 발, 앞의 책,『서사란 무엇인가』, p.20.

는 다른 양상으로 전개되리라는 것 그리고 주체 또한 그 관계의 변화에 준하는 행위의 변화가 전제되어 있다는 의미이다.

재인식과 전이를 통해 도달하게 되는 지향은 '순환의 각성과 승화'와 '소통과 풀림의 세계'이다. 이러한 과정을 근거로 본 장의 1절과 2절에서는 재인식과 전이의 과정을 3절과 4절에서는 해한에 이르는 과정을 살펴보게 될 것이다. 여기에서도 전자는 전쟁 소설, 귀향 및 민중 소설과 연계되고 후자는 역사 소설 및 5·18 관련 소설이 연계된다. 각각의 과정은 서사적 연쇄에 의해 인과성을 담보로 전개되며 해한에 수렴되는 양상을 띤다.

탐색과 거리의 길항

본 절에서 논의하게 될 탐색과 거리의 문제는 기본적으로 주체가 귀향을 했다는 사실을 전제한다. 귀향은 반복되고 심화되는 한의 상황을 극복하기 위한 주체의 의지가 구체화된 것으로 한을 재인식하게 되는 단초로 작용한다. 고향은 그 자체의 공간적 의미와 아울러, 사건을 매개하고 전이시키는 서사적 배경이 된다. 출향과 귀향이 소외와 죽음, 살인과 겁탈, 계층간 갈등과 같은 복잡하고 고통스러운 한의 체험과 맞닿아 있기 때문이다. 그러나 한의 체험이 투영되어 있는 고향과 이상적 공간으로 상정하고 있는 고향 사이에는 커다란 간극이 존재한다. 그 간극이 크면 클수록 현실세계와 대면하고 있는 인물의 갈등과 고통은 증폭되는 양상을 보인다.

문순태 소설에서 고향은 근본적인 사건이 발생하는 장소로 단순히
지명의 실체를 넘어 공간성의 의미를 담지하는 곳이다. 고향을 배경
으로 사건이 일어나고 갈등이 심화되는데 이때 '시간'이라는 요소와
밀접하게 연관된다. 공간과 시간 중 어느 특정 요소가 우선한다는 의
미보다는 상호 맞물려 서사화에 일조를 하고 있다는 것이다.[1] 작가의
존재 또한 시공소와 밀접한 관련을 맺는다.[2] 바흐친이 언급한 대로
이때의 작가는 명백히 텍스트에 재현한 시공소 밖에 존재하지만, 그
저 외부에 있는 것이 아니라 시공소에 바로 접해 있는 것처럼 존재하
는 것이다. 즉 원체험의 작가는 텍스트에 재현한 세계의 시공소와 결
코 분리해서 생각할 수 없다는 것, 다시 말해 의미의 확장을 견인하는

---

1) 바흐친은 어느 한 저자가 생산해 낸 문학작품 전체에서 어떤 작품이나 저자
　에 대한 고유한, 서로 다른 많은 시공소들과 이 시공소들이 복잡하게 상호
　작용하고 있는 것을 볼 수 있다고 한다. 시공소라는 말은 문자 그대로의 의
　미에서는 '시간-공간'을 뜻한다. 텍스트를 연구하는 경우에는 텍스트에 재현
　된 시간과 공간 범주들의 비율과 성질에 의거하는 분석상의 단위를 말한다.
　M. 바흐친, 「저자와 작품의 관계」, 『작가란 무엇인가』, 박인기 편역, 지식산
　업사, 1997, p.14.

2) 문순태 소설에 등장하는 고향의 지명은 다음과 같다. 작품 중에는 구체적인
　지명 대신 '고향'으로 명명된 경우도 있다.
　① 6·25 전쟁소설: 『달궁』-'달궁', 「철쭉제」-'솔매 마을', -'거북재', 「꿈꾸는
　시계」-'운산', 「제3의국경」-'북한, 함경남도', 「41년생 소년」-'월곡리' ② 민중
　및 귀향소설:『징소리』-'방울재''노루목', 「청부부」-'담양''방울재', 「안개우는
　소리」-'노루목' 「꿈길」-'담양' 「시간의 샘물」-'각시샘' 「느티나무 타기」-'거북재',
　「고향으로 가는 바람」-'노루목', ③ 5·18 소설과 역사관련 소설: 「느티나무
　아저씨」-'월곡리', 「느티나무사랑」-'거북재', 「백제의 미소」-'덕진포', 『인간의
　벽』-'나주', 「정읍사」-'정읍', ④ 소통 관련 소설:「흰거위산을 찾아서」, 「어머니
　의 城」-'극락재', 「울타리」-'북한', 「감로탱화」-'고향', 「그리운 조팝꽃」-'고향',
　「늙으신 어머니의 향기」-'담양', 「된장」-'고향'.

〈대화적 관계〉를 맺고 있다는 의미로 해석할 수 있다.

그렇다면 이러한 의미의 확장을 견인하는 '고향'에 돌아온 주체가 한을 재인식하게 되는 준거는 무엇인가. 이는 "탐색과 거리"를 통해서이다. 본 절에서는 전쟁 소설과 귀향 및 민중 소설을 중심으로 재인식의 과정을 살펴볼 것이다. '탐색과 거리'의 방식은 한스러운 체험과 기억에 대한 객관적인 접근과 제고를 가능하게 한다. 가학자에 대한 보복과 응징보다는 한발 비켜서서 관조할 수 있는 심리적인 이완을 견지하도록 강제한다는 것이다.

G. 루카치는 "소설의 기본적인 형식 구성의 의도는 소설의 주인공의 심리로 객관화된다."[3]는 견해를 피력한다. 루카치의 그러한 관점은 주인공을 탐색자로 규정하고 있다는 전제가 깔려 있다. 아울러 탐색은 '목적이나 목적에 이르는 길이 직접적으로 주어지지 않으며 설령 그것들이 확실하게 주어졌다 하더라도, 실제로 존재하는 관계나 윤리적인 필연성이 있다는 증거가 아니라 대상이나 규범의 세계에 속하는 아무 것도 필연적으로 대응할 필요가 없는 심리적 사실의 증거일 뿐'이라는 것이다. 요컨대 소설에서 주인공은 탐색을 하는 자로, 탐색은 '심리적 사실의 증거'를 추구하는 일련의 과정이라는 것이다.

탐색의 과정에 '거리(distance)'는 필수적으로 수반되어야 할 요소이다. 이는 서사 소통의 여러 단계에서, 각 소통 주체 사이의 밀착된 정

---

3) G. 루카치, 「서사시와 소설」, 김병욱 편, 최상규 역, 앞의 책 『현대 소설의 이론』, p.20.

도 degree를 가리키는 용어로 물리적인 것이 아니라 얼마나 잘 이해하고 공감하고 sympathetic 있느냐 하는, 혹은 그 반대로 얼마나 냉정한 태도를 견지하고 있느냐 하는 단분히 추상적이고 관념적인 것을 지칭한다. 따라서 엄밀하게 말한다면 거리는 내포작가-화자-수화자-내포독자로 이어지는 서사 소통의 모든 단계에서 발생할 수 있는 것이지만 일반적으로 작가-화자-독자를 중심으로 고찰되며, 여기에 서사 내용의 주체이자 핵심적 기능이라는 의미에서 '등장 인물'이 거리 발생의 한 요소로 추가된다는 것이다.[4] 한마디로 거리란 '소통 주체 사이의 말착된 정도'로 정의될 수가 있다.(본고에서는 인물과 인물, 인물과 내포작가와의 거리에 초점을 두었다.) 그렇다면 주체는 어떠한 방법으로 타자와의 심리적 거리를 좁히고, 한의 실체에 대해 객관화를 시도하고 있는지 고찰하기로 한다.

1) 심리적 거리와 인식의 변화

문순태 소설의 주인공은 과거에 발생한 한의 비극을 탐색하는 운명을 지닌 인물이다. 본 연구에서는 전쟁과 귀향을 소재로 다루고 있는 소설, 「달궁」, 「징소리」, 「철쭉제」, 「문신의 땅」, 「피아골」[5] 등에서 주

---

4) 한용환, 『소설학 사전』, 문예출판사, 1999, pp.30-31.
5) 「달궁」, 「징소리」, 「철쭉제」, 「문신의 땅」이 주인공과 부인물의 심리적 거리가 비교적 명확하고 한을 둘러싼 적대관계도 확실한데 비해 「피아골」은 다

인공이 과거의 비극을 탐색하는 과정에서 타자와의 심리적 거리가 어떻게 변하는가를 고찰하고자 한다.

귀향을 한 주체들은 고향이라는 비극적 체험의 공간에서 타자와의 접촉을 시도하고 그들과의 관계를 통해 이전과는 다른 감정이 교류되는 계기를 접하게 된다. 이 과정에서 타자에 대한 이해와 공감 또는 냉정한 태도를 취하게 되는데 이는 향후 소통의 정도, 즉 친밀도를 결정하는 계기로 작용한다. 이러한 현상은 인물간의 심리적 거리의 간극을 파생시키는 측면에도 일정부분 영향을 끼치며 주인공으로 하여금 과거 비극의 체험인 한의 실체를 이전과는 다른 관점으로 바라보고 인식하도록 강제하는 작용을 한다.

　　"아가씨, 어디까지 가시오?"
　　순기가 용기를 내어 물었을 때, 디스코 바지의 아가씨는 어줍잖은 표정으로 방정맞게 핼끔 눈자위를 돌리더니
　　"달궁까지 가요."
　　하고 이야기를 나누고 싶지 않다는 투로 뱉어내듯 잘라 말했다.

소 흐릿하다. 그것은 적대관계의 구도가 인물간의 대립보다는 인물과 이데올로기의 대립이라는 측면에 초점을 맞추고 있기 때문으로 풀이된다. 그럼에도 주인공 만화가 탐색하는 것은 그러한 이데올로기에 의해 파생된 비극의 실체(한)이며 그것을 통해 과거의 자신과 현재의 자신 사이에 드리워져 있는 심리적 거리를 파악하고 수용하게 된다는 점에서 여타의 작품들과 구별된다고 하겠다. 「피아골」은 대체로 다섯 가지 양상의 심리적 거리와 관계가 등장한다. ①만화와 어머니 지숙과의 관계와 심리적 거리, ②만화와 아버지 배달수와의 관계와 심리적 거리, ③지숙과 배달수와의 관계와 심리적 거리, ⑤만화와 민기자의 관계와 심리적 거리가 그것이다.

순기는 아가씨 입에서 달궁이라는 말이 나오자 순간적으로 심신
이 죄어왔다. 그제서야 그는 지금 자신은 이 땅에 떠나가고 있는 것
이 아니고, 30년 만에 고향에 돌아가고 있음을 알아차리고, 할아버지
의 무거운 송덕비에 깔린 듯한 중압감을 느꼈다.

(「달궁」, pp.36-37)

인용문은 고향 '달궁'으로 향하는 버스에서 순기와 정아가 짤막한
대화를 나누고 있는 장면이다. 고향행 버스에 올랐다는 것은 한의 실
체를 향한 탐색의 여정이 시작되고 있음을 암시한다. 순기와 정아의
심리적 거리는 비교적 일정한 간극을 유지하고 있다. 물론 물리적인
거리는 버스 옆 좌석에 동승하고 있는 관계로 매우 가깝지만 이들의
친밀도는 낯선 타인의 관계에 한정되어 있는 만큼 지극히 낮다는 것
을 보여준다. 더욱이 이야기를 나누고 싶지 않다는 투로 뱉어내듯 잘
라 말하는 정아의 태도는 '달궁'으로 연계되는 모든 것에 대한 무관심
을 드러내는 것으로 볼 수 있다. 더욱이 '디스코바지' 옷차림은 '무거운
송덕비'로 대변되는 순기의 이미지와 극명하게 대조를 이룬다.

그런 정아가 달궁의 비극에 대해 관심을 가지게 된 데는 순기가 문
참봉네 손자라는 사실을 알면서부터이다. 또한 마을 안에 순기가 돌
아왔다는 소문과 달궁의 비극이 모종의 연관이 있을지 모른다는 호기
심에서 기인한 것으로 보인다.

"그리고 우리 아버지 이야기 좀 해 주세요. 실은 오늘밤 선생님을
만난 것은 아버지에 대한 이야기를 정확하게 듣고 싶어서였어요. 누

구보다도 선생님이 아버지 이야기를 정확하게 해 주실 것 같기에……. 전 우리 아버지에 대해서 알 수 없는 부분이 많거든요."

"……아버지를 믿지 않는 건가?"(중략)

"달궁 사람들이 아버지를 비난하지는 않지만, 제 맘 속에서 아버지를 의심하고 있어요. 전 선생님의 참봉 할아버지와 우리 아버지가 자꾸만 비교가 되거든요. 언젠가는 우리 아버지도 참봉 할아버지처럼 마을 사람들한테 비난을 받게 될 것 같은 생각이 들어요. 마을 사람들이 참봉 할아버지 송덕비를 없애고 그 자리에 대신 우리 아버지의 송덕비를 세우자고 한 것부터가 좋지 않은 징조예요."

(「달궁」, pp.95-96)

인용문은 두 인물의 거리가 처음 버스에서 만났을 때와 달리 상당 부분 좁혀져 있다는 사실을 보여준다. 그것은 정아가 어머니로부터 순기 할아버지, 즉 문참봉과 관련된 이야기를 들어서, 순기가 무슨 연유로 고향에 내려왔는지를 알고 있다는 반증이다. 그런 반면에 정아는 자신의 아버지와 관련된 이야기, 다시 말해 순기 할아버지 문참봉과 자신의 할아버지 김개동 그리고 아버지 김만복을 둘러싸고 벌어졌던 과거의 일에 대해선 알지 못한다. 정아가 순기를 찾아온 것은 그런 조상들의 과거의 내력을 듣기 위해서이다. 정아가 순기를 통해 과거 달궁의 비극을 탐색하는 입장에 놓여 있다면 순기는 자신이 고향을 떠나 있는 동안 할아버지의 '송덕비'를 둘러싸고 벌어졌던 일들을 추적하는 탐색자에 위치에 놓여 있는 것이다.

"김 사장님 계십니까?"

순기는 훨쩍 열린 함석 대문 안을 기웃거리며 물었다.

"아직 안 오셨는데요. 어디서 오셨수?"(중략)

"어디루 가시겠어요?"

정아가 따라 걸으며 물었다.

"글세, 노루목 재각에나 가볼까."

"저도 따라가겠어요."

"정아가 뭣 때문에."

순기는 달갑지 않은 눈빛으로 정아를 보았다. 혼자 다니기에도 쥐구멍을 찾고 싶은 터에, 만복이의 딸과 함께 달궁 사람들의 시선 받으며 돌아다니기가 싫었다.

"같이 갈 수가 없는데……"

"왜요? 달궁 사람들 시선 때문에요?"   (「달궁」,p.117)

이번에는 순기가 송덕비 문제를 해결하기 위해 정아의 아버지 김만복의 집을 방문한다. 순기가 달궁에 내려온 궁극적인 이유는 김만복을 만나 송덕비 철거를 제고해달라고 부탁을 하기 위해서다. 순기의 태도는 이전보다는 적극적으로 변해 있지만, 과거의 달궁을 배경으로 두 집안간에 벌어졌던 비극의 내력을 알고자 하는 정아에 비해서는 여전히 소극적이다. 노루목 재각에 따라가겠다고 나서는 정아를 순기는 "혼자 다니기에도 쥐구멍을 찾고 싶은 터에, 만복의 딸과 함께 달궁 사람들의 시선 받으며 돌아다니기가 싫다"는 이유로 거절을 한다. 이와 같은 순기의 소극적인 태도는 외연상 정아와의 '거리'를 좁히고 싶지 않다는 의미 외에도 철천지원수인 김만복과의 관계를 개선할 수 없다는 부정적인 인식을 표출한 것으로 풀이된다. 그러나 이들간의 '심리적 거리'는 순기가 송덕비를 둘러싸고 벌어지고 있는 상황을 탐색하면 할수록 거리가 좁혀지는 아이러니컬한 상황으로 치닫게 된다. 그것은 달궁을 매개로 하는 주체의 탐색이 과거의 비극에 대한 재인식을 강요하는 기제로 작용을 하고 있다는 것을 의미한다.

그러한 양상은 『징소리』에서도 발견된다. 텍스트에서 주된 심리적 갈등은 칠복과 순덕, 칠복과 고향 사람들, 순덕과 고향 사람들간의 관계의 회복을 둘러싸고 벌어지는 문제로 집약된다. 물론 그 기저에는 농촌 공동체의 붕괴와 실향이라는 근원적인 원인이 자리하고 있지만 칠복과 순덕이 귀향을 한 이후에 노정되는 갈등은 다분히 심리적인 양상을 띤다.

> 그러다가 온몸이 흠뻑 땀에 젖은 채 정신을 차리고 보면, 방울재와 낯익은 사람들은 오간데없고 호수의 물만이 그를 삼킬 듯 넘실거리고 댐은 더욱 하늘 닿게 높아지는 듯싶었다.
> "자네 정신 말짱허니께 허는 소리네만 좋은 얼굴로 헤어지세. 지발 부탁이니 지금 떠나도록 히여."
> 강촌영감이 볼멘소리로, 그러나 약간은 사정조로 말하고 나서 칠복의 겨드랑이에 손을 넣어 일으키려고 했다.
> "낼 아침 떠나라 허고 싶네만, 정은 단칼에 자르는 거이 좋은겨."
> (「징소리」, p.42)

귀향을 한 칠복과 고향 사람들과의 심리적 간극을 보여주는 사례다. 고향 사람들은 칠복에게 떠남을 종용한다. "낼 아침 떠나라 허고 싶네만, 정은 단칼에 자르는 거이 좋은겨." 이렇듯 외지에서 온 낚시꾼을 상대로 장사를 해야 하는 그들로서는 훼방꾼인 칠복을 내쫓을 수밖에 없지만, 타향에서 모든 것을 잃고 고향으로 돌아온 사람을 무정하게 내친다는 것은 정리상 있을 수 없는, 이율배반적인 입장에 처해 있는 것이다.

그에 반해 칠복의 고향에 대한 감정은 지극히 원초적이며 인정에 입각해 있다. 잃어버린 고향의 옛모습을 되찾고 싶다는 바램으로 낚시꾼들을 내쫓고 징을 치는 행위를 반복한다. 이와 같은 칠복의 행위는 '고향의 복원'이라는 염원을 투영한 것으로 볼 수 있지만 역설적으로 그 결과는 고향과의 심리적 거리를 확장시키는 양상으로 귀착된다.

순덕의 귀향과 그에 따른 탐색 또한 칠복의 그것과 동일한 측면으로 파악된다. 순덕이 '방울재'에 돌아온 이유는 '고향의 복원', '가정의 복원' '관계의 복원'을 실현하기 위해서이다. 자신의 불륜으로 남편 칠복을 떠날 수밖에 없었던 순덕으로선 무엇보다 배반이라는 금기에서 파생된 심리적 거리를 좁히는 데에 초점을 두고 있다고 볼 수 있다. 방울재의 공동체 일원으로서의 자격을 회복하는 것은 차후의 문제이다. 이 과정에서 흥미로운 것은 순덕과 고향과의 거리가 칠복과 고향과의 심리적 거리만큼이나 동떨어져 있는데 반해 칠복과 순덕의 감정의 거리는 시간의 흐름에 따라 점점 좁혀진다는 사실이다. 이들의 서로를 찾기 위한 탐색의 과정은 타향에서 겪었던 상실의 체험이 근접

할 수 있는 계기로 작용한 것으로 볼 수 있다.

이는 반 게네프(Van Gennep)가 '통과제의 the rites of passage'를 '분리 separation-전이 separation'라는 측면에서 정의한 것과 연계하여 생각해볼 수 있다. 주인공이 일련의 시련을 통해 성숙한 상태로의 변화라는 존재적 전이 transformation를 경험한다는 측면으로도 볼 수 있다'는 의미인 것이다.[6] 그러한 견해는 칠복과 순덕이 사기에 의한 재산 탕진 그리고 불륜에 의해 가정 해체라는 불행을 가져왔음에도 불구하고 이는 두 인물이 다시 결합되기 위해서 반드시 거쳐야 하는 일련의 '통과제의'로 볼 수 있다는 의미이다. 물론 이를 계기로 고향으로 진입하게 되는 '자격'을 얻게 되는 측면이 있지만, 근본적으로는 향후 전개될 서사의 있어 순덕이 저수지에 빠져 죽음을 선택하게 되는 사건과도 맞물리게 되리라는 것을 암시한다.

시간의 추이에 따라, 즉 탐색의 진행에 따라 심리적 거리에 변화가 따르는 인물로 「철쭉제」의 박검사와 박판돌을 들 수 있다. 이들의 지리산행은 과거 두 집안을 둘러싸고 벌어진 한이라는 비극을 탐색해나가는 과정으로 요약된다. 두 인물의 거리는 각각의 심리와 주변 인물과의 관계에 따라 간극이 확장되기도 하고 축소되는 '거리의 역동성'이 상존한다. 이는 탐색의 위치에 있는 박검사와 피탐색자의 처지인

---

6) 결국 자아의 발전과 확장은 필연적으로 자기 해체의 경험을 거치면서 이루어지게 된다. 그러므로 성년식·취임식 등의 통과제의 절차를 작품 기층에 깔고 있는 이야기를 '입사식담 inititation story'이라고 할 수 있고, 이를 기본적 구조로 삼아 이루어진 소설을 이니시에이션 소설이라 부르는 것이다. 한용환, 앞의 책 『소설학 사전』, p.349 참조.

박판돌 사이에 미묘한 감정이 교차하고 있다는 사실을 반증하는 것으로 이 두 인물 사이에 상존하는 미묘한 감정이 바로 한이다.

미묘한 감정이 응축된 현상으로 나타난 미로는 '심리적 길'과 '실재적 길'을 포괄한다. 이 미로는 전자가 두 인물의 감정적 거리를 대변한다면 후자는 유해를 찾기 위한 여정의 실재적 거리를 함의한다. 이 두 거리가 복합적이고 역동적인 미로라는 공간에 투영되어 있다는 것은 박검사와 박판돌의 지리산행이 밝음과 어두움이 수시로 교차하는 삶의 내밀한 모습과 일정부분 닮아 있음을 암시하는 측면이 있다. 따라서 유해를 찾기 위한 산행은 곧 서로의 내면에 잠재되어 있는 한을 탐색해나가는 과정으로 수렴되는 것이다.[7]

"이봐요, 박판돌 씨. 나를 알아보시겠소?"
나는 검사실에서 피의자를 다루듯 목줄을 빳빳하게 세우고 꽹과리 치는 소리로 퉁명스럽게 내질렀다.
"알아 뫼시고말고요……진작 한번 찾아뵐려고 했으나……."
박판돌이가 이렇게 입을 열며 고개를 쳐들자, 나는 다시 햇살이 묶음으로 쏟아지는 하늘을 쳐다보았다. 정말이지 마음이 떨려서 그를 정면으로 마주 보기가 싫었다. 박판돌의 시선이 찔러 올 때마다 온몸을 좍 훑어 내리는 듯한 전율에 심신 가늠할 바를 몰라했다.
"그래, 돈을 많이 벌었다면서요?"

---

7) 한편 나정미는 철쭉제에 드러난 시간을 주인공이 자신의 아버지의 죽음에 얽힌 비밀을 알아가는 '서술된 시간'과 실제로 세석평전까지의 등반과정과 등반 후 하산으로 전개되는 '서술하는 시간'으로 나누어 고찰한다. 나정미, 앞의 논문 「문순태의 철쭉제 연구」, pp.13-18 참조.

나는 하늘을 쳐다본 채 허탈하게 물었다. 이마에 땀방울이 숭얼숭얼 맺혔다. 박판돌이도 땡볕에 서 있기가 무더운지 손바닥으로 연신 이마의 땀을 훔쳤다.   (「철쭉제」, p.83)

두 인물의 산행은 외연상 검사와 벼락부자라는 형식적인 만남에 근거하고 있지만 내적으로는 과거 참봉의 집안과 거기에 딸린 머슴의 집안이라는 대조적이고 이질적인 신분의 만남이기도 하다. 다시 말해 아버지의 원수를 갚기 위해 검사가 된 화자와 신분상의 제약으로 한맺힌 삶을 살아야 했던 부모 세대의 한을 풀기 위해 벼락부자가 된 박판돌의 만남이라는 것이다. 상대적으로 화자인 나의 신분은 과거와 비교하여 큰 변화가 없지만 박판돌은 종에서 벼락부자가 될 만큼 신분이 수직 상승을 하였고, 그러한 요인이 두 가계를 둘러싸고 벌어졌던 과거의 비극과 겹치면서 두 인물의 심리적 거리를 역동적으로 지배하고 있다고 볼 수 있다.

그러나 두 인물간의 부정적 감정은 시간이 흐를수록 약화되는 증상을 보인다. 거기에는 환경적 요인으로 볼 수 있는 주변 인물과 풍광의 변화에서 기인한다. 특히 박영감과 미스 현은 두 인물간에 형성돼 있는 증오의 감정을 희석시키는 심리적 중재자의 역할을 수행하는 것으로 파악된다.

"누구요?"
나는 떨리는 목소리로 내지르며 벌떡 일어나 앉았다.
"저예요!"

처음엔 박판돌이가 기어들어오는 것으로 알고 얼마나 놀랐었는지 몰랐다. 여자 목소리에 팔딱거리던 심장이 착 가라앉았다.

"잠은 안 자고 웬일이야?"

"여기서 자라고 해서요……."

"뭐라고? 누가 그래?"

"박사장이요!"

그녀는 대답을 하고 나서 길게 하품을 쏟으며 내게 등을 돌리고 누웠다.

"그 사람! 왜 하필이면……."   (「철쭉제」, p.121)

박판돌의 지시로 미스 현이 박검사의 텐트 안으로 들어오는 장면은 충격적이다. 이는 러시아 형식주의자들이 문학적 장치로 사용하던 '낯설게 하기'의 기법을 떠올릴 만큼 일반적인 인식의 틀을 깨는 측면이 있다. 남성이 주축이 된 산행인 상황에서 여성이 남성의 텐트 안으로 들어온다는 것은 요컨대 독자의 '기대지평'에 반하는 행위에 해당한다는 것이다. 그렇다면 박판돌은 무슨 이유로 박검사의 텐트 안으로 미스 현을 들어가게 했으며 그리고 미스 현은 박검사 뿐만 아니라 박판돌과의 동침 또한 거부하지 않았을까. 텍스트에서 미스 현을 둘러싸고 벌어지는 이와 같은 동침은 다분히 인물간의 함축적 관계를 넘어선 한과 관련된 삶의 총체성을 드러내고자 하는 서사 전략적인 측면이 강하다고 볼 수 있다.

즉 텍스트 전체의 완결성 내지 총체성 차원에서 성관계의 상징성을 드러내고 있다는 의미이다. 이들의 성관계는 박판돌과 박검사의 사이에 놓인 신분의 장벽과 원한의 적대관계를 일정부분 무너뜨려 심리적 거리를 완화시키는 기폭제로 작용한다는 것이다. 따라서 미스 현은 단순히 '몸을 파는'여자를 넘어 종국적인 의미의 구심점을 담지하는 핵심적 행위를 수행하는 인물로 볼 수 있다는 추론이 가능하다.

미스 현과 동일한 이미지를 내포하는 상징물로 세석평전의 '음양샘'을 들 수 있다. '음양샘'은 일행이 넷째 날 산행을 마치고 텐트를 친 자리였는데, 이는 엘리엇이 언급한 특별한 정서를 환기시키는 객관적 상관물[8]에 해당한다. "세석평전의 음양샘은 임걸샘, 벽골샘, 연하샘, 산희샘과 더불어 지리산에서 이름난 샘이었다. 바위의 양쪽으로 음수(陰水)와 양수(陽水)가 흘러 합한 샘물이라서 음양수라고도 부르며, 예로부터 아기를 못 낳은 부녀자들이나, 지리산 정기를 탄 큰 인물을 낳고자 하는 연인들이 이 샘물을 마시고, 샘 옆에 있는 석실(石室)에서 산신의 은혜를 입게 되면 소원 성취한다는 전설이 전해 내려오고 있다."(pp.134-135) 이와 같은 서술은 '음양샘'을 동행한 미스 현과 연계하여 인물들의 심리적 거리를 좁혀 갈등국면을 완화시키려는 의도

---

8) 엘리엇이 논문 「햄릿」(1919)에서 "어떤 특별한 정서를 나타낼 공식이 되는 일군의 사물, 정황, 일련의 사건으로서…… 바로 그 정서를 곧바로 환기시키도록 제시된 외부적인 사실들"을 '객관적 상관물'이라고 일컬었다. 이 이후 일상생활의 개인의 감정이 문학작품에 액면 그대로 반영되는 것이 아니라 그 감정과는 상식적으로 직접적인 관계가 없는 어떤 이미지·상징·사건에 의하여 구현된다는 사상, 즉 개인 감정의 예술적인 객관화와 사상이 강조되었다. 그러한 객관화를 위해 이용된 이미지·상징·사건들이 바로 객관적인 상관물이다. Northop. Frye, 『비평의 해부』, 임철규 역, 한길사, 2000, p.197 참조.

에서 비롯된 것이다. 텍스트 전반에 걸쳐 '음양샘'은 '철쭉' '미스 현'과 함께 음과 양의 조화, 삶과 죽음의 혼융, 사랑과 증오의 합일과 같은 의미를 내재하고 있기 때문이다.

그 외에 심리적 완충효과는 미스 현 외에도 박영감과 함씨에 의해서도 견인된다. 박판돌과 박검사가 서로를 탐색하는 신경전을 펼칠수록 조정자로서의 박영감의 존재가 부각되며 특히 박영감에 의해서만 그 존재가 드러나는 함씨라는 인물의 가치관은 인물들의 '정신적인 활동'에 지대한 영향을 끼친다. 이들의 공통점은 원한과 증오를 무화시키는 방향으로 행위와 언술의 초점이 맞추어져 있으며 전체와의 연관성 속에서 파악되도록 배치되고 있다는 점이다. 특히 박영감의 화자를 향한 발화는 두 인물, 박검사와 박판돌이 갈등의 국면에 접어들기 직전에 이루어지고 있다는 것은 이를 반증한다.

「문신의 땅」은 1편과 2편의 시점이 동일하지 않다. 이는 시점의 변화를 통해 인물간의 심리적 거리가 조율되고 있음을 의미한다. 「문신의 땅1」이 3인칭 전지적시점인데 반해 「문신의 땅2」는 1인칭 화자시점, 3인칭 전지적시점, 1인칭 화자시점으로 구성되어 있다. 전자가 무성한 소문에 휩싸여 소외된 삶을 살아가는 양공주 출신 노마리아의 삶에 초점이 맞추어져 있다면 후자는 노마리아의 갈등과 화자의 비극적 가족관계에 대한 내용이 다루어지고 있다. 노마리아가 의대생인 화자를 만나 문신제거수술을 부탁하지만 실행되지 못한 아쉬움에 가출을 감행한다는 것과 다른 한편으로 화자가 일제 때 이모 할머니가 정신대로 끌려가게 되었던 사연을 알게 된 나머지 뒤늦게 노마리아를 찾아간다는 것이 주요 내용이다.

> "대문 밖에 쇠통을 채우고 죽은 듯이 박혀 있는 것은 세상을 두려
> 워하기 때문일 게요."
> "두려워하는 것이 아니라 증오하고 있는 것인지도 모르죠."
> 최 수녀의 말에 윤 신부는 두려움과 증오에 대한 심리적인 차이를
> 생각해 보았다. 두려움과 증오는 결국 같은 마음의 뿌리에서 생겨나
> 는 것이라는 결론을 얻어냈다. (「문신의 땅1」, p.12)

「문신의 땅1」은 주체의 심리적 탐색보다는 외부의 시각에 의해 드
러나는 노마리아와 아들의 현재 모습을 초점화하고 있기 때문에 텍스
트 전반에 걸쳐 객관적인 거리감이 느껴진다. 따라서 인용문에 등장
하는 최 수녀와 윤 신부의 역할 또한 다분히 노마리아 모자와 마을 사
람들간의 거리를 좁히는 매개자로써의 기능을 수행하는 정도다. 물론
신부와 수녀의 궁극적인 역할은 신(하느님)과의 영적인 소통이 이루어
지도록 노마리아 모자를 세상 밖으로 나오게끔 용기를 북돋아주는데
있다. 따라서 「문신의 땅1」에서의 인물간의 탐색은 일정한 거리를 넘
지 못한다. '안'과 '밖'이라는 대립적인 구조는 한이 내면화되어 있는 인
물과 그것을 소문화하고 생채기를 내려는 인물들간의 거리 좁히기는
사실상 불가능하다는 비관적 인식에서 연유하는 것으로 보인다.

반면 「문신의 땅2」는 시점의 변화가 수반되는 관계로 노마리아 모
자의 심리적인 상태와 이들을 바라보는 화자의 내면의 심리가 비교적
소상히 드러나 있다. 특히 노마리아의 과거의 비극을 탐색하는 화자

인 '나'와 관련되어 파생되는 이야기는 또 다른 서사의 한 축으로, 원래의 탐색 대상에 대한 화자의 인식과 가치관의 변화를 견인한다. 즉화자가 노마리아 모자의 삶을 통해 스스로를 탐색하는 반성적 시각으로의 전이되는 현상은 '나'로 대변되는 편견에 사로잡혀 있는 세상 사람들의 시각을 변화시키기 위한 작가의 서사적 의도가 개입되어 있다는 것이다. 이는 메레디트(Robert. meredith)와 피츠제잘드(John D. Fitzgerald)가 상정하고 있는 소설의 주제에 관한 견해와 맥을 같이 하는 것으로 그들에 의하면 "모든 소설 독자는 한편의 소설을 읽은 다음 작가가 소설에서 이야기 한 인생에 관해 모종의 결론을 내리게"[9]되며 이를 통해 "이전에 알았거나 알지 못했던 존재에 대해 무엇인가를 발견하게 되고, 어떤 결론에 도달하게 되는데 이것이 바로 소설의 주제"라는 것이다.

「문신의 땅」에서 주제를 견인하는 핵심적 모티프, 다시 말해 한의 근인은 '문신'이다. 그리고 비극적 한을 탐색하는 주체는 노마리아로 그녀는 흑인 아들과, 화자인 나, 그리고 문신을 새겼던 GI들과의 관계 속에서 한의 정체와 이를 제거하기 위한 방안으로 행위적인 측면을 고민하는 인물이다. 과거의 체험에서 연유하는 갈등은 GI들과의 매춘이라는 성관계를 통해 파생된 것이지만 현재의 갈등 국면은 화자와 그 외 세상과의 사이에 놓인 '수치와 멸시'라는 심리적 요인에 의한 것

---

9) J. 피츠제럴드 · R. 메레디트, 앞의 책『소설작법』, 김경화 역, 청하, p.83. 유태영, 『현대소설론』, p.164 재인용.

으로, 이러한 거리감은 그녀로 하여금 현재적 삶뿐 아니라 죽음 이후까지도 고려하지 않으면 안 되는 기제로 작용하고 있는 것이다.

> "이런 문신은 피부과나 성형외과에서 수술을 해야 하는데 저는 안 곱니다. 그러나 피부과나 성형외과 선배 의사들한테 부탁해보겠습니다."
> 나는 그녀의 눈길을 피하면서 인사치례로 말했다. 기실 나는 빨리 그녀의 문신처럼 침침하게 느껴진 방에서 나가고 싶은 생각뿐이었다. (중략)
> "검둥이를 낳고 얼마나 울었는지 몰라요. 그런데 지금은 그놈이 효자 노릇을 한답니다. 우리 검둥이 베드로가 야간업소에서 색소폰을 불어 이 에미를 먹여살리죠. 그리고 이 에미의 문신을 지우라고 한 것도 그놈이라우."
> 노마리아는 사타구니의 문신을 보여주었던 것처럼 자신의 모든 삶에 대해 부끄러움 없이 비밀을 까발렸다. 그러나 그녀의 어떤 간절한 말도 멸시와 수치심으로 굳어진 내 마음을 흔들어 놓지는 못했다.
> (「문신의 땅1」, pp.40-41)

인용문은 노마리아를 상대하는 화자가 다분히 도덕적인 관점을 취하고 있음을 보여준다. 화자는 '문신'이 표방하는 외연적인 상처와 그것이 함의하고 있는 비극의 한을 애써 외면함으로써 노마리아와의 거리를 형식적인 관계에 묶어두려는 인상을 준다. 그러면서 때에 따라서 화자는 자신의 견해를 밝힘으로써 부분적으로나마 사건에 개입하고 있다는 암시를 준다.

그러나 노마리아의 이야기가 전개될수록 화자는 자신의 내부로 시선을 돌려, 스스로를 탐색하는 위치에 선다. 이는 점차적으로 화자가 자신과 관련한 이야기를 병립해서 언술하는 상황으로 변화되는데 노마리아와의 심리적 거리가 상당부분 완화될 수 있다는 가능성을 노정하는 것이다.

일반적으로 화자가 관찰자로 참여하는 소설에서 목격자인 〈나〉와 주인공의 관계는 전혀 무관한 것은 아니며 어떤 형태로든 이야기의 의미를 한정하고 주제와도 관련성이 있는 경우가 많다[10]는 견해를 상기시키는 것으로 향후 화자의 심리와 행위를 주목하게 한다.

한편으로 이러한 긍정성은 노마리아 자신에게도 스스로를 탐색케 하는 기회를 부여하는 측면이 있다. 문신을 제거한다는 것은 '잃어버린 시간의 탐구'[11]라는 의미를 지니는 바, 문신을 새길 수밖에 없었던 당시의 상황으로부터 현재에 이르기까지 자아의 동일성이 훼손된 시간을 지칭한다. 물론 '탐구'라는 것은 '심리적 사실의 증거'를 찾는 방편이라는 점에서 주체의 내면에 각인된 한의 단면을 관조(觀照)한다는 의미가 내재되어 있다. 이 관조란 대상이 본질을 주관을 떠나서 냉

---

10) 신동욱, 「시점과 소설미학」, 『문예비평론』, 고려원, 1984, p.275, 유태영, 앞의 책, p.262.재인용.
11) '잃어버린 시간의 탐구'는 마르트 로베르의 『기원의 소설, 소설의 기원』에서 언급되었다. 소설이 끊임없이 그의 가짜 연대기 속에서 다시 시작하게 만드는 것은 개인 이야기 혹은 간단히 말해서 역사이다. 그 점에서 소설의 가장 저명한 대표자 가운데 한 사람이 소설에 대해서 찾아낸 '잃어버린 시간의 탐구'라는 제목은 소설이 정말로 지닐 수 있는 제목일 것이다. 소설이 공격을 시작한 현재쪽으로 집요하게 향하고 있는 과거 예술로서, 시간이란 소설이 사방에서 잠겨 있는 예술이다. M. 로베르, 『기원의 소설, 소설의 기원』, 김치수・이윤옥 역, 문학과지성사, 1999, p.65.

정히 응시(凝視)하는 태도를 일컫는다. 따라서 노마리아의 문신에 대한 시선은 해한에 이르고자 하는 긍정적이고 적극적인 심리의 발로에서 기인한다는 것을 암시한다.

> 나는 할머니의 말마따나 정신대로 끌려간 이모할머니가 이 지상의 어디엔가 노마리아의 문신과도 같은 지울 수 없는 상처를 안은채, 자신의 삶을 무참하게 짓밟아 버린 이국의 병사들을 원망하며 살아가고 있을 것만 같았다. (중략)
> 그때 다리 건너 연탄공장 모퉁이로부터 자전차가 참나무 언덕배기로 가까이 오고 있었다. 자전차에는 두 사람이 타고 있었는데 앞사람은 남자였고 뒤에는 여자가 옆으로 올라 앉아서 오른팔로 남자의 허리를 꼭 붙들고 있었다. 여자의 분홍빛 스커트가 눈부신 햇살을 받으며 바람에 펄럭이는 모습이 보기에 좋았다.
>
> (「문신의 땅」, pp.64-65)

「문신의 땅2」는 노마리아의 한은 결국 화자인 나의 가족사의 비극과 무관치 않다는 사실을 확인하는 것으로 수렴된다. 요컨대 노마리아의 한은 "곧 내 가족이 지니고 있는 한이며 부끄러움이며 누구도 그와 같은 상황에서 예외가 될 수 없다"는 의미를 함의한다. 노마리아의 한과 이모할머니의 한 그리고 흑인 아들 노태수의 한은 동일선상에서 파악될 수 있는 동종의 아픔과 수치라는 의미가 암시되어 있다. 그러나 화자와 노마리아의 아들 노태수의 수치는 본질적으로 다르다. 노태수는 자신이 흑인 아들로 출생했다는 사실 자체, 자신의 존재에 대한 부끄러움을 갖고 있는데 반해 화자인 내가 느끼는 아버지에 대한 수치는 매춘을 알선한, '수치를 매개'한 인물이라는 점에서 변별된다.

이와 같이 화자가 형식적이며 이중적인 태도에서 반성적인 인식으로 변화된 데는 화자의 탐색적 사고와 행위에서 비롯된 것으로, 심리적 거리의 축소가 가져다준 결과임을 알 수 있다. 다음은 화자의 심리가 드러난 독백이다. "나는 할머니의 동생 이야기에 대해 흥미를 느꼈다. 일제 때 많은 여자들이 정신대로 끌려갔다는 이야기는 들었지만 바로 나의 이모할머니가 밀림의 전장에서 일본 병사들의 위안부였다는 사실이 나로 하여금 지나간 역사를 다시 인식하게 해 주었다."(p.63) 이처럼 지나간 역사를 다시 인식하게 해 준 할머니 여동생의 이야기는 노마리아의 '문신'이 개별적 비극을 넘어 6·25라는 현대사의 질곡을 헤쳐온 많은 이들이 공통적으로 안고 있는 상흔이라는 점을 상기시킨다.

2) 탐색과 객관화의 시도

문순태의 민중 소설에 등장하는 주인공의 이름은 다분히 토속적이고 향토적이다. 「징소리」의 '칠복' '순덕', 「고향으로 가는 바람」의 '또순' '쌀분', 「청부부」의 '남수' '숙자', 「안개우는 소리」의 '출복'은 작가가 의도적으로 창조한 인물로 이들의 이미지는 궁핍과 억압을 상징한다. 이들에게서는 원망과 체념의 패배적인 감정과 달리 현실에서 벗어나고자 하는 의지적인 감정이 일상의 '생활 감정'과 혼재해 있음을 발견하게 된다.

유종호는 한을 '한가한 애원(愛玩)'이 아닌 서민들의 생활과 밀착된 정서로 파악한 바 있다.

> 대체로 우리의 민요는 청승맞은 것이 많다. 창으로 나오는 「恨五百年歌」 같은 것은 아주 악을 쓰는 청승이다. 지독한 怨望, 發惡的인 청승이다. 나는 이 청승을 感傷과 구별할 수 있는 것인지 모른다. 다만 거기에 이 겨레의 庶民들이 〈이를 바드득 가는〉 소름끼치는 情恨을 感知하고 그것이 한가한 愛玩이 아니라 보다 생활감정에 밀착된 것임을 느낄 수 있을 뿐이다. (중략) 요컨대 원망, 하소, 푸념, 신세타령, 팔자한탄 이러한 한국의 페이소스는 기박했던 이 겨레의 역사 속에서 빚어진 운명적인 鳴咽이었다. 소월이 민족시인의 위치를 차지하게 된 가장 큰 요인은 소월의 개인적인 情恨과 이 겨레의 민족적 情恨인 한국의 페이소스가 행복한 일치를 보이고 있다는 점일 것이다.[12]

유종호가 "역사 속에서 빚어진 운명적인 鳴咽"으로 보았다는 것은 생활에 밀착된 민중의 한이 개인적인 원인보다는 역사적이고 구조적인 측면에서 비롯되었다는 것을 뜻한다. 그러기에 이들의 내면에 잠재되어 있는 한이 해한의 과정에 이르기 위해서는 사회와 역사를 바라보는 근본적인 시각의 제고가 요망된다는 사실에 이른다. 즉 지배계층 또는 사회 구조적인 측면에서 기인하는 억압과 수탈의 구조를

---

12) 유종호, 「한국의 파세틱스」, 『현대문학』72호, 1960년. 천이두, 『한국문학과 한』, pp.13-14 재인용.

보다 객관적으로 바라보려는 의식의 전환이 필요하다는 것이다. 천이두는 『한국문학과 한』에서 "한이란 이 겨레 민중들이 자기에게 부딪쳐 온 엄청난 설움의 덩이를 객관적으로 투사함으로써 그것을 형상화한 예술적 승화장치"라고 언급하고 있는데, 의식의 전환 또는 시각의 제고가 바로 '승화장치'의 전제조건이라 하겠다. 문순태의 민중을 소재로 하고 있는 소설에서 인물의 한에 대한 탐색은 객관화의 시도라는 의식의 전환에 의해 이루어지는데, 타자와의 관계는 작가의 담론적인 전략에 의해 일정한 거리를 유지하는 것이 특징이다.

> "쓰레기가 돈을 버남? 뻭과 돈이 돈 벌재! 벽돌공장 사장이 김감독 헌티 돈을 주고 쓰레기를 여기다 쌓아올리라고 혔응께 말여. 쓰레기 덮어 먹어치운 집터, 땅으로 팔아도 두 곱 장사는 혔을 끼야."
> "두 곱 장사? 거저 잡순 땅 한 평에 만원 받을라면 뉘 돈 받을지 모른다는디? 열 곱 장사는 혔재."
> "가난헌 사람들 피눈물을 내고 번 돈 뺏으먼 오래 못 가는 법여. 항우장사도 댕댕이덩쿨에 넘어지고 큰 방죽도 개미구멍에 무너진다고 은제 어뜨케 될 줄 아남."
> 청소부들은 김감독의 명령대로 쓰레기를 초가지붕을 덮어버리게 쌓아올리고 있긴 하지만, 내심으로는 그들 자신이 못할 짓을 하고 있는 거라고들 생각하고 있었다. (「淸夫婦」, p.74)

청소부인 차남수와 그의 동료 강필만이 견지하고 있던 기존의 시각이 점차 변하고 있음을 보여준다. 벽돌 공장 사장은 일반 민가를 헐값으로 매입하기 위해 자신이 소유하고 있는 하치장 옆의 공터에 쓰레기를 쌓도록 지시한다. 네모가 반듯한 민가 대지에 학교가 들어설 거라는 소문을 들은 데다, 무엇보다 땅을 매입하여 시세보다 몇 배 더 비싼 가격으로 되팔 수 있다는 생각을 한 때문이다. 하치장과 이웃해 있는 민가는 쌓이는 쓰레기를 감당하지 못하고 별수 없이 집을 헐값으로 내놓을 거라는 판단을 하고 있는 것이다.

차남수의 인식 변화의 단초는 쓰레기 더미에서 발견한 한 통의 편지로부터 기인한다. 가정부로 일하는 길자라는 아가씨가 사모의 불륜을 알았다는 이유로 내쫓김을 당한 것이 편지의 주된 내용이다. 차남수는, 사모의 남편에게 억울함을 호소하기 위해 쓴 가정부의 편지를 전달해주기 위해 유력인사의 집을 찾아 나선다. 그의 행위는 일련의 '탐색'의 과정으로 세상을 향해 새롭게 눈을 뜨게 되는 '전이'의 과정이다. 따라서 '편지'는 차남수의 행위를 매개하는 모피프의 성격을 지니면서 한편으로는 사회상을 반영하는 상징물이다. 이는 특정한 계기를 통해 '심리적 상황'이 '사건적 상황'으로 변화됨을 예고하는 것인데, 그 기저에는 일반 민중의 삶에 밀착된 '생활의 한'이 광범위하게 퍼져 있다는 뜻이기도 하다.

차남수의 이러한 인식의 변화는 고향을 떠날 수밖에 없었던 상실의 한과 애인인 숙자가 개나리 여인숙에서 몸을 팔지 않으면 안 되는 생계의 한이 복합적으로 작용한 결과이다. 그러므로 길자의 사연은 곧 차남수 자신의 사연이자 숙자의 한으로 인식되며 벽돌 공장 사장의 횡포로 집을 빼앗길 처지에 놓인 초가집 주인의 억울함과도 연계된다.

「안개우는 소리」에서도 「淸夫婦」와 마찬가지로 '생활 감정'에 근거한 주체의 재인식이 탐색 행위를 통해 구체화된다. 출복은 「淸夫婦」의 차남수와 같은 유형의 인물이지만, 보다 현실적이며 상황 판단에 능하다. 따라서 그의 탐색은 현실의 논리에 따라 좌우되는 자신의 행위에 대한 비판과 아울러 인쇄소 사장의 자본주의적 논리에 근거한 비인간적인 행위에 대한 비판을 포괄한다.

> 그런데 이상하게도 아버지를 찾게 된 이후부터 출복이의 성질이 조금씩 거칠어진 듯싶었다. 웃사람들 말이라면 그저 고분고분하고, 어지간한 일에는 화를 내지 않던 그였는데, 요즘에 들어서는 말 수가 줄어든 대신 표나게 성질이 사나와진 거였다. (중략)
> 출복이는 요즘 성질이 변한 것뿐만이 아니고 그 나름대로 계산하고 갈 바를 정한 인생관도 달라진 것이 분명했다. 얼마 전까지만해도 그는 죽으라면 죽는 시늉까지라도 하면서 인쇄소 박사장의 눈에 들어, 아들이 없이 딸만 여섯인 그 집 양아들이 되든지 아니면 벙어리 큰딸한테 장가라도 들어서 언젠가는 인쇄소 사장이 되리라는 꿈이 인생의 목표였던 것이, 잘못 짚은 생각이라는 것을 알아차릴 수 있었다. 그는 아버지나 배노인, 노루목의 상여집 노인처럼 헛되게 살고 싶지가 않았다. (「안개우는 소리」, p.106)

출복의 변화는 정신 병원에 입원해 있는 아버지의 한을 비로소 현실이라는 구체적인 생활 공간 하에서 구조적으로 그리고 객관적으로 인식하게 되었음을 뜻한다. 이는 출복이 인쇄소 박사장을 과거 아버지가 머슴살이를 하며 상전으로 모셨던 손참봉과 동일한 유형의 인물로 상정하고 있다는 증거이다. 때문에 출복이 아들이 없는 인쇄소 박사장의 양아들이 되거나 혹은 큰딸에게 장가를 들어 후일에 인쇄소를 물려받는 것은 결국 양심에 반하는 행위라는 스스로의 준거에 봉착하게 되는 것이다.

이처럼 '생활 감정'을 근거로 하는 주체의 한에 대한 재인식과 탐색은 외부적인 상황과 주체 스스로의 자의식적인 사유에 의해 진행됨을 알 수 있다. 이른바 현실에 대한 탐색은 모순의 현재를 매개하는 과거의 시간에 대한 심리적 성찰의 증거로써, 야기된 사건과 야기되는 사건을 비판적으로 분별할 수 있는 관점을 획득하게 한다.

바흐친은 소설에서 작가는 주인공을 비판하며 주인공은 다른 등장인물들에 의해 표현된 담론과 가치 체계를 인정하거나 부정한다.[13]는 견해를 지닌다. 이는 '소설은 담론들간의 대화'라는 바흐친의 서사에 대한 명제를 확대 심화시키는 것으로 작가의 담론과 주인공의 담론은 소설에 있어 기본적인 두 가지 담론 형태이며 이 담론 형태들은 특정한 '세계관' 때문에 특정한 가치 체계를 추구한다는 의미를 담지한다. 「안개우는 소리」에서 '작가의 담론'과 '주인공의 담론'이 결국은 작가가 설정하고 있는 세계관으로 귀착되는 것은 한을 객관적으로 인식함으로써 궁극적인 지향에 도달하기 위한 하나의 과정이라는 것이다.

이는 J. 피츠제절드와 R. 메레디티가 그들의 공저 『소설작법』에서 "작가는 인생에 대한 어떤 것을 증명하고자 하며 이를 위한 유일한 수

---

13) 여홍상 엮음, 『바흐친과 문학이론』, 문학과 지성사, 1997, p.30.

단은 인생에 대한 선과 악을 증명하는 것"이라고 언급한 내용과 동일하게 파악할 수 있는 것으로 '선과 악에 대한 증명'은 결국은 작가의 세계관에 수렴되고 가치 체계로 증명된다는 의미이다.

'생활 감정'에 근거한 주인공의 탐색 행위는「깨어있는 낮잠」에서도 동일한 형태로 반복된다. 지역 국회의원 동생이라는 명분으로 권력층의 비호 아래 빈대떡집을 강제 철거하려는 호텔 사장과 뒤늦게 음모의 정체를 인식하게 된 정팔과의 대립이 서사의 기본적인 갈등 국면을 형성한다. 대립의 과정에서 정팔은 인식의 변화, 현실을 객관적으로 바라보는 계기를 갖게 된다.14)

"가난해도 부러운 거 하나도 없어요."
살림을 차린 첫날밤 점순이는 행복한 얼굴로 말했다. 살림이라고 해야 솥, 남비와 양재기와 숟갈, 담요 두 장 등 모두 꾸려도 사과 꿰짝 하나도 다 채우지 못한 것을 그녀는 여러 번 접고 접어서 가지런히 정돈하면서 행복하게 웃었다.
"…… 가난한 사람이 가난한 사람 눈에서 눈물을 내면 벌 받아요. 나는 말에요. 너무 너무 가난허게 살아봐서 이제는 그 가난이 쬐금도 무섭지가 안해요. 이녁이 착헌 마음으로 나를 애껴주기만 하면 나는 말여요. 부잣집 마나님보다 더 행복헐 꺼로구만요."
박정팔은 그런 점순이의 말을 잊을 수가 없었다.
(「깨어 있는 낮잠」, pp.223-224)

---

14) 정팔의 현실의 재인식 계기는 다음과 같다. 첫째는 '온돌박사'로 통하던 아버지에 대한 기억 둘째는 산동네를 철거한 정팔을 대신해 자살을 선택한 어머니 셋째는 세 들어 있는 방에서 쫓겨날 처지 등이 그것이다.

인용문은 정팔이 그의 애인 점순과 나누는 대화로 선과 악에 대한 작가의 기준, 다시 말해 '작가의 담론'이 투영되어 있음을 보여주는 대목이다. "가난해도 부러운 거 하나도 없어요."(p.223) "가난한 사람이 가난한 사람 눈에서 눈물을 내면 벌 받아요."(p.224) 이와 같은 점순의 발화는 정팔이 철거를 하면서 약자를 짓밟거나 위법된 행위를 해서는 안 된다는 점을 강제한다. 정팔이 선을 따르느냐 악을 따르느냐의 기준은 안주머니에 들어 있는 '사표'의 가치와 연계될 뿐아니라 현실을 탐색하는 준거가 된다는 점에서 중요한 분기점이 된다. 이전까지 현실적인 욕망 일변도의 삶을 살았던 정팔이, 작가의 담론이라는 서사적 장치에 의해 선의 방향으로 기준이 수정되고 변화되고 있음을 의미한다. 이렇듯 '생활 감정'에 입각해 한의 실체를 재인식하고 또한 현실과의 거리 또한 일정하게 유지함으로써 긴장의 관계를 형성하고 있다는 점에서 박정팔은 「淸夫婦」의 차남수와 동일한 유형의 인물로 볼 수 있다.

지금까지 주체의 탐색과 타자와의 거리를 한의 재인식과 전이와 관련하여 고찰하였다. 탐색은 '심리적 사실의 증거'를 추구하는 일련의 과정으로 한의 실체에 대한 재인식의 과정이다. 여기에는 한을 맺히게 했던 타자와의 관계가 예전과는 다른 방향으로 전개되리라는 것과 행위의 변화가 수반될 것이라는 이중의 의미가 함의되어 있다. 「달궁」, 「징소리」, 「철쭉제」, 「문신의 땅」과 같은 전쟁 소설에서 주체와 타자와의 거리는 탄력적으로 변화되는데 이는 궁극적으로 한을 해소하는 계기로 작용한다. 「안개 우는 소리」, 「清夫婦」, 「깨어 있는 낮잠」
등의 민중 소설에서 탐색은 '생활감정'에 입각한 주체의 자의식적인
사유에 의해 진행된다. 민중 소설에서 탐색의 방향이 외부와 내부의
두 갈래로 분기하는 것은 심리적 정황을 통찰하는 작가의 안목과 한
의 실체를 명징하게 밝히고자 하는 의도된 전략으로 풀이된다.

제2장

여로와 화해의 모색

소통 소설과 역사 및 5·18관련 소설에서 재인식과 전이의 과정은 긍정적 변화를 견인한다. 전이를 매개하는 양상에 따라 두 개의 과정으로 양분된다. 하나는 주체가 "여로라는 행위를 통해" 그 과정이나 결과에 의해 한과 관련된 타자와의 접점을 모색하게 되는 경우와 또 하나는 "시간에 의해 파생되는 변화"에 의거하여 부정적 감정이 해소되고 이를 근거로 소통에의 가능성이 담지되는 경우이다. 여기에서 "시간에 의해 파생되는 변화"란 심리적인 여로를 함의한다.

전자에는 역사나 5·18관련 소설, 이를테면 「느티나무 타기」, 『41년생 소년』, 『느티나무 사랑』, 「정읍사」, 「인간의 벽」과 같은 작품이 해당하고 후자에는 「그리운 조팝꽃」, 「늙으신 어머니의 향기」, 「된장」, 「감로탱화」, 「울타리」와 같은 소통 소설이 속한다. 물론 두 양상은 각기 독립적으로 발현되기도 하지만 엄밀히 말하면 일정부분 혼재된 양태로 한의 재인식과 전이의 측면에 수렴된다.

1) 떠남의 욕망과 화해의 가능성

문순태의 소설에서 주체가 한을 재인식하는 또 다른 경로는 '떠남'이라는 행위를 통해서이다. 그러나 이미 귀향을 단행한 주체의 '떠남'은 다른 차원의 출향이나 탈향과는 근본적으로 지향점이 다르다. 여기서의 '떠남'이란 고향으로 돌아온 주체가 한의 근인(장소)을 찾아 과거로의 회귀(시간여행)를 떠난다는 의미이다. 귀향이 외부적인 요인에 의해 주체의 행위로 표면화된 것이라면, 과거로의 시간여행(여로(旅路))은 내부적인 요인, 즉 인물의 심리적 측면과 연관되어 있다는 것이다. 고향으로 돌아온 주체는 필연적으로 한을 재인식하게 되는 과정을 거치는데, 이는 유년과 청년시절에 겪었던 비극적 체험을 현재적 관점에서 되짚어본다는 의미이다.

길을 떠나는 행위는 궁극적으로 주체의 내면에 잠재되어 있는 한을 풀고자 하는 욕망의 표현이다. 욕망은 하루 이상의 비교적 짧은 시간에 걸쳐 이뤄지는 여행일 수도 있고, 하루만의 일정으로 끝나는 외출일 수도 있다. 여행이든 외출이든 그것은 길을 나서는 여로의 형식을 띠게 마련이다. 「흰거위산을 찾아서」, 「꿈꾸는 시계」, 『41년생 소년』이 과거로의 시간여행이라면, 「시간의 샘물」, 「느티나무 타기」, 『느티나무 사랑』은 하루라는 시간 내에서 이루어지는 외출의 형식을 띤다. 일부 소통 소설과 역사 및 5·18관련 소설이 이에 해당한다.

여로는 결국 '화해 지향'의 의미로 수렴된다. 주지하다시피 별이 빛나는 창공을 보고 길의 지도를 삼는 나그네의 이야기[1]와 "로만스적 모험담이 하강과 상승의 여로를 통과한다는 설명"[2]은 결국 주인공이 나름대로 설정한 지향점을 향해 길을 나서고 그 과정을 통해 정서적인 측면에서 환기되는 어떤 인식이나 이미지와 조우하게 된다는 의미이다. 이 같은 서사의 여로는 들뢰즈의 '계열화된 사건의 선'[3]과도 유사한 측면이 있다. 주지하다시피 '사건(화)의 선'이 인간이나 사물들이 접속되어 계열을 이루는 '사건'의 생성이라면, 서사문학의 여로는 그런 사건들이 접속되어 계열을 만드는 '서사'의 생성이라고 할 수 있다.[4] '사건들의 연쇄적인 흐름'과 '계열화된 사건의 선'은 길을 떠나는 인물이 여정의 과정에서 만나게 되는 인물과 사물 그리고 심리적 변화를 포괄한다.

「흰거위산을 찾아서」의 지수와 기호가 장우암이라는 인물을 만나는 상황, 『느티나무 사랑』의 지수가 아버지의 첩이었던 만주각시의 딸을 만나게 되는 사건, 「꿈꾸는 시계」의 최점수가 화자를 만나 하룻

1) G. 루카치, 반성완 역, 『소설의 이론』, 심설당, 1985, p.25.
2) Northrop. Frye, The Secular Scripture, Harvard University Press, 1976, pp.97-157. 나병철, 『소설과 서사문화』, 소명출판, 2006, p.103 재인용.
3) G. 들뢰즈, 『의미의 논리』, 이정우 역, 한길사, 1999, 259-266쪽, G 들뢰즈·F 가타리, 『천개의 고원』, 김재인 역, 새물결, 2001, pp.367-394.
4) 나병철, 앞의 책 『소설과 서사문화』, pp.103-105 참조.

밤을 묵게 되는 이야기는 여행의 흐름속에 인물이 체험하게 되는 하나의 '사건'에 해당한다. 이러한 사건은 인물로 하여금 과거를 돌아보고 반추하는 계기를 제공하는데, 이들의 시각은 공통적으로 미래를 지향하고 있음을 알 수 있다. 장우암씨의 삶의 철학을 통한 지수와 기호의 깨달음, 『41년생 소년』 화자의 인식의 개방성, 박지수의 과거 기억속의 사람들에 대한 연민과 화해, 최점수의 화자와의 만남은 여로의 욕망이 가져다준 하나의 사건이자 흐름으로 이후의 긍정적 변화를 견인하는 계기로 작용한다.

① 두 사람은 하늘을 쳐다본 채 한동안 말이 없었다. 그들은 각기 자신들이 그 동안 살아온 고통의 기나긴 궤적을 돌아보고 있는 것인지도 몰랐다. 그들이 걸어온 궤적의 시작은 뚜렷한데 그 끝은 보이지 않았다. 그리고 지금 그들이 흰거위산을 찾아가는 행로는 지나온 과거의 길이 아니라 보이지 않는 미래로 통하는 길일지도 모른다는 생각이 들었다. 그들은 지금 과거를 찾아가는 것이 아니라 낯선 미지의 시간 속으로 여행을 떠나고 있기 때문이다.
"지금까지 내가 옮겨다닌 곳이 스무 군데는 더 될 걸세. 부동산 투기꾼처럼 주민등록등본에 이전지란이 온통 새까맣다네."
"나야말로 세계를 집시처럼 떠돌아댕겼지 않은가."
지수의 말을 기호가 받았다. 그들은 흰거위산 모양의 구름 한 조각이 그들의 시야를 덮는 순간 다시 약속이나 한 것처럼 거의 동시에 상반신을 일으켰다. 그리고 서둘러 떠날 준비를 했다.
(「흰거위산을 찾아서」, p.215)

② 첫날, 우리는 화엄사 산문 밖에 있는 작은 호텔에 여장을 풀었다. 저녁을 먹고 이내 잠자리에 들었다. 장거리 운전을 했던 터라 눈이 흐리고 사지가 노곤할 정도로 몸이 고단했는데도 잠이 오지 않는다.(중략)

"자네 큰아버지랑 사촌형, 우리 뒷집 선호네 삼형제, 통샘거리 창호네 부자도 그때 죽었지 않은가. 여러 집에서 부자간이나 형제가 한꺼번에 죽어 떼 초상을 치렀제."

나 역시 그 사건 후로 제대로 편히 잠을 잘 수가 없었다. 떼죽음당한 그날의 현장을 체험한 우리 마을 사람들은 누구나 똑같이 악몽에서 벗어나지 못했을 것이다. 그날 죽은 사람들은 살아남은 사람들의 그림자가 되어 달라붙은 채 지금까지 함께해왔다.

(『41년생 소년』, pp.40-41)

③ 자동차는 고서 삼거리에 이르러 잠시 신호등에 묶였다. 삼거리에서 좌회전을 하면 광주 방향이고 우회전을 하면 창평을 거쳐 순천쪽으로 뻗은 호남고속도로와 연결된다. 그러나 아내는 아무런 신호도 표시하지 않았다. 파란 신호등이 켜지자 직진했다. 그 길을 따라 가면 담양에 이른다. 그의 예상대로 자동차는 담양읍을 지나 순창으로 통하는 가로수 터널을 꿰고 있었다. (중략) 추월산이 출렁여 보였다. 그제야 지수는 무엇인가 팔랑개비처럼 그의 뇌리를 헤집으며 지나가는 것이 있었다. 그리고 전날 만주각시가 그에게 한 말이 떠올랐다. 만주각시는 지수에게 얼마 전 그의 아내가 정숙이의 주소를 알고 싶어하기에 그녀가 머무르고 있는 암자를 알려준 적이 있다고 했다. 그리고 어쩌면 그의 아내가 곧 정숙이를 만나러 갈지도 모르겠다고 말해주었다.

(『느티나무사랑 2』,p.308)

④ 최점수는 내 말에 더 묻지 않았다. 우리들은 교도소에서 큰길까지 걸어나와 시내버스를 기다렸다.

"그냥 걸어가고 싶네."

시내버스를 기다리고 있는데 최점수가 조심스럽게 말하였다. (중략) 나는 그의 소원대로 걷기로 하고 먼저 걸음을 떼어 옮겼다. 나는 집에까지 걸어갈 일이 아뜩하게 생각되었으나 삼십오 년 동안 마음대로 걸어 보지도 못하고 감옥에 갇혀 살다 나온 친구를 위해서 봉사를 해보겠다는 생각으로 마음을 다독거렸다.

최점수는 교도소에서 6킬로미터쯤 떨어진 우리 아파트까지 걸어오는 동안 큰길을 가득 메운 자동차의 물결과 할미산 골짜기의 잣나무 숲처럼 **빽빽**하게 들어찬 고층 빌딩이며, 진열장마다 가득 찬 화려한 상품들, 그리고 거리마다 넘치는 인파를 보고도 조금도 놀라지 않았다.　　　　　　　　　　　　　(「꿈꾸는 시계」, p.269)

일반적으로 소설에서 펼쳐지는 인물들의 '길 떠남'은 실질적인 여정과 내면으로의 여정으로 분류가 가능하다. 인용문 ①, ②, ③은 목적지를 향해 가고 있는 주인공들의 모습에서 인지가 가능한 실재적인 영역임이 드러나 있는 반면, ④는 외견상의 모습과 달리 여정의 방향이 주체의 내면을 향하고 있다는 것을 보여준다.[5] 그러나 그것이 실제 장소의 이동에 따른 여정이든, 내면으로의 지향이든 '길 떠남'의 본질은 주체의 감정과 정서가 표출되고 이를 근거로 사고의 내밀함이 드

---

5) 「꿈꾸는 시계」는 소재적인 측면에서 전쟁소설로 분류할 수 있지만, 현재적 관점에서 주체와 타자와의 소통을 다루고 있다는 점에서 소통소설로도 볼 수 있다. 본고에서는 두 가지 측면에서 접근하고 있다.

러난다는 점에서 후자에 수렴된다고 할 수 있다.

　자전적 소설 형식을 띄고 있는 『41년생 소년』은 표면적으로 드러난 여로와 내면으로의 여로가 중첩됨으로써 순간 순간 내면의 상처와 한의 기억들이 의식의 수면으로 떠오르는 양상을 보인다. "그는 이번 여행의 목적지가 꼭 고향만이 아니라는 것을 알고 있는 것 같았다. 나는 어쩌면 이번 여행은 목적지가 분명하지 않는 내 인생에서 내면으로의 여행이 될지도 모른다는 생각을 했다."(p.38) 텍스트에서 드러난 인물의 실제적인 여행의 행로는 광주→화순→담양→구례로 이어진다. 그러나 과거 화자가 6・25때 빨치산과 토벌대를 피해 피난과 귀향을 반복했던 실재적인 길은 앞서의 여로와 달리 (담양~화순)이라는 피난길로 한정되어 있다. 이 피난길은 현재의 지표상의 길과 달리 오랜 시간의 침잠에 의해 내면에 각인된 기억의 길인 것이다. 따라서 화자의 여정은 광주→화순→담양→구례로 이어지는 길과 (담양~화순)으로 연계되는 피난길로 양분되어 드러나고 있지만 결국은 나로부터 시발이 되어 나의 내면으로 종착되는(나→나) 내면의 길로 수렴된다는 것이다. 이같은 피난길을 되짚어가는 여정의 과정에서 과거의 한의 정서가 화해의 감정으로 변화되고 새로운 의미로 환기되는 계기를 맞게 된다.

　②의 「흰거위산을 찾아서」의 인물들의 최종 여행의 목적지 또한 '백아산'이 아니다. 외적으로 드러난 여정의 귀착지는 백아산이지만 궁극적인 여로의 끝은 내면을 지향하고 있다. "퇴색한 기억을 찾아 과거로 여행을 떠나는 일은 무의미할지도 모른다. 어차피 지나간 과거는 시간의 무덤일 수밖에 없기 때문이다. 그리고 그 캄캄한 시간의 무덤 속

에는 죽은 기억의 앙상한 잔해들이 먼지처럼 켜켜이 쌓여 있을 것이다."(p.208)

길 위에서 펼쳐지는 떠남과 만남, 삶과 죽음, 과거와 현재라는 대립적 요인들은 본질적으로 시간이라는 흐름에 의해 통제되고 분화되는데, 이러한 일련의 과정은 주체의 내면을 통해 집약된다. 이러한 여정 가운데 만나게 되는 인물이나 사건, 상황은 주체의 심리적 공간을 확장하고 변화를 견인하는 요인으로 작용한다.

기호와 지수가 백아산으로 가는 여정에서 만난 월곡리의 장우암씨는 고향에서 농사를 지으며 살아가는 평범한 농부이다. 그는 순리적 삶을 지향하는 예컨대 동양적 사유에 근거하는 무위와 무욕의 삶을 실천하는 인물이다. 그는 기호와 지수로 하여금 여행의 목적이, 나아가 방향이 어느 곳을 지향해야 하는가를 분명하게 인식하도록 도움을 주는 조력자와 같은 역할을 수행한다. 기호는 6 · 25 피난 중에 어머니의 죽음을 목격하고 이후 미국으로 이민을 떠나 40년만에 고향에 돌아왔으며 지수는 도시 생활을 청산하고 고향에 돌아와 정착하였지만 두 인물 모두 과거 전쟁의 상흔으로부터 자유롭지 못하다. 그러므로 이들의 '백아산' 여정은 비극적인 한의 기억을 떠올리려는 것이 아니라 그것으로부터 놓여나기 위함이라는 것을 알 수 있다. 그것은 '백아산'이 현실의 관점으로 과거를 바라볼 수 있는 길이기도 하지만 그와 반대 방향인 미래를 지향하는 길이기도 하다는 의미이다.

기호와 지수의 심리적 상태를 의미하는 '링반델룽'(ringwanderung)이라는 용어가 등장한다. 이 용어는 『41년생 소년』에서도 화자가 고향으로 가는 여정 중에 떠올리는 말로 '환상방황(環狀彷徨)'이라는 현상으로 규정된다. 이는 같은 장소에서 원을 그리며 방황하는 것으로, 인생을 산다는 것은 결국 자신의 고향으로 돌아오기 위한 일련의 심리적 방황을 하는 과정이라는 것이다. 즉 삶의 모든 여정은 주체의 심리적 공간으로 수렴된다는 의미를 담고 있다.

인용문 ③의 박지수의 추월산행 또한 표면적으로는 담양 '추월산'을 목적지로 삼고 있지만 결과적으로는 자신의 내면을 향하고 있음을 알 수 있다. '보리암'은 지수의 오랜 그리움의 대상인 정숙이 기거하고 있는 암자이다. 그는 몇 년전까지 목사를 하다 그만두고 고향으로 내려와 농사일을 하고 있다. 그의 내면은 비극의 체험과 현실에서 부딪치는 여러 갈등으로 인해 상처로 가득하다. 5·18의 악몽과 아내의 불륜, 5·18을 출세의 수단으로 악용하는 사람들, 고향을 파헤쳐 골프장을 지으려는 사람들…. 그의 삶은 고통과 상실의 연속이다.

루카치는 소설을 가리켜 "내면성이 지니는 고유한 가치를 알아보려는 모험의 형식"[6]이라고 말한다. 이는 소설의 내용은 자신을 알아보기 위해 길을 나서는 영혼의 이야기이자, 모험을 통해 자신을 시험하고 또 자신을 견디어내면서 자신의 고유한 본질을 발견하려는 영혼의 이야기라는 의미로 해석된다.

④의「꿈꾸는 시계」의 최점수의 여로는 앞의 주인공들과 달리 향후 전개될 여로에 대한 구체적인 정보가 드러나 있지 않다. 30년만에 교

---

6) G. 루카치, 앞의 책,『루카치 소설의 이론』, p.97.

도소에서 나온 그는 화자인 친구 집에 하룻밤을 묵고는 시계를 남겨 두고 어디론가 떠나버린다. 요컨대 그의 떠남이 지나온 과거에 대한 회한의 여로가 될 것임은 충분히 짐작할 수 있는 대목이다. 오랫동안 영어(囹圄)의 상태[7]를 벗어나지 못했던 그로서는 역설적으로 내면만큼은 자유로웠을 거라는 예상이 가능하다. 최점수의 출옥은 단순히 갇혀진 공간에서 열린 공간으로의 이동을 의미할 뿐 아니라 더 자유로운 영혼으로의 모험이 가능하리라는 예측을 준다.

루카치는 주인공의 내면성을 "영혼과 세계 사이의 적대적인 이원성의 산물"또는 "심리와 영혼 사이의 적대적인 이원성의 산물"[8]로 보는 견해를 지니고 있는데, 최점수는 루카치의 그러한 '내면성'을 소유한 인물에 근접해 있다고 볼 수 있다. 순수한 영혼과 가혹한 세계라는 간극은 그의 내면을 억압하는 기제인 반면 그로 인한 심리적 여로에 대한 욕망을 견지하도록 강제하였을 것이기 때문이다. '영혼과 세계'

---

7) '영어(囹圄)'의 상태가 몸과 정신이 갇혀 있는 상태임을 감안할 때, 본고에서 논하고 있는 작품 가운데 「감로탱화」의 인물도 한동안 '영어(囹圄)'의 상태에 갇혀 있다고 볼 수 있다. 5년 후에 고향으로 돌아온 화자가 도착한 곳은 '구봉산'으로 이곳은 6·25 때 억울하게 죽은 유골이 묻혀 있던 곳이다. 화자는 당시 친구들과 함께 유해를 연고자에게 찾아주고 일부는 합장하고 난 뒤 각자의 꿈을 찾아 떠난다. 그 5년간 화자는 만봉스님을 만나 감로탱화(무주고혼이 되어 떠도는 영혼을 다음 생으로 안착을 기원하는 천도제를 올릴 때 거는 탱화)를 그리는데 시간을 보낸다. 그 기간은 화자에게 몸뿐만 아니라 당시의 고통의 기억으로부터도 벗어날 수 없었던 '영어(囹圄)'의 시간이었다. 그 기간을 보내고 다시 화자가 여정을 나서는 것은 내면에 잠재되어 있던 과거 기억과의 화해를 위한 떠남으로 볼 수 있다.
8) G. 루카치 앞의 책, p.96.

란 '자유와 갇힘'으로, '적대적인 이원성'이란 그 두 요소 사이에 드리워진 '욕망'으로 수렴된다.

따라서 욕망은 최점수의 여로를 주관하고 간섭하며 나아가 과거 행위, 즉 역사의 소용돌이에 휘말려 빨치산과 토벌대를 오가지 않으면 안되었던 상황과 행위에도 나름의 정당성을 부여한다. 그것은 '들뢰즈와 가타리가 욕망을 삶에 적대적인 것으로 설정하지 않고 삶은 욕망이고 욕망은 창조와 변형을 통한 삶의 확장'[9]으로 보았던 인식의 측면과도 일정부분 공유가 된다. 물론 욕망이 펼쳐지는 현실은 정당성과는 다소 무관한 변화무쌍한 공간이라는 부정적인 측면이 내재되어 있기도 하다. 그것은 최점수가 지향하는 순수한 세계와의 양립을 저해하는 이원적인 공간이라는 의미를 함의한다. 따라서 이전의 닫힌 공간에서의 영어의 고통보다 향후 전개될 여행이 더 고통스럽고 회한의 여로가 될 것이라는 예측 또한 가능하게 한다.

물론 언급한 대로 여로는 과거의 체험을 근거로 향후 서사가 전개된다는 암묵적인 사실을 전제로 한다. 문순태 소설에서 여로의 '흐름'이 내면 지향적인 동시에 미래 지향적인 성격을 지닌다는 것은 앞서의 논점을 모두 포괄한다는 뜻이다.

그러나 이와 달리 「인간의 벽」에서 펼쳐지는 조만복 할아버지의 여로는 앞서 언급한 소설과는 다른 양상을 보인다. 앞의 인물의 여로가 부정적인 체험에 근거한 긍정적인 미래로의 지향에 초점을 두고 있다

---

9) C. 콜부룩, 『질 들뢰즈』, 백민정 역, 태학사, 2004, p.222.

면 조만복 할아버지의 여로는 과거의 비극이 여전한 비극으로 진행되고 있다는 깨달음으로 귀착된다는 것이다. 그것은 한·일간의 왜곡의 역사가 여전한 '진행중인 역사'라는 흐름과 무관치 않아 보인다.

다음은 그의 여정을 시간의 흐름에 따라 몇 개의 시퀀스로 나누어 본 것이다.

① 조만복 할아버지가 요시다와 함께 김포공항에서 일본행 비행기를 기다린다. (현실)

② 독립운동 서명을 하던 날, 방송국 안내로 요시다를 만난다. (회상)

③ 요시다가 사죄를 하는 장면을 녹화하고 일주일간 국내여행을 한다. (현실)

④ 요시다의 권유로 일본행 비행기에 오른다. (불행했던 어린 시절과 학교에서 제적당한 일, 미곡전 운영하다 망한 일을 떠올린다. (회상)

⑤ 부산 잡화상 아들을 대신해 대리징용을 간다. (회상)

⑥ 시모노새끼항 입항을 거쳐 합숙소에 도착한다. (회상)

⑦ 6개월간 태양을 못봄(신참 장길도의 죽음, 천덕보의 세 번째의 탈출행각과 죽음) (회상)

⑧ 조만복 할아버지 지하구덩이에 숨어 흙벽을 파기 시작한다. (회상)

⑨ 탈출에 성공한다. (회상)

⑩ 요시다 공항에 도착한다. (현실)

⑪ 요시다 집에 도착 후 변하지 않은 요시다의 위선을 알고 집을 나온다.(현실)

⑫ 지하막장에서 탈출하여 절간에서 숨어 지내던 당시를 떠올린다. (회상)

⑬ 마쓰모도행 기차 안에서 스며드는 햇볕을 받으며 눈을 감는다. (현실)

위의 시퀀스에서 보듯 서사는 조만복 할아버지의 기억이라는 '회로'를 따라 전개된다. 여로의 과정은 크게 세 부분으로 요약이 가능하다. 요시다를 만나 일본행 비행기에 오르기까지의 전반부와 비행기에서 떠올리는 징용당시의 상황을 그린 중반부 그리고 요시다의 집에서 환멸의 현실을 깨닫게 되는 후반부 이렇게 세 부분으로 이루어져 있다. 다시 이를 요약하자면 현실(전반부)-회상(중반부)-현실(후반부)로 구분이 가능하다. 시퀀스는 조만복 할아버지의 여정이 과거의 역사(회상)와 환멸의 현실(깨달음) 양방향에서 진행되고 있음을 보여준다. 채트먼의 시간의 분류에 따르면 ①-③은 담론의 시간 ④-⑨는 스토리 시간 ⑩-⑬은 다시 담론의 시간으로 구분할 수 있다.

과거를 회상하는 부분은 다시 두 가지로 세분화할 수 있다. 어린 시절의 가난과 학교에서의 제적, 미곡상을 운영하다 파산을 당한 기억, 그리고 일본으로 출항하기까지의 과정이 전반부라면 후반부는 일본 탄광에서 겪은 고통과 상실의 체험, 그리고 지하 갱도를 탈출하는 과정이 해당된다. 이처럼 텍스트의 내적인 형식인 회상에 의하여 서사가 전개되므로 인물의 인식은 과거와 현재 그리고 두 축의 시간을 넘나드는 경계에 걸쳐 폭넓게 드리워져 있음을 알 수 있다. 다시 말하면 생활에 밀착된 정서(현실)와 역사와 관련한 회상(한)이 혼재되어 반복적으로 나타나고 있다는 것이다. 여기에서 과거로의 여정의 매개가 되는 회상은 "무의지적 기억으로서의 회상"10)을 의미하는데 이는 "작중 인물이 과거의 경험을 되살리는 방식이 작품의 형식과 어떤 식으로 연관되는가의 문제"[11)로 볼 수 있다.

"무의지적 기억으로서의 회상"은 조만복 할아버지의 일본행이 자발적이라기보다는 타의에 의한 선택이라는 사실을 말해준다. 광복 특집 다큐를 기획한 방송국의 의도와 요시다의 위선이 맞물려 이루어진 결과라는 점이다.

그럼에도 공항에 도착하기 전까지 조만복 할아버지는 요시다의 초청에 대한 일말의 진정성을 기대한다. 이전까지의 여로가 과거의 비극에 기반하고 있다면 앞으로의 여로는 새로운 지향에 근거한 여정이 되기를 바라는 것이다. 그러나 현실에서 보이는 요시다의 모습과 언행은 당초 기대했던 것과는 판이하게 다르다. 현실 공간의 요시다는 일제 통치 시대를 그리워하는 전형적인 극우 인사의 모습을 보여줌으로써 주인공으로 하여금 요시다와의 만남에 대한 회의를 넘어 수치감을 느끼게 한다. 즉 조만복 할아버지의 일본행은 '진행중인 역사'[12)와

---

10) 위르겐 슈람케, 『현대소설의 이론』, 원당희·박병화 역, 문예출판사, 1995, 204-210쪽. 이선미, 「박완서 소설의 서술성 연구」, 연세대학교 박사학위논문, 2001.2, p.110 재인용.

11) 이선미, 「박완서 소설의 서술성 연구」, 연세대 박사논문, 2001, p.110.

12) 「제3의 국경」은 6·25 전쟁을 소재로 하는 전쟁소설이지만 주인공의 여로를 통해 한을 재인식하게 된다, 주인공이 여로를 통해 깨닫게 되는 것은 현실 또한 '진행중인 역사'라는 인식이다. 서사의 전개와 맞물리는 주인공의 여정은 「인간의 벽」과 흡사하다. 북이 고향인 박동실, 배출도, 이기철은 6·25 전쟁 당시 포로로 잡혀 수용소에 있다가 각기 자유 의사대로 남한과 북한, 인도를 선택한다. 주인공인 박동실이 여정을 통해 인식하게 되는 과거의 역사는 이산의 고통뿐만 아니라 삶의 양식과 가치관(생활에 밀착된 감

의 만남이라는, 한에 대한 재인식의 과정이라는 것이다.

설화적인 소재를 역사를 배경으로 형상화한 「정읍사」 또한 인물의 여로는 비극을 재인식하는 중요한 통로라는 사실을 보여준다. 도림에게 있어 여로는 과거의 비극을 회고하는 계기인 반면 한편으로는 이를 바탕으로 긍정적인 지향과 삶의 확장이라는 인식으로의 전환을 견인하는 장치가 되기도 한다.

도림의 떠돌이 생활은 루카치가 주인공의 특징을 언급한 '내면성'을 소유한 인물로 볼 수 있다. 그에게 있어 '순수한 영혼과 가혹한 세계'의 간극은 그를 끊임없는 떠돌게 하는 요인으로 작용한다. 그러한 떠돎은 들뢰즈가 '계열화된 사건의 선'으로 언급한 서사의 여로와 동일

정)까지도 변질하도록 강제한 한의 역사라는 사실에 도달한다. 「인간의 벽」과 마찬가지로 소설은 크게 세 부분, 즉 전반부(현실)-중간부(회상)-후반부(현실)로 나눌 수 있다. 주인공 박동실이 과거를 회상하면 할수록 인도에서 온 이기철과의 심리적 거리는 멀어지는데, 이는 현실에서 비롯되는 정서(한)이 각기 인물에 따라 다르게 인식된다는 것을 의미한다. 소설의 내용을 시퀀스에 따라 분류하면 다음과 같다.
① 박동실의 아들 박만기가 인도에 있는 기철로부터 전화를 받는다. (현실)
② 박동실은 기철을 만나기 위해 서울 호텔로 간다. (현실)
③ 동실, 기철, 출도는 전쟁이 일어나자 인민군에 자원입대한다.
④ 포로수용소에서 풀려나 각기 남, 북, 인도로 떠난다.
⑤ 동실은 기철을 만나지만 변해버린 그의 모습에 실망을 한다. (현실)
⑥ 몇 년 전 동실은 출도 부인이 남쪽에 와 있다는 사실을 알고 이산가족찾기를 통해 만나, 출도가 북으로 갔다는 소식을 전한다. (회상)
⑦ 출도 부인이 얼마 후 죽고 안구 기증을 한다. (회상)
⑧ 동실이 출도 아들과 함께 기철을 만나러 가지만 기철은 이미 떠나버린 상태다. (현실)
⑨ 출도 아들은 자신도 안구기증을 하리라고 말한다. (현실)

선상에서 파악될 수 있는 것으로 여로의 과정에서 그는 새로운 인물을 만나고, 그 만남을 통해 한의 실체를 재인식하게 되는 과정으로 나아가게 된다는 것이다. 다음은 동료인 여물치가 도림에게 자신의 장형에 대해 말하는 내용이다.

> 도림은 아무래도 여물치의 그 같은 말에 납득이 가지 않는다는 듯 연신 고개까지 갸웃거리며 중얼거렸다.
> "우리 장형님 이야기로는 나라가 망하고 흥하는 거는 하늘의 뜻이고, 그저 우리는 대장부 도리를 다하면 된다는 게여."
> "대장부 도리가 뭔듸?"
> "목숨을 부지허려고만 들지 말고 나라를 위해서 마지막까지 싸우는 겄구먼."
> "우리 장형님 많이 달라지셨다네. 두 다리가 잘린 채로 삼년산에 버려져서 구사일생으로 살아서 돌아오신 후로 사람이 싹 달라졌다니께. 아매도 삼년산에서 목숨을 구해 주었다는 그 늙은 중 때문일 게여. 재물에 대한 욕심도, 목숨에 대한 애착도 없어진 것 같어. 이 세상 모든 거, 우리 눈에 비치는 거는 한갓 물거품에 지나지 않는다느니, 이 세상은 시작도 끝도 없다느니, 우리가 갖고 싶어하는 재물이나 높은 지위는 번갯불이나 풀잎에 맺히는 이슬과 매한가지라느니 허시면서…."
> "아매도 두 다리를 잃었기 땜시 아무것도 더 바랄 것이 없어지신 거제." (「정읍사」, p.156)

인용문은 똑같은 비극의 체험을 공유한 인물도 그것을 어떻게 바라보느냐에 따라 다른 방향으로 내면성이 전환될 수 있다는 사실을 보여준다. 패배적 감정에 집착하고 있는 도림과 달리 여물치의 장형은 의지적이고 미래 지향적이다. 이와 같은 상반된 인물의 의식은 이른바 작가의 담론으로 대변하는 주제의식을 전달하는 장치로 보인다. 여물치의 장형은 다리를 잃고도 삼지창을 만드는 일에 매진하는데, 그 이유는 마지막까지 살아남은 백제의 병사들이 신라에 대항할 수 있도록 무기를 공급하기 위해서이다. 여물치의 이러한 긍정적인 인식은 도림의 떠돌이 삶에 중대한 인식의 변화를 가져오는 계기로 작용한다. 그러한 점에서 여물치의 장형은 가치관을 전수하는 '증여자'[13]의 역할을 담당한다고 볼 수 있다. 이처럼 도림은 여물치와 그의 장형의 도움으로 좌절과 패배적 감정에 휩싸여 있는 것은 부질없는 일이라는 사실을 인식하게 된다. 여로를 통한 만남과 만남을 통한 인식의 전환은 궁극적으로 한을 바라보는 관점의 제고라는 작가의 담론에 수렴된다.[14]

---

13) 프롭(V.Proppe)은 러시아 민담 가운데 마법담을 중심으로 인물이 어떤 기능을 하느냐에 따라 31가기 기능적인 인물을 제시한다. V. Proppe, 『민담형태론』, 유영대 역, 새문사, 1987, p.30이하, p.82.

14) 「백제의 미소」에 등장하는 인물들은 주인공 바우를 제외하고는 대부분 패배적 감정에 지배를 받고 있다. 바우는 김진사의 송덕비와 그 옆에 있는 종각을 볼 때마다 북을 치고 싶은 충동을 느낀다. 그것은 바우의 현실에 대한 관점이 이전과 달리 새롭게 변모했다는 것을 의미한다. 다시 그는 현실의 고통과 한의 근인이 명백히 김진사의 수탈과 성적 착취에 기인한다는 사실을 인식하게 된 것이다. '북을 친다는 것'은 주인공의 인식의 변화, 다시 말해 작가의 담론으로 인물의 행위가 발현되었음을 의미한다. 즉 민중의 삶속에 내재하는 한의 실체를 객관적으로 바라볼 수 있다는 의미가 전제되어 있음을 뜻한다.

2) 심리적 시간의 가치와 이해

본 연구에서는 심리적 시간의 가치로 대변되는 심리적인 여로를 통해 주체가 한의 실체를 재인식하는 과정에 대해 살펴본다. 그 대상은 소통을 전제로 형상화되고 있는 소설에 국한된다.

한의 긍정성은 어둡고 부정적인 측면에 얽매어 삶을 파탄의 국면으로 몰고 가는 것이 아니라 그것을 포용하고 새로운 차원의 삶의 에너지원으로 '전이'시킨다는 의미이다. 이러한 긍정적인 전망은 현대인의 일반적인 삶의 양태인 소외 문제의 극복과 타자와의 원활한 소통에도 초점이 맞추어져 있다.

한과 관련한 부정적 감정의 이완(해소)은 소외의 극복과 타자와의 소통의 전제조건으로 이를 위해서는 비극을 심화시키는 장애물의 소거가 전제되어야 한다. 송재영은 삭임의 일차적인 기능으로 카타르시스적인 기능[15]을 든다. 그에 따르면 한국인은 자신의 한을 삭이고, 그 삭은 한을 즐기며 살아왔으며 낙천적인 삶의 지평을 열어왔다는 것이다. '한을 즐긴다'는 것은 주체 스스로가 부정적 감정을 긍정적 방향으로 전환하거나 조절할 수 있는 내성을 갖추었다는 의미이다.

타자와의 소통은 앞서와 같은 일련의 감정의 전이 없이는 불가능하다. 루카치는 현대를 가리켜 '총체성을 잃어버린 세계'로 명명한다. 그

---

15) 송재영, 『우리시대의 作家硏究最書』, 도서출판 은애, 1979, p.260. 이선영, 「한승원 소설에 나타난 恨의 양상 연구」, 동아대학교 석사학위논문, 2001, p.46 재인용.

와 같은 세계는 원활한 소통을 기대할 수 없는 고립화된 세계이며 전망부재의 불화의 세계이다. 소통을 지향한다는 것은 특정한 일면에 대하여 주체가 타자와의 접점을 공유하고자 하는 욕망에서 비롯되는 것이다.

들뢰즈는 욕망이란 어디에도 그대로 고정될 수 없는, 끊임없이 이탈하고 벗어나며 다른 것으로 변형되는 것[16]으로 보는데, 이러한 견해는 고정되지 않는 감정, 고정되지 않는 시각에 대한 비판의 차원으로 이해될 수 있다. 그것은 주체와 타자와의 관계, 예컨대 감정을 비롯한 제 여건은 변하게 마련이고, 그 변화의 지향은 생산과 창출이라는 긍정적인 의미로 확장된다는 전제를 바탕으로 한다. 그것은 또한 "각 개인은 자신의 지각의 양식으로서 시간과 공간을 가지고 다닌다."[17]는 K. 피어슨의 지각적 시간(perceptual time) 측면과도 일정 부분 맥을 같이하는 것으로 보인다. 그의 이러한 시간의 가치는 "감각 이상의 순수한 계기의 순서에 의해서 판단하지, 절대적 시간 간격을 포함하지 않는다."는 의미가 내재되어 있다.

문순태 소설의 인물이 과거의 한의 감정이나 비극적 기억에 고정되어 있는 경우는 거의 없다. 대부분은 끊임없이 그것으로부터 벗어나고자 몸부림치며 자신의 감정을 타자와 공유하고자 하는 욕망을 견지한다. 그것은 타자의 체험이 함의하는 시간의 가치와 그것과 연관된

---

16) 이진경 외, 『들뢰즈와 문학기계』, 소명출판, 2002, p.298.
17) Karl. Pearson: the Grammar of Science. ch. V. pp.161-162, A. A. 멘딜로우, 『시간과 소설』, 최상규 역, 예림기획, 1998, p.153 재인용.

내적인 조건을 받아들이는 과정으로 변하게 된다는 것이다.

현대인(혹은 근대인)은 실제로 실향민이 아니더라도 늘상 고향을 잃은 듯한 낯선 두려움(unhomely)에 시달린다. '현대인은 고독하다'라는 말은 실제로는 그 같은 낯선 두려움의 상태를 뜻한다. 그 점에서 현대소설은 어떤 식으로든 낯선 두려움을 경험하는 주인공의 고향을 향한 충동을 형상화한다고 볼 수 있다.[18] 이 같은 '고향을 향한 충동', 다시 말해 고향 정서의 지향은 그만큼 현실적 공간에서 주체가 고립되고 타자와의 소통이 원활하지 않았다는 것을 의미한다. 때문에 '고향'을 지향하는 주체에게 있어 감정의 이완 과정은 긍정성의 담보라는 측면, 즉 발전적인 단계로 진입하기 위한 전제조건이 되며 여기에 시간이라는 물리적인 변화와 주체의 변화 욕망이 인식 확장이라는 전이의 결과로 수렴된다는 것이다.

다음은 인용문들은 내재되어 있는 한(恨)이 감정의 이완과 그리고 '지각적 시간'에 대한 이해를 바탕으로 전이되는 상황을 보여준다.

① "그렇게 하세요, 아버님."
딸년과 셋째 며느리의 재촉에 이어 철웅이와 다른 손자들까지도 가족사진을 찍자고 졸라댔다. 나는 아내의 눈치를 살폈다. 나로서는 결코 가볍게 승낙할 일이 아니었기 때문이다. 새 가족사진에는 세상을 뜬 어머니와 둘째가 빠질 수밖에 없기 때문이다. "제발, 뵈기 싫은 저놈에 조팝꽃 그림 떼어불고 그 자리에 가족사

---

18) 나병철, 앞의 책 『소설과 서사문화』, p.222.

진을 붙였으면 좋겠다."

아내는 나를 향해 눈을 흘기며 말했다. 나는 아내의 속마음을 읽을 수 있었다. 아내는 오래전부터 벽에서 조팝꽃 그림을 걸어놓은 나의 의도를 꿰뚫어보고 있는지도 몰랐다. 그래서 나를 그 그림으로부터 해방시켜주고 싶었는지도 모를 일이다. 나는 20년 동안을 홀맺힌 아내의 마음을 풀어주기 위해서라도 가족사진을 찍는 게 좋을 것 같았다. 이렇게 하여 결국 다음 주 일요일에 모여서 가족사진을 찍기로 했다.　　　　　　　(「그리운 조팝꽃」, pp.69-70)

② 이듬해 봄, 나는 《오래된 향기》라는 첫 시집을 내고 출판기념회를 열었다. 친지들이 보낸 축하 화분을 집으로 옮겨놓았다. 동백, 홍매화, 산철쭉이 좋았지만 그중에서도 가지가 찢어지도록 흰 배꽃이 활짝 핀, 앙증맞은 분재가 마음에 들어 거실과 안방에 들여놓았다. 그런데 다음 날 아내와 내가 부부 동반 동창회에 나갔다 돌아와서 화분의 꽃이 모두 뿌리째 뽑혀져 버린 것을 보고 놀랐다. 화분에는 꽃 대신 한 뼘 길이쯤의 가지와 고추 모종이 심어져 있었다.

"우리헌테 꽃이 무신 소용이여. 들이나 산에 가면 얼매든지 볼 수가 있잖여. 도회지에서는 흙 한 주먹이 참말로 아쉬워야. 꽃만 보롱고 있으면 뭣 헌다냐. 꽃 대신에 까지나 고치를 심어서 반찬해 묵어야제."

어머니는 화분의 꽃들을 가위로 가지런하게 잘라서 실로 친친 묶은 다음 벽에 걸어 놓았다며 그렇게 말했다. (중략) 아내가 한사코 말렸지만 어머니는 끝내 듣지 않았다. 호박 넝쿨 때문에 아내와 어머니는 여러 차례 충돌이 있었다. 고부간의 갈등 속에서 호박 넝쿨은 그해 여름 내내 어머니의 왕성한 삶처럼 줄기차게 뻗어 올랐다. 드디어 노란 호박꽃이 피고 벌들이 날아들었다.

(「늙으신 어머니의 향기」, pp.23-24)

③ 나는 최동호 씨의 방 안에 봉선화 꽃이 피어 있는 화분을 발견하고 흠칫 놀랐다. 그의 방에는 다른 화초나 나무들은 보이지 않고 봉선화 화분만 눈에 들어왔다. 전율이 느껴지도록 이상한 기분이 들었다. 봉선화 꽃을 통해서 김 노인과 최동호 씨의 마음이 과거의 시간 속에서 영적인 기류를 타고 서로 이어지고 있는지도 모른다는 묘한 느낌이었다. 두 사람 사이에 봉선화에 얽힌 사연이 있을 것 같았다. 어쩌면 두 사람은 젊었을 때 봉선화를 닮은 한 여자를 사랑하고 있었는지도. 그러나 나는 그 사연을 물어볼 수가 없었다. 최동호 씨가 살고 있는 방 텔레비전 수상기 위의 봉선화는 진홍색이었다. 김 노인의 방에서 보았던 것보다 빛깔이 짙고 꽃송이도 소담스러웠다. 내가 생각하기에 김 노인과 최동호 씨는 닮은 점이 너무 많았다. 엄지의 반지가 그렇고 두 사람 다 안경을 끼었으며 고향이 같은 데다 동갑으로 나란히 소년 빨치산이 되어 지리산에 들어갔다가 월북을 하지 않았는가.

(「울타리」, pp.173-174)

①은 줄곧 가족사진 찍는 것을 반대하던 화자가 마음을 돌려 사진을 찍기로 결정했다는 내용이다. 언급한 대로 지금까지 화자가 가족사진을 찍지 않았던 것은 5·18때 실종된 둘째 아들에 대한 기억과 가난한 시절 쌀이 없어 조팝꽃으로 배를 채워야 했던 어머니와 관련된 기억 때문이다. '조팝꽃'과 '가족사진'은 한의 직접적인 기제가 되는 동시에 고향의 정서를 환기시키는 촉매제로도 작용할 뿐 아니라 원초적

체험이 다른 가족 구성원들과의 소통이 원활하지 않다는 것을 우회적으로 보여주는 상징물이다.

아내의 62세 생일을 기념하는 가족모임은 화자의 내면에 자리하고 있는 한의 실체를 보여주는 계기가 된다. 가족 모임은 큰며느리와 장손이 오지 않아 간단한 식사를 하고 끝이 난다. 가족사진을 찍자는 딸의 제안에 날을 잡지만 화자의 마음은 탐탁지 않다. 어렵게 약속을 했지만 그때마다 아이들에게 약속이 있어 사진 촬영은 이루어지지 않는다. 그럼에도 가족사진을 찍는다는 것에 동의를 했다는 사실은 그 자체만으로 과거의 고통의 기억으로부터 벗어나고자 하는 의지의 한 단면으로 볼 수 있다. 더욱이 딸의 제안에 아내의 반응은 이전과는 다른 면모를 보인다. "제발, 뵈기 싫은 저눔에 조팝꽃 그림 떼어붙고 그 자리에 가족사진을 붙였으면 좋것다."(p.69) 라는 반응은 아내 또한 '조팝꽃'과 연관되어 있는 한으로부터 놓여나고 싶다는 의지를 드러낸 것으로 보여진다. 그것은 화자와 아내가 과거의 비극을 지금까지 '조팝꽃'으로 대변되는 과거의 '시간'에 투사하고 있었음을 의미하는 것으로 지나치게 주관적이며 감정적인 관점을 부여하고 있다는 의미로도 해석될 수 있다. 다시 말해 주체 스스로의 내적인 시간에만 매몰되어 있었다는 것인데, 가족 구성원과의 관계에 있어 시간에 대한 가치의 상대성을 인정하고자 하는 의미로 풀이될 수 있다. 그것은 '시계의 시간[19]'보다는 개인이 갖는 지각적이고 심리적인 시간에 대한 가치의

---

19) 시계의 시간은 상상에 대해서는 아무 의미도 갖지 않으며, 두 사람 이상을

인정으로 풀이된다.

따라서 '가족사진'은 인물들의 내면에 드리워져 있는 '지각적 시간'을 구성원 관계의 측면으로 보려는 시도라는 것이다. 그것은 결국 과거의 고통에 얽매여 있는 화자와 아내, 그것으로부터 놓여나길 바라는 자식들간의 대립이 해소되고 '전이'되는 측면으로 나아가는 계기로 작용한다.

한편 현재적인 삶의 양상과 달리 화자의 내면에서 전개되는 기억과 회상에 의한 과거의 반추는 시간이라는 물리적인 경과에 의한 감정의 해소 내지 이완이라는 효과를 견인하는 측면이 있다. 이는 심리적 시간의 긍정성으로 볼 수 있는 바 "인공적이고 자의적인 관례"라는 측면과는 다른 관점으로 파악될 수 있다고 보인다. 대체로 문순태 소설에서 사건의 전개 과정은 과거에서 현재, 현재에서 미래로 연결되는 '전진적 시간구조'[20]의 형태를 띤다. 이러한 구조는 시간의 흐름에 따른 주체의 인식의 변화 내지 감정의 변화가 단순한 형태로 드러난다는 특징이 있다.

포함하는 행동을 규정하고 종합하기 위해 사회적 편의를 목적으로 하고 발전된 인공적이고 자의적인 관례이다. A. A. 멘딜로우, 앞의 책 『시간과 소설』, 최상규 역, 1998, p.87.

20) "전진적 시간 구조는 단순히 이야기가 순차적으로 이루어지는 것만을 의미하지는 않는다. 이야기의 중심이 현재에 있는 것은 분명하지만 점차적으로 사건의 발전을 보이는 구조를 전진적 시간 구조로 설정하는 것이다.(중략) 따라서 이 시간 구조의 기술 방식은 연속적인 단계를 이루는 사건의 진행 시간에 초점을 맞추고, 인과율에 의한 결과를 중시하며, 한 인물의 정신적 성숙이 단계적으로 드러나는 특징을 지닌다." 정재석, 『한국 현대소설의 시간구조』, 새미, 2004, pp.66-69 참조.

본고에서 다루고 있는 소통 관련 소설 또한 '전진적 시간구조'의 양상을 띤다. 과거의 사건을 현재 시간의 위치에서 조감하고 해석하려는 주체의 의지 때문에 과거의 감정은 일정부분 희석화되고 긍정적인 방향으로 전이되는 양상을 보인다.21) 「그리운 조팝꽃」에서 기억과 회상에 의한 사건은 배고픔을 면하려 '조팝꽃'을 먹는 어머니의 모습과 사진 표구 심부름을 갔다가 실종된 둘째 아들에 관한 이야기가 포함된다. 화자에게 20여 년 이전과 훨씬 그 이전의 두 사건은 다른 자식들과의 관계에서 일종의 '거리감'을 느끼게 하는 경험이다. 그러나 가족사진을 촬영하기로 한 것은 각각의 심리적 시간에 대한 이해와 감정의 전이를 지향하는 것으로 볼 수 있다. 요컨대 이러한 관점은 인물들의 과거의 체험에서 비롯되는 부정적인 양상의 감정이 전이되고 소통의 장으로 나아가기 위한 계기가 된다는 점에서 의의를 가진다.

인용문 ②는 어머니와 화자, 어머니와 아내 사이의 갈등이 점차 완화되는 국면을 보여주고 있다. 즉 소통되지 않은 관계가 점차 회복의 단계로 진입하고 있음을 나타낸다. 「늙으신 어머니의 향기」는 외면적

---

21) 「된장」에서 남동생이 우물에 빠져 죽은 이야기는 화자의 회상과 기억을 통해 드러나고 있다. 화자는 동생의 죽음을 '된장'이라는 모티프와 '된장'을 담그기까지 어머니가 쏟은 정성과 연계하여 하나의 '생명'을 지닌 상징물로 바라본다. 물론 '된장'의 모티프에는 고향 정서의 지향이라는 근원적인 의식이 담겨 있다. 화자는 콩을 재배하여 된장으로 완성하기까지 걸리는 10개월을 일종의 '삭임'의 시간, 다시 말해 전이를 위해 필요한 시간으로 보고 있다. 한국을 떠나 미국으로 유학을 떠나 있었던 시간 또한 한의 감정이 일정부분 해소 또는 이완되는 '전이'의 단계를 위한 필요한 시간으로 볼 수 있다는 것이다.

으로는 과거 방식을 고수하는 어머니와 현대적 삶의 방식을 추구하는 며느리와의 갈등, 그리고 그 사이에서 방관자적 입장을 취하고 있는 아들과의 갈등을 그리고 있다. 그러나 내부적으로는 젊은 시절 남편을 여의고 고단한 삶을 살아야 했던 어머니의 한(恨)을 이해하는 방식으로 서사의 전개가 이루어지고 있다. 화분의 꽃을 뽑아버리고 그 자리에 가지와 고추, 호박을 심는 어머니의 행위는 과거의 배고픔과 비극의 체험에서 비롯된 것으로 풀이된다. 그와 달리 화자의 아내는 현재적인 삶의 양태에 초점을 둔 외양적인 가치를 지향한다. 즉 어머니의 시간은 과거를 지향하고, 며느리의 시간은 현재를 중심으로 한 편리성, 보편성에 무게를 두고 있다. 그리고 화자는 그 두 인물의 심리적 시간에 중첩되어 있는 양상을 보이며 그로 인해 어머니와 아내의 심리적 상황에 대해 객관적인 관계를 취할 수가 있다.

그것은 A. A 멘딜로우가 언급한 '심리적 시간은 상황에 따라 변화되고 시간이 흘러가는 속도는 사람에 따라 제각기 다르다'는 시간관념을 융통성 있게 적용할 수 있다는 얘기다. 어머니가 가출을 한 후 화자는 보따리에서 녹슨 호미, 오래된 손저울, 젓 주걱, 손때 묻은 되를 찾아낸다. 화자는 그 물건들을 통해 비로소 어머니의 삶이 '궁상'이 아닌 삶의 역사이며, 한의 실체였다는 인식에 도달하게 된다. 즉 '보따리'는 어머니의 심리적 시간이 상징화된 사물이다. 또한 화자의 아내에 대한 부정적인 감정 또한 해소되는 계기로도 작용하는데 그것은 어머니를 이해하게 되기까지에는 과거라는 수십 년의 세월과 고부간의 갈등이라는 불화의 시간을 인내했으리라는 인식에 근거한다.

③의 「울타리」에서 그려지고 있는 갈등은 크게 두 줄기로 집약된다. 탈북하여 한국에 입국한 김 노인과 북으로 송환되기를 소망하는 최 노인간의 갈등, 그리고 화자인 나와 아내와의 갈등이 바로 그것이다. 전자의 갈등이 두 노인의 신념과 사상에서 비롯된 것이라면 후자는 신혼부부인 두 인물의 이해의 부족과 소통의 단절에서 기인한다. 이 두 갈등의 양상은 공통적으로 상대의 심리적인 시간, 다시 말해 과거의 체험과 가치에 대한 상이한 관점에서 비롯되는 측면이 있다. 김 노인이나 최 노인, 화자와 아내는 서로 다른 기억과 체험을 지니고 있으며 그것에 대한 가중치 또한 각기 다르기 때문이다.

A. A. 멘딜로우는 연속적인 의식의 상태에 의해 측정되는 내적인 시간은 그 시간을 지낼 때와 회상되었을 때 서로 다른 가치를 지닌다.[22]고 본다. 회상되었을 때의 측면은 두 노인의 과거 한과 연유되는 체험에, 시간을 지낼 때의 측면은 화자와 아내의 현재의 상황과 관련이 된다.

이러한 서로 다른 체험과 서로 다른 상황과 그로 인한 가치의 차이는 '봉선화 꽃'과 '달팽이'라는 상징물에 의해 극복되는 전이를 맞이하게 된다. '봉선화 꽃'은 김 노인이 있는 수용소와 최 노인이 기거하고 있는 통일의 집에서 공통적으로 기르는 꽃이다. "전율이 느껴지도록 이상한 기분이 들었다. 봉선화 꽃을 통해서 김 노인과 최동호 씨의 마음이 과거의 시간 속에서 영적인 기류를 타고 서로 이어지고 있는지도 모른다는 묘한 느낌이었다. 두 사람 사이에 봉선화에 얽힌 사연이

---

22) A. A. 멘딜로우, 앞의 책, 『시간과 소설』, p.154.

있을 것 같았다." (p.173) 기자인 화자가 최 노인을 찾아달라는 김 노인의 부탁을 받고 통일의 집에 방문했을 때 '봉선화 꽃'을 바라보며 떠올리는 단상이다. 이를 통해 화자는 비록 두 노인이 탈북과 송환이라는 엇갈린 운명에 처해있지만 기본적으로 고향을 지향하며 고향의 정서를 공유하고 있다는 사실을 깨닫게 된다. 그것은 고향이 대변하는 시간의 가치에 그 이후의 각자의 심리적인 시간이 포용되고 수렴되는 의미를 지닌다는 것이다.

한편 화자와 아내와의 갈등은 '달팽이'로 상징되는 '짝짓기'의 사례와 비견된다. 두 사람의 부부관계는 휴대전화로 '짝짓기' 신호를 주고받을 정도로 지극히 형식적이다. 결국 화자는 생물학을 연구하는 대학교수인 아내의 거듭된 부탁에도 불구하고 두 마리의 달팽이를 한 집에 넣어버림으로써 엄청난 수의 달팽이가 번식하도록 만들어 버린다. 이 일로 두 사람의 갈등은 더욱 깊어지게 되고 불신의 벽은 더욱 높아지게 된다. 화자와 아내와의 소통 불능이 화해 국면으로 전이되는 계기는 화자가 앞의 두 노인을 만나 취재하는 과정을 통해서이다. 화자와 아내는 현재의 시간을 지내고 있는 관계이지만, 두 노인의 회상되는 시간에 의해 영향을 받는다. 즉 전자의 심리적인 시간이 후자의 개념적이고 보편적인 시간을 일정 부분 간섭하고 있다는 것이다. 물론 화자의 아내의 시간이 전적으로 계수가 가능하고 일상적인 '시계시간'을 의미하는 것은 아니다. 화자와 아내와의 관계에서는 심리적이고 지각적인 시간이지만 두 노인과 비교해서 상대적으로 그렇다는 의미이다. "나를 포함한 이들 모두는 경계 없는 세상에서 살기를 원하는 것은 아닐까. 삶과 죽음의 경계, 갈등과 이념의 경계, 암컷과 수컷의 경계, 큰 것과 작은 것의 경계, 생물과 인간의 경계를 허물고 싶어하는 것은 아닐까."(p.185) 이렇듯 화자는 사람들은 세상이라는 거대한 울타리 안에 살기를 원하면서도 저마다 자기 삶에 경계의 선을 그어 놓고 그 속에 갇혀 살고 있는 것이라는 인식을 하게 된다. 즉 '울타리'가 의미하는 삶의 '경계'를 넘지 않고는 타자에 대한 이해와 소통은 요원하다는 의미이다.

여기에서 화자는 시간의 흐름에 따른 인식의 변화 내지 감정의 변화를 보이고 있음을 알 수 있다. 이는 서사의 흐름이 일정하게 전개되는 '전진적인 시간구조'에 의해 파생되는 효과로 볼 수 있는 바, 서사의 초점은 현재라는 시간에 두고 있지만 두 노인과 관련된 이야기와, 아내가 관련된 이야기가 인과성에 의해 플롯화 되고 있다는 것이다. 이러한 계기는 화자로 하여금 아내가 지향하는 상대적인 가치와 의미를 인정하는 방향으로 전환되는 결과로 이어진다. 그리고 그것의 단초가 '봉선화 꽃'이 함의하는 두 노인의 한의 정서, 한의 체험을 근거로 하고 있다는 점에서 작가의 담론이 투영되어 있다는 것을 알 수 있다.

역사와 5·18관련 소설 그리고 일부 소통 소설에서 여로는 주체의 또 다른 재인식과 전이의 과정이다. 문순태 소설에서 여로는 귀향을 감행한 주체가 한의 실체를 찾아 과거로의 회귀를 시도하는 행위이다. 이 여로는 들뢰즈의 '계열화된 사건의 선'이라는 의미와도 맥을 같이 하는 것으로 향후 화해와 연관된 서사의 생성을 함의한다. 「정읍사」,

「인간의 벽」,「흰거위산을 찾아서」,『느티나무 사랑』,『41년생 소년』의 작품에서 그와 같은 양상이 발견된다.

문순태의 소통 소설에서 '여로'는 다분히 타자의 심리적 시간을 이해하고 수용하는 '내면의 길'이라는 의미를 지닌다.「그리운 조팝꽃」,「늙으신 어머니의 향기」,「된장」,「울타리」 등의 작품에 드러나 있는 '내면의 길'은 고향과 연계된다. '지각적 시간'에 근거한 시간의 변화와 주체의 변화 욕망은 인식 확장이라는 전이의 결과로 수렴됨으로써 향후 화해의 가능성을 담지한다.

제3장

순환의 각성과 승화

문순태 소설에 드러나고 있는 한은 향토적이고 신화적인 특징을 지닌다. 귀향 소설과 6·25를 다룬 소설에서 한은 신화나 제의적인 양상과 맞물려 상징적 의미로 수렴된다. 이는 작가가 추구하고 있는 삶의 양식이 고향이라는 공동체를 배경으로 한 토속적이며 본질적인 측면에 닿아 있음을 뜻한다. 엘리아데는 "태어남, 죽음, 재생은 똑같은 비의의 세 순간이다. 그리고 고대인의 모든 영적 노력은 이 순간들 사이에 단절이 존재하지 않아야만 한다는 것을 보여주기 위해 사용되었다. 우리는 이 세 순간의 하나에 멈출 수 없고 죽음이나 발생에 정착할 수 없다."[1]고 말한다. "태어남, 죽음, 재생이 똑같은 비의의 순간"이란 인간과 자연, 삶과 죽음을 서로 분리된 개체로 보지 않는다는 것이

---

1) M. 엘리아데, 『신화·꿈·신비』, 강응섭 역, 도서출판 숲, 2006, p.275.

며 순환적 사고에 근거한 삶의 총체성을 추구하며 긍정한다는 의미로 볼 수 있다.

　문순태의 한을 다루고 있는 소설에서 인물간의 원한이 이대, 삼대에 걸쳐 이어지고, 다시 대물림된 한이 새로운 원한으로 연계되는 것은 한의 부정적 양상이 표면적으로 부각되기 때문인데, 그러나 그 이면에는 융합과 수용이라는 순환적 원리에 의해 그것을 제어하고 반대의 측면으로 작용하고자 하는 에너지가 응축되어 있다. N. 프라이는 "자연의 모든 것은 유기체와 그 환경의 리듬, 특히 태양년의 리듬 사이의 심오한 동시성에서 생긴다."[2]고 한다. 그것은 한의 이율배반적인 측면이 서사의 역동성과 결합하여 긍정적인 의미의 창출과 해석의 확장가능성을 담지한다.

　순환의 각성과 승화는 앞서 언급했던 '탐색'이라는 행위를 통한 재인식과 전이의 과정을 경험한 주체가 이를 토대로 행동으로 표면화하거나 또는 구체적인 방안을 모색함으로써 달성된다. 한편으로는 행위 너머의 초극의 단계도 포함되는데, 이는 재생과 순환적 원리에 입각한 제의적 양상에 의해 구현되기도 한다. 후자의 양상은 '내재적이면서도 그 한의 당사자의 주체적 지향성을 전제로 한다는 것, 그로 인해 한국적 한의 패러독스'[3]가 긍정적으로 수렴된다는 논리와 맥을 같이 한다. 그러므로 '한의 패러독스'는 결과적인 측면에서 한의 귀착점과

---

　2) N. 프라이, 『문학의 구조와 상상력』, 이석우 역, 집문당, 1987, p.154.
　3) 천이두, 앞의 책, 『한의 구조 연구』, p.228.

관련하여 파악될 수 있다. 만약 귀향이나 6·25 또는 민중의 삶을 다룬 소설에서 출향, 살인, 겁탈과 같은 행위가 단순히 원한에 의한 복수의 실현이라는 부정적인 의미로 귀착된다면 문순태가 추구하고자 하는 작가의 담론은 폐쇄성을 벗어나기 어려울 것이다.

따라서 본 장에서는 '출향' '살인' '겁탈'의 대척점에 자리하고 있는 '귀향' '생성' '화해'와 같은 재생과 순환의 원리가 어떻게 작동하여 해한에 도달하게 되는지를 고찰하고자 한다. 여기에는 크게 두 가지의 방식에 의해 해한이 획득된다. 하나는 "대물림의 단절과 행위의 구체화"를 통해서이며 다른 하나는 "소멸과 재생에 의한 순환의 세계로의 진입"을 통해서이다. 전자가 전쟁 소설과 민중 소설이 해당한다면 후자는 귀향소설인 「징소리」와 역사 소설 「백제의 미소」가 해당한다.

1) 대물림의 단절과 행위의 구체화

문순태의 초기 소설은 한의 대물림이라는 문제의 심각성에 초점을 두고 해한의 방식을 제시한다. 「달궁」, 「철쭉제」, 「안개우는 소리」, 「깨어있는 낮잠」이 그와 같은 작품으로 한은 이삼대에 걸쳐 대물림되는 특징을 지닌다. 특히 「달궁」과 「철쭉제」는 참봉과 머슴이라는 서로 상반된 신분을 지닌 두 가계 사이에 발생한 비극을 다루고 있다. 물론 비극적 상황을 다루고 있는 서사의 배경이 일제 시대와 6·25라는 공통점이 있지만 가학의 주체는 신분상 권력을 쥐고 있는 계층이라는 점에서 윤리성을 저버린 행위로 볼 수 있다.

그러나 부친 대(代)에 이르러 혼란한 시대 상황을 틈타 머슴이 상전을 가학하는 행위가 발생하는데, 이는 앞 세대에서 당한 한을 복수하는 차원에서 이뤄진 행위이다. 문제는 머슴에 의해 자행된 보복 행위를 목격한 인물(주인공)4)이 다시 그에 상응하는 보복을 감행하고자 하는 일말의 의지를 갖게 된다는 점이다. 그러나 화를 피해 오랫동안 타향을 떠돌다가 귀향을 한 인물(주인공)은 자연스럽게 현재적 관점에서 과거의 비극을 탐색할 수 있는 계기를 접하게 된다. 그러한 과정에서 그는 더 이상 한이 대물림되어서는 안되며 결국 최초의 원인을 제공한 측에서 결자해지(結者解之)를 해야 한다는 인식에 도달하게 된다.

> 순기는 마치 그가 여지껏 짊어지고 있었던 주체스럽고 무거운 할아버지의 송덕비를 땅에 아무렇게나 부려 버리듯, 약간은 홀가분한 기분까지 느끼며 그녀를 거칠은 손으로 더듬었다. 그리고 맷돌질하듯 몸으로 몸을 갈았다. 재각의 음습한 구석 어디엔가 잡초처럼 돋아난 할아버지의 혼령이 당장에 그의 등덜미를 잡아 나꿔챌 것만 같은 섬짓하고 께름한 기분은 잠시뿐이었다.

---

4) 「달궁」, 「철쭉제」가 삼대에 걸친 한의 문제를 다루고 있는 반면에 「안개우는 소리」는 이대에 한정되어 있다. 또한 전자의 조부가 가학의 주체인 참봉의 신분이었던 반면 후자에서 부친은 피학의 대상인 머슴이었다는 점에서 차이가 있다. 문순태 소설에서 한의 영속적인 면은 대체로 인물(가계)의 신분과 시대적 상황에서 기인한다.

강물을 퍼올리는 양수기도 탕탕탕탕 한결 거칠게 돌아갔다.

(「달궁」, p.159)

인용문은 순기와 정아가 재각에서 정사를 나누는 장면이다. 두 인물은 비애와 한으로 점철되어 있는 두 가계의 원한 관계의 대물림을 상징한다. 표면적으로는 동향의 선후배 동문이지만 그들에게는 조부에서부터 내려오는 착취와 보복이라는 원한의 감정이 내재되어 있다. 다행히도 정아는 한을 풀고자 하는 적극적 의지를 지닌 인물이다. 특히 그녀는 세상과 삶을 바라보는 시각이 개방적이고 미래 지향적이다. 외면적인 시각은 과거의 한을 직시하고 있지만 내면적인 시각은 현재와 미래를 향해 열려 있다는 것이다. 그것은 내면적인 시각마저 과거의 비극에 얽매어 있어서는 결코 한의 영속성으로부터 벗어날 수 없다는 인식을 하고 있다는 의미이다. "저를 안은 것처럼 두려워 말고 달궁을 가슴 벅차게 힘껏 안아 보세요. 그러면 달궁도 저처럼 선생님의 품안에 다 들어갈 것입니다."(p.186) 정아가 순기를 향해 "달궁을 가슴 벅차게 힘껏 안아 보라"고 한 것은 한의 실체에 대해 소극적으로 바라보지 말고 적극적으로 다가가 해법을 모색해야한다는 당위적인 의미가 투영되어 있다.

주지하다시피 '달궁'이 상정하고 있는 지향점은 모든 원한과 증오가 사라진 이상향이다. 따라서 순기와 정아가 재각에서 벌이는 성행위는 일부 논자들이 거론한 대로 육체의 합일을 통한 해한의 성격을 지닌다. 다시 말해 두 인물의 정사는 단순한 육체의 합일, 한몸이라는 의미를 넘어 한이 소멸되고 새롭게 정화되는 의미로의 확장이 가능하다. 순기와 정아의 성행위가 이루어지기 전까지의 재각은 두 가계의 한이 집약된 곳이자, 한의 대물림을 강요하는 '얽매임'의 장소였지만 두 인물의 정사 이후에는 한이 소멸되고 새로운 가치가 생성되는 상징적인 의미의 장소로 격상되게 된다는 것이다.

새벽녘에야 비바람이 멎었다. 동편 하늘이 희번하게 밝아오기 시작하자, 재각을 에워싼 버찌나무와 참피나무, 꿀참나무, 붉나무의 이파리들이 빗방울과 어둠을 함께 털어냈다.
재각에서 밤샘을 하던 달궁 사람들은 아침이 되자, 다시 시작된 문치도의 혼을 건지는 굿거리 소리를 듣고 칙칙한 노루잠에서 깨어 들독처럼 무거워진 고개를 들었다. (중략)
"순기 그 사람 새벽 같이 도망치드끼 바람모퉁이를 돌아갑디다."하고 강대평이가 무심히 지나가는 소리로 말했다.
"도망을 치다니?"
곱센 영감이 실망한 얼굴로 반문하자,
"극락산으로 들어가 버렸는가 모르재요. 순기 그 사람 역시 달궁 사람이 아니데요."
하며 잠시 걸음을 멈추고 극락산 쪽을 보았다. 극락산은 보이지 않고 검은 구름이 뒤덮인 하늘만 거무죽죽하게 가라앉아 있었다.
(「달궁」, pp.187-188)

며칠 후 재각의 송덕비를 옮기는 것은 '얽매임'과 '대물림'으로부터 벗어나고자 하는 또 다른 적극적 행위로 볼 수 있다. 그러나 공교롭게도 순기의 당숙 문치도가 배에 비신을 싣고 극락강을 건너다 배가 뒤집혀 수장되고 마는 돌발적인 사건이 발생하고 만다. 이는 '송덕비'로 대변되는 과거의 한으로부터 벗어나지 못하는 인물의 운명이 어떠한지를 보여주는 상징적인 사례로 볼 수 있다.

그러나 그 이후의 상황, 다시 말해 문치도의 죽음을 둘러싸고 행해지는 마을 사람들의 굿거리 의식은 행위 너머의 '초극'의 단계로 의미를 확장해볼 수 있는 여지를 주고 있다. 언급했다시피 문치도는 '송덕비'로 치환되는 과거의 한을 풀지 못하고 죽은 인물이다. 그를 위한 굿은 현세에서 풀지 못한 '한풀이' 내지 '승화'라는 차원의 해석이 가능하다. 주지하다시피 굿을 통한 의례는 "현실적이고 세속적인 횡액과 부정, 살을 물리치는 데 필수조건"5)으로 "신화이고 지혜이며 상징이고 또한 사회의 동일성을 보증하는 지식이기도 한 성인들로부터의 가르침을 받은 교육들의 계시"6)라는 측면으로 접근이 가능하다.

한편 '달궁'이 상정하고 있는 지향점과 동일한 가치를 내재하고 있는 곳으로 '극락산'을 들 수 있다. 순기는 마을 사람들이 당숙 문치도의 굿을 하는 사이 달궁을 떠난다. 그러나 순기가 어느 곳을 향해 떠났는지는 구체적으로 기술되어 있지 않다. 마을 사람들은 순기가 극락산으로 들어가 버린 것이라고, 그는 달궁 사람이 아니었노라고 말

---

5) 김정하, 앞의 논문「한국소설의 '恨풀이' 모티프와 주술적 연구-천승세「신궁」
   의 은유체계를 중심으로」, p.69.
6) 피에르 고디베르, 『문화적인 것에서 신성한 것으로』, 장진영 역, 솔, 1993,
   p.196. 김정하, 앞의 논문, p.69 재인용.

을 한다.

인용문의 '극락산'은 "순환적인 자연현상"을 상징한다. '달궁'의 고통과 비극을 포용하는, 삶과 죽음을 아우르는 재생과 순환의 이미지를 지니고 있다. 순기가 극락산으로 들어갔는지 아니면 다시금 출향을 하였는지는 알 수 없다. 그러나 분명한 것은 '달궁'의 한이 긍정적 의미로 승화되고 한 차원 높은 가치로 전환되었다는 것만큼은 부정할 수 없는 사실이다.

「철쭉제」 또한 한의 대물림을 단절함으로써 화해에 이르게 된다. 주지하다시피 박검사와 박판돌로 대변되는 두 가계의 원한 역시 조부(代)에 있었던 겁탈이라는 비인간적 행위에서 기인한다. 소설에는 지리산을 향한 여로의 시간과 과거 비극의 사건으로부터 화자가 고향으로 돌아가기까지의 스토리 시간이 직조화 되어 있다. 이는 화자가 현 시점에서 한의 대물림을 단절하지 않고는 보복과 원한의 악순환이 계속되리라는 각성에 이르게 하기 위한 작가의 전략에 의한 시간 구성으로 보인다. 특히 미스 현을 둘러싸고 행해지는 정사는 앞서의 「달궁」의 순기와 정아가 재각에서 나누는 성행위와 동일선상에서 파악할 수 있는 상징적 행위에 해당한다.

박검사와 박판돌이 차례로 미스 현과 정사를 나누는 것은 성을 모티프로 화해의 단초를 공유하는 의미로 볼 수 있다.[7] 물론 「달궁」에

---

7) 송재일 또한 박검사와 판돌 그리고 미스 현을 둘러싸고 벌어지는 성행위를 화해의 의미로 파악하고 있다. 송재일, 「비극적 갈등과 화해의 미적 구조」, 『어문연구』15, 1986, p.192 참조.

서의 정사가 결과적인 상징을 함의한다면 「철쭉제」에서의 성행위는 과정으로써의 상징을 담지한다는 데에 차이점이 있다.

> 나는 마치 무거운 쇠망치로 계속해서 뒤통수를 얻어맞고 있는 기분으로 아침이 밝아 오기만을 기다렸다. 박판돌이의 말마따나 판돌이의 부자가 당한 내력을 미리 알았더라면 나는 아버지의 유골을 찾으로 고향에 오지 않았을지도 모를 일이었다. 그렇다고 해서 나는 결코 아버지의 유골을 주체스럽게 생각하지는 않았다. 죽은 사람들의 역사는 죽은 사람과 함께 무덤 속에 묻어 두는 것이 좋을 듯 싶었다.
> 나는 지리산 골짜기에 떠돌음하는 박쇠의 원혼과, 그런 아버지의 원혼을 달랠 길 없어 괴로워하는 박판돌이한테 죽은 아버지 대신 용서를 빌고 싶었다.   (「철쭉제」, p.177쪽)

박검사는 두 가계 사이의 원한의 근본적인 원인이 자신의 조부에 의한 비인간적 행위에서 비롯되었다는 사실을 박판돌로부터 듣게 된다. 즉 판돌의 성(性)이 박씨인 것과 족보에 오르게 된 사연, 지리산에서 아버지가 참봉을 살해한 사건 등은 신분의 권위를 악용하여 금기를 위반한 조부의 행위 때문이며 그 결과 박판돌 역시 한의 피해자라는 사실을 깨닫게 된다.

그러한 인식의 변화는 서술상의 현재와 과거의 서술된 이야기의 간극이 점차 좁혀지는 효과를 낳는다. 판돌이 펼쳐놓는 과거의 이야기는 현재시점의 화자에게 부친의 죽음이라는 한을 연상시킬 뿐 아니라 판돌이 겪어야 했던 비극이 자신의 비극과 별반 다르지 않다는 사실을 시사하고 있다. 그로 인하여 박검사는 자신의 대에서 한의 대물림을 끊지 않는다면, 원한과 응징으로 이어지는 죽음의 악순환이 지속되리라는 인식에 도달하게 된다.

> "판돌 씨, 내년 철쭉제 때 다시 만납시다. 그리고 미안합니다. 아버지 대신 제가 사과하지요."
> 나는 버스가 용강에서 멎자 박판돌이의 코 앞에 불쑥 손을 내밀었다. 박판돌은 엉겁결에 내 손을 잡고 악수를 하면서도 얼떨떨해 하는 얼굴로 박 영감을 돌아다보았다. 그때 박영감은 박앗공이처럼 커다랗게 고개를 끄덕였다. 박판돌과 악수를 끝낸 나는 세석평전 아버지의 새 무덤 옆에서 꺾어 들고 온 철쭉꽃 한 가지를 그에게 주고, 여차장에게 떼밀리다시피 하여 버스에서 내렸다. 철쭉꽃을 받아 든 박판돌이가 차창 밖으로 손을 흔들었다. 나는 무심히 손을 들어 바람처럼 저었다.
> 쌍계사에서 종소리가 울렸다. 그 종소리의 긴 여운에 희끄무레한 밝음이 밀려가고, 그 위로 어둠이 무겁게 내리깔렸다. 버스가 사라질 때까지 멀뚱하게 서서 손을 흔들던 나는, 뒤로 돌아서서 두 팔을 벌리고 어둠 속에 아버지 같은 모습으로 웅숭그리고 앉아 있는 지리산을 가슴 안으로 힘껏 끌어안았다. 덩지 큰 지리산이 가슴 뻐근하게 와 안기면서 구멍이 뚫린 것처럼 허탈해졌다.
>
> (「철쭉제」, pp.179-180)

마지막 날, 박검사는 내년 철쭉제 때에도 다시 만날 것을 청하며 아버지 대신 사과를 한다. 그리고 손에 들고 있던 철쭉꽃을 판돌에게 건넨다. 주지하다시피 이 행위는 다분히 주술적인 의미를 내재하고 있다. 요컨대 주술은 "문화적 믿음이나 관념의 연합에 의해 저질러지는 은유로서의 행위"[8]이다. 따라서 박검사의 행위는 과거와 현재가 하나로 합일되는, 비극과 화해, 죽음과 삶, 대물림과 단절이라는 상반된 의미가 혼융되는 상징성을 지닌다고 볼 수 있다. 뿐만 아니라 죽은 자에 대한, 그것이 억울한 죽음이었건 인과응보적인 죽음이었건 망자들의 혼령을 위무하는 제의적인 성격을 띤다고도 볼 수 있다.[9]

민중적 한을 다루고 있는 「깨어 있는 낮잠」, 「안개 우는 소리」에서도 주인공의 한을 단절하고자 하는 의지는 현실적인 고난과 착취를 극복하는 행위를 통해 구체화된다. 그러나 두 인물의 행위는 결코 긍정적인 결말을 담보하지는 않는다. 오히려 현재의 한에 얽매인 상태가 심화되거나 변조되는 양상을 띤다. 그럼에도 그들은 인간적인 가치와 보편적인 양식에 순응하고자 하는, 본래적인 삶을 추구하려는 열망을 지니고 있다.

두 소설 모두 부친으로부터 물려받은 가난과 억압의 현실을 극복하고자 하는 주인공의 삶에 초점이 맞추어져 있다. 물론 주인공 정팔과 출복이 불의의 현실과 타협하고자 하는 욕망에 사로잡혔던 적도 있

---

8) G. 리이코프. M. 존슨, 『삶으로서의 은유』, 노양진·나익주 역, 서광사, 1995, p.23. 김정하 앞의 논문, p.63 재인용.

9) 최창근은 그의 논문에서 철쭉꽃의 상징에 대해 다음과 같이 피력하고 있다. "소설의 제목인 철쭉꽃의 붉음도 광기와 폭력의 의미를 지니면서 한편으로 용서와 화해의 의미를 지니고 있다. 붉은색은 피와 격정적 감정을 표상하며 비극적인 갈등의 효과를 드러내기도 하지만 붉은색이 지니는 따뜻함, 밝음, 열정, 부드러움을 통해 갈등의 해소를 상징하기도 한다." 최창근, 앞의 논문, p.51 참조.

다. 그러나 그것은 호구지책을 위한 일시적인 현상이었지, 기본적으로 그들의 내면에는 누적된 한으로부터 벗어나기 위한 강렬한 바램이 내재되어 있으며 결국 이러한 의지가 '양심적 행위'를 견인하고 매개하는 장치로 작용한다.

① 박정팔은 목이 터져라고 악을 쓰고 나서 호텔 프론트 데스크 앞 푹신한 초록색 융단 위에 와락 구토을 하고 말았다. 끄억끄억 오물을 토해내자, 팔 다리를 끌고 나가던 호텔 종업원들은 그를 그를 융단 위에 동댕이쳐버리고 물러섰다. 정팔은 눈을 허옇게 까뒤집고 창자까지 기어나오도록 융단바닥에 오물을 계속 토해냈다. 그는 손가락을 목구멍 깊숙이 넣어, 모든 내용물들을 깡그리 토해내고 나서 납덩이처럼 무거워진 고개를 들어 눈물이 크렁크렁한 눈으로 꽃 모양의 유리구술이 주렁주렁한 호텔 천장의 샨델리어를 쳐다보았다. 뿌유스름한 시야에 발가벗은 점순이의 모습이 들어왔다. 그는 그녀의 모습을 자세히 붙잡으려고 눈을 끔벅거렸으나 자꾸만 눈물이 쏟아져 끝내는 아무것도 찾아 볼 수가 없었다. (「깨어 있는 낮잠」, p.243)

② 짙은 안개 속 여기 저기에서 들리는 그 안개소리는 마치 칠복이가 옛날 노루목 할미산 골짜기에서 팔만이의 할머니 상여를 따라갔을 때 들었던 그 음산한 바람소리와도 같았다. 출복은 순간 안개소리가 나는 그 지점에 아버지가 있을지도 모른다는 생각이 머리에 스쳤다. 그는 요양원 뜰을 가로질러 수위가 지키는 정문을 통과하여, 짙은 안개가 뭉얼뭉얼 하늘로 피어오르는 들판을 향해 뛰었다. (아버지한테 꼭 할 말이 있는데……내 이야기를 들으면

기뻐하실 텐데……) 출복은 중얼거리면서 계속 안개 속을 뛰었다.
(「안개우는 소리」, p.129)

인용문은 한을 단절하고자 하는 주인공의 바람과 달리 그것에 비례하는 열망만큼 현실의 장벽이 만만치 않다는 사실을 보여준다. 물론 이러한 현상은 한의 원인을 제공한 당사자를 복수하고자 하는 의지와 그러한 '한의 현실'을 계속 유지하려는 방해물과의 대립이 상충되기 때문으로 풀이된다.

정팔과 출복에게 '초월적 구속'은 그들 자신을 묶고 있는 억압적 현실과 한편으로는 그것을 인식하면서도 얽매일 수밖에 없는 현실과 인물의 성향으로 인해 파생된 결과로 볼 수 있다. 때문에 아버지 대(代)로부터 물려받은 구조적인 착취의 현실로부터 벗어나 '상대적인 독자성'을 추구하려 할수록 현실의 장애물은 그들을 옥죄는 양상으로 나타나기도 한다. 그러나 이때의 행위로 구체화되는 의지는 긍정성을 담보하게 된다.

정팔이 마지막까지 빈대떡집 철거를 반대하자 호텔 사장은 그를 불러 온갖 회유와 협박을 가한다. 그러나 정팔이 이에 굴복하자 결국에는 술을 마시게 한 뒤, 폭력을 행사한다. 인용문은 의식을 잃고 쓰러져 잠을 자고 일어난 정팔이 호텔 프론트에서 구토를 하는 장면을 보여준다. '오물'은 정팔이 현실적으로 착취와 억압의 대상인 호텔 사장(가학자)을 향한 최소한의 항변이다. 따라서 '깨어있는 낮잠'은 한가로운 오수(午睡)가 아닌 불편하고 고통스러운 현실로 귀착된다.

'안개우는 소리'의 상징 또한 '깨어있는 낮잠'의 그것과 동일한 측면에서 논구가 가능하다. 한의 대물림을 단절하고자 하는 출복의 의지는 '안개'라는 방해물에 막혀 버린다. "짙은 안개 속 여기 저기에서 들리는 그 안개소리는 마치 칠복이가 옛날 노루목 할미산 골짜기에서 팔만이의 할머니 상여를 따라갔을 때 들었던 그 음산한 바람소리와도 같았다."(p.129)

그럼에도 출복은 이에 굴하지 않고 삶의 동력의 방편으로써 한을 극복하고자 하는 의지를 드러낸다. 그의 행위는 가난과 착취의 현실이라는 한의 대물림을 끊는 것에 초점을 두고 있지만 그러나 현실적으로 해한의 결실에는 이르지 못한다. 가난의 상황이 바뀌고 착취의 억압구조가 당장에 폐지되는 것은 아니기 때문이다. 그보다는 억업적 현실의 공간에서 한을 인식하고 그것을 행위로 표출함으로써 '상대적 독자성'을 견지할 수 있는 존재로 변화되었다는 것이다.

정팔과 출복의 행위가 설정하고 있는 목표는 얽매임, 맺힘으로부터의 자유이다. 이는 외적인 조건의 완화라는 측면 외에도 주체의 내면에 드리워진 억압의 강박으로부터 놓여짐을 뜻한다. 그러한 측면에서 보건대 정팔과 출복은 한의 대물림을 자신의 대에서 끊고자 하는 내적 확실성을 소유하고 이를 지속적으로 행위로 연계하고 있다는 점에서 한을 승화시키는 긍정적인 인물로 볼 수 있다. 그리고 그것은 미래의 어느 시점에 '깨어있는 낮잠'을 '평온한 낮잠'으로 '안개 우는 소리'를 '안개 웃는 소리'로의 결과를 견인할 수 있을 것으로 예측된다.

「제3의 국경」의 배출도의 아내와 달수도 적극적으로 한의 대물림을 차단하려는 내적 확실성을 견지한다. 이들은 각기 자신의 대에서 한의 상황을 종결하려는 의지를 지니고 있다. 사후 안구 기증을 서약하였다는 것은 6·25라는 전쟁의 비극의 본질을 정확하게 꿰뚫어 보고 있다는 의미로 풀이된다. 즉 죽어서라도 고향인 북으로 돌아가고 싶다는 비원(悲願)이 담긴 행위로 현 시점에서 한을 극복할 수 있는 최선의 방안을 모색하고 있다는 의미로 볼 수 있다.

그와 달리 3국행을 선택하여 인도로 떠난 이기철은 방관자적인 입장을 견지한다. 그에게 있어 한은 지난 과거의 일로, 30년만에 조국을 방문하게 된 이유 또한 전적으로 사업 때문이다. 이러한 사실은 그에게 과거의 비극은 현실의 안위와 입신이라는 삶의 지향점에 비추어볼 때 결코 떠올리고 싶지 않은 시간에 불과하다는 의미로 풀이된다.

반면 박동실은 이기철과 배출도의 아내와 아들 사이의 중간자적인 입장을 견지하는 인물이다. 자식에게로 한이 대물림되는 악순환을 차단하고자 하는 열망은 배출도의 아내에 못지 않다. 그럼에도 그는 현실적인 문제에 얽매인 나머지 과거의 비극을 극복하려는 의지가 빈약하다.

이와 같이 「제3의 국경」의 인물들은 각자 나름의 방식을 통해 한을 승화하는 방식을 선택하고 있다.[10] 박동실이 배출도의 아들과 헤어지

---

10) 「문신의 땅」의 노마리아 역시 자신만의 방식으로 한을 단절하고자 하는 의지를 지닌 인물이다. 그녀는 치욕과 한의 상징인 문신을 수술하려고 젊은 의사에게 몸을 보인다. 그러나 비관적인 답변을 듣고 난 이후, 후회와 환멸감에 휩싸이게 된다. 그녀는 아들에게 자신이 죽고 나면 화장을 하여 문신을 지워달라고 부탁을 하고 집을 나간다. 이러한 노마리아의 행위는 치욕으

면서 건네는 말은 텍스트 전체의 맥락, 작가의 담론과 연계해 볼 때 다의적인 해석이 가능하다. "나는 버스허고 기차 둘 중에서 기차를 선택하여, 여수로 내려갈란다." 박동실은 선택이라는 말에 힘을 주며 오랜만에 히죽이 웃어 보였다. (p.338) 박동실의 발화는 어떤 교통수단을 이용하느냐의 문제가 선택에 달려 있듯이 한을 푸는 방식 또한 선택의 문제라는 사실을 말하고 있다.

2) 소멸과 재생, 순환의 세계

문순태 소설에서 인물의 죽음에 대한 인식은 다분히 전통적인 한국인의 내세관과 유사한 측면을 보인다. 죽음을 해한의 방편 내지, 나아가 제의적 측면으로 상정하고 있음을 뜻한다. 「징소리」와 「백제의 미소」의 기저에는 작가의 내세와 현실을 동일선상에서 바라보고자 하는 순환적 세계관이 자리하고 있다. 이들 작품의 결말에는 비극적 한을 내재하고 있는 인물의 죽음에 관한 내용이 서사화되어 있는데, 이는 기본적으로 현세의 연장이라는 순환론에 입각하여 죽음을 다루고 있음을 보여준다.

「징소리」의 순덕은 자신의 의지에 의해 죽음을 선택한 경우이고 「백

로 점철된 과거와 단절하려고 하는 의지인 동시에 자신이 선택한 방법으로 한을 승화하고자 하는 내적인 확실성의 표현으로 보인다.

제의 미소」의 바우는 타자에 의해 죽임을 당한 경우이다. 전자가 자신의 도덕적 타락과 외부적인 한에 의해 죽음에 이른 것인 반면 후자는 김진사라는 부패한 권력에 의한 타살이라는 점에서 변별된다. 그럼에도 죽음을 바라보는 작가의 관점과 여타 인물들의 인식은 내세와 현세를 동등한 시각으로 바라보고 있다는 데에 공통점이 있다.

박태상은 동일물의 영원한 회귀 사상, 다시 말해 시간 순환론은 헤라클레이토스로부터 시작되어, 니체, 스펭글러, 토인비에 이르기까지 오랜 역사를 가지고 있다고 본다.[11] 이러한 '동일 회귀 사상', '시간 순환론'은 현실의 비극적 한을 죽음을 통해 탈출하고자 하는 내세관, 사생관의 관점과 궤를 같이한다. 물론 현실이라는 공간에서 바라보는 순덕의 죽음은 다분히 현실도피라는 패배적 인상을 주는 것은 사실이다. 그러나 맺힘과 풀림이라는 한의 내재적 측면에서 보면 이들의 죽음이 삶과 분리되지 않는 일원론적 구조에 포괄되고 있다는 것을 알 수 있다.

징소리는 호수 속에서 울려왔다. 순덕이는 떡갈나무 가지들을 한 움큼 휘어잡고 오도카니 서서 징소리가 울려나오고 있는 검은 호수를 들여다보았다. 겅중거리며 징채를 휘두르는 남편의 모습이 보였다. 눈물이 크렁한 어머니와 흰 두루마기 자락을 나풀거리며 학춤을 추는 아버지, 호도 껍질처럼 쭈글쭈글한 얼굴에 노기를 담은 할머니의 모습도 보였다. 방울재 사람들도 모두 보였다. 남편 칠복이가 두

---

11) 박태상, 『한국문학과 죽음』, 문학과지성사, 1993, p.14.

들겨 패는 징소리에 맞춰 온통 방울재 사람들이 한덩어리가 되어 덩
실덩실 춤을 추고 있었다. 순덕이는 갑자기 그들과 함께 어울리고 싶
어졌다.
　　그러나 순덕이가 헤어졌던 방울재 사람들을 다시 만나기 위해 물
속으로 뛰어들었을 때 갑자기 징소리가 뚝 멎어버렸다.

(「징소리」, pp.333-334)

「징소리」에서 방울재를 삼킨 '호수'는 죽음인 동시에 재생을 상징
한다. 순덕이가 호수를 향해 걸어들어 가는 행위는 현실적 삶의 한계
상황을 벗어버리고 초월적 세계로의 입사라는 의미를 지닌다. 또한
환청으로 들려오는 칠복의 징소리는 한의 소리인 동시에 스스로의 내
면을 향한 비애와 위안이 혼융된 자아의 소리이기도 하다. 따라서 텍
스트 전반에 걸쳐 들려오는 징소리는 모티프로써 사건의 인과성을 지
지해줄 뿐 아니라 비애와 상실, 초월과 이상이라는 의미의 확장으로
까지 연계된다고 볼 수 있다.

　물론 순덕의 행위를 현실적 공간에서의 패배로 규정할 수도 있다.
그러나 작가의 서사 의도는 순덕이가 지향하고 있는 세계, 다시 말해
한의 긍정적인 면에 초점을 두고 있다는 점이다. 현실이라는 공간에
서의 한, 다시 말해 고향을 떠난 상실의 한은 비록 현세에서 풀 수 없
을 지라도 죽음 이후의 내세적 세계관에 입각한다면 재생을 통해 초
극되고 합일될 수 있다는 순환적 세계관을 제시하고 있다는 것이다.

　한편 「백제의 미소」[12]의 바우의 죽음은 지배계층에 의한 타살로 원
한이 사무친 죽음에 해당한다. 바우의 죽음은 착취와 멸시, 학대를 받

아온 일반적인 민중적 한을 의미한다. 주지하다시피 바우가 죽은 후 도공들에 의해 시신이 떠메어 진 채 가학자인 김진사네 죽담을 끼고 도는 행위는 소생과 재생을 기원하는 주술적인 의미 외에도 지배계층에 대한 '무력시위'의 성격을 지닌다.

한편 '달'은 작가의 담론이 집약되어 있는 상징물로 볼 수 있다. "반쯤 열린 도방의 문 사이로 달빛과 함께 삐걱거리며 기어 들어온 상여 소리가 커다란 백자 항아리 속을 가득 채우고 있었다."(p.384) 즉 백자 항아리 속에 투영된 '달빛'은 바우의 죽음에 대한 재생에 대한 기원과 더불어 순환적 세계의 지향이라는 의미를 담고 있다.

> 바우의 시체를 멘 도공들의 뒤에는 도공들의 아이들과 마누라, 늙은 부모들이 말없이 따랐다. 그들은 김진사 집 가까이로 가고 있었다. 서른 명의 도공들이 바우를 메고 진사네 죽담을 끼고 돌았다.
> (중략)

---

12) 역사적인 시대를 배경으로 다루고 있는 「백제의 미소」, 「정읍사」, 「제3의 국경」은 기본적으로 해한을 상정하고 있다는 점에서는 공통점이 있다. 차이가 있다면 「백제의 미소」는 바우의 죽음을 순환적인 세계관에 입각한 승화의 측면으로 서사화하고 있는데 반해 「정읍사」, 「제3의 국경」은 한의 역사를 이기기 위한 올바른 역사 인식 그리고 서로 다른 시대를 살아온 세대간의 역사의 공유에 초점이 맞추어져 있다. 물론 정읍사에서 정녀의 죽음은 재생에 입각한 순환적인 측면으로 볼 수 있다. 즉 정녀는 달의 순환을 도림과의 재회, 도림의 재생이라는 기원의 차원으로 확장하는 동시에 자신의 도림에 대한 그리움에서 파생된 정한(情恨)을 푸는 행위로 승화하고 있는 것이다. 그러나 주인공 도림은 여로를 통한 인식의 확장과 그로 인해 한을 이겨내는 승한의 의지를 표면화하고 있다는 점에서 그 해한의 방식이 일정부분 변별된다고 볼 수 있다.

반쯤 열린 도방의 문 사이로 달빛과 함께 삐걱거리며 기어 들어온 상여 소리가 커다란 백자 항아리 속을 가득 채우고 있었다.…와아, 와아 하는 함성은 활짝 문이 열린 도방과, 바우 아버지의 공허한 뇌리 속에 가득히 밀려오면서 갑자기 분원리 하늘이 벌겋게 타올랐다. 김진사네 집이 타는 그 불빛이 분원리를 무겁게 둘러싼 어둠을 떠밀어내고 있었다. 그 불빛은 바우 아버지의 심장속까지 밝고 뜨겁게 찔러오는 것이었다. (「백제의 미소」, pp.383-384)

바우의 죽음을 계기로 도공들은 억눌려 있던 한을 표출하기에 이른다. 그러나 도공들의 한의 표출은 지극히 상징적 행위에 머물러 있다. 죽음을 죽음으로 갚지 않는, 다시 말해 복수를 복수로 응징하는 않는 '우회적인 복수'의 방식을 택하고 있다는 점이다. 도공들은 김진사네 집을 불태우는 것으로 자신들의 삶의 터전인 '분원리'에 오랫동안 걸쳐 있던 무거운 '어둠'을 떠밀어낸다.

불을 지르는 행위는 어둠이라는 억압의 현실을 소멸하고자 하는 의지와 더불어 새롭고 긍정적인 삶에 대한 열망의 불씨를 지핀다는 데에 의미가 있다. 이것은 이전까지 패배적이고 순치된 삶을 살았던 도공들과 바우의 아버지에게 새로운 삶의 방식으로의 전환을 강제한다. 억눌린 한을 털고 인간다운 삶을 담보할 수 있는 가치 지향적인 세상을 희구하자는 것이다.

여기에 일정부분 작가의 담론이 투영되어 있다고 볼 수 있다. 살인과 겁탈 같은 금기 행위가 해한과 화해에 이르기 위한 '과정으로서의 한풀이'였다면, '결과로서의 한풀이'는 그와 달리 최소한 '우회적인 복수'[13]에 그쳐야 한다는 것, 그리고 그것은 삶의 동력으로 전이되는 승화의 양상에 초점을 두어야 한다는 것이다. 인과응보식의 살인과 겁탈과 같은 파괴적인 위해와는 변별되어야 한다는 점이다. 그와 같은 행위는 또다른 원한을 낳고 그 원한은 삶을 파괴하는 부정적인 악순환의 고리로 작용을 할 것이기 때문이다. 「백제의 미소」가 문순태의 데뷔작이라는 사실을 감안한다면 이 작품은 향후 작가의 한에 대한 역사 인식, 억압받는 민중에 대한 애착, 그리고 해한을 어떠한 방식과 방향으로 지향해야 할 것인지를 상정하고 있다고 보인다.

주체의 재인식에 근거한 탐색의 과정은 전이의 단계를 거쳐 순환의 각성과 승화라는 궁극적인 화해에 도달한다. 「달궁」, 「철쭉제」와 같은 전쟁 소설과 「깨어 있는 낮잠」, 「안개 우는 소리」와 같은 민중 소설에서 이 같은 양상이 포착된다. 전자는 보복으로 점철된 두 가계 사이의 한이 더 이상 대물림되어서는 안 된다는 주체의 인식이 화해로 수렴

---

13) 문순태는 「한이란 무엇인가」에서 로마 제국에 대응한 예수의 사랑에 관하여 언급하고 있다. "야훼의 복수는 예수 출현과 함께 끝이 난다. 예수는 내세적 구원과 사랑의 십자가를 통하여 로마의 빌라도 총독 치하에서 고난받은 이스라엘 백성들의 한을 풀어준 해한자이다. 사랑의 복음의 화신으로서의 나사렛 예수는 가난한 자, 병든 자, 죄 많은 자에게 축복과 승리를 가져오는 구세주였다. 유채적인 증오와 복수심이 예수를 통하여 새로운 사랑으로 발생하였고 그 사랑으로 하여 우회적 복수(勝怨)을 하였다는 것이다." 문순태, 「한이란 무엇인가」, 『민족과 문학』1권, 세종출판사, 1983, p.208. 천이두, 앞의 책, pp.249-252 참조.

된 것이며 후자는 가난과 억압 속에서도 인간적인 가치와 보편적인 양식에 순응하고자 하는 주체의 열망이 승화된 경우이다. 문순태 소설에서의 죽음은 전통적인 내세관과 순환적인 내세관엔 입각한 '동일 회귀사상'에 근거를 둔다. 귀향 소설 「징소리」와 역사 소설인 「백제의 미소」에 내재되어 있는 사생관은 삶과 분리되지 않는 일원론적 구조와 연계된다. 이는 죽은자의 재생에 대한 염원과 한의 소멸이라는 해한의 지향을 상정한다.

제4장

풀림과 소통의 세계

여로의 끝에서 주체가 도달하게 되는 것은 '맺힘으로부터의 자유'이다. 여로를 통하여 주체의 재인식과 더불어 한이 전이되고 '풀림'의 단초가 마련된다. 외연적 떠남의 지향은 주체의 내면을 향하고 이러한 내면성은 인식의 확장과 가치의 발견을 견인한다. 여기에는 "승한(勝恨)과 통합의 삶"이라는 지향과 "가치의 공유와 소통"을 들 수 있다. 이는 문순태의 소설이 궁극적으로 지향하는 세계이자 인식의 근간에 해당한다.

본 절에서는 해한과 이보다 한 차원 높은 가치의 여정인 승한(勝恨)이 어떻게 획득되는지를 고찰할 것이다. 또한 '한 정서의 현대화'라는 측면에 입각하여 한이 어떻게 새로운 소통의 차원으로 확장되고 변주되는지를 살펴보고 그 의미를 파악하고자 한다.

1) 승한(勝恨)과 통합의 삶

주체의 여로는 곧 한으로부터 자유로워지는 과정이며 결국 타인의 한까지도 이해하고 수용하는 과정으로 귀착된다. 이는 나와 타인의 한이 따로 독립되어 존재하는 것이 아니라 인과적으로 연계되어 끊임없이 현재와 미래에 긍정적·부정적 영향을 미친다는 사실을 인식하는 데서 연유한다. 요컨대 "서정적 여로는 근대의 삶에서의 낯선 두려움의 경험을 드러내면서, 서정적 화해의 순간을 찾아가는 여로 속에서 총체성(마음의 고향)에의 열망을 표현"[1]하는 행위라는 점에서 당위를 가진다.

그러나 엄밀히 말하면 문순태 소설에서의 해한은 한을 푼다는 의미를 넘어 "한을 이기는"승한(勝恨)의 의미로 확장할 수 있다. 전자가 피학의 대상이었던 인물의 한을 푸는 방식이 다소 소극적이고 부정적인 '의지 중심의 행위'에 초점이 맞추어져 있다면 후자는 적극적이고 긍정적인 '행위 중심의 지향'에 무게 중심을 두고 있다. 따라서 승한은 전 단계의 재인식를 바탕으로 전이의 상황이 일정부분 행위로 표면화되고, 이를 근거로 또 한번의 '재인식과 전이'의 단계를 거친, 포괄적이며 이상적인 가치로 수렴되는 지향점을 뜻한다.

---

1) 나병철, 앞의 책 『소설과 서사문화』, p.229.

이제는 과거로부터 해방되고 싶다. 과거를 붙들어 안은 채 죽고 싶지 않았기 때문이다. 어쩌면 이번 여행은 과거와 영원히 결별하기 위해 마지막 과거 속으로 뛰어든 것인지도 모른다. 그동안 나는 너무 오랫동안 기억의 밧줄에 묶여 있어, 내 의지대로 가고 싶은 곳에 갈 수 없었다. 기억의 깊은 우물에 빠져 허우적거리느라, 하늘도 제대로 볼 수가 없었다.   (『41년생 소년』, p.285)

인용문의 화자는 과거와 결별하기 위해 마지막 과거 속으로 시간 여행을 떠났노라고 고백하고 있다. 이 같은 여정에서 '기억의 밧줄'을 과감히 끊지 않고서는 삶의 총체성을 담보할 수 없다는 인식에 도달 하게 된다. 여기에서 '괘종시계'와 '재봉틀'은 화자와 유무형으로 연결 된 과거 인물들의 한 맺힌 삶을 상징하며 각기 '비극의 역사'와 '핍진한 삶'을 표상한다. 화자는 이 두 사물을 느티나무 아래 묻으며 "부모의 삶과 연결된 것들에 대한 최소한의 존엄과 예의를 표하고 싶었다"고 고백한다.

화자의 이러한 행위는 이른 바 "신비한 욕구의 구체화된 반영"[2]이 라는 일반적인 상징적인 의미를 함의한다. 이때 화자의 '신비한 욕구' 는 "자신의 상태를 벗어나려는 욕구"이자, 한으로부터의 자유를 의미 하는 것은 물론이다. 그것은 한을 풀기 위해서는 인식의 변화에 근거 한 의지의 작동과 의지를 바탕으로 하는 구체적 행위가 뒤따라야 함 을 암시한다. 그래야만 비로소 '한을 푸는' 차원에서 '한을 이기는' 승

---

2) 김정진, 『상징으로 소설 읽기』, 도서출판 박이정, 2002, pp.17-18 참조.

한의 차원으로 삶의 지평이 확장될 수 있음을 뜻한다. 즉 승한의 전제 조건은, 일차적인 재인식에 근거한 전이와 이를 근거로 하는 행위 그리고 이 행위가 전적으로 한을 각인했던 타자까지도 고려하는 열린 시각, 즉 지향성을 수반하지 않고는 도달할 수 없다는 것이다.

따라서 문순태 소설에서 승한은 어느 일방의 승리, 일방의 맺힘의 풀림만을 상정하지 않는다. 물론 피학자의 한의 풀림이라는 측면을 위시하여 서사가 진행되지만 궁극적으로는 가학자 또한 얽매임으로부터 풀려나도록 '길'을 제시하고 있다는 것이다. 왜냐하면 한은 피해자뿐만 아니라 가해자에게도 피해자 못지 않은 고통의 체험으로 내면화되고 그의 삶을 통하여 끊임없이 현시되기 때문이다.

> 일본이 우리를 지배하고 있을 때, 우리에게 삼천리 강산에 대한 사랑을 깨닫게 해주셨던, 우리들이 존경한 스승께 선물로 드렸던, 이 회중시계를 자네한테 맡기고 가니, 부디 존경받는 스승이 되기를 바라네. 그리고 우리들 사랑과 존경의 증표인 이 시계는 삼십오년만에 다시 움직이기 시작했네. 나를 찾지 말게. 나는 시침이 없는 낡은 회중시계의 시간 속으로 사라지네.　　　　(「꿈꾸는 시계」, p.275)

언급한 대로 「꿈꾸는 시계」의 최점수는 비극적 역사의 희생자이다. 35년만에 출옥을 했지만 그를 반겨주는 이는 친구인 화자가 유일하다. 굴절된 역사로 인해 한으로 점철된 삶을 살아야 했던 그는 오히려 모든 이를 포용하는 자세를 보인다. 최점수는 화자의 집에서 하룻밤을 묵은 뒤 떠나가며 쪽지와 함께 '낡은 회중시계'를 남겨둔다. '낡은 회중시계'는 단순한 선물의 의미를 넘어 화해와 용서, 사랑과 존경, 그리고 통합적 삶의 지향이라는 다의성을 함의한다.

이는 『41년생 소년』의 '괘종시계'와 일면 맥을 같이 하면서도 보다 차원 높은 한의 풀림을 견지하고 있다고 볼 수 있다. 전자가 느티나무 아래 '괘종시계'를 묻음으로써 과거의 비극을 잊고자 하는 행위의 표현이라면 후자는 35년만에 멈추어 있던 시계를 다시 돌리려는 미래지향적인 의지를 드러내고 있기 때문이다. "나는 시침이 없는 낡은 회중시계의 시간 속으로 사라지네."(p.275) 최점수의 이와 같은 고백은 혹여 자신으로 인해 타자들이 가학의 죄의식이나 고통에 얽매여 있지 않기를 바라는 배려로 보인다. 최점수에게 '낡은 회중시계'의 시간이 의미하는 것은 한이 발생하기 이전의 순수한 시간을 지칭하기도 하지만 미래의 새로운 가치를 추구하기 위한 화해와 용서의 시간이기도 하다.

「시간의 샘물」에서도 그와 같은 상징적인 가치체계가 삶을 변화시키고 한을 이기는 계기로 작용하는 것을 볼 수 있다. '시간의 샘물'은 앞서 언급한 『41년생 소년』의 '괘종시계'나 「꿈꾸는 시계」의 '낡은 회중시계'가 함의하고 있는 상징의 의미와 궤를 같이 한다. 즉 과거와 현재, 미래가 투영되어 있으면서 현재 이후의 시간에 더 초점이 맞추어져 있다는 것이다.

"정말 시원해. 머리 속까지 맑아지는 것 같네. 차이코스키의 피아노 협주곡 맛이야."

이번에는 운동모 차림이었다. 그녀들은 어머니의 고향에 와서 자신들의 조부모와 어머니가 옛날에 마셨던 샘물을 마실 수 있었다는 감격을 맛본 것이었다. 그녀들이 마신 것은 산소와 수소로 이루어진 그냥 물이 아니라, 과거라는 시간과 현재라는 삶, 그리고 미래라고 하는 꿈을 마신 것이었다. 각시샘물을 마시고 마냥 즐거워하는 청자의 두 딸들을 바라보던 지수는 고향에 돌아온 후 처음을 기분이 해맑아졌다.   (「시간의 샘물」, p.316)

'각시샘'은 6 · 25때 최병천이라는 인물의 시체가 발견된 곳으로 과거의 한이 집약되어 있는 장소이다. 주인공인 지수는 고향으로 돌아와 메말라 버린 '각시샘'을 파는 것으로 과거의 순수했던 시간으로의 회귀를 열망한다. 그러는 와중에 낯선 두 여학생이 마을에 나타나는데, 그들은 미대에 재학중인 최병천의 외손녀로 그림을 그리기 위해 어머니의 고향을 찾아온 것이다. 지수가 판 '각시샘물'을 마시는 그들의 행위는 외할아버지로 대변되는 과거 비극의 시간을 깨끗이 씻어내는 상징적 의미가 투영되어 있다. "그녀들이 마신 것은 산소와 수소로 이루어진 그냥 물이 아니라, 과거라는 시간과 현재라는 삶, 그리고 미래라고 하는 꿈을 마신 것이었다." 이와 같이 지수의 입장에서 그들의 행위는 "온갖 지나간 시간의 더러움을 정화하고 새로운 때를 맞이하는"[3] 의식과 열망이 행위로 구체화 된 것으로 볼 수 있다. 그것은 지수가 새로 샘을 파기 전까지 '각시샘'에 투영되어 있던 시간은 영원히 묻

---

3) 이현이, 「박상륭 소설의 한 연구-우로보로스 상징을 중심으로-」, 경희대학교 석사학위논문, 2000, p.15.

어버리고 싶은 원한의 시간에 불과했다. 그러나 새롭게 샘을 파고 난 뒤에는 과거의 비극과 현재적 삶, 그리고 미래의 꿈이라는 시간이 한데 혼합되어 투영되어 있음을 인식하게 된다. 그것은 시간이라는 요소는 어느 한 주체, 어느 한 시기에게만 해당하는 것이 아니라 비극적 역사와 관련되어 있는 주체들과 연결되어 있을 뿐 아니라 삶이라는 흐름을 관통하는 가장 본질적이고 완결성을 내재한 요소이기 때문이다.

「흰거위산을 찾아서」의 지수와 기호가 과거로의 시간여행을 떠나는 것도 그와 같은 맥락으로 파악할 수 있다. 그들은 여정 가운데 장우암 씨를 만나게 되고 그의 삶의 철학을 통해 한을 극복하는 방식에 대한 해답을 찾게 된다. "내가 생각허기에 사는 것과 죽는 거는 별 차이가 없는 것 같습디다. 산 사람이 죽은 사람을 잊지만 않는다면 그거는 살아 있는 거나 마찬가지가 아니오?"(p.224) 장우암 씨의 이 같은 말은 과거와 현재의 시간을 따로 분리하여 볼 것이 아니라 과거로 대변되는 비극을 자신의 현존재를 드러내는 공존의 지표로 삼겠다는 의지의 표현이다. 그것은 한을 이겨낸 주체만이 지닐 수 있는 내적 확실성이자 통합적인 삶을 지향하려는 태도로 보여진다.

『41년생 소년』에서 여정의 막바지에 화자가 깨닫게 되는 승한(勝恨)의 지향점은 숲처럼 모든 나무를 아우를 수 있는 통합의 삶이다. "나는 인생이란 숲과 같은 것이라고 생각했다. 여러 종류의 나무들이 그늘을 드리워주기도 하고, 때로는 거친 바람을 막아주고 햇빛도 비춰주면서 한데 어울려 숲을 이루듯이, 인생도 많은 사람들과 더불어 서로 좋고 나쁜 영향을 주고받으며 세상을 살아가기 때문이다." (p.284)

한편 역사적인 의미에서 한을 이겨야 함을 역설하는 작품으로 「인간의 벽」을 들 수 있다. 물론 조만복 할아버지의 행위가 일정 부분 수동적인 면이 있는 것은 사실이다. 그러나 여기에서 '수동적'이라는 것은 과거의 비극을 그대로 인정하고 용서하자는 뜻은 아닌 것은 분명하다. 그는 요시다의 사죄의 행위가 위선과 기만이었다는 것을 깨닫게 되자 바로 그의 집을 나와 열차를 타고 공항으로 향한다. 역사의 비극이 자신의 인생의 굴절과 가족의 불행을 가져왔다는 사실을 통렬히 인식하면서도 일본행을 선택한 것은 전적으로 가학자의 고통을 배려한 정리의 차원에 입각한 행위였다. 그러나 비극적 한을 각인시켰던 요시다의 행위가 50년 전과 변함이 없다는 사실을 목격하면서 그는 역사의 가혹함을 실감하게 된다. 즉 요시다의 행위와 위선은 현실에서 반복되는 위안부 문제나 여러 현안에 있어서 일본의 망언과 후안무치의 행태와 전적으로 동일하다는 것이다. 조만복 할아버지의 이러한 통렬한 인식은 역사적인 의미에서 궁극적인 승한4)이 어떠한 방향과 방식으로 획득되어져야 함을 시사한다고 보여진다.

---

4) 「정읍사」의 도림 또한 버들치의 장형을 통해 승한을 지향하는 역사인식을 정립하게 된다. 황산벌 싸움에서 다리를 다쳐 앉은뱅이가 된 버들치의 장형은 삼지창을 만들어 저항하는 군사들에게 무기를 공급한다. 비록 백제가 멸망했지만 자신이 할 수 있는 일을 함으로써 역사의 패배자가 아닌 승리자가 되기를 열망한다.

2) 가치의 공유와 소통

소통 관련 소설에서 한의 해소는 삶의 근거인 '뿌리'의 공통점을 발견하고 이에 대한 가치를 공유하고 인정하는 과정에서 획득된다. 90년대 후반부터 근작에 이르기까지 문순태는 다분히 여성주의적인 시각과 아울러 생태주의와 생명사상에 초점을 둔 소설작업을 해오고 있다. 물론 그 기저에는 '한 정서의 현대화'라는 측면에 입각하여 한을 새로운 소통의 차원으로 확장하고 변주하고 있다는 것을 의미한다.

주지하다시피 문순태의 남도 정서에 기반한 소설들은 그 자체로 생명의식과 공동체적 가치 지향의 정서를 내재하고 있다. 그의 소설에는 이름도 생소한 무수히 많은 꽃과 나무, 풀이 등장하며 아울러 빈번하게 토속적인 지명과 인명이 쓰이고 나아가 굿과 사물놀이, 기제와 같은 전통적 주술행위가 서사의 배경으로 묘사되고 있다. 따라서 90년대 후반 이후에 발표된 소통 관련 소설은 이전의 공동체적 정서를 근거로 '한'의 감정을 가치의 공유와 '생명주의'로 전환하기 위한 의도에 초점을 둔다. 그와 같은 지향은 기본적으로 화해와 혼융의 서정적인 세계를 포괄한다.

박철화는 "이때의 서정은 나와 세계, 나와 너의 대립과 구분이 사라진다는 점에서의 서정"5)이며 나아가 "현실의 많은 모순과 갈등의 서

---

5) 박철화, 「빈자리, 혹은 과거와 현재의 공존」, 『된장』작품 해설, 이룸, 2002, p.317.

사(敍事)를 서정으로 끌어안는 것, 그것이 작가가 우리를 안내해 데려
간 화해와 혼융의 완숙한 세계"로 본다.

'화해와 혼융의 완숙한 세계'는 전쟁과 비극, 그리고 한을 심화시킨
가부장적 남성적 세계관을 극복할 수 있는 모성적 생명력을 근거로
한다. 이는 변화와 속도로 대변되는 물질문명의 삶의 양식이 존재와
사유에 근거하는 존재론적 지향의 삶의 양식으로 전환되는 것을 의미
한다. 김용민은 "생태학적 인식은 자연과의 관계를 새롭게 정립하는
것만이 아니라 우리의 모든 사고방식과 생활태도 그리고 존재 양식
자체를 새롭게 바꿀 것을 요구"[6]하며 나아가 "새로운 언어, 새로운 현
실 인식, 새로운 가치관을 요구한다"고 한다.

이와 같은 '생태학적 인식'은 문순태의 소통 관련 소설이 어머니의
정서와 가치관을 통해 세상을 바라보며 그것을 기반으로 한을 초극함
으로써 타자와의 공존·공생의 삶을 영위하는 의미와 일정부분 궤를
같이한다고 보여진다.

된장은 이 세상의 모든 맛을 다 아우른단다. 빛깔로 말하자면 된장
맛은 검은색이다. 송곳끝같이 뾰쪽뾰쪽한 맛도 된장을 만나면 둥그
스름해지지. 치즈하고 된장을 섞으면 치즈 맛은 없어지고 된장 맛만
남는단다. 된장 맛은 약한 것 같으면서 강하고 강한 것 같으면서도

---

6) 생태학적 인식이란 유기체가 "서로 얽혀"있다는 인식하에 유기체를 개별적
으로 고찰하지 않고 "환경과 연관지어"총체적으로 파악하는 사유태도를 일
컫는다. 김용민, 『생태문학』, 책세상, 2003, pp.20-21참조. Ludwig Trepl, 『생
태학의 역사 Geschichte der Okologie』(Frankfurt/M., 1987), p.17.

보드럽다. 내 생각에 참말로 좋은 사람은 된장 맛 같은 사람이라는 생각이 든단다.   (「된장」,p. 145)

어머니는 출산을 앞둔 화자에게 '된장'의 속성에 대해 이야기한다. '된장'은 어머니가 추구하는 삶의 양식과 가치가 내재된 음식이다. "참말로 좋은 사람은 된장 맛 같은 사람이라는 생각이 든다."는 발화는 어머니가 과거의 고통과 한을 포용하고 승화시킨 사람의 참모습을 된장에 비유하고 있음을 보여준다. 아들이 우물에 빠져 죽은 사건으로 어머니는 이혼을 하고, 화자와 함께 미국으로 떠나지만 얼마 뒤 고향과 아들에 대한 그리움을 이기지 못하고 귀국을 한 상태다. 그리고 그 우물의 물로 된장을 만듦으로써 과거의 고통스러운 한과 화해를 하게 된다.

"꼭 열 달이 걸렸네. 콩 심어 된장이 되기까지. 임신해서 아기를 낳기까지 열 달이 걸렸어. 된장이나 사람이나 똑같네. 그러고 보니 아기가 네모반듯한 메주를 닮았구만."
어머니는 환한 얼굴로 아기를 받아 안은 채 두 발을 옴죽거리며 방 안을 서성거렸다. 어머니의 얼굴에 콩꽃 같은 미소가 가득 흘렀다. (중략) 아기와 눈길이 마주치는 순간 작고 뙤록뙤록한 아기의 눈동자 속으로 나의 온몸이 일시에 녹아드는 것 같았다. 지난날의 돌이킬 수 없는 통한과 내일에 대한 불안과 희망까지도. 적멸의 고요처럼 깊은 아기의 검은 눈동자 속에서 금세 눈이 펄펄 내리고 있었다.
                                                     (「된장」, p.147)

어머니가 우물물로 된장을 빚는 것과 화자가 우물물을 마시고 출산을 하는 행위는 두 인물이 모성적 정서를 공유하고 있음을 의미하며 이러한 가치의 공유가 '생명'의 탄생으로 귀결되고 있음을 보여준다. 한편 콩이 된장이 되기까지, 그리고 임신해서 아기를 낳기까지 열 달이 걸린다는 사실은 작가의 담론을 견인하기 위한 서사적 의도에서 비롯된 서술로 보인다. 그것은 한을 이겨낸 끈질긴 인내와 생태학적인 인식이 없이는 '생명'의 결실을 맺을 수 없다는 것을 암시한다. 즉 어머니는 '콩'과 '우물'과 '아기'를 각각 개별적인 존재로 보지 않고 서로 연관된 '생명'으로 바라보고 있다는 점이다.

그것은 소비시대로 규정되는 현대사회의 특징인 속도와 변화 위주의 삶과는 명백히 변별되는 태도로 한을 이기기 위한 근본적인 방안은 '생명'에 근거한 유기체적 가치의 공유와 지향에 있음을 드러내고 있는 것이다. 이와 같은 생명에 근거한 생태주의 문학은 신덕룡이 "유기적인 전체로서의 세계 속에 모든 생명체들이 하나의 공동체로 구성되어 있다는 사실과 그 구성원인 모든 생명들이 평등하다는 인식 그리고 인간의 책임윤리가 적극적으로 내포되어 있다"[7]고 역설한 것과 맥을 같이 한다.

속도와 문명에 반하는, 느림의 삶을 지향하는 인물로 「늙으신 어머니의 향기」의 어머니를 들 수 있다. 언급했다시피 이 작품은 질곡의 역사를 살아온 어머니 세대의 한이 삶의 양식이라는 측면에서 시대적

---

7) 신덕룡, 『생명시학의 전제』, 소명출판, 2002, p.88.

흐름과 맞물려 가치관이나 소통의 문제로 비화되고 있음을 드러낸다.

> 그 냄새는 몸에서 나는 것이 아니라 당신이 살아온 쓰디쓴 세월의 냄새라는 말이 벌겋게 달궈진 부젓가락처럼 오목가슴을 뜨겁게 파고들었다. 젊어서 남편을 잃고 병든 시아버지와 어린 두 자식을 위해 짐승처럼 살아온 어머니. 그것은 어머니가 살아온 신산한 세월이 발효(醱酵)하면서 풍겨서 나온 짙은 사람의 향기였다. 고통스러웠던 긴 세월의 더께 같은 것. 어머니의 냄새는 팔십 평생 동안 푹 곰삭은 삶의 냄새이며, 희노애락의 기나긴 시간에 의해 분해되는 유기체의 냄새가 분명했다. 나는 갑자기 어머니의 냄새가 내 몸의 모든 핏줄 속에서 꿈틀거리는 것을 느꼈다.　　　（「늙으신 어머니의 향기」, p.38）

화자는 집안에서 나던 시지근한 냄새의 정체가 "어머니가 살아온 신산한 세월이 발효(醱酵)하면서 풍겨서 나온 짙은 사람의 향기"라는 사실을 깨닫게 된다. 그리고 그것은 "삶의 냄새이며 희노애락의 기나긴 시간에 의해 분해되는 유기체의 냄새"라는 인식의 확장으로 연결된다. 즉 어머니의 냄새는 모든 한을 인고함으로써 발효가 된 '사람의 향기'라는 것인데, 이와 같은 화자의 반성적 시각은 어머니 세대로 대변되는 전통적 가치와의 소통이라는 작가의 담론으로 수렴된다.

주지하다시피 문순태 소설에서 '죽임과 상처의 근원'은 한이다. 앞의 예에서 보듯 그 한은 과거 세대의 문제로만 끝나는 것이 아니라 현재와 미래 세대에까지 대물림되고 영향을 미친다는 점에서 심각성이 있다. 작가의 담론이 주목하고 있는 바 또한 그 지점으로 앞선 세대의 한과 삶의 방식에 대한 이해와 경외감이 없이는 현재와 미래 세대의 긍정성 또한 담보할 수 없다는 것이다. 그러므로 '생태주의와 문학의 진정한 만남은 살림의 문학, 상처와 그것의 치유를 말하는 속 깊은 이야기에서 가능하다. 동시에 죽임과 상처의 근원을 파고들 줄 아는 진지한 자세를 필요로 한다.'[8]

「그리운 조팝꽃」또한 죽임과 상처의 문제, 한과 소통의 문제가 복합적으로 얽혀 있는 소설이다. 결과적으로 한은 가족 구성원 개인에만 국한되는 것이 아니라 세대를 넘은 가족 공동체의 문제이며 순환과 관계적인 측면에서 접근해야 할 소통의 문제라는 것이다. 그와 같은 관점은 「울타리」에서도 반복되어 형상화되고 있다.

즉 '모든 생물은 다른 모든 생물과 서로 깊이 연결되어 있다.'는 순환성, 다양성, 관계성의 원리는 생태계의 기본원리일 뿐만 아니라 여성적 원리이기도 하다[9] 는 것이다.

"나는 꿈을 꾸는 사람끼리는 서로 마음이 통할 수 있을지 모른다는 생각을 해 보았다. 같은 새를 기르는 사람, 같은 화초를 가꾸는 사람, 같은 애완견을 키우고, 같은 꽃을 좋아하고, 같은 노래를 즐겨 부르고, 같은 사람을 사랑하는 사람끼리도 마음이 통할 수 있을지도. 어쩌면 사람과 사람, 유기체와 유기체 그리고 사람과 모든 유기체는 서로를 이어 주는 사차원의 끈으로 연결되어 있는 것은 아닐까. 이 세상에 함께 살고 있는 모든 생명체는 결국 하나로 연결되기 위해,

---

8) 김양선, 『허스토리의 문학』, 새미, 2003, p.81.
9) 김양선, 위의 책, p.82.

동질적 인자(因子)를 찾고 있는 것인지도.   (「울타리」, p.174)

화자의 독백은 김 노인과 최 노인으로 대립되는 역사의 비극과 한을 초극하기 위해서는 생태학적 인식에 기반한 공생의 관계가 복원되어야 함을 지적하고 있다.

자연과 여성을 타자화하는 것이 배제의 논리였다면, 더불어 사는 삶을 회복하기 위해서는 남성적 원리와 여성적 원리를 넘어서는 새로운 윤리감을 확보해야 한다. 이는 다양성과 복합성을 고려한 관계지향적 사고를 지향하는 열린 윤리 의식을 지녀야만 가능한 것이다.[10]

이처럼 문순태의 소설이 궁극적으로 지향하는 바는 모성적 가치관과 정서의 공유를 통한 해한과 소통의 세계이다. 화자가 통일의 집에 방문했을 때 최 노인과 나눈 대화에는 작가의 담론이 결집되어 있다. "죽은 나무를 어떻게 살려내지요?"라는 물음에 최 노인은 "그냥 식물로만 보지 않고 하나의 생명체로 보면 살려 내고 싶어지지요. 중요한 것은 뿌리랍니다. 줄기와 가지가 다 죽어도 뿌리 하나만이라도 살아 있으면 되살릴 수 있으니까요. 사람도 마찬가지지요."(p.182) 여기에서 '뿌리'는 생명력을 상징한다.

문순태 소설에서 승한(勝恨)은 적극적이고 긍정적인 행위 중심의 지향에 무게 중심을 두고 있다. '재인식과 전이'의 단계를 거친 포괄적

---

10) 김양선, 위의 책, p.80.

이며 이상적인 가치로의 수렴을 의미한다. 「꿈꾸는 시계」, 「시간의 샘물」, 『41년생 소년』등의 소설에서는 어느 한편만의 한의 풀림을 상정하지 않는다. 궁극적으로 가해자 또한 얽매임으로부터 풀려나도록 해법을 제시하고 있다. 이는 승한의 지향점이 주체의 대립관계인 원한과 주체의 내면에 드리워져 있는 자아와의 갈등, 그리고 미래의 새로운 가치까지 담보하는 공존의 지경까지 확대되어야 함을 뜻한다.

「된장」, 「그리운 조팝꽃」, 「늙으신 어머니의 향기」, 「울타리」와 같은 소통 소설에서는 생명의식과 존재론적 삶의 양식에 초점을 둠으로써 과거의 비극과 한을 극복하는 길을 찾고 있다. 또한 생태학적 인식에 기반한 제 생명체와의 공생이 소통불능과 소외로 야기되고 있는 현실의 여러 문제를 풀 수 있는 전제 조건임을 역설한다.

지금까지 제Ⅳ장에서는 재인식과 전이를 통해 도달하게 되는 해한과 승한의 세계를 고찰하였다. 이를 위해 각기 네 개의 절로 나누어 탐색과 거리의 길항, 여로와 화해의 모색, 순환의 각성과 승화, 풀림과 소통의 세계에 대해 살펴보았다. 이러한 과정은 궁극적으로 작가의 담론이 반영된 것으로 향후 공생과 공유 그리고 소통의 세계를 지향하고 있음을 알 수 있다.

V.
문순태 소설의 특질과
한의 의미망

본 장에서는 한의 극복 양상을 중심으로 전개되는 문순태 소설의 서사 특질과 의미망을 고찰한다. 출향과 귀향이 어떻게 한과 연계되어 서사화로 진행되고 궁극적으로 해한에 이르게 되는가를 살피게 된다. 이를 위해 "비극적 역동성과 서사적 전완성", "귀향과 출향의 매개와 수렴화"라는 측면으로 나누어 분석하고자 한다.

　본 연구의 출발은 문순태 소설에서 드러나는 복수는 '결과로서의 한풀이'가 아니라는 전제에서 기인한다. 원한 맺힌 감정을 푸는 한풀이는 '과정'에서만 허용된다. 한을 뛰어넘는, 한을 이기는 승한(勝恨)의 의미로의 확장은 재인식과 전이라는 또다른 '과정'을 통해서 부가되기 때문이다.

　이와 같은 연구를 통해 도출된 서사적 특질은 분석 자체로 끝나는 것이 아니라 문순태의 향후 창작의 방향을 가늠하고 세계관과 존재방식에 대한 의미를 조명하는 것으로 초점이 모아지게 될 것이다.

제1장

비극적 역동성과 서사적 전완성

한의 서사화에 있어 일반적인 특징인 서사적 역동성은 한을 바라보는 인물들의 적극성에서 기인한다. 그 적극성은, 행위를 수반하기 마련인데 그 수반된 행위의 기저에는 복수에 대한 강한 의지가 자리하고 있다는 점이다. 물론 행위를 통한 복수의 실현이 한을 푸는 궁극적인 지향점은 아니다. 여기에서 복수의 행위는 '과정으로서의 한풀이'라는 성격을 띤다.

한편 시간의 흐름에 의한 순차적인 서사의 진행은 구도의 완결성을 견인하는 요인으로 작용한다. 소통 관련 소설이나 5·18관련 소설 그리고 역사를 배경으로 하는 소설은 주체의 여로의 행위가 기본적으로 시간의 연속에 의해 서사화가 이루어지고 있다는 점에서 서사성[1]이

---

1) 서로 다른 서사물들은 다른 정도의 서사성(敍事性, narrativity)를 가지고 있

높다고 보여진다. 본 절에서는 비극적 역동성과 서사적 전완성을 구현하는 방식으로 "과정으로서의 한풀이"와 "순차성과 연속성"을 중심으로 서사적 특질을 고찰하고자 한다. 특히 해한에 이르는 과정에 서 드러나는 서사적 특징은 플롯과 연계된다는 점에서 작가의 유형화된 서사 패턴에 대한 비판적 성찰의 계기를 제공해준다.

1) 과정으로서의 한풀이, 금기와 위반

원한은 가해자에 대한 미움과 증오의 감정에서 비롯된다. 원한을 풀기 위한 일차적인 한풀이는 복수로써 가능하다. 주지하다시피 우리 소설에는 복수를 통해 한풀이를 실현한 사례가 등장한다. 홍길동전이나, 춘향전은 그와 같은 예로 이들 소설의 주인공은 복수의 감정을 행위로 구체화함으로써 해한에 다다른 경우이다. 따라서 서사의 종결이 전형적인 해피 앤딩의 구조를 이룬다는 점에서 현대 소설, 특히 본고에서 다루고 있는 문순태의 해한의 방식과 서사 구조에 있어 근본적으로 차이가 난다. 문순태의 소설에서 화해는 해피엔딩으로 수렴되는 것이 아니라(물론 일정부분 그런 면도 상존하지만) 푸는 행위 그 자체

다는 것, 즉 어떤 서사물은 다른 서사물들보다 더 서사적이어서 "보다 더 나은 이야기를 한다"는 것에 대해서도, 널리 의견이 일치되어 있다고 한다. 사실 다양한 텍스트들이 서로 비교가 되는 서사성을 가지고 있다는 데에는 이견이 없다. G. 프랭스, 『서사학이란 무엇인가』, 최상규 역, 예림기획, 1999, p.224.

와 행위 이면의 의미에 초점이 맞추어져 있다. 문순태는 해한자로서의 작가의 눈은 증언자이며 동시에 예언자적 판단력을 가져야 한다[2]는 기본적인 인식을 견지하는데, 그것은 화해의 의미를 획득하는 과정과 그것의 의미에 대한 성찰에 무게를 두고 있다는 것으로 풀이된다.

인물의 내면에 잠재되어 있던 한은 시간의 흐름에 따라 크게 두 양상으로 변한다. 하나는 체념이고 또 다른 하나는 구체적인 행위로 표출된다는 점인데, 전자가 패배적 감정과 궤를 같이 하는 일련의 후회와 포기의 태도라면 후자는 대상에 대한 복수의 의지를 직접적으로 드러낸 행위의 방식인 것이다.

그러나 문순태 소설에서 복수는 '결과로서의 한풀이'가 아니라는, 다시 말해 복수 행위가 종국적인 解恨의 경지에 이르는 방안은 되지 못한다는 것을 뜻한다. 그것은 과거의 원한 맺힌 감정을 푸는 한풀이 수준의 의미를 담보할 수 있어도, 한을 뛰어넘는, 즉 한을 이기는 승한(勝恨)의 의미로까지는 확장되지 못했다는 의미이다. 때문에 인물들이 가학의 대상에게 복수를 하는 행위는 '과정으로서의 한풀이'라는 소극적 의미와 서사의 역동성을 구현하는 서사적 장치로 작용한다는

---

2) 작가가 한에 대해 가지고 있는 기본적인 입장은 다음의 언급된 내용에서도 짐작할 수 있다. "나는 한을 한으로 풀 수 없다는 것도 알게 되었다. 한을 한으로 풀게 되면 무당의 언월도로 잘라버린 그 자리에서 또 하나의 새로운 한의 싹이 돋아나고 몇번이고 한을 자르는 비극이 되풀이 되어야 하기 때문이다." 문순태, 「고향과 역사와 통한의 미학」, 앞의 책, 『창작이란 무엇인가』, p.83.

이중의 의미를 함의한다. 이는 토속적, 향토성에 기반하고 있는 민중 관련 작품이나 6·25를 배경으로 하고 있는 소설에서 두드러지게 나타나고 있는데, 피해자가 가해자에 대해 갖는 복수의 감정이 구체적인 행위를 통해 드러나기 때문으로 여겨진다. 6·25때 행해진 복수의 한풀이는 이전의 시대, 즉 일제시대와 해방을 전후한 시대에 이미 한의 원인이 형성되었다는 사실을 전제로 한다.

사실상 토속적 사회일수록 인습적 도덕률은 계급 차별과 금전의 힘으로 악용되곤 했을지라도 악법도 법이라는 논리도 엄존했었다.[3] 즉 '악법도 법이다'라는 논리는 금전과 신분에 있어 우월적 위치에 있는 자가 그보다 열등한 대상에 대해 무시로 착취와 억압을 가할 수 있다는 의미를 상정하고 있다. 이 논리는 전쟁이라는 특수한 상황에서도 통용되었던 바, 한국전쟁이라는 전대 미문의 비극적 상황은 복수가 복수를 낳는 한의 대물림을 양산했던 것이다.

문순태의 소설에서 인물의 '과정으로서의 한풀이'에는 크게 신체적 위해와 재산상의 손괴를 들 수 있다. 신체적 위해는 다시 겁탈과 폭력, 살인의 행위로 나타나고, 재산상의 손괴는 방화와 탈취로 이어진다. 각각의 행위는 그 자체로 끝나는 경우도 있고, 복합적으로 행위가 뒤섞여 나타나기도 한다. 앞서 살폈듯이, 이러한 행위는 '과정으로서의 한풀이'에 머무른다는 것이지, 종국적인 해결을 목표로 하고 있지는 않다. 그런 연유로 위반과 금기의 행위는 대체로 스토리의 중간 단계

---

3) 이보영, 「민중의 한과 그 힘」, 『고향과 한의 미학』, 태학사, p.236.

에서 나타나며, 사건의 연결고리로써 서사의 진행을 역동적으로 견인하는 역할에 초점이 모아져 있음을 알 수 있다.

「달궁」, 「철쭉제」, 「안개우는 소리」는 인물의 내면에 잠재된 한이 폭력이나 살인, 재산탈취와 같은 복수의 행위로 드러난 경우이다. 특히 「달궁」과 「철쭉제」는 6·25의 참상을 다루고 있다는 점에서 당시의 시대 상황이 억울한 죽음과 피해를 발생하게 한 주요 원인이었다는 것을 알 수 있다. 「안개우는 소리」또한 지배와 피지배의 관계에서 발생한 성적 착취와 이를 해소하기 위한 방식에서 우발적 살인에 이르는 내용이 주(主)서사를 이루고 있다. 이들 텍스트에서 발생하는 사건은 명백히 한과 연계되어 있는데 이들의 행위는 이전에 범해진 악에 대한 징벌의 의미를 담고 있다. 징벌의 의미는 어디까지나 '과정으로서의 한풀이', 즉 보복해야 할 행위 그 자체에 해당하는 것이지 그것이 '결과적인 한풀이'는 아니라는 것이다.

서사물은 어떤 사건들이 보다 더 큰 사건으로 결합되는 것을 보여줄 수도 있는데, 서사성은 사건의 통합이나 분해에서도 생겨나고 구성이나 해체에서도 생겨나고 합일과 분화에서도 생겨난다.[4] 한을 푸는 행위로써 겁탈이나 폭력, 재산을 탈취하는 것이 '과정으로서의 한풀이'에 해당한다면 그와 같은 행위를 유발하게 한 이전의 가학자의 겁탈, 신체 위해, 재산 탈취 등은 한을 유발한 원인으로써 서사적 기능

---

[4] G. 프랭스, 『서사학이란 무엇인가』, 최상규 역, 예림기획, 1999, pp.223-247 참조.

을 담당하고 있다는 것이다.

이후에 또 다른 사건의 전개나 통합에 의해 인물들이 화해를 모색하거나 한에 대한 상처를 공유함으로, 그것은 '결과로서의 한풀이'에 해당한다. 그러므로 '과정으로서의 한풀이'는 한의 원인과 이후의 결과를 인과적으로 또는 역동적으로 이어주는 서사적 역할을 수행하고 있는 것이다.

> 그러나 순기와 순기 어머니는 삼촌의 다리가 다 낫기 전에 만복이가 박 삼수를 앞세우고 토굴 안에 숨어 있는 삼촌을 찝어낼까 걱정이 되었다. 그러나 삼촌은 만복이를 믿고 있는 듯싶었다.
> 가을비가 추적추적 내리던 날 낮에 노루목 재각에서 벼락치는 듯한 소리가 들려 왔다. 순기는 불안한 예감에 휘감긴 채 어머니와 함께, 미륵교를 건너 재각에 가보았다. 그리고 모자는 함께 까무러치고 말았다. 순기는 그렇게 되고 말 것이라는 것을 예상하고 있었다. 삼촌이 숨어 있던 토굴이 무덤을 파헤쳐 놓은 것처럼 벌렁 뒤집혀 있었다. 토굴 안에 수류탄을 넣어 터뜨린 것이었다.
> 뒤집힌 흙더미 속에 담요, 양동이며 쌀자루, 요강이 휴지처럼 찢겨져 있었으며, 삼촌의 팔과 다리며 몸뚱이가 여기저기에 흩어지고 묻혀 있었다. 그날 밤, 순기는 어머니와 함께 달궁을 뛰쳐나와 극락산으로 향했다.   (「달궁」, pp.105-106)

순기 삼촌을 죽인 만복의 행위는 반드시 〈논리적 제약〉에 근거하여 이루어졌다는 것을 알 수 있다. 여기에서 만복이 순기 삼촌을 죽인 행위가 일련의 사건이라고 가정한다면, 존중해야 할 〈논리적 제약〉은 이전의 순기 삼촌의 아버지, 즉 순기 할아버지에 의해 만복의 아버지와 만복이가 추정 가능할 만한 피해를 입었다는 추측이 가능하다. 여기에 브레몽이 말한 '포괄결합'5)(包括, enclave)의 법칙을 적용하자면 이전의 순기 할아버지에 의해 범해진 악(토지 몰수와 만복 아버지 김개동의 살인)은 만복이 입장에서는 보복해야 할 행위와 동일한 의미를 지닌다는 것이다. 그리고 보복과정은 만복이 순기 할아버지네 머슴으로 들어오게 된 내력과, 6·25가 발발한 이후 좌익과 우익의 편을 오가며 변신하는 일련의 과정이 해당된다.

만복의 순기 삼촌에 대한 살인은 단순한 한풀이 사건을 넘어 또 다른 사건을 연결하는, 다시 말해 분화하는 성격을 지니고 있다. 위의 인용문에는 화자의 회상을 통해 김만복이 보복행위를 하는 장면이 서술되어 있다. 그러나 회상에서 현실로 넘어온 이후 전개되는 서사에

---

5) 포괄결합: 이러한 배열은 하나의 과정이 그 목표를 달성하기 위해서, 첫째 과정을 위한 수단 역할을 하는 또 하나의 과정을 포함해야 할 때 나타난다. 이 둘째 과정은 또 다른 과정을 포함할 수도 있다. 이 포괄 연속은 연속의 명세화(spcification) 기법의 연원이 된다. 이 경우에 있어서 보복의 과정은 〈범해진 악〉에 대한 훨씬 더 확정적 공격 행위(징벌 행위)가 된다.

$$\text{범해진 악} = \text{보복해야 할 행위}$$
$$\downarrow$$
$$\text{가해야 할 손상}$$
$$\text{보복과정} \quad \downarrow$$
$$\text{공격행위}$$
$$\text{보복행위} \quad \downarrow$$
$$\text{가해진 손상}$$

Claude Bremond, "The Logic of Narrative Possibilities", *New Literary History* 3(1980), p.387-411. C. 브레몽, 「서사 가능성의 논리」, 『현대소설의 이론』, 김병욱 편, 최상규 역, 예림기획, 1997, p.195.

서 순기와 정아가 나누게 되는 정사, 그리고 순기의 당숙인 문치도가 문참봉의 송덕비를 옮기는 과정에서 저수지에 빠져 죽게되는 사건과 연결된다.

문참봉은 순기의 할아버지로 김만복의 아버지 김개동을 자신의 송덕비에 깔려 죽인, 다시 말해 대를 이어 두 가계에 한을 발생시킨 장본인이다. 김만복의 아버지 김개동의 한 맺힌 죽음은 일제 때 실시한 토지조사가 직접적인 원인이 되었다. 그것은 문참봉이 김개동의 토지를 자신의 토지로 편입했고 이에 분개한 김개동이 송덕비를 세울 수 없다고 반대하자 송덕비에 깔려 죽게 했던 것이다.

여기에서 보듯 〈범해진 악〉은 문참봉의 김개동의 살인과 그의 재산 탈취이며, 〈보복해야 할 행위〉는 김만복의 문참봉 아들에 대한 보복 살인과 이후 송덕비를 제거하는 일로 요약이 된다. 결국 김만복의 입장에서 〈가해야 할 손상〉은 송덕비로 대변되는 문참봉의 〈악법도 법이다〉라는 비인격적 논리에 근거한 인면수심의 행위인 것이다.

「철쭉제」 또한 앞서의 「달궁」에서 보여지는 것과 동일한 인과관계에 의해 서사가 직조되고 있다. 이전의 대(代)에서 발생한 한이 후대의 보복행위의 원인이 되며, 후대의 보복행위는 이후 사건을 분화하고 서사를 역동적으로 견인하는 역할을 하고 있다. 또한 이전의 대(代)에서 발생한 〈범해진 악〉과 이에 상응하는 〈보복해야 할 행위〉로써 가해진 손상은 일반의 도덕과 관습을 깨는 금기적인 측면이 강하다.

'성(性)'과 '전쟁'은 둘 다 금기의 대상이다. 이것들은 금기의 사항임과 동시에 금기의 위반, 혼돈, 함몰, 죽음, 파열 본능의 폭발, 폭력, 악탈, 상실, 충돌, 식민지와 피식민지, 가해자와 피가해자, 히스테리라는 공통의 분모도 갖는다. 이러한 것들은 일상의 사회질서와 제도 밖에서 일어나는 일이라는 점에서 인간과 사회의 무의식의 세계, 감추어진 진실의 세계를 들여다볼 수 있는 틈새를 여는 단서가 된다.[6]

결과적으로 이러한 금기 행위는 보복의 의지를 실현케 하는 단초로 작용한다. 주지하다시피 한국전쟁은 유산자와 무산자 간의 신분상의 갈등과 전복을 증폭시키고 금기된 행위를 가능하도록 강제했던, 민족 최대의 비극적 사건이었다. 금기 행위는 인간의 내면에 잠재한 무의식이 표출된 것으로, 시대 상황이나 당시의 사회제도와 밀접하게 관련되어 있다. 전쟁이나 신분사회를 배경으로 한 소설에서 성의 유린에 관한 내용이 자주 언급되는 것은, 특히 문순태의 소설에서 성적 착취가 한의 하나의 양상으로 등장하는 것은 신분의 차이로 인한 갈등이나 전쟁이 인간을 지배하는 불가분의 요소로 작용하고 있다는 사실을 보여준다. 그러기에 작가는 전략적 측면에서 한은 개인의 문제라기보다 제도적, 계급적 차원에 의해서 발생되는 구조적인 문제라는 점, 따라서 그것의 한풀이 방식 또한 그와 같은 접근에서 이루어져야 한다는 점을 부각시키고 있는 것으로 보인다. 그 전제 조건이 보복보다는 포용하고 용서하는 화해의 방식에 방점이 있는 것은 텍스트의 메시지 차원과 연관된다고 보인다.

---

6) 박선경, 「'성'과 '성담론'을 통해 본, 삶의 내면과 이면」, 『고향의 한과 미학』, p.149.

물론 「철쭉제」의 해한의 방식에 있어 화자의 '기대할 만한 행위'가 불발로 끝나는 것은 독자의 '기대'를 저버리는 측면이 있다. 관심의 대상이었던 화자, 박검사의 박판돌에 대한 보복행위는 실제 스토리상에서는 구체적으로 발현되지 않았기 때문이다. 그것은 화자가, 부친이 금기 사항이었던 성적 착취의 주체였다는, 다시 말해 근본적인 한을 양태한 장본인이었다는 반성적 깨달음에 이르렀기 때문이다. 그와 달리 화자인 나와 대척점을 이루는 박판돌은 실제 행동을 통해 보수를 구체화하였다는 점에서 박검사의 한풀이 방식과 변별된다. 박판돌의 보복 행위는 6·25라는 과거의 시간 속에서 행해진 사건이기에 현실에서 실체가 드러나기까지에는 두 인물의 갈등, 주변 인물의 관계, 주위 환경이라는 제 요소가 복합적으로 작용하였다는 것을 전제로 한다.

① "우리 아버지한테 당신이 박쇠 아들이라는 건 언제 밝혔소?"
　　나는 바윗덩어리처럼 무겁게 나를 쪄 누르고 있는 판돌이를 마치 박쇠처럼 생각하며 우울하게 물었다. (중략)
　　"…… 그란디 말입니다. 어르신께서는 지가 그렇게 바랬던 것과는 달리 우리 아버지를 세석평전에서 엽총으로 쏴 죽였다고 쉽게 고백을 허시고 말았지요. 아버지가 언젠가는 낫으로 어르신의 아버지를 찍어 쥑일 것만 같았고…… 또 지 부자가 도련님 댁 족보에 오르는 것이 싫어서 멧돼지 사냥을 나와 세석평전까지 끌고 가서 쏴 쥑였다고 허드만요. 어르신은 그러면서 보잘 것 없는 지한테 용서를 빌었어요. 지는 그런 어르신이 싫었든 거지요. 차라리 그때 나헌티 불호령을 치셨더라면 지 마음이 약해져서……."

(「철쭉제」, pp.173-174)

② 박쇠는 마누라를 놀라게 해주려고 담을 넘어가 대문을 딴 뒤, 소
리 안 나게 살금살금 행랑채 문칸방으로 다가갔다. 지게를 받쳐
두고, 휘영청 밝은 달빛이 비스듬히 비쳐 내리는 방문을 조용히
잡아당겼다. 방문이 열리자 흰 수국꽃다발 같은 달빛이 한묶음
방안으로 던져지면서 마누라 넙순이 외에 분명히 또 한 사람의
덩치 큰 모습이 도끼날처럼 무섭게 가슴에 찍혀 왔다. 남자였다.
박쇠가 성난 부사리처럼 놀라며 떨어졌다. 박쇠의 눈에 번갯불이
튀기면서 욱 온몸의 피가 거꾸로 솟구쳤다. 넙순이는 달달 떨면
서 엉겁결에 풀어 헤쳐진 말기끈을 똘똘 감았고, 사내는 다급하
게 고의춤을 끌어 올렸다. (「철쭉제」, p.165)

인용문 ①은 박판돌이 화자의 아버지 박참봉을 살인하였다는 사실
을 고백하는 내용이고 ②는 박판돌이 박검사의 부친 박참봉을 살인하
게 된 근본적인 원인과 관련된 사건이 서술되어 있다. 즉 ②는 ①의
서사를 형성하게 하는 논리적 근거를 뒷받침하는 사례이다. 다시 말
해 ②는 박참봉에 의해 자행되었던 〈범해진 악〉의 실체를 보여주는
반면 ①은 부친 박쇠의 억울한 죽음에 대해, 박판돌이 박참봉에게 〈보
복해야 할 행위〉로써 그에 상응하는 살인을 하였다는 것을 보여준다.
박판돌은 명백히 살인이라는 극단적인 행위를 통해 한풀이를 했던
바, 그와 같은 대를 이은 살인 사건의 이면에는 박참봉이 박쇠의 아내,
즉 박판돌의 어머니를 겁탈하는 행위에서 비롯되었다. 인용문 ②는

그러한 두 가계에 걸친 살인과 복수의 근원적인 원인, 즉 서사적 측면에서 논리적 근거를 제공해주는 모티프의 역할을 하고 있는 것이다. 이 모티프는 이후 화자인 박검사와 박판돌의 만남 이후의 서사를 견인하는 역할을 담지하고 있을 뿐만 아니라, 과거 사건을 분화하는 역할까지도 담당하고 있다.

겁탈 사건은 〈범해진 악〉과 〈보복해야 할 행위〉라는 측면에서, 후자가 전자에 대한 한풀이 행위의 전제조건이 되는 것이다. 물론 이후의 서사의 전개에 있어서 박참봉이 박쇠 부자를 족보에 오르게 해주겠다는 약속을 하고 또한 지리산으로 사냥을 나가 박쇠를 엽총으로 살해한 사건은 서사의 역동성을 견인하는 장치로 볼 수 있다. 또한 앞서 거론한 대로 '과정으로서의 한풀이'적인 성격을 띄기도 하는데, 그것은 박판돌의 보복행위로 모든 것이 종결되는 것이 아니라 또 다른 한을 배태하고 그 한맺힘에 의해 서사는 보다 박진감 있게 진행될 있는 근거를 확보하게 된다.

텍스트에서 보복행위에 대한 초점은 분명 박판돌이 아닌 박검사에게 맞추어져 있었다. 그것은 검사라는 우월적인 위치에 있는 화자의 귀향이 아버지의 억울한 죽음에 대한 복수를 실현하는 것에 초점이 맞추어져 있었기 때문이다. 그러나 박검사의 내면에 잠재되어 있던 복수 의지, 한은 중대한 전환점을 맞게 되는데, 그것은 「철쭉제」의 상징성과 6일간의 등반 일정과 무관치 않다.

「철쭉제」는 6일간에 걸친 지리산 등반을 축으로 서사가 진행되므로 시간의 추이에 따른 인물의 심리 변화가 문순태의 여느 작품에 비해 두드러진다. 심리변화란 결과적으로 주인공인 화자의 복수의지의 상실, 달리 말하여 화해의 모색으로 집약할 수 있는데 이는 당초의 '기대할 만한 행위'와는 동떨어진 것이다. 그에 비해 '기대할 만한 행위'는 보복해야 할 행위와 일맥상통하는 것으로 엿새 간에 걸쳐 이루어지는 등반 일정에 서사적 긴장감과 역동성을 불어넣는다. 따라서 박검사가 아버지의 유해를 찾기 위해 박판돌을 앞세우고 지리산 일대를 누비는 과정은 주인공이 지나왔던 과거의 한 맺힌 시간이 현재라는 시간에 갈등을 심화시키는 작용을 하는 것으로 인물들의 행위 하나 하나에 상징성과 긴장감을 불어넣는다. 그것은 과거의 시간속에서 자행되었던 금기 행위가 향후 서사 전개에 있어 작가의 담론을 어떠한 양상으로 반영할 것인가라는 문제와도 연계되기 때문이다.

「안개우는 소리」에서도 신분과 권력에 의해 성적 착취를 당하는 내용이 나온다. 여기서도 〈범해진 악〉은 겁탈이고, 그에 상응하는 〈보복해야 할 행위〉로는 살인이라는 극단적인 한풀이 방식이 등장한다. 물론 성폭력과 살인이 이후의 서사를 견인하는 주(主)서사의 역할을 도모하고 있다는 것은 작가의 일차적인 서사 전략으로 풀이된다. 그러나 그보다 작가의 관점은 당시의 신분과 제도가 노비나 머슴으로 대변되는 피지배자와 하층민에게는 극복하기 힘든 한의 감정을 내면화하도록 강제한다는 사실에 초점을 두고 있다.

출복이 아버지는 도리어 찔끔해가지고 목을 움츠린 채 물러서 버리고 말았다. 그는 새경을 포기하되 겨울만 넘기고 기회를 보아 참봉네 집을 나올 작정을 하였다. 일단 결심을 하자 마음이 뜨직해져 옛날처럼 죽자사자 일을 하기도 싫었다. 육신 팽팽한데 화전을 일군들 세 식구 입에 거미줄이야 치겠는가 싶은 생각이었다.

그러던 그 해 가을 참봉 부인이 친정아버지 제사를 지내러 간 날, 놉을 얻어 나락을 베다가 곁두리를 내가려고 집에 들어온 출복이 아버지는, 눈깔이 뒤집히고 심장이 쪼개지는 광경을 목격하고 말았다. 집에 들어서자 집안은 조용한데 외양간 옆 골방에서 갓난아기 울음소리가 요란한지라 지게를 진 채 뛰어가서는 벌컥 문을 열었더니, 아기는 방 구석에 네발을 버둥거리며 울어대고 있었고 어떤 사내놈이 그의 마누라를 깔고 엎더서 끙끙거리고 있는게 아닌가. 순식간에 눈이 뒤집힌 그는 한낮에 자기들 신방에 들어와 마누라를 훔치고 있는 사내가 손참봉인지 누구인지 알 수 없었다. 지게를 벗어 팽개치고 두엄자리의 쇠스랑을 들고 뛰어들어가 미친 듯 울부짖으며 도리깨질하듯 마구 찍어내렸다.   (「안개우는 소리」, pp.103-104)

박출복의 아버지는 젊은 시절 손참봉의 집에서 머슴살이를 한다. 무당의 아들이었던 아버지는 어머니가 상 장사와 눈이 맞아 가출을 하자 손참봉네 꼴머슴이 되었고 그곳에서 최서방네 딸과 성혼을 하였다. 그러나 인용문에서 보듯 어느 날 아버지는 손참봉에 의해 어머니가 겁탈을 당하는 장면을 목격하고 만다. 그리고 이에 분격한 나머지 쇠스랑으로 손참봉을 죽이고 만다.

'참봉'과 '머슴'이 상징하는 것은 계급 사회의 신분이다. 계급사회는 언행을 통제하고 사고를 지배한다. 특히 남녀 관계에 있어서는 성을 지배하는 가학의 장치로 작용을 한다. 인용문을 토대로 브레몽의 서사 가능성의 논리를 적용하자면 '참봉=범해진 악'의 대상자, '머슴=보복해야 할 행위'의 대상자라는 등식이 성립된다. 그러한 결과 〈가해진 손상〉은 살인이라는 극단적인 행위로 귀착되고 만다. 즉 〈범해진 악〉은 겁탈이고, 보복해야 할 행위로써 가해진 손상은 살인이라는 사실이다.

일상적 삶 안에서 결혼을 전제로 하지 않은 '성'은 늘 금기시되지만, 그 금기는 끊임없이 위반되어왔고, 오랜 역사 동안 개인의 '성'은 계급과 조직, 사회문화와 제도에 의해 통제 받거나 조절되어졌다.[7)]

일반적으로 금기의 위반은 지배계층에 의해 자행되었다는 것은 주지의 사실이다. 특히 '성'이 인간의 본능에 근거한 대상이라는 관점에서 볼 때, 지배계층에 의한 겁탈은 가장 일반적이고 근원적인 착취라고 볼 수 있다. 공교롭게도 본고에서 논구했던 소설 가운데 겁탈이나 재산탈취와 관련하여 한풀이 방식으로 자행되는 살인에는 공통적으로 가학자가 참봉이며, 피학자가 머슴이라는 신분을 가지고 있다. 「철쭉제」의 박참봉과 박쇠가 그렇고, 『달궁』의 문참봉과 김개동 「안개우는 소리」의 출복의 아버지와 상전이 각각 참봉과 머슴이었다는 신분이 이를 증명한다.

신분사회에서 이뤄지는 겁탈과 살인은 서사적 측면에서 비극적 역동성을 견인하는 것은 「안개우는 소리」에서도 예외는 아니다. 악행과 처벌행위는 하나의 사건을 다른 사건으로 연계하고 끌어들이는 역할

---

7) 박선경, 앞의 논문, p.155.

을 한다. 텍스트에서 출복의 아버지가 손참봉을 살인한 이후 감옥에 갇히고 이후 정신병원으로 옮겨지게 되고, 어머니가 죽게 되는 일련의 사건의 시발이 성폭력에서 기인하고 있다는 것에서 알 수 있다. 물론 주인공이 고향을 떠나고 다시 귀향을 하게 하는 매개로도 작용하는 바, 문순태 소설에서 출향과 귀향은 한의 원인이자, 표출 양상이라는 공통의 분모를 갖고 있다. 이는 문순태의 소설에 드러나는 한이 다변화 내지 다층적 양상으로 직조화되고 있다는 의미로 서사의 긴장감을 부여하는 역동적 장치로 기여하고 있음을 뜻한다.

2) 전완성의 견인, 순차성과 연속성

G. 프랭스는 비교적 많은 시간 연속을 제시하는 대목이 비교적 소수의 시간 연속을 제시하는 대목보다 서사성이 높다고 말하고 있는 바, 이는 서사물이란 동시에 일어나는 사건들보다도 서로 다른 시간에 일어나는 사건들을 이야기하기 때문이라는 것이다. 그리고 그 서사성이 단순히 인과관계와 사건의 배열만을 의미하지 않는 것은 서사성이라는 용어가 독자를 전제로 하고 있음을 뜻한다. 즉 포괄적인 작가의 담론으로 수렴되는 것으로 어떻게 기술하느냐의 문제라는 것이다.[8]

순차성에 의거하여 문순태 소설의 한이 서사화 되는 과정을 요약하

---

8) G. 프랭스, 『서사학이란 무엇인가』, 최상규 역, 예림기획, 1999, pp.223-247 참조.

면 다음과 같다.

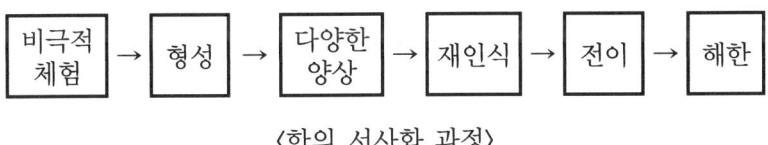

〈한의 서사화 과정〉

이러한 과정에는 구체적인 상황의 흐름을 지지하는 시간이라는 요소가 개입되기 마련이며 또한 이 흐름에는 특정한 원인에 의해 형성된 한이 이야기(서사화)로 완성되기까지 몇 개의 사건을 포함하고 있다는 것을 의미한다. 이와 같이 사건들이 유기적으로 결합하여 하나의 전완체, 즉 처음과 중간과 끝이 있는 하나의 완전한 구조물을 이루고 있는 정도[9]를 전완성이라고 한다.

다음은 『41년생 소년』을 시간의 순서에 따라 배열한 것으로 사건이 통합되고 분화되는 과정을 보여준다.

    a. 친구 수돌로부터 전화를 받는다.
    b. 지리산을 향해 여행을 떠난다.
    c. 6·25때 일을 떠올린다.
    d. 현실로 돌아온다.
    e. 백아산을 향해 떠난다.
    f. 수돌로부터의 연락이 두절된다.

이와 같이 『41년생 소년』을 시간의 순차성과 연속성에 따라 대략

---

9) G. 프랭스, 앞의 책, pp.231-236 참조.

6개의 사건으로 배열이 가능하다. 주지하다시피 서사물은 단순한 시간적 연쇄가 아니라 계층 구조적 연쇄이므로 이를 통해 하나의 사건을 이루게 된다. 즉 a-1, a-2, a-3이라는 3개의 하위 개념의 사건이 a라는 상위 개념의 사건으로 포괄되고 이러한 관계에 의해 a에서 b사이에는 연쇄적으로 연계된, 다시 말해 분화된 사건이 존재한다는 것이다. 상위 개념의 사건과 관련된 하위의 사건을 나열하면 다음과 같다.

    a. 친구 수돌로부터 전화를 받는다.
       a-1. 고향 친구 인 이발소 필식이와 인연을 떠올린다.
       a-2. 과거로의 시간여행을 떠나자는 제안을 한다.
       a-3. 시간의 의미에 대해 생각한다.

    b. 지리산을 향해 여행을 떠난다.
       b-1. 지리산에서 첫날밤을 보내며 과거의 기억을 떠올린다.
       b-2. 할머니가 돌아가시고 수철이 태어난다.
       b-3. 수돌이와 함께 물장구를 치며 논다.
       b-4. 불이암 스님으로부터 미래에 대한 이야기를 듣는다.

이처럼 사건들은 변화의 과정, 즉 한 사건에서 다른 사간으로의 변형을 기술하기 위해 연속체를 이루어 배열되며, 그로써 그 상위의 또 하나의 사건이 된다.10) 그렇다면 위의 a와 그 하위 사건은 이전의 6 ·

---

10) 최시한,『소설의 해석과 교육』, 문학과 지성사, 2005, 95쪽. 스티븐 코헨과 린다 샤이어스는 토드로프에 따라 "모든 시퀀스(연속체)는 최소한 두 가지 사건-하나는 서사적 상황 내지 명제를 확립하고, 다른 하나는 그 최초의 상

25의 비극으로 현실에서 한이 발현되는 양상과 관련되어 있는 반면 b 는 과거를 회상하는 단계로 한이 형성되고 내면화된 원인에 대한 내용과 연관된다. 스토리상의 이야기 전개는 b→a로 향하고 있지만, 서술상의 이야기는 a→b로 향하고 있음을 알 수 있다. 이는 화자의 여로를 따라 서사가 전개되기 때문에 스토리의 순서와 서술의 순서가 일치하지 않는 것이다. 그럼에도 사건의 전개는 시간의 순서에 따라 통합되고 분화되는 과정을 통해 하나의 계층구조를 이루며 주체의 내면에 형성된 한의 감정은 원인과 형성→현실에서의 발현이라는 순서로 서사화가 된다는 것이다.

이와 같은 양상은 6·25의 비극과 그리고 참상의 원인에 의해 야기되는 소통 부재와 관련된 소설에서 거의 동일하게 반복된다. 예컨대 서사물은 위의 계층구조에서 보듯 여러 사건을 구조화시키는 것인데, 이때 시간의 순서와 연속에 의해 배열되어지는 서사물은 서사성이 높다고 볼 수 있다. 또한 일정한 시간의 흐름에 의한 사건의 연쇄는 인과적 고리를 강화해줌으로써 전완성을 높여주는 역할을 하기도 한다.

다음은 「정읍사」를 시간의 흐름에 따라 배열한 것으로 사건이 통합되고 분화되는 과정을 보여준다.

a. 저자거리에서 방황하는 도림.

황을 변경하는-을 포함한다"고 하였다. (임병권·이호 역, 『이야기하기의 이론』, 한나래, 1997, p.84)

b. 도림이 정녀를 만나고 다시 떠난다.

c. 정녀가 도림을 기다린다.

d. 도림이 여물치를 만난다.

e 정녀가 도림을 기다리다 죽는다.

「정읍사」는 5개의 사건으로 배열이 가능하다. a와 b의 하위 개념에 포괄되는 하위 개념의 사건을 분류하면 다음과 같다.

a. 저자거리에서 도림이 방황한다.

    a-1. 도림이 주막에서 버들이와 술을 마신다.

    a-2. 신라와의 전쟁에서 계백이 죽자 도망을 친다.

    a-3. 도림은 정녀가 그리워 시시때때로 단소를 분다.

b. 도림이 정녀를 만나고 다시 떠난다.

    b-1. 한밤중에 정녀에게 돌아온다.

    b-2. 도림의 얼굴에 난 보기 흉한 상처를 정녀가 보고 놀란다.

    b-3. 아들 해장이 정녀에게 아버지에 대해 묻는다.

역사를 배경으로 하는 소설 또한 처음과 끝, 결말이 시간의 흐름과 인과적 논리에 의해 사건이 전개되고 있다. 여기서도 스토리가 발생한 순서는 a-2, a-1, a의 순이지만 서술된 이야기는 a, a-1, a-2의 순서를 따르고 있다. 스토리상의 사건은 한의 원인과 생성 그리고 현실에서 발현된 양상을 보여주고 있지만, 서술된 이야기는 한의 발현 양상 그리고 한의 원인과 생성의 순으로 서사화가 되어 있다. 이는 주인공 도림의 여로를 따라 서사가 전개되기 때문에 스토리의 순서와 서술상의 순서가 일치하지 않는 것이다. 그럼에도 서사물(스토리)의 사건의 전개는 시간의 순서에 따라 통합되고 분화되는 과정을 통해 하나의 계층구조를 이루고 있다는 것을 알 수 있다. 물론 주체의 내면에 형성된 한의 감정은 원인과 형성→현실에서의 발현이라는 순서로 진행되고 있다.

이처럼 시작과 중간, 끝으로 이어지는 서사물의 전완성은 기본적으로 작가가 한을 바라보는 관점에 의해 파생된 것으로 보여진다. 즉 한은 처음의 원인과 중간의 양상, 마지막에 해한이라는 결말이 상존한다는 '풀이 지향'의 인식에서 기인한다고 볼 수 있다. 다시 말해 원인을 제거하면 한은 풀릴 수 있다는 의미로 풀이된다. 문순태의 세상을 바라보는 기본적인 인식은 비극과 한으로 점철된 삶이라도 한의 긍정적 속성에 따라 지향적이며 포용의 자세로 변모될 수 있다는 긍정적 관점을 지지하고 있음을 주목하게 된다.

한편 사건의 서사화에 있어 스토리상의 순서와 서술상의 순서가 일치하지 않는 것은 서술된 한의 양상을 통해 그것의 원인을 추적하고 그 이후의 단계인 해결점을 모색하려는 전략을 채택하고 있기 때문이다. 그것은 또한 여로형의 서사가 일반적으로 외양에서 내면으로 향하는 성찰의 과정에 초점을 두는 것과도 관련이 있어 보인다. 그러나 이러한 전략이 서사성을 높이기 위한 작가의 담론으로 "보다 더 나은 이야기를 하려"는 의도에서 비롯되었다고 보지만 한편으로 서사적 탄력을 떨어뜨리는 요인으로 작용하는 측면도 없지 않다.

문순태의 소설은 한의 '맺힘'에서 '풀림'으로 소통의 '단절'에서 '복원'

이라는 큰 틀에 의해 서사화가 이루어지고 있다. 또한 인물은 거의 한이 내면화된 정형화의 틀을 벗어나지 못하고 있다. 사건은 예외없이 갈등을 낳고 긴장감을 증폭시킨다. 이는 인과성, 순차성이 전완성을 높여주는 하나의 방편이지만 플롯의 측면에서는 폐쇄적인 구조를 벗어나지 못하고 있다는 반증이기도 하다.

'심미적 구조화'가 서사의 궁극의 지향이라고 했을 때 한을 근거로 하는 형상화가 구조적인 측면에서 완결성을 실현한다고 볼 수 있지만 심미적인 부분에 있어서는 '닫힌 구조'라는 평가를 벗어나기 어려운 측면이 있다. 표현보다는 내용의 요소에 초점을 두고 서사화가 이루어지고 있고 언술 방식에 있어서도 말하기보다는 보여주기 수법에 의존하고 있어 일반적인 리얼리즘 소설 형식과 별반 차이가 드러나지 않는다는 것이다.

「인간의 벽」을 예로 들어보자.

A) 서두: 조만복할아버지가 일제 때 탄광 작업장 감독관이었던 요시다를 만나 일본으로 간다.
B) 중간: 조만복할아버지가 일본으로 건너가기까지의 과정과 일본 지하 막장에서 겪어야 했던 체험을 상상하는 장면이 펼쳐진다.
C) 결말: 요시다의 위선을 깨달은 조만복할아버지는 후손에게는 비극의 역사를 물려줘서는 안된다는 결심을 한다.

위의 사례는 수미의 관계가 잘 짜여진 구도를 이루고 있는 팽팽한 서사 구조로 서두가 예비한 결말에 도달하고 있음을 보인다. 앞서 살펴보았듯이 시퀀스는 인과적 관계를 따라 논리적으로 배열되고 있어 잘 짜여진 플롯이라는 인상을 준다. 따라서 완결된 구조로 인해 전완성은 높지만 "보다 더 나은 이야기"로 일컫는 서사성이 획득되었다고 보기는 어렵다. 말 그대로 서사성은 독자의 능동적인 반응을 전제로 하기 때문이다. 전완성은 높지만 서사성은 그에 비례하지 않음은 독자의 참여가 완결된 서사 구도로 인하여 일정부분 제약을 당하고 있다고 보여지기 때문이다.

앞서와 같은 팽팽한 서사 구조는 민중의 삶을 다루고 있는 소설에서도 두드러지게 드러난다. 다음은 「淸夫婦」의 사례이다.

> A) 서두: 청소부 차남수의 애인 순자가 몸을 팔다 죽을병에 걸린다.
> B) 중간: 차남수는 식모살이를 하다 쫓겨나게 된 길자를 돕는 중에, 벽돌공장 사장이 민가를 헐값에 사려고 모의를 꾸미는 것을 알게 된다.
> C) 결론: 순자가 죽자 차남수는 하치장으로 가서 쌓아올린 쓰레기를 파헤친다.

위에서 보듯 서사의 논리는 필연적인 관계에 의해 구현되고 있다. 마찬가지로 인물들의 패턴도 거의 유형화되어 있다. 이는 느슨한 구조의 서사에서 그려지는 인물의 특성, 일테면 "신비스러운 부분들을 가지고 있는 것과 꼭 같이 열려진 구조물로 존재"[11]하는 경향과는 상

---

11) S. 채트먼, 『이야기와 담론』, 한용환 역, 고려원, 1991, p.161.

당부분 거리가 있다는 점이다.

구조의 개방성이 실현되지 않고 있다는 것은 작가가 여전히 한의 문제에서 자유롭지 못하다는 사실을 함의하고 있다고 보인다. 문순태에게 있어 한은, 한 그자체가 풀림이라는 지향을 내포하고 있는 것과 마찬가지로 창작에 있어 태생적으로 부착되어 있는 주제라는 인식을 준다. 한에서 놓여나는 것이 아니라 한을 풀어내고 변용하는 구조의 탄력이 서사성을 배가하고 환기하는 전제 요건이라는 점이다. 이는 작가가 강조하고 있는 '한 정서의 현대화'라는 측면을 상정하여 볼 때도 새로운 접근의 모색이 필요한 부분이다. 물론 기존의 인식 외에 소통과 욕망 그리고 생태주의라는 관점으로 한을 새로운 측면으로 해석하고 있지만 그것을 풀어내는 방식에 있어서는 여전히 '맺힘'→'풀림'이라는 등식에 한정되어 있다는 것이다.

고향을 배경으로 하는 서사의 전개 방식도 구도의 탄력을 떨어뜨리는 한 요인이기도 하다. 거의 모든 소설에서 드러나고 있는 '출향'→'귀향'의 구도는 해한을 상정한 기본 구도로써 서사 구조의 응집력을 높이는 측면이 있는 반면 열린 플롯의 지향을 저해하는 측면이 있다. 그럼에도 고향을 중심으로 전개되는 '출향'→'귀향'의 구도는 플롯이 시간외에도 공간이라는 요인과도 밀접하게 연관되어 있다는 사실을 함의한다.

다음은 문순태 소설에서 고향이라는 서사적 공간이 어떻게 한의 구도(출향→귀향)와 연계되고 의미를 확기시키고 해한의 의미로 수렴되는지를 살펴본다.

제2장

고향의 공간성과 해한의 지향

　본고에서 연구 대상으로 삼은 문순태의 소설은 대부분 출향과 귀향을 매개로 한의 서사가 전개된다. 이는 한의 서사화가 고향이라는 정체적 실체로서의 공간과 시간과 공간의 유기적인 결합체인 플롯에 의해 '공간성'의 본질이 탐구되고 있다는 의미로 풀이된다. 문순태 소설에 있어 고향은 원체험의 공간이라는 의미 외에 다양한 인식의 틀을 제공하고 있다.

　공동체의 순수함이 살아있는 전근대적 공간, 전쟁의 상흔이 남아있는 비극의 공간, 급속한 산업화로 전통의 가치가 소멸되어 버린 상실의 공간 등 긍정적인 측면과 부정적인 측면이 혼재해 있다. 의미의 혼재는, 달리 말하면 공간성이 확장될 가능성을 내포하는 것으로 그만큼 한(恨)의 체험이 다양한 양상으로 변주되고 있다는 것을 말한다.

본 절에서는 출향과 귀향이 고향이라는 공간을 중심으로 이뤄지는 과정에서 고향이 함의하는 공간성을 고찰하고, '신원찾기'로 수렴되는 귀향이 어떻게 한의 해소와 연계되는지를 분석할 것이다.

1) 출향의 매개와 공간성

서사물은 인간이 언어로 만든 시간의 용기다. 그리고 누가 뭐라 하더라도 서사물에 있어서 시간은 제1의 환영이고, 공간은 제2의 환영이다.[1] 이는 서사물에 있어서 공간은 단순한 장소라는 배경을 넘어 동시성을 재현하는 측면으로 의미가 확장됨을 뜻한다. 특히 소설이라는 서사물은 제 요소가 결합된 유기체 구조이므로 공간성이 내재하고 있는 특성은 상징적 의미와 함께 주제적 측면과 밀접한 연관을 맺는다.

그렇다면 공간성이란 무엇인가. 기본적으로 공간성은 "그 구성 요소로서 점, 선, 볼륨, 면, 그리고 동시성 등과 같은 공간적 특성"을 내재하며 "서사물의 일차적 환상인 시간성을 확장하고 보충해 주는 기능"을 견지한다. 또한 서사적 비평의 관점에서 "비평 행위의 공간적 설명을 마련해 줄" 뿐만 아니라 "제2의 환상인 공간성을 인지하는 설명

---

1) Joseph A. Kestner, *The Spatiality of the Novel* (Wayne State University Press, 1978), pp.13-32. 김병욱, 「언어 서사물에 있어서의 공간의 의미」, 『문학이론의 경계와 지평』, 한국문화사, 2004, p.153, 재인용.

을 가능하도록"²⁾보조해주는 기능을 담지한다. 즉 공간성이란 '시간성을 확장하고 동시에 공간적 특성'을 함의하는 것으로 정의될 수 있다.

다음은 한으로 인한 출향이 어떻게 고향이라는 공간의 의미와 결합되고 공간성의 효과를 불러일으키는지를 보여준다.

① 30년 전 순기가 그의 어머니와 함께 극락산을 넘기 전날, 김만복은 죽은 인민군의 시체에서 벗겨 신은 농구화를 벗지도 않고 어머니 혼자 있는 안방으로 뛰어들어와서는 다짜고짜로 땅문서를 달라고 콩꽃 같은 눈자위를 허옇게 까뒤집으며 다그쳤다. 그 때는 순기의 삼촌이 재각에서 살해를 당한데다가 아버지마저 극락산으로 도망을 쳤다는 말뿐 생사조차 알 수 없는 판국이라, 사람이 죽고 사는 터에 땅문서가 무슨 소용이랴 싶었다. 순기 어머니는 김 만복이가 요구하는 대로 장롱 속에서 땅문서를 내더주었다. 다음날 마을 사람들 몰래 극락산을 넘으면서 순기가 무슨 연유로 김 만복에게 땅문서를 내어주었느냐고 물었더니, 그의 어머니는 숨가쁜 목소리로 "할아버지께서 만복이 앞으로 만들어 놓은 땅문서가 있었단다."라고 했을 뿐이었다.   (『달궁』, p.50)

② 아버지가 끌려가던 날 밤, 모자는 솔매 마을에서 뛰쳐나와 읍내 외가에 숨어 있었다. 다음날 박판돌이가 눈에 불을 쓰고 모자를 찾고 있다는 전갈을 받고 외가에 숨어 있기도 위험할 것 같아서 발길을 서둘러 광주로 떠났었다. 모자는 이틀 동안 꼬박 걸어서

---

2) Joseph A. Kestner, *The Spatiality of the Novel* (Wayne State University Press, 1978), pp.13-32. 김병욱, 「언어 서사물에 있어서의 공간의 의미」, 『문학이론의 경계와 지평』, 한국문화사, 2004, p.154, 재인용.

광주에 닿았었다. 그때 내 나이 열 살이었다. 그 어린 나이에 어른 스럽게 고통을 잘 참고 먼 길을 걸었던 것이었다. 어머니가 아버지의 죽음을 비통해 할 때도, 어닌 나는 울지 않고 되려 어머니를 위로해 주기까지 했었다. (「철쭉제」, p.94)

③ 지수 아버지를 따라 흰거위산으로 들어가던 거북재 마을 사람들 20여명은 월곡리에서 첫날밤을 보냈다. 월곡리 사람들은 이미 토벌대를 따라 소개(疏開)당한 뒤라 빈집이 많았다. 거북재 사람들은 월곡리에서 며칠 머무른 후에 상황을 봐가며 흰거위산으로 들어갈 계획이었다. 그런데 하룻밤을 보낸 다음날 아침, 햇살이 안개를 하늘로 말아올릴 시각에 갑작스럽게 토벌대가 들이닥쳤다. 토벌대는 월곡리 앞산에서 마을을 향해 집중사격을 하며 기습을 했다. (「흰거위산을 찾아서」, 『시간의 샘물』, p.213)

④ 그 후 나는 최점수를 만나지 못하였다. 총 소리나 비행기 소리, 그리고 죽어가는 사람들의 비명 소리로 얼룩진 그해 여름은 두 개의 태양을 겹쳐 놓은 것만큼이나 하루하루가 지루하고 답답하였다. 그 지루했던 여름이 끝나고 가을걷이를 시작할 무렵, 점수는 어디론가 행방을 감추어 버리고 말았다. 들리는 소문에는 지리산으로 들어갔다고도 하였고 태백산맥을 타고 이북으로 넘어갔다는 말도 있었다. 최점수가 자취를 감춘 지 일 년쯤 후에 들려오는 소문으로는 자수를 하여, 자수한 빨치산들로 조직된 보아라 부대원이 되어 공비토벌에 앞장을 서고 있다고 하였다.
(「꿈꾸는 시계」, 『제3의 국경』 p.255)

⑤ 셋은 어렸을 때 함경남도 부전호(赴戰湖) 옆 작은 산골 마을에서

함께 자라, 그곳에서 중학교를 졸업하고, 세 사람이 나란히 인민군 병사가 되어 싸움터에 나가게 되었다. 그리고 임진강 전투에서 다리에 총상을 입은 이기철을 구하려고 포위망 안으로 뛰어들었다가, 박동실과 배출도, 이기철 셋은 함께 포로가 되었으며 1953년 6월 18일 포로 석방과 함께 민들레 꽃씨처럼 바람에 흩어지고 말았다. 그때 이기철은 자신은 남쪽도 북쪽도 싫다며 제3국 인도를 택하였고, 배출도는 결혼한 지 한 달만에 헤어진 색시를 죽어도 잊을 수 없어 북쪽으로 돌아갔으며, 박동실만이 남쪽 끄트머리에 남게 되었다.　　　　　(「제3의국경」, 『제3의국경』p.283)

⑥ 작달막한 키에 얼굴이 곱상하고 눈썹이 새까만 토벌대장이 마을 사람들을 모아놓고 사뭇 명령조로 짤막하게 연설을 했다. 토벌대장은 바람 소리에 신경이 쓰이는지 잔뜩 이맛살을 구기고 여러 차례 느티나무를 올려다보았다. 느닷없는 소개령(疏開令)에 마을 사람들은 어리둥절할 수밖에 없었다. 당장에 마을을 떠나라니, 청천벽력과도 같은 소리였다. 더욱이 떠나지 않고 남아 있는 사람은 총살하겠다니 말이 되는가. 곧 추위가 닥쳐올 텐데 빈 몸으로 고향을 떠나 어찌 살라는 말인가.　　　(『41년생 소년』p.143)

위의 인용문들은 각기 주인공이 고향이라는 공간을 떠날 수밖에 없는 상황을 제시하고 있다. 한국전쟁을 배경으로 한 서사에 있어 고향을 떠난다는 행위는 인물의 자의에 의한 선택보다는 상황이나 타의에 의한 강압적인 탈향의 성격을 띄게 된다. 여기에서 고향의 공간적 함의는 플롯의 구성, 일테면 작중의 다른 인물과의 관계, 특정한 사건, 시간적 요소와 맞물려 있다는 것이 전제되어 있다. 그러기에 출향에서 파생되는 공간성은 다분히 관계적이며 한편으로 시간성을 확장해 주는 효과를 낳는다. 고향을 떠난 인물들은 대체로 30~40년이라는 기간을 타향에서 보내고 귀향을 하는데, 서술적인 측면에서 드러나는 소요 기간은 불과 일주일 안팎으로 스토리 시간과 서술 시간과의 거리에서 서사의 역동성이 배가되고 있음이 드러난다.

위의 인용문에서 출향이 한국전쟁이라는 공통분모 외에도 한을 배태한 인물 상호간의 갈등과 주체 스스로의 선택의 갈등에 의해 구체화되고 있다는 것은 고향이 플롯의 구조와 긴밀하게 연계되어 있다는 것을 뜻한다. (①: 순기와 김만복의 갈등, ②: 박 검사와 박판돌의 갈등, ③ 거북재 사람들과 토벌대의 갈등, ④: 최점수와 황병일·토벌대와의 갈등, ⑤: 박동실·배출도·이기철과 선택의 갈등, ⑥:의 마을 사람들과 토벌대의 갈등)

사건이라는 인과적 계기에 의해 감행되어진 출향은 한을 매개하고 심화시키는 작용을 한다. 이 때의 고향은 지형적인 실체를 넘어 서사 구도와 맞물림으로써 의미의 상징성을 내포한다. 문순태 소설에서 고향은 한을 배태하고 동시에 한을 제거해주는 이중성을 함의한다. 여기에서 '이중성'이란 결국 출향은 귀향으로 연계되고 맺힘은 풀림으로 대치된다는 의미가 투영되어 있다는 것이다.

가브리엘 조란은 서사물에서의 공간 구조의 세 수준을 언급하고 있는데, 문순태 소설에서 인물의 출향과 관계되는 공간의 구조는 '시·공적 수준'[3]에 해당한다고 보인다. '시·공적 수준'은 "사건과 계기에 의해 공간에 강요된 구조"를 말한다. 시·공적인 공간 구조의 수준은 사건과 개연성의 관계를 전제하는 것으로 출향 이후에 전개될 계기적 사건에 대한 예측도 일정부분 가능하게 한다. 고향은 한의 여러 양상이 변주되는 가운데 통합적인 의미동위소로 작용을 한다는 것이다. 출향은 서사라는 장의 확대와 맞물려 있다는 점에서 고향의 공간성을 증폭시키는 기제가 된다.

인용문에 드러나 있는 구체적인 고향의 지명을 살펴보면 다음과 같다. 각각 ①의 '달궁', ②의 '솔매 마을', ③의 '거북재', ④의 '운산', ⑤의 '함경북도 부전호 산골', ⑥의 '월곡리'이다. 그 가운데 ③의 거북재와 ⑥의 월곡리는 사실상 같은 고향으로 봐도 무방할 만큼 상호텍스트적인 성격4)을 띤다. 고향의 지명은 인물의 이름과 한의 기제가 되는 여타의 체험과 정보라는 측면의 텍스트성을 공유한다. '달궁' '솔매마을' '거북재' '월곡리'라는 지명은 다분히 텍스트 생산자인 작가의 의도에

---

3) 가브리엘 조란은 서사물에서 공간 구조의 세 수준을 다음과 같이 설정하여 문제를 풀어가고 있다. ① 지형적 수준(topographic level): 정태적 실체로서의 공간. ②시·공적 수준(chronotophic level): 사건과 계기에 의해 공간에 강요된 구조. ③텍스트 수준(textual level): 언어적 텍스트 내에 의미화된 사실에 의해서 공간이 강요된 구조. Gabriel Zolan, "Toward a Theory of Space in Narrative," Poetics Today, Vol.5, No.2, 1984, p.312. 김병욱, 「언어 서사물에 있어서의 공간의 의미」, 『문학이론의 경계와 지평』, 한국문화사, 2004, p.156, 재인용.

4) 그것은 「흰거위산을 찾아서」의 주인공 지수가 『41년생 소년』의 화자인 나와 사건의 주인공으로서 서사를 중개하고 있다는 점, 또한 주인공에 의해 과거를 회상하는 형식으로 서사가 전개되고 있다는 점, 그리고 토벌대에 의해 고향을 등지게 된다는 점 등 여러 면에서 상호텍스트성을 보이고 있다. 그러한 관점에서 보면 「흰거위산을 찾아서」는 문순태의 자전적 소설인 『41년생 소년』의 축소판이라고도 볼 수 있다.

서 비롯되었다는 의미이다. 마을 이름에 따라 텍스트의 내용과 방향이 달라진다는 것을 전제할 때, 마을의 명칭은 수용자를 감안한 전략에서 이루어졌다고 보는 것이다. '달궁' '솔매마을' '거북재' '월곡리'는 일차적인 장소라는 지명을 넘어 지명이 내재하고 있는 가치와 상징성을 함축하고 있다.

작가는 시간적 공간적 상황을 염두한 전략적 측면에서, 즉 한을 매개하고 수렴화 하기 위한 의도에서 고향이라는 공간을 연계시키고 있다. 여기에는 시간적 공간적 상황이 맞물려 있다는 사실 외에도 풍습과 문화적인 측면이 사건과 유기적으로 결부되어 있으며 나아가 공간성을 확장하는 중심지로서의 역할이 작가의 의도적인 전략과 정보 배치에 의해 실현되고 있다는 것을 암시한다.

한편 고향을 떠나는 이들은 한결같이 고향에서 회복할 수 없을 만큼의 상처를 입고 있다는 공통점을 지닌다. 역설적으로 떠남이 전제되지 않고는 과거의 진실, 비극의 본질을 객관화하여 들여다볼 수 없다는 의미가 상정되어 있다. ①의『달궁』의 순기와 ②의「철쭉제」의 박검사가 고향을 떠남으로 인해 후일 과거의 참상을 피학자의 편에서만이 아닌 가학자의 편에서도 일정부분 바라볼 수 있는 내적인 성장으로의 견인이 이루어졌다고 보는 것이다.

도시 빈민의 삶과 귀향을 다룬 소설에서도 출향은 한과 밀접하게 관련되어 있다. 주체가 고향을 떠나게 되는 유형은 다음과 같이 세분할 수 있다. 자의에 의한 떠남과 타의에 의한 떠남, 그리고 고향 상실에 의한 떠남이 있다. 물론 여기에는 하나의 원인에 의해 고향을 떠나는 경우가 있고, 두 요소가 복합적으로 결합되어, 즉 피치 못할 사정으로 고향을 등지게 된 경우도 있다. 어느 쪽이든 한의 체험과 연결된다. 고향과 분리되는 이러한 이향은 이전의 '한(恨)의 상황'으로부터 새로운 상황으로 진입하게 됨을 뜻한다.

「징소리」의 주인공 칠복은 댐 건설로 고향이 물에 잠기자, 별수없이 고향을 등지게 된 실향의 경우이며 「청부부」의 차남수는 "대장간이 없어지는 바람에 광주까지 흘러왔다"는 서술이 말해주듯 주체 스스로의 선택에 의한 출향임을 알 수 있다. 「꿈길」의 주인공 은혜 또한 잃어버린 할아버지에 대한 죄책감으로 고향을 떠나게 되는, 스스로 선택한 출향에 해당한다고 볼 수 있다.

반면 「안개 우는 소리」의 출복의 떠남은 아버지가 살인을 저지르고 감옥에 갇히게 되자, 절박한 상황에 의해 출향을 감행한 경우이다. 「淸夫婦」의 차남수 또한 대장간을 버리고 광주로 나오게 된 것이 스스로의 선택 때문이기도 하지만, 급속한 도시화로 인한 이농현상과 맞물려 있다는 점에서 탈향의 성격도 지니고 있다고 볼 수 있다.

문순태 소설에서 '타향'이라는 공간은 '고향→타향→고향'으로 이어지는 구도에서 매개적인 기능과 아울러 사건의 핍진성과 역동성을 배가하는 작용을 한다. 그리고 고향에서의 한을 내면화시키고 원체험의 시간을 연장시키는 역할을 담지한다. '타향'은 거의 대부분 도시를 상정하고 있다. 외견상 농촌인 고향과 물리적으로 떨어져 있지만 내부적으로는 한이라는 정서와 연계되어 있는 관계로 고향이라는 부정적 측면의 공간성이 환기되기도 한다.

5·18을 다룬 소설이나 역사 관련 소설에서도 출향은 한의 체험에 의한 '심리적인 이동'에 따른 것이지만 결과적으로 사건이나 상황이 확대되는 계기로 작용한다. 「느티나무 아저씨」의 길섭이 아버지는 5·18때 실종된 아들을 기다리는데, 그는 고향을 떠나 월남전에 참전하였다가 불구가 되어 귀국한 장애인이다. 『느티나무 사랑』의 박지수 또한 고향을 떠나 광주에 갔지만 그곳에서 야학 교사를 하다 5·18때 총상을 입게 된다. 이들의 출향은 이후 사건의 전개와 긴밀하게 연결되는데 기저에는 공통적으로 한(恨)이라는 감정이 서사적 배경과 인물의 행위 등과 맞물려 있음을 알 수 있다.

「정읍사」,「백제의 미소」,「인간의 벽」처럼 역사와 관련한 소설에서도 출향은 인물의 한과 밀접하게 관련되어 드러난다. 주지하다시피 역사적 소재의 서사화는 "현재적 상황"에 기반을 두는 지점에서 출발한다. 이들 세 작품은 기본적으로 나라의 패망과 관련이 있는데, 패망은 곧 '강요된 축출'이라는 외부적이고 지극히 현실적인 변화를 강제한다.

G. 루카치는 "서사 문학의 주인공은 엄격히 말해서 개인이 아니"며 "서사시의 본질적 특징은 그 테마가 개인이 운명이 아니라 집단 사회의 운명"[5]이라는 견해를 가지고 있다. 그러한 견해에 의거한다면 백제의 유민들이나 조만복 할아버지, 도림은 모두 집단 사회의 운명에

---

5) Georg Lukacs, "The Epic and the Novel," The Theory of the Novel, (Massachusetts: MIT press, 1971)pp.56-59. G. 루카치, 「서사시와 소설」, 『현대소설의 이론』, 김병욱 편, 최상규 역, 예림기획, 1997, pp.25-26.

의해 자신들의 운명이 규정되어진 인물이다. 즉 개인의 운명은 고향의 운명이고 고향의 운명은 집단 사회인 국가의 운명과 직결되는 것으로 망국의 한은 고향의 상실과 개인의 존재론적 기반의 붕괴로 이어진다는 사실을 의미한다.

문순태의 소통 관련 소설에서도 출향의 모티프는 한의 정서와 연계된 서사의 중요한 축으로 작용하고 있음을 알 수 있다. 여기에서도 출향은 탈향과 실향의 의미가 복합적으로 내재되어 있다는 사실 외에도 소통과 관련한 소설에서의 출향은 서사보다는 담론에 의해 포착되는 특징이 있다. 이는 문순태의 소설이 예외 없이 고향과 한을 근거로 하고 있다는 기본적인 전제를 벗어나지 못한다는 반증 외에도 한편으로는 서사적 긴장에 근거를 둔 스토리 위주의 작법에서 '90년대적 징후'로 일컬을 수 있는 감각적이고 일상적인 문제에 대한 정치한 묘사와 인식의 확장에 보다 더 무게를 두고 있다는 의미로 풀이된다.

2) 귀향과 '신원찾기'의 다의성

'고향→타향→고향', '농촌→도시→농촌'의 서사 구도에 있어 한의 해소와 직결되는 과정은 귀향 이후이다. 문순태의 소설은 반복과 회귀이라는 일정한 순환 구조를 이루고 있다. 도식적인 작품 구조가 영웅들의 일대기와 유사한 측면이 있는데 '위기→죽음→부활'의 재생형식은 '한의 체험→심화→해소'로 대치될 수 있다. 또한 귀향은 외면적인 갈등이 내면적인 갈등으로의 전이가 되며 주체로 하여금 기존의 고향 인식에 대한 의미를 확장하도록 강제한다. 타향에서의 갈등이 외부적인 갈등이라면 고향에서의 체험은 근원적인 갈등에 해당한다.

이러한 대립적 구조는 고향이 공간이라는 실체의 의미를 넘어 작가의 의도가 개입된 '다의적인 공간'으로 존재한다는 것을 상정한다. 무엇보다 문순태 소설에서 고향은 본래적인 자아를 만날 수 있는 공간으로서의 가능성을 내재하고 있다. 고향은 한의 체험을 각인시키고 떠남을 강요했지만 역설적으로 본래적인 자아와의 만남에 대한 욕망을 환기시키는 공간이다. 과거의 고향과 현재의 고향의 외면적인 모습은 상이하지만 존재의 준거는 동일하다. 그것은 내면에 드리워져 있는 '정신적 원적지'로서의 초상이 현재를 규정하고 제어하기 때문이다. 6·25전쟁과 5·18광주민중항쟁과 같은 시대와 역사의 아픔과 관련된 귀향에서 이러한 양상을 찾을 수 있다.

① 그는 달궁을 잊어버렸듯이, 그 자신이 12대 종손이라는 멍에를 벗어버리고 싶었다. 순기는 지금 할아버지 송덕비를 마을 사람들이 헐어내라고 한다는 당숙의 숨넘어가는 듯한 전갈을 받고 마지못해 30년 만에 귀향길에 오르긴 했지만, 수난순간 뒤돌아가고 싶은 생각뿐이었다. 그는 지금 자의대로 고향에 가는 것이 아니고, 12대째 간직되어 온 보이지 않는 사슬에 묶여 끌려가고 있는 것 같은 생각을 하였다. 어쩌면 조상들의 혼령이 그를 강제로 끌고 가고 있는 것인지도 몰랐다. (「달궁」, p.32)

② 이상하게도 그는 아버지에 대한 그리움이 솟구칠 때는 기분이 울적해지곤 하였다. 그것은 아버지에 대한 불효의 죄스러움 때문일 것이었다. 그는 아버지에 대한 그리움이 간절하면 할수록 자신의 지나온 삶이 더욱 후회스럽게 느껴졌다. 어쩌면 그가 교회와 가정을 떠나 고향으로 돌아온 것은 이미 이 세상 사람이 아닌 아버지와 조금이라도 더 가까워지고 싶었기 때문인지도 몰랐다. (중략) 박지수는 비탈길을 안고 마을이 발부리 아래로 내려다보이는 곳에 지게를 받치고 잠시 숨을 돌렸다. 늙은 느티나무가 그의 시야에 가득 들어왔다. 그는 어렸을 때부터 고향을 떠났다가 다시 돌아오는 길에는 언제나 늙은 느티나무가 먼저 눈에 띄곤 했었다. 옛날에는 그 나무가 한갓 오래된 식물로만 보였던 것이 지금은 이 세상의 모든 고통과 슬픔, 기쁨, 좌절을 싫도록 맛보고 나서 여태껏 아무 일도 없었던 것처럼 의연하게 4백 년쯤 살아온 사람의 모습으로 생각되었다. (『느티나무사랑』1, pp.58-60)

인용문에서 나타나듯이 ①과 ②의 귀향은 전자가 6·25전쟁 이후 고향을 떠났다가 돌아오는 것인 반면 후자는 타향에서 5·18광주민중항쟁을 겪은 이후 귀향을 감행한 경우이다. 구체적으로 ①은 할아버지의 송덕비를 옮기는 문제로 예정에 없이 고향에 돌아온 것이며 ②는 "나의 교회를 세우기"위한 구체적인 목적 하에 귀향이 단행되었다. 이것은 각기 '송덕비'로 환기되는 고향의 공간성은 과거의 갈등과 상흔이 현재에까지 지속되고 있다는 것을 상징하며 '느티나무로' 대변되는 고향은 모든 고통의 무화를 포괄하는, 곧 생명의 본래적 시간으로의 귀화를 매개한다. 이들의 귀향은 현재적 상황과 탈향을 강제했던 상황이 각기 다르므로 외견상 목적이 다르지만 궁극적으로 '자아의 역사적 신원찾기'[6] 열망이 작용한 결과로 볼 수 있다. 박지수의 귀향은 자본주의적인 개발의 논리로 침윤될 수 없는 '사람과 나무와 꽃과 나비가 공생하는 '나의 교회'를 세우는' 통과의례적인 성격을 지닌다. 순기 또한 할아버지의 '송덕비' 문제를 해결하지 않고는 본래적 자아와의 만남은 기대하기 어렵다. 모든 원한의 시발점이며 종국적인 풀이의 매개가 '송덕비'로 귀착되기 때문이다.

역사를 배경으로 설화를 형상화한 「정읍사」에서도 '자아의 신원찾기'는 주체의 귀향을 추동한다. 전쟁에 패하고 흉한 몰골로 저자거리를 방황하는 도림이 찾고자 하는 것은 전쟁이 발발하기 이전의 본래적인 자신의 모습이었다. 도림의 귀향이 외견상 정녀와의 하룻밤이라는 일시적인 만남에 불과하지만 결과적으로 이승에서 나누는 마지막 사랑이라는 점에서 정한이라는 상징을 심화시키는 통과의례적인 의미를 담지한다.

출향의 원인이 주체의 한(恨)에서 파생되듯 귀향 또한 한(恨)으로부터 연유한다. 민중 관련 소설에서 이와 같은 사례가 두드러지게 드러

---

6) 유임하, 『분단현실과 서사적 상상력』, 태학사, 1998, pp.144-156 참조. 자아의 신원찾기 차원에서 이루어지는 귀향은 「달궁」 외의 작품에서도 찾을 수 있다. 「피아골」의 만화는 6·25 이후 모든 것을 버리고 지리산으로 떠나버린 아버지의 존재를 찾기 위해서이며 「철쭉제」의 박검사는 아버지를 죽인 원수를 갚기 위해 솔매마을로 돌아온 경우이다. 반면 「흰거위산을 찾아서」의 기호는 6·25 때 피난지였던 화순의 백아산을 둘러보기 위해 미국에서 고향을 찾았고 『41년생 소년』의 나는 어린 시절의 친구였지만 후일 빨치산이 되었던 수돌의 전화를 받고 친구 필식이와 함께 고향을 찾게 된다.

난다. 이는 고향에서 '뿌리뽑힌 자들'은 타향에서 또한 쉽게 뿌리를 내리지 못한다는 작가의 비극적인 인식이 투영된 것으로 보인다. 도시에 대한 '경험·생태·심리 효과[7]'를 경험하지 못했기에 그와 같은 현상이 일어난다고 보이지만 근본적으로 그들의 내면에 도시적 삶의 양태와 융합할 수 없는 심리적인 기제가 자리하고 있기 때문이다.

플롯에 있어 귀향은 출향과 마찬가지로 '사건적 상황'의 이동이라는 의미를 지니지만 '심리적 이동'은 출향 때의 그것과는 변별이 된다. 전자가 서사적 측면에서 새로운 사건과의 만남이라는 계기적 측면에 초점이 맞추어져 있다면 후자는 '풀림'에 이르기 위한 결과적인 논리에 연결된다는 점이다.

> ③ 아무도 기다리는 사람이 없는 고향에 여섯 살 난 딸아이를 업고 불쑥 바람처럼 나타난 그는, 물에 잠겨버린 지 삼 년째가 되는 방울재 뒷동산 각시바위에 댕돌같이 앉아서는, 목이 터져라고 마을 사람들의 이름을 하나하나 불러대는가 하면, 혼자서 고개를 끄덕거려 가며 오순도순 귀신 씨나락 까먹는 소리를 중얼거리다가도, 불컥 고개를 들어 하늘을 찔러 보고, 창자가 등뼈에 달라붙도록 큰소리로 웃어대고, 느닷없이 징을 두둘기며 겅중겅중 도깨비춤을 추었다.   (「징소리」, p.9)

---

7) 이른바 〈현대화〉〈산업화〉〈도시화〉란 개발과 발전을 위한 성장위주의 정책을 폄과 더불어 급격한 산업화 도시화의 구심 과정을 밟음으로써 인구가 도시로 집중화하는 도시적 삶에로의 대치에 의해서, 도시에 대한 경험·생태·심리 효과 등의 지평이 확산됨과 아울러 도시와 도시환경이 지닌 문제점이 드러나는 현상에서 연유하는 필연적인 결과인 것이다. 이재선, 『현대 한국소설사 1945-1990』, (주)민음사, 1991, p.248.

도시로 이주했던 농민이 궁핍한 도시 생활을 이기지 못하고 돌아오는 귀향은 자아의 동일성의 희구와 복원이라는 주제에 수렴되는 양상을 띤다. 인용문의 칠복의 귀향과 그의 아내 순덕의 귀향의 의미가 그와 같은 동일한 궤에서 파악된다. 이들은 고향에서의 한과 타향에서의 비극의 체험이 중첩된 한을 치유하기 위한 방책으로 '외부'라는 도시에서 '내부'라는 고향으로의 진입을 시도한다.

근대성에서 전근대성으로의 회귀인데 이때의 고향은 자신과 같은 동일시의 대상으로 다가온다. 때문에 칠복은 마을 사람들이 자신을 쫓아내도 그들을 원망하지 않으며 순덕도 자신의 불륜으로 별 수없이 남편을 떠났지만 칠복을 원망하지 않는다. 고향에 대한 지향이 자신의 동일시의 대상으로 전이됨으로써 화해의 가능성을 담보하게 된다는 것이다. 언젠가는 '언젠가는 돌아가야 할' 공간으로서의 고향이 귀향과 맞물려 회복해야 할 자기 자신의 이미지로 투사가 된다.

소통을 다루고 있는 소설에서 귀향은 앞의 양상과 변별된다. 여기에는 소통에의 욕망과 '어머니 정서'를 희구하는 귀향이 있다. 기본적으로 한이라는 정서적 매개가 서사의 모티프로 작용하고 있지만, 무엇보다 현재의 서술시간에서 가장 멀리 떨어져 있는 관계로 텍스트 내의 인물뿐 아니라 독자에게도 향수라는 정서를 환기시킨다는 점이다.

또한 특정한 '사물'이나 '냄새'에 대한 그리움으로 귀향을 하게 된다는 점은 상징적인 의미뿐만 아니라 서사를 전개하는 계기로 작용하고 있다는 것을 암시한다. 「그리운 조팝꽃」, 「된장」, 「감로탱화」, 「늙으신 어머니의 향기」는 제목이 말해주듯 각기 '조팝꽃' '냄새' '콩' '감로탱화'라는 소재를 중심으로 서사가 전개된다.8) 이는 그와 같은 소재가 인물간 갈등을 유발하는 매개체인 동시에 갈등을 봉합하게 하는 화합의 매개체로도 작용하고 있음을 뜻한다. 다음은 「된장」에서 귀향이 어떻게 한의 풀림으로 연계되는지를 살펴보자.

④ 어머니는 미국에서 귀국하자마자 우물부터 다시 파기 시작했다. 석류나무 옆에 있던 그 우물은 어머니와 내가 미국으로 떠나기 2년 전에 이미 메워졌었다. 어머니가 13년 만에 서둘러 귀국한 것은 메워진 우물을 다시 파기 위해서였는지 모른다. 그동안 비어 있었던 낡고 오래된 집에 어머니가 우물을 다시 판 것은 무엇 때문이었을까. (「된장」, p.105)

⑤ 나는 마당 한가운데에 서서 잠시 집 안을 휘휘 둘러보고 나서 마루에 걸터앉았다. 혼자 방 안으로 들어서기가 두려웠다. 어머니가 그냥 돌아올 때까지 그냥 마루에 앉아 있고 싶었다. 옛집은 어머니와 함께 살던 때와 변함이 없었다.
열두 살 터울의 늦둥이 남동생이 병아리를 쫓아 우물가를 뛰어다니던 모습도 고물고물 눈에 밟혔다. (중략) 내 기억의 중심은 언제나 동생 순철이의 모습이었다. 순철이는 여전히 내 기억 속에서 키자람을 멈춘 채 살아 있었다. (「된장」, pp.108-109)

---

8) 물론 「감로탱화」는 6·25때 학살당한 유해를 발굴하게 되는 것을 계기로 고향을 떠나고 그 과정에서 '감로탱화'를 그리는 스님을 만나 직접 붓을 들게 되는 주인공의 이야기가 서사의 핵심을 이루지만, 그 기저에는 비극적 역사의 규명과 복원, 그리고 죽은자와 산자, 발굴자와 피해자, 과거와 현재간의 대화와 소통이라는 의미가 투영되어 있다.

화자의 귀향과 어머니의 귀향의 초점은 동일하다. 생명에 대한 희구이다. 수철은 화자에게 죽은 남동생이자 어머니의 외아들이다. 미국에서 귀국을 한 어머니는 우물물을 파고, 된장을 담근다. 어머니의 행위는 화자인 나에 대한 '말걸기'성격을 띤다. 소통의 방식이자 욕망의 표현이다. 대화적 의사 소통의 매개인 셈이다. 익히 아는 대로 바흐친의 대화주의는 "개인들의 목소리는 서로 상대방의 의견을 고려하기 때문에 궁극적으로 서로 화해한다."[9]는 지향을 상정한다.

텍스트에서 미국→한국→고향→우물물→된장으로 이어지는 시선은 결국 '생명'이라는 중심으로 초점화 된다. 어머니의 귀향이 아들 수철의 죽음에 대한 한과 그리움이 전이된 반면 화자의 귀향은 손자를 갖고 싶어하는 어머니의 욕망이 투사되어 강제된 것으로 볼 수 있다. 어머니의 귀향은 '된장'이라는 기존의 실체로서의 사물에 새로운 의미를 부여하는 하나의 '의미화'의 양상이다. 그리고 화자는 어머니의 귀향이 가져온 의미화의 양상에 동조함으로써 화해의 단초를 마련하게 된다.

「그리운 조팝꽃」이나 「늙으신 어머니의 향기」 또한 그러한 맥락에서 귀향의 함의를 읽을 수 있다. '조팝꽃'이나 '냄새'는 그러한 의미화의 동위소로 상징성을 함의한다. '조팝꽃'이 소통의 매개가 되고 '냄새'가 향기로 의미의 변화가 이루어지는 것은 상대의 타자성을 인정하

---

9) K. 허쉬콥, 「바흐친의 자유주의적 수용에 대한 반성」, 『바흐친과 문화 이론』, 여홍상 엮음, 문학과지성사, 1995.

는 소통 지향에의 욕구에서 기인한다.

물론 어머니의 아들에 대한 집착과 화자의 인공 체외수정은 결국 자신을 증명하기 위한 '신원찾기'의 욕망과 맞닿아 있는 것으로 볼 수 있다. 귀향이 함의하는 공간성은 소통을 견인하고 화해를 모색하게 한다는 점에서 긍정성을 담보한다.

문순태 소설에서는 행위의 귀향이 아닌 내면적인 귀향도 이루어진다. 직접 고향으로 돌아오지는 않았지만 의식의 영역에서는 귀향을 희구하거나 귀향이 이루어지고 있다는 것을 전제하는 경우이다. 귀향의 희원(希願)은 그만큼 현재의 상황이 비극적이라는 것을 뜻한다. 귀향 불가는 그 자체만으로도 한의 감정이 내면화되는 계기가 되며 서사의 갈등을 유발하는 요인으로 작용한다.

이때의 고향은 장소와 행위로는 한정될 수 없는 것으로, 앞서 가브리엘 조란이 언급하고 있는 공간 구조의 수준 가운데 '텍스트 수준'에 해당한다고 볼 수 있다. 단순히 장소 내지 플롯에 의해 매개되는 공간의 개념을 넘어 "텍스트 내에서 의미화된 사실에 의해 획득되어지는 공간"으로 '시야10)의 전망이 확장된다는 것이다. 그로 인해 귀향이 차

---

10) 서사물에서 세 개의 공간적 단위들의 상위에는 공간의 복합과 전체적 공간이 존재한다. 전체 공간적 복합과 관계되는 부분으로서 간주되는 가장 큰 단위는 장면의 범위와 같은 것이고, 그것은 많은 작은 단위들로 세분될 수 있다. 지형학적 수준의 장면 단위는 장소이고, 시·공적 수준의 장면 단위는 행동의 영역이며, 텍스트 수준은 시야이다. 김병욱, 「언어 서사물에 있어서의 공간의 의미」, 『문학이론의 경계와 지평』, 한국문화사, 2004, pp.156-157 참조.

단된 경우 고향의 공간적 의미는 오히려 확장된다. 주체가 잠재적이며 가상적인 형태로 고향의 공간을 인식할 수 있기 때문이다.

그렇다면 귀향을 불가능하게 하는 요인은 무엇인가. 크게 두 가지로 요약이 가능하다. 6·25 전쟁으로 인한 국토 분단과 생계를 위해 '타락의 삶'을 살아야 했던 양심의 가책으로 귀향을 단념한 경우이다. 「제3의 국경」, 「울타리」가 전자에 해당하며 「淸부부」, 「깨어있는 낮잠」, 「꿈길」, 「문신의 땅」는 후자에 속한다. 전자는 인위적인 귀향길이 막혀 버린 데 반해, 후자는 심리적인 귀향길이 차단되어 버린 예이다.

「문신의 땅」은 생존을 위해 기지촌에 들어가 흑인을 상대로 몸을 팔 수밖에 없었던 양공주 출신의 노마리아가 귀향을 단념하는 경우이다. 그녀를 대신해 아들 베드로가 귀향길에 오른다. 그는 귀향만이 어머니의 한을 풀어줄 수 있는 유일한 해결책이라는 사실을 인식한다.

「제3의 국경」의 배달수의 어머니와 「울타리」의 장기수 최동호 노인 또한 고향인 북으로 돌아가고자 하는 의지가 강한 인물이다. 그러나 현실적으로 이들에게 귀향은 불가능하다. 국토 분단은 이들의 모든 의지에 앞서 전제되어 있는 비극적 상황이다.

「淸부부」의 순자와 「꿈길」의 은혜도 현실적으로 귀로가 차단되어 있는 인물이다. 순자는 계모의 구박을 이기지 못해 고향을 떠나와 생계를 위해 몸을 팔다 죽을병에 걸려 있는 상태이고 공원에서 할아버지들을 상대로 윤락을 하는 은혜는 친할아버지의 실종이 자신의 거짓말에서 비롯되었다는 죄책감에 억눌려 있다. 이들에게 귀향은 현실의 고통을 견뎌내는 긍정적인 의지로도 작용하지만 한편으로는 스스로를 통제하고 검열하는 또 다른 한으로 작용하기도 한다. 이는 귀향이 상정하고 있는 고향이 '심리적 공간'으로서의 기능을 담지하고 있기 때문으로 풀이된다.

이처럼 문순태 소설에서 귀향은 그 행위 자체와 귀향의 의지까지 투사된 상황으로 상정되어 있음을 알 수 있다. 그것은 귀향이 한의 상황을 연계하고 나아가 한을 푸는 방법론적인 측면으로도 수렴되고 있다는 의미이다. 그러나 꿈이나 죽음을 통해서만 갈 수 있는 고향은, 주체들이 희원하는 고향이 이미 타향으로 변질되어 있다는 사실을 상징한다.

이상에서 논의한 바에 따르면 출향과 관련된 고향은 심리적 이동이라는 측면에서 한의 계속과 시간적 공간적 상황과 연계된다는 점에서 공간성을 확장한다. 여기에는 플롯의 구성, 일테면 작중의 다른 인물과의 관계, 특정한 사건, 시간적 요소가 고향과 출향이라는 요인과 맞물려 비극성을 증폭시키고 있다는 사실이 전제되어 있다. 출향과 관련되어 제시되는 공간성은 작가의 의도가 개입되어 있는 것으로 텍스트성을 견인하는 효과를 낳는다. 귀향 이후의 과정에서도 고향이 함의하는 공간성은 확장되고 작가의 담론적인 측면이 강화되는 양상을 보인다. 그것은 한의 해소를 위한 차원에서 귀향과 관련한 서사가 이루어지기 때문으로 풀이된다.

문순태의 소설은 반복과 회귀라는 일정한 순환 구조로 '위기→죽음→부활'의 재생형식을 띤다. 그러한 관점에서 귀향은 외면적인 갈등이 내면적인 갈등으로의 전이가 되며 주체로 하여금 기존의 고향 인식에 대한 의미를 확장하도록 강제한다. 이러한 대립적 구조는 고향이 공간이라는 실체의 의미를 넘어 작가의 의도가 개입된 '다의적인 공간'으로 존재한다는 것을 상정한다. 고향은 본래적인 자아를 만날 수 있는, '신원찾기' 공간으로서의 가능성을 담지하는데 크게 네 가지로 구분된다.

첫째 6·25전쟁, 5·18광주민중항쟁, 역사 관련 소설은 '정신적 원적지'를 찾아가는 신원확인의 귀향이다.

둘째 민중 관련 소설에서 드러나는 귀향은 타향에서 중첩된 비극적 한을 치유하기 위한 방책으로 '외부'라는 도시에서 '내부'라는 고향으로의 진입을 시도하는 경우로 근대성에서 전근대성으로의 회귀를 뜻한다. 이때의 고향은 자신과 같은 동일시의 대상으로 다가오므로 기저에 화해의 가능성이 내재되어 있다.

셋째 소통에의 욕망과 '어머니 정서'를 희구하는 귀향은 한이라는 정서적 매개가 서사의 모티프로 작용한다. 「그리운 조팝꽃」, 「된장」, 「감로탱화」, 「늙으신 어머니의 향기」는 외견상 '조팝꽃' '냄새' '콩' '감로탱화'라는 소재를 중심으로 서사가 전개되지만, 내적으로 사물에 새로운 의미를 부여하는 '의미화'를 통해 화해가 이루어진다.

넷째 현실적으로 귀향이 차단된 경우 귀향의 열망이 꿈으로 투사되기도 한다. 이때의 고향은 '심리적 공간'으로 확장되는데 꿈은 고향의 공간성을 확장해줌으로써 과거의 한으로부터 풀림에 이르도록 견인하는 역할을 한다.

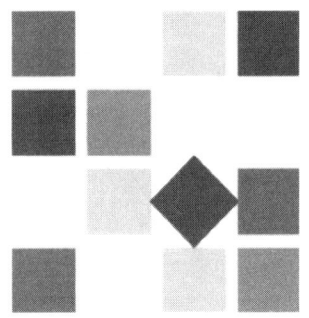

VI. 결론

결론

    본고가 설정한 목표는 문순태 소설에 드러나 있는 한과 그 극복양상에 대한 연구였다. 문순태 소설에서 한은 서사와 맞물려 다양한 양상으로 발현되며 그 양상은 풀림이라는 궁극적인 목표를 향해 변주된다.

    본고는 특히 한이 거의 모든 소설에 걸쳐 서사화의 질료로 활용되고 있다는 점에 주목, 문순태 소설을 전쟁소설, 귀향소설, 민중소설, 소통소설로 유형화하고 각기 그에 상응하는 텍스트를 선정 한의 제 양상의 측면과 재인식과 전이 그리고 해한에 이르는 과정을 분석하였다.

    이러한 전제 하에 Ⅱ장에서는 한의 유형과 서사화에 대한 개괄적인 접근을 하였다. 한은 크게 원한론, 민중적 한론, 복합적 한론, 한원론, 정한론으로 유형화가 가능하며 문순태 소설은 각기 전쟁 소설, 민중 및 귀향 소설, 역사 및 5·18관련 소설, 소통 소설로 분류가 가능하다.

2절에서는 한의 기능과 서사화의 전제 요건에 대해 논의하였다. '감정의 발효'로 지칭되는 삭임은 주체의 재인식 그리고 전이의 과정과 유사하다. 문순태 소설에서 한의 서사화는 '원인-형성-양상-재인식-전이-해한'이라는 일련의 연속성에 의해 이루어지는데 이는 서사가 '삶'이자 '인물과 플롯을 담아내는' 과정이라는 전제를 함의한다.

Ⅲ장에서는 한의 양상과 변주에 관한 부분에 초점을 두었다. 1절에서는 한이 크게 비극적 상황과 인간상실에 의한 외부적인 요인에 의해 형성되었다는 사실을 확인할 수 있었다.

2절에서는 한을 수용하는 인물의 방식과 태도에 따라 패배적 내면형, 의지적 지향형 그리고 내면형과 지향형이 혼재된 혼합형으로 세분화되었다. 패배적 감정이란 한의 어두운 측면이 내재된 경우를 말하는데 한을 초래한 외부적 근인을 해결하기보다는 그 문제를 도외시하거나 회피하려는 태도와 직결된다. 의지적 감정과 지향형은 다시 긍정적인 측면과 부정적인 측면으로 나눌 수 있었다. 긍정적인 측면이란 화해를 도모하는 것은 물론 선(善)에 의한 해한을 지향하는 태도를 일컫는다. 반면 부정적 측면이란 복수심, 증오와 같은 원망에 의한 원풀이를 말하는 바, 자살과 같은 패배주의적 행위와는 일정부분 구별이 되었다. 혼합형은 특히 전쟁, 분단과 관련된 소설에서 두드러지게 나타나고 있었다. 이는 주체들의 내면에 의지적 감정과 패배적 감정이 뒤섞여 있음을 의미하는데, 분단의 원인과 결과, 그리고 해결의 측면이 이분법적이지 않다는 의미와 일맥상통하였다.

3절에서는 한이 추동하는 서사적 기능 측면을 살펴보았다. 인물의 심리적 국면과 타자와의 갈등은 향후 서사적 상황을 인과적으로 연계한다. 5·18관련 소설, 소통 관련 소설, 역사 관련 소설에서 두드러지게 드러나는 심리적인 국면은 과거의 외적인 요인에서 연유하는데, 과거의 비극적 체험을 극복하기 위한 주체의 의지는 또 다른 서사적 계기로 작용함을 알 수 있었다. 또한 훼손되지 않는 과거의 시간으로 돌아가고자 하는 주체의 열망은 복원과 동일성의 희구로 집약되며 과거의 한이 현재에까지 이어지고 심화되는 현상은 향후 서사대상(사건)으로 연계되는 계기적 관계로 작용하였다.

Ⅳ장에서는 재인식과 전이를 통해 해한(解恨)과 승한(勝恨)으로 수렴되는 양상을 논구하였다. 재인식과 전이란 한을 객관적으로 바라보기 위한 과정인데 여기에는 탐색을 통한 방법과 여로를 통한 방법으로 나뉜다. 탐색은 주체가 타자와의 심리적인 거리를 좁혀나가는 과정에서 한의 실체를 재인식하게 되는 객관화 과정을 포괄한다. 여로를 통해서는 길떠남의 과정에 의해 한을 재인식하게 되는 방법과 타자의 심리적인 시간을 이해하고 긍정함으로써 한이 전이되는 양상이 포함되었다.

3절에서는 대물림을 차단하고자 하는 의지와 순환적 각성에 의해 도달하는 승화의 측면을 고찰하였다. 「달궁」, 「철쭉제」의 주인공들은 자신의 대에서 한의 대물림을 끊지 않으면 원한과 응징, 복수로 이어지는 죽음의 악순환이 지속되리라는 인식에 도달함으로써 화해의 경지에 이른 경우이다. 반면 「안개우는 소리」, 「깨어있는 낮잠」의 주인공들은 자신의 고통을 초극함으로써 승화의 과정에 돌입하였으며 「징소리」의 순덕과 「정읍사」 정녀는 현실의 비극을 죽음과 맞바꿈으로써 한을 초극하였다.

4절에서는 해한 이후까지를 상정하는 가치의 지향, 즉 풀림과 통합의 세계에 대한 관점을 논의하였다. 승한(勝恨)은 피학자의 한뿐 아니라 궁극적으로 가학자의 얽매임까지도 고려하는 보다 차원 높은 한풀이 방식이다. 「시간의 샘물」의 '각시샘', 『41년생 소년』의 '괘종시계', 「꿈꾸는 시계」의 '낡은 회중시계'는 주체의 승한의 가치가 투영된 상징물로 미래의 시간에 대한 긍정성을 부여한다. 한편 「늙으신 어머니의 향기」, 「그리운 조팝꽃」, 「된장」, 「울타리」의 작품은 모성적 가치관에 근거하는 생명과 소통의 세계를 지향한다. 이들 작품은 남성적 세계관에 의해 자행되어 왔던 근현대사의 비극과 파괴의 역사를 극복하고 치유하기 위한 전제조건이 생명주의와 타자와의 소통임을 역설한다.

VI장에서는 서사적 특징과 의미망을 논구하였다. 비극적 역동성은 토속적, 향토적 세계를 배경으로 하고 있거나 6·25를 배경으로 하고 있는 소설에서 두드러지게 나타나고 있었다. 피해자의 가해자에 대한 복수 행위는 어디까지나 '과정으로서의 한풀이', 즉 보복해야 할 행위 그 자체에 해당하는 것이지 '결과적인 한풀이'는 아니다. 그럼에도 불구하고 '과정으로서의 한풀이'는 이전의 사건과 이후에 발생하게 될 사건을 연계한다는 측면에서 비극적 역동성을 견인한다.

반면 시간의 흐름에 의한 순차적인 서사의 진행은 구도의 완결성을 견인하는 요인으로 작용한다. 소통 관련 소설이나 5·18관련 소설 그리고 역사를 배경으로 하는 소설은 주체의 여로가 시간의 연속에 의해 직조화가 이루어지고 있다는 점에서 서사성을 높이는 측면이 있다. 한편으로 순차성과 연속성에 근거한 '팽팽한 플롯'은 서사적 탄력을 떨어뜨리고 다의적인 해석의 가능성을 저해하는 측면도 있었다.

2절에서는 한이 출향과 귀향을 매개하고 다시 출향과 귀향이 이후의 서사대상을 연계시킨다는 점에서 중요한 서사적 장치라는 사실을 확인할 수 있었다. 출향과 귀향을 통해 매개되는 고향의 공간성은 시공간의 영역을 확장할 뿐 아니라 작가의 담론을 견인한다는 점에서 다의적인 해석을 가능하게 한다.

이상의 논의를 통해 종합해본 결과 문순태의 소설은 기본적으로 한이라는 정서에 수렴된다는 것과 한의 극복 과정이 일련의 서사적 양상에 의해 직조되고 있다는 사실을 확인할 수 있었다. 또한 문순태의 세계관은 비극적인 삶을 화해와 소통의 방향으로 견인하고자 하는 적극적이며 지향적인 인식에 기반하고 있다는 점도 확인할 수 있었다.

이상 본고에서 시도했던 논의들을 요약해 보았다. 연구와 논의 과정에서 한계가 있다는 점을 부인할 수 없다. 현대적인 관점에서 한이라는 연구 대상 자체가 다소 진부하지 않나 하는 우려 때문이었다. 또한 한이라는 틀에 얽매인 나머지 연구 범위에 있어 문순태 소설의 다양한 측면을 축소하지 않았나 하는 점도 있었다. 그리고 서술적 측면에서의 정치한 접근, 이를테면 인칭이나 시점, 거리, 음성, 화법과 같은 제 관계들에 대한 분석도 향후 연구 과제로 남겨둘 수밖에 없었다.

그럼에도 본 연구가 남도의 대표 작가인 문순태의 소설이 그의 문학적 성취에 비해 제대로 연구가 이루어지지 않은 상황에 비추어 향후 그의 문학을 좀더 폭넓고 깊게 논의하는 계기를 제공한다면 나름의 의의를 갖게 될 것이다.

참고문헌

1. 기본자료

1) 소설 작품

『고향으로 가는 바람』,「고향으로 가는 바람」,「淸夫婦」,「깨어있는 낮잠」, 도
　　　서출판 백제, 1979.

『흑산도 갈매기』, 도서출판 백제, 1979.

『달궁』, 문학세계사, 1982.

『인간의 벽』,「인간의 벽」, 도서출판 나남, 1984.

『오늘의 한국문학33인선』,「백제의 미소」,「어머니의 城」, 양우당, 1988.

『제3의 국경』,「철쭉제」,「제3의 국경」,「문신의 땅」1·2,「꿈꾸는 시계」, 예술
　　　문화사, 1993.

『느티나무 사랑』1-2권, 　열림원, 1997.

『시간의 샘물』,「꿈길」,「느티나무타기」,「정읍사」,「흰거위산을 찾아서」,「시
　　　간의 샘물」,「느티나무 아저씨」, 실천문학, 1997

『된장』,「된장」,「그리운 조팝꽃」, 이룸, 2002.

『41년생 소년』, 랜덤하우스 중앙, 2005.

『울타리』, 「늙으신 어머니의 향기」, 「감로탱화」, 「울타리」, 이룸, 2006.

『징소리』, 일송포켓북, 2006.

2) 산문집

『사랑하지 않는 죄』, 명문당, 1991.

『그늘속에서도 풀꽃은 핀다』, 도서출판 강, 1992.

『꿈』, 이룸, 2006.

2. 국내문헌

1) 단행본

고영석, 『자본주의 사회와 인간 욕망』, 문학동네, 2007.

공임순, 『우리 역사소설은 이론과 논쟁이 필요하다』, 책세상문고・우리시대,
　　　2000.

권택영, 『소설을 어떻게 볼 것인가』, 문예출판사, 1995.

김동리, 『문학과 인간』, 白民文化史, 1948.

김병욱 외, 『현대소설의 이론』, 예림기획, 1997.

김상욱, 『현대소설의 수사학적 담론 분석』, 푸른사상사, 2005.

김양선, 『허스토리의 문학』, 새미, 2003.

김열규, 『한맥원류』, 主友 간, 1981.

김용구, 『한국소설의 유형학적 연구』, 국학자료원, 1995.

김용민, 『생태문학』, 책세상, 2003.

김윤식·정호웅, 『한국소설사』, 예하, 1987.

김정남, 『한국 소설과 근대성 담론』, 국학자료원, 2003.

김정진, 『상징으로 소설 읽기』, 도서출판 박이정, 2002.

김천혜, 『소설구조의 이론』, 문학과지성사, 1990.

김춘섭 외, 『문학이론의 경계와 지평』, 한국문화사, 2004.

김형중, 『소설과 정신분석』, 푸른 사상, 2003.

나병철, 『근대서사와 탈식민주의』, 문예출판사, 2001.

나병철, 『소설과 서사문화』, 소명출판, 2006.

문순태, 『소설창작연습』, 태학사, 1998.

박영호, 『한국인의 원형적 사고』, 태학사, 2004.

박찬부, 『현대정신분석 비평』, 민음사, 1996.

박태상, 『한국문학과 죽음』, 문학과지성사, 1993.

송재영, 『우리시대의 作家研究最書』, 도서출판 은애, 1979.

송하춘, 이남호 편, 『1950년대 소설가들』, 나남, 1994.

신덕룡, 『생명시학의 전제』, 소명출판, 2002.

신윤상, 『한국문학의 정신분석』, 청록출판사, 1985.

양은창, 『한국 전후소설 구조론』, 웅동, 1999.

여홍상 엮음, 『바흐친과 문학이론』, 문학과 지성사, 1997.

오탁번·이남호, 『서사문학의 이해』, 고려대학교 출판부, 1999.

유임하, 『분단현실과 서사적 상상력』, 태학사, 1998.

유태영, 『현대소설론』, 국학자료원, 2001.

윤충의, 『한국문학의 직관과 상황 그리고 표현 기술』, 국학자료원, 2001.

이규태, 『한국인의 의식구조』, 신원문화사, 1983.

이동주,『그 두려운 영원에서』, 태창문화사, 1982.

이미란,『소설창작 12강』, 예림기획, 2003.

이석규,『텍스트 분석의 실제』, 도서출판 연락, 2003.

이은봉 외,『고향과 한의 미학-문순태의 소설세계』, 태학사, 2005.

이재선,『현대한국소설사 1945-1990』, 민음사, 1991.

이재선,『현대소설의 서사시학』, 학연사, 2002.

이진경 외,『들뢰즈와 문학기계』, 소명출판, 2002.

전기철,『한국 전후 문예비평 연구』, 도서출판 서울, 1992.

정재석,『한국 현대소설의 시간구조』, 새미.

차봉희,『수용미학』, 문학과 지성사, 1998.

김병욱 편·최상규 역,『현대소설의 이론』, 예림기획, 1997.

천이두,『한의 구조 연구』, 문학과지성사, 1993.

천이두,『한국문학과 한』, 이우출판사, 1985.

최시한,『소설의 해석과 교육』, 문학과 지성사, 2005.

한용환,『소설학 사전』, 문예출판사, 1999.

2) 논문 기타

권영민,「문순태와 恨의 歷史-대하소설『타오르는 강』」,『고향과 한의 미학-
　　　　문순태의 소설세계』, 태학사, 2005.

권영민,「이야기를 말하는 방식문제「인간의 벽」」,『문학사상』, 1984.9.

권택영,「「늙은 어머니의 향기」에 보내는 찬사」, (2004이상문학상 수상작품
　　　　집)『문학사상사』, 2004.

김광길,「소월시에 나타난 한의 양상」, 연세대 석사논문, 1983.

김동환, 「소설에서의 권력 언어의 문제-'철쭉제'에 나타난 권력 관계와 권력 언어」, 『고향과 한의 미학-문순태의 소설세계』, 태학사, 2005.

김병우, 「존재와 상황」, 한길사, 1982.

김병욱, 「언어 서사물에 있어서의 공간의 의미」, 『문학이론의 경계와 지평』, 한국문화사, 2004.

김복순, 「노동자의식의 낭만성과 비장미의 '저항의 시학'」, 『1970년대 문학연구』, 민족문학사연구소 현대문학분과, 소명출판, 2000.

김승찬, 「한의 개념」, 효원(26), 부산대학교, 1983.

김열규, 「원한과 신명사이, 「징소리」론」, 『주간조선』, 1980.11.

김열규, 「원한과 신명 사이-「징소리」」, 『고향과 한의 미학-문순태의 소설세계』, 태학사, 2005.

김열규, 「검은 원령(怨靈)의 한」, 『月刊東西文化』, 1978.8.

김우종, 「확고한 역사의식」, 『소설문학』, 1985.5.

김윤식, 「우리 소설의 표정-문순태의 물레방아 속으로」, 『문학사상사』, 1981.

김윤식, 「原罪·元體驗으로서의 6·25-「물레방아 속으로」」, 『고향과 한의 미학-문순태의 소설세계』, 태학사, 2005.

김인환, 「귀환의 의미-장편소설 「피아골」」, 『고향과 한의 미학-문순태의 소설세계』, 태학사, 2005.

김정자, 「'한'의 문체, 그 맥락의 오늘-황석영·이청준·문순태를 중심으로」, 『국어교육』57, 1986.

김정하, 「한국소설의 恨풀이 모티프와 주술적 연구-천승세 「신궁」의 은유체계를 중심으로」, 한국문학이론과 비평, 1998, vol.2.

김종은, 「소월의 病跡-한의 정신분석」, 『문학사상』20호, 1974.5.

김현곤, 「고향으로 가는 바람」서평, 『문학과지성』, 1978.

나정미, 「문순태의 「철쭉제」 연구」, 경남대 석사논문, 2004.

문석우, 「고향상실에 나타난 신화성-라스뿌찐의 『마쪼라의 이별』과 문순태의 『징소리』를 중심으로」, 『비교문학』30, 2003.

문순태, 「한국문학에 나타난 恨의 연구」, 숭실대 석사논문, 1982.

문순태, 「고향과 역사의 통한의 미학」, 『창작이란 무엇인가』, 도서출판 정민, 1990.

문순태, 「한이란 무엇인가」, 『민족과 문학』1권, 세종출판사, 1983.

박선경, 「'성'과 '성담론'을 통해 본, 삶의 내면과 이면-문순태의 전쟁테마 소설을 중심으로」, 『고향과 한의 미학-문순태의 소설세계』, 태학사, 2005.

박선경, 「'성(性)'과 '성담론(性談論)'을 통해 본 삶의 내면과 이면-문순태 소설의 전쟁모티브와 성폭력모티브를 조명하며-」, 『한국현대소설연구』, 2004.

박선경, 「여성 몸'과 '사랑 담론'의 역학관계-문순태 「황홀한 귀향」과 「물레방아 속으로」를 중심으로」, 『한국언어문학』53, 2004.

박 진, 「기억의 재구성과 역사의 서사화-장편소설 『41년생 소년』」, 『고향과 한의 미학-문순태의 소설세계』, 태학사, 2005.

박철화, 「빈자리, 혹은 과거와 현재의 공존-소설집 「된장」」, 『고향과 한의 미학-문순태의 소설세계』, 태학사, 2005.

배경열, 「문순태 소설의 원과 한의 역사, 「백제의 미소」작품론」, 『문학과 창작』, 2003.1.

서석준, 「철쭉제연구-용서와 화해의 길」, 『고황론집』, 1991.8.

서정주, 「소월 시에 있어서의 情恨의 처리」, 『현대문학』54호, 1959.

성현자, 「「징소리」의 이미지 考」, 『고향과 한의 미학-문순태의 소설세계』태학사, 2005.

송기섭, 「생산미학」, 『문학이론의 경계와 지평』, 한국문화사, 2004.

송기숙, 「견고한 의식과 뜨거운 애정」, 『창작과비평』여름, 1978.

송재일, 「비극적 한의 얽힘과 풀어내기-『철쭉祭』론」, 『고향과 한의 미학-문순태의 소설세계』태학사, 2005.

송하석, 「전후 35年의 恨 소설-중편소설「제3의 국경」」, 『고향과 한의 미학-문순태의 소설세계』, 태학사, 2005.

신덕룡, 「기억 혹은 복원으로서의 글쓰기」, 『고향과 한의 미학-문순태의 소설세계』, 태학사, 2005.

신덕룡, 「폭력의 시대와 1980년대 소설」, 『한국현대문학사』, 현대문학, 2005.

신덕룡, 「생명시의 성격과 시적 상상력」, 신덕룡 엮음, 『초록 생명의 길 Ⅱ』, 시와사람, 2001.

신동욱, 「시점과 소설미학」, 『문예비평론』, 고려원, 1984.

여홍상 엮음, 『바흐친과 문화 이론』, 문학과지성사, 1995.

염무웅, 「고향심의 세계-중편소설『물레방아 속으로』」, 『고향과 한의 미학-문순태의 소설세계』, 태학사, 2005.

유동준, 「불안의 해소와 문학」, 문예, 1953. 2.

이명재, 「민중소설의 새로운 가능성, 『타오르는 강』론」, 『소설문학』, 1985.2.

이동하, 「실향의식과 恨의 미학」, 『고향과 한의 미학-문순태의 소설 세계』, 이은봉 외 엮음, 태학사, 2005.

이동하, 「고통을 극복하는 길」, 『문학정신』, 1987.12.

이동하, 「실향의식과 '한'의 미학」, 『고향과 한의 미학-문순태의 소설세계』, 태학사, 2005.

이동하, 「고향찾기의 변모와 분단의 상처」, 『문학과비평』, 1988.겨울.

오세영, 「한의 논리와 그 역설적 의미」, 『문학사상』51호, 1976.12.

오세영, 「산업화와 인간상실-「징소리」」, 『고향과 한의 미학-문순태의 소설세계』, 태학사, 2005.

유은재, 「이문구 소설의 恨과 문체의 교감 연구」, 중앙대 석사논문, 2005.

유종호, 「한국의 파세틱스」, 『현대문학』72호, 1960년.

이미란, 「5·18의객관적 묘사,『그들의 새벽』」,『예향』, 광주일보사, 2000.6.

이보영, 「민중의 恨과 그 힘-문순태의 작품세계」, 『고향과 한의 미학-문순태의 소설세계』, 태학사, 2005.

이선미, 「박완서 소설의 서술성 연구」, 연세대 박사논문, 2001.

이선영, 「한승원 소설에 나타난 恨의 양상 연구」, 동아대학교 석사논문, 2001.

이어령, 「한(恨)과 怨」, 『한국인의 마음』, 동경, 學生社, 1985.

이재선, 「역사와 개인의 관계「비석」」, 『문학사상』, 1984.11.

이재선, 「풀이의 양면성」, 『소설문학』94호, 1987. 9.

이재선, 「전쟁체험과 1950년대 소설」, 『한국현대문학사』, 김윤식·김우종 외, 현대문학, 1989.

이중재, 「늙으신 어머니의 향기에 대하여」, 『문학과창작』, 2003.3.

임헌영, 「귀환의지와 해한의 미학-문순태론」, 『우리시대의 소설읽기』,1992.

임헌영, 「문순태의 작품 세계」, 『고향의 한과 미학-문순태의 소설세계』, 태학사, 2005.

이현이, 「박상륭 소설의 한 연구-우로보로스 상징을 중심으로-」, 경희대 석사논문, 2000.

이호림, 「서사의 신선함과 소설의 즐거움「나는 미행당하고 있다」」, 『문학창작』, 2001.8.

정현기, 「식민지 백성들 서로가 깨뜨린 도덕성」, 『현상과 인식』봄, 1985.

조남현, 「소설과 상징의 메카니즘-문순태 작「어머니의 城」」, 『현대문학』,

1984.7.

조남현, 「1970년대 소설의 몇 갈래」, 『한국현대문학사』, 김윤식·김우종 외, 현대문학, 1989.

최강민, 「속도의 질주, 창조와 파괴의 이중주」, 『비평, 90년대 문학을 묻다』, 여름언덕, 2005.

최성민, 「서사 텍스트의 구성 원리 연구」, 서강대 석사논문, 2001.

최창근, 「문순태 소설의 '탈향/귀향'서사 연구」, 전남대 석사논문, 2005.

하정일, 「산업화시대의 민족문학」, 『1970년대 문학연구』, 민족문학사연구소 현대문학분과, 소명출판, 2000.

한만수, 「시간, 그 무덤과 샘물 「시간의 새물」」, 『실천문학』봄, 1998.

황국명, 「주체적 삶과 형식적 서투름」, 『전망』, 1986.3.

황광수, 「과거의 재생과 현재적 삶의 완성, 『타오르는 강』론」, 『창작과비평』, 1983.

3. 국외 문헌

A. 르메르, 『자크 라캉』, 이미선 역, 문예출판사, 1994.

A. 멘딜로우, 『시간과 소설』, 최상규 역, 예림기획, 1998.

C. 콜부룩, 『질 들뢰즈』, 백민정 역, 태학사, 2004.

C. G. 융, 『인격과 전이』, 한국융연구원 C. G. 융저작 번역위원회, 솔출판사, 2004.

S. 채트먼, 『이야기와 담론』, 한용환 역, 고려원, 1991.

M. M. 바흐친, 「저자와 작품의 관계」, 『작가란 무엇인가』, 박인기 편역, 지식

산업사, 1997.

M. 엘리아데, 『신화·꿈·신비』, 강웅섭 역, 도서출판 숲, 2006.

G.루카치, 『소설의 이론』, 반성완 역, 심설당, 1985.

G. 루카치, 「서사시와 소설」, 『현대소설의 이론』, 김병욱 편, 최상규 역, 예림
　　기획, 1997.

G. 들뢰즈, 『의미의 논리』, 이정우 역, 한길사, 1999.

G 들뢰즈·F 가타리, 『천개의 고원』, 김재인 역, 새물결, 2001.

G. 리이코프. M. 존슨, 『삶으로서의 은유』, 노양진·나익주 역, 서광사, 1995.

G. 프랭스, 『서사학이란 무엇인가』, 최상규 역, 예림기획, 1999.

G. 프로이트, 『정신분석 강의』상, 임홍빈·홍혜경 역, 열린책들, 1997.

G. 프로이트, 『정신분석학의 근본 개념』, 윤희기·박찬부, 열린책들, 1997,

H. 메이어호프, 『문학과 시간의 만남』, 이종철 역, 자유사상사, 1994.

H. 메이어호프, 『문학과 시간현상학』, 金埈五 역, 심상사, 1979.

J. 칠더즈·G 헨치 엮음, 『현대문학·문화비평 용어 사전』, 황종연 역, 미 컬
　　럼비아대학 출판부 간행, 문학동네, 1999.

J. 피츠제럴드·R. 메레디트, 『소설작법』, 김경화 역, 청하 1982.

J. 슈람케, 『현대소설의 이론』, 원당희·박병화 역, 문예출판사, 1995.

K. 야스퍼스, 『비극론·인간론(외)』, 황문수 역, 범우사, 1975.

L. 골드망, 『소설 사회학을 위하여』, 조경숙 역, 청하, 1982.

M. 로베르, 『기원의 소설, 소설의 기원』, 김치수·이윤옥 역, 문학과지성사,
　　1999.

M. 발, 『서사란 무엇인가』, 한용환·강덕환역, 문예출판사, 1999.

M. 엘리아데, 『우주와 역사』, 정진홍 역, 현대사상사, 1976.

M. J. 툴란 『서사론』, 김병욱, 형설출판사, 1993.

N. 프라이, 『비평의 해부』, 임철규 역, 한길사, 2000.

N. 프라이, 『문학의 구조와 상상력』, 이석우 역, 집문당, 1987.

P. 고디베르, 『문화적인 것에서 신성한 것으로』, 장진영 역, 솔, 1993.

P. 르죈, 『자서전의 규약』, 문학과지성사, 1998.

P. 리쾨르, 『시간과 이야기』, 김한식·이경래, 문학과 지성사, 1999.

R. 웹스터, 『문학 이론 연구』, 라종혁 역, 도서출판 동인, 1999.

S. 채트먼, 『이야기와 담론』, 한용환 역, 고려원, 1991.

S. 코헨·L. 샤이어스, 『이야기하기의 이론』임병권·이호 역, 한나래, 1997.

T. 메춰·P. 스쫀디, 『헤겔미학입문』, 여균동·운미애 역, 종로서적, 1983.

T. 토도로프, 『산문의 시학』, 신동욱 역, 1992, 문예출판사.

V. 프롭, 『민담형태론』, 유영대 역, 새문사, 1987.

윌르레드 L. 궤린, 『문학비평입문』, 최재석 역, 한신문화사. 1998.

Interview

해한(解恨)의 세계를 넘어 소통의 세계로

작가 박성천과 함께

지난 2011년 11월에 순천대 국어교육과 최현주 교수님(남도문화연구소 소장)으로부터 어려운 부탁을 받았다. 작가와 함께 떠나는 문학기행을 실시하고 이를 바탕으로 웹 사이트 구축을 하는데, 문순태 선생님의 인터뷰 대담자로 동행을 해달라는 것이었다. 짐작컨대 내가 문학기행 동행자로 낙점된 것은 문순태 소설에 관한 박사논문을 쓴 당사자인데다 소설을 쓰는 후배 작가라는 사실 때문이 아닌가 추측이 되었다.

지금껏 소설 공부를 하면서 또는 박사 논문을 쓰면서 수차례 문순태 선생님을 만나 뵈었다. 물론 선생님 퇴직 이후에는 몇 차례 이런 저런 일로 무등산 자락에 위치한 작업실을 방문하기도 했다. 그러나 이번처럼 대학의 문학기행 사이트 구축이라는 특정한 목적을 수행하기 위해 방문한 것은 처음이었다. 그 때문이었을까. 소설의 배경이 되었던 공간을 선생님과 동행하면서 대담을 나눈다는 사실이 적잖은 부담으로 다가왔다. 그것은 선생님의 소설을 다른 사람보다 조금 많이 읽고 공부했다는 사실이 오히려 문학 세계를 조감하는데 있어 객관적 시각의 확보라는 기본적인 전제를 망각할 수도 있을지 모른다는 기우와, 형식이라는 틀에서 이야기를 나누다 보면 독자들이 알고 싶어 하는 '문학과 연관된 문학외적인' 부분은 다소 소홀해질지 모른다는 우려 때문이었다.

그러나 나는 이내 곧 최현주 교수님의 제안을 받아들였다. 아니 받아들일 수밖에 없었다. 그것은 지역 대학에서 생존 작가들을 대상으로 문학기행 웹사이트 구축 사업을 진행한다는 게 말처럼 쉽지 않은데, 순천대에서 이러한 일에 수년째 적잖은 공을 들이고 있다는 점과 나아가 문순태 선생님 생전에 문학과 관련된 자료를 영상으로 남겨둘 수 있다는 사실이 무엇보다 의미 있는 작업이라는 결론에 도달했던 것이다.

이 글은 지난 2월 초 순천대 남도문학기행팀과 문순태 선생님 생가 및 소설의 배경이 된 공간을 방문, 취재한 결과를 바탕으로 한 것임을 밝힌다.

박성천: 이곳으로 오면서 참 경치가 아름답고 한적한 산골 마을이라는 생각이 들었습니다. 앞으로 광주를 중심으로 무등산 자락이 펼쳐져 있고 좌우로는 담양과 화순이 접경지를 이루고 있어 지리적으로나 역사적으로 선생님의 작품에 적잖은 영향을

미쳤을 거라는 예상을 하게 됩니다. 이곳 담양 남면 생오지는 문순태 선생님이 태어난 고향이라고 알고 있습니다. 작가에게 고향의 의미는 무엇일까 궁금합니다.

문순태: 고향은 어머니 품과 같은 곳입니다. 어머니는 남평 문씨 9대 종손인 가난한 아버지에게 시집을 와 평생 가난하게 사셨던 분입니다. 아버지가 47세라는 젊은 나이에 세상을 뜬 이후로는 직접 생계를 책임지시고 아이들 교육을 시킬 만큼 강하고 부지런하셨죠. 어머니를 생각하면 대지를 떠올리게 됩니다. 생명을 움트게 하는 건강한 흙의 이미지가 느껴지니까요…. 예나 지금이나 이곳 생오지는 너무도 궁벽한 시골입니다. 오지 중에서도 오지라는 뜻인데 옛날에는 쌩오지라고 불리었죠. 그만큼 도회적인 때가 묻지 않는 순수한 서정을 간직하고 있는 마을이라는 뜻이죠.

박성천: 선생님의 작품에 고향을 소재로 한 소설이 많은 걸 보면 이곳 생오지에서의 유년 시절이 적잖은 영향을 끼쳤다는 의미이겠죠. 선생님에 관한 자료를 찾던 중 어머니에 관한 재미난 일화를 발견했습니다. 예전에 선생님께서 어느 문학상을 수상하고 기념으로 화분을 들고 집에 왔는데 어머니께서 어느 날 화분에 심어진 꽃을 죄다 뽑아 버리고 그곳에 고추를 심었다고 하던데요.

문순태: (웃음) 네 그런 일이 있었지요. 저의 어머니는 전형적인 농부이셨어요. 당신은 산과 들에 지천으로 피는 게 꽃인데 좋은

그릇에다까지 그런 걸 심을 필요가 있겠냐는 것이었죠. 가지
와 고추 농작물을 심으면 적으나마 소출이 있어 생계에도 도
움이 될 수 있다는 생각을 하셨던 거죠. 젊은 날 혼자 생계를
책임지실 만큼 억척스러운 면이 생활 습관으로 굳어지신 것
같은데, 그런 어머니를 보면서 저도 삶을 허투루 살아서는 안
되겠다는 생각을 했던 것 같습니다.

박성천: 선생님 말씀처럼 전형적인 농가에서 태어났는데 초등학교를
네 곳(담양군 남면남, 신안군 비금 중앙, 화순군 이서 서유, 광
주 학강), 대학교를 세 학교(전남대 철학과, 숭실대 기독교철
학과, 조선대 국문과)를 전전했습니다. 이런 노마드적인 삶과
선생님의 문학과는 어떤 연관이 있을까요?

문순태: 그러게 말입니다. 저의 유년은 끝없는 유랑의 시기였던 것 같
습니다. 가난과 전쟁으로 이곳저곳을 떠돌았으니까요. 유년
시절의 고독과 가난, 알 수 없는 미래에 대한 불안, 문학소년
특유의 우울함이 어린 시절을 지배했던 것 같습니다. 1951년
아버지는 몇 안 되는 땅마지기를 팔고 담양에서 광주로 나와
날품팔이와 좌판을 했고 저는 공장생활을 했습니다. 어머니
는 양동시장에서 떼온 과일을 팔았습니다. 더러는 생선 바구
니를 이고 장성, 화순, 곡성 등지를 오가며 팔러 다녔고 저는
어물값으로 받은 곡물을 받기 위해 어머니 뒤를 따라다녔죠.
그러다 상황이 여의치 않자 부모님은 다시 신안군 비금도로
일자리를 찾아 떠나게 되었습니다. 거기에서 염전 일을 하고

어물 등을 팔면서 근근이 살았습니다. 이후 1953년에 외가가 있는 화순으로 돌아와 오두막을 짓고 살았습니다. 그러다 아버지가 잡혀 돌아가시게 된 것입니다. 6·25때 북한군이 점령했던 기간 동네 일을 맡아 했는데 누군가 밀고를 했나봅니다. 고문 후유증으로 아버지는 47세라는 젊은 나이에 세상을 떠나셨어요. 돌아보면 유년시절의 가난과 초등학교 때 맞닥뜨린 6·25가 저의 삶을 한 곳에 정착하지 못하고 떠돌게 했던 것 같습니다. 인간의 삶이, 보잘 것 없는 풀꽃 같은 한 개인의 삶이 역사의 격랑에 의해 얼마나 가혹하게 휘말릴 수 있는 가를 깨달았던 시기니까요.

박성천: 『41년생 소년』에서 고향을 찾아가는 화자가 '링반델룽(ring-wanderung)'이라는 용어를 떠올립니다. 인생을 산다는 것은 결국 자신의 고향으로 돌아오기 위한 일련의 심리적 방황의 과정이라는 뜻이잖습니까. 제가 보기에 선생님의 삶도 이와 같다고 보는데 어떠십니까?

문순태: 일면 그럴 수도 있겠네요. 담양에서 살다 아버지를 따라 신안으로, 다시 공부를 하기 위해 광주로 그리고 대학에 입학해서는 서울과 광주를 오가며 공부를 했고 직장생활을 하면서는 기자라는 직업 때문에 전국방방곡곡을 다녔으니까요. 그러다 5·18때 해직되어 한동안 소설을 쓰다 순천대에서 잠시 교수생활을 했죠. 이후에는 전남일보 창간과 함께 편집국장으로 복귀하는 등 생각해보니 정말 여러 곳을 떠돌았습니다. 그리

고 이후 광주대학교 문예창작과에서 재직하다 정년퇴임을 하고 이곳 생오지로 들어왔으니까, 돌아보니 '링반델룽(ringwan-derung)'이라는 말의 의미가 실감이 나는 것 같습니다. 어떤 평론가가 '고향을 지키는 작가'라고 명명을 했던 데 엄밀히 말하면 고향을 그리워한 작가 내지는 고향을 짝사랑한 작가가 아니었나 싶습니다.

박성천: 선생님의 문학은 6·25가 가져다 준 참상에서 비롯되었던 것 같습니다. 그 이면에 드리워진 10대 종손이라는 무게와 한량 기질이 다분한 아버지의 생활적인 무능력이 겹쳐 선생님으로 하여금 문학적인 기질을 갖게 했던 것 같습니다···. 몇 년 전에 『41년생 소년』이라는 장편을 출간하셨는데 이 작품에서 선생님은 유년 시절에 대한 기억을 자전적 소설로 형상화 하셨습니다. 선생님의 유년 시절, 특히 6·25의 참상에 대한 당시의 경험이 이후 작가로 활동하는데 적잖은 영향을 끼쳤던 것 같습니다. 구체적으로 작가로서의 삶을 사는데 어떠한 영향을 끼쳤다고 보십니까?

문순태: 이곳으로 오면서 봤겠지만 내 고향은 무등산과 백아산의 중간지점에 위치해 있습니다. 6·25가 발발하자 대대적인 빨치산 토벌작전이 전개되었던 곳입니다. 이곳에서 너무나 많은 주검을 보았습니다. 그런데 그 죽은 자들은 하나같이 무지랭이들이었습니다. 배운 것 없고 가진 것 없는 말 그대로 흙만 파먹고 사는 순박한 농민들이 대부분이었으니까요. 그들이

왜 처참하게 죽어야 했는지 그리고 그 원혼들이 아무런 위무도 받지 못하고 차가운 땅에 묻혀야 했는지, 나로서는 받아들이기 힘들었습니다. 낮이면 국군과 경찰이 들어와 빨갱이를 찾기 위해 마을을 들쑤셨고 저녁이면 빨치산들이 식량을 얻기 위해 들어와 마을 사람들을 괴롭혔습니다. 나는 그때 생각했습니다. 내가 본 것, 내가 절망한 모든 것을 글로 쓰리라, 그래서 아무런 빛도 이름도 없이 죽어간 순박한 영혼들의 이야기를 쓰리라고 속으로 다짐을 했던 것 같습니다.

박성천: 당시의 상황이 지금도 생생하겠네요.

문순태: 한마디로 목불인경이었습니다. 무고한 생명들이 총에 맞아 죽고 불에 타죽고 낮에 찔려 죽고 했으니까요. 심지어 개가 시체를 물어뜯는 광경을 본 적도 있으니까요. 귀기가 스민 붉은 눈빛으로 주검을 파먹는 개를 보면서 이 같은 비극의 근원이 무엇인가 하는 생각을 했습니다. 도대체 역사란 무엇인가. 왜 무고한 양민이 희생양이 되어야 하는가 등등의 질문은 이후 작가가 된 뒤에도 끊임없는 자문을 하게 한 원인이었으니까요.

박성천: 「흰거위산을 찾아서」라는 소설을 보면 인물들의 최종 여행의 목적지가 백아산으로 나와 있습니다. 외적으로 드러난 여정의 귀착지는 백아산이지만 궁극적인 여로의 끝은 내면을 지향하고 있습니다. 선생님께서 작품속에서 구현하고자 했던 백아산의 상징적 의미는 무엇일까요?

문순태: 백아산(白鵝山)은 우리말로 흰거위산이라는 뜻입니다. 흰 백

(白), 거위 아(鵝)를 쓰니까요. 헌데 이 산이 아주 험준합니다. 바위 형상도 기묘할뿐더러 멀리서 보면 봉우리도 날렵하게 생겨 오르기가 쉽지 않으니까요. 6·25 당시에 이곳으로 피난을 많이 떠났던 건 그 이유 때문입니다. 마을 사람들 중에도 적지 않은 사람들이 소개(疏開)를 당해 이곳으로 숨어들었습니다. 백아산에만 가면 살 수 있을 거라는 희망 때문이었겠죠. 결국 백아산의 상징적 의미는 무엇이겠습니까? 모든 것을 넉넉하게 품어내는 평화, 공존 뭐, 그런 의미가 아니었을까요. 그런데 소설을 읽다 보면 알겠지만 주인공들은 결국 백아산에 가지 못하고 그 근처에서 길을 잃고 맙니다. 그곳에서 세상을 등진 채 살아가는 장우암이라는 노인을 만나는데 그 노인을 통해 진리를 깨닫게 됩니다. 노인은 좌도 우도 아닌 그리고 선악도 아닌 있는 그대로를 바라보고 받아들일 줄 아는 삶의 자세에 대해 이야기를 해줍니다.

박성천: 얼핏 소설 「철쭉제」가 떠오르네요. 「철쭉제」는 6·25를 배경으로 다룬 선생님의 소설 가운데 가장 많이 알려진 작품입니다. 붉은 철쭉제가 핀 지리산의 세석평전을 배경으로 펼쳐지는 박검사와 박판돌이라는 두 인물의 갈등을 아름답고 핍진하게 그리고 있습니다. 그 소설에서 선생님이 말하고 싶었던 바는 무엇일까요?

문순태: 이 소설에는 두 가계의 내력과 갈등이 내재되어 있습니다. 6·25 당시에 많은 지주계층이 머슴에 의해 죽임을 당하는 일

이 빈번하게 일어났습니다. 그 이면에는 선대에서 행한 악행이 원인이 된 경우가 많습니다. 판돌이가 박검사의 아버지를 죽이게 된 것도 그와 같은 연장선상에서 파악할 수 있습니다. 박검사는 자신의 아버지가 억울하게 머슴에 의해 죽임을 당했다고 생각했지만 판돌의 이야기를 듣고 나서는 조부에게서 비롯된 악행이 복수의 시발이었다는 사실을 알게 됩니다.

두 사람은 극적으로 화해하게 되고 박검사는 아버지의 유골을 양지바른 곳에 묻기로 결심합니다. 그러나 땅을 파자 많은 철쭉의 뿌리가 유골을 감싸고 있는 장면을 보게 됩니다. 철쭉은 땅 깊숙이 뿌리를 내리기 때문에 유골을 겹겹이 얽어매고 있었던 것이죠. 박검사 일행이 여러 장소를 물색했지만 결국 유골을 파냈던 그 자리에 다시 묻게 됩니다. 산등성이를 붉게 물들인 철쭉을 바라보며 두 인물이 정서적으로 교감했을 그 무엇이 바로 소설의 주제가 아닐까 싶습니다.

박성천: 저도 개인적으로 〈철쭉제〉라는 작품을 좋아합니다. 이 작품은 탄탄한 서사구조 그리고 깊이 있는 주제가 돋보일 뿐 아니라 지리산을 배경으로 6·25라는 전쟁의 비극을 화해와 용서라는 관점에서 풀어낸 명작이라고 생각합니다. 선생님에게 지리산과 남도는 어떠한 의미를 가지는지 그리고 그것의 역사성이 지향하는 바는 무엇이라고 보십니까?

문순태: 지리산은 근현대사의 아픔의 역사가 응축되어 있는 공간입니다. 알다시피 지리산은 예로부터 금강산, 한라산과 함께 삼신

산(三神山)의 하나로 민족적 숭앙을 받아 온 민족 신앙의 영
지였고 6·25때는 민족의 아픔을 말없이 바라본 민족의 산맥
이기도 했습니다. 또한 많은 예술가들은 지리산을 모티프로
삼아 저마다 각기 다양한 작품을 형상화했습니다. 저에게 지
리산은 남도인들의 은근한 성정과 기품 그리고 의로움에 대
한 분별과 지지가 투영된 상징적 공간이라고 생각됩니다.

박성천: 선생님의 첫 데뷔는 전남일보 신춘문예에 시가 당선되었던
광주고 3학년 때로 알고 있습니다. 당시에 조태일, 이성부, 송
기숙 선생등과 교우를 했던 걸로 알고 있습니다. 문학병을 앓
던 문학청년 시절의 이야기를 들려주시겠습니까?

문순태: 광주고에 입학했을 때 집에서는 저에 대한 기대가 많이 컷습
니다. 아버지는 여느 아버지들처럼 장남인 제가 공부를 열심
히 해 의사가 되든지 법대를 나와 판검사가 되길 바랐으니까
요. 담양에 있는 농토를 다 팔아버리고 광주로 나와 풀빵 장
사를 하며 뒷바라지를 할 정도로 기대를 많이 하셨습니다. 그
러나 저는 공부에는 별로 관심이 없었습니다. 세상의 출세나
돈벌이를 위한 공부는 경멸을 했으니까요. 친구인 이성부와
선생님도 모르게 학교 신문을 만들다가 발각돼 한달 정도 무
기정학을 당하기도 했습니다. 그 뿐 아니라 교내 시집을 펴냈
다가 출판 비를 몽땅 물어낼 만큼 무던히도 선생님 속을 썩였
던 것 같습니다. 그러나 그 시절을 후회하지는 않았습니다. 닥
치는 대로 책을 읽고 토론을 하고 진실을 사랑했습니다. 아마

그것이 우리의 문학적 자양분이 되지 않았나 싶습니다.

박성천: 생님은 1965년에 현대문학에 김현승 선생님 추천으로 시를 발표하셨습니다. 이렇듯 처음엔 시로 문단에 나왔지만 소설로는 다소 늦은 1974년 한국문학에 〈백제의 미소〉가 당선되면서였습니다. 왜 시로 먼저 문학의 길로 접어들게 되었는지 그리고 다시 소설로 전환을 하게 되었는지 그 이유가 있을 것 같습니다.

문순태: 그래요. 먼저 시부터 썼어요. 그러다 소설로 방향 전환을 하게 됩니다. 첫 직장생활을 1965년 전남매일에서 기자로 시작했습니다. 지금도 그렇지만 당시에도 기자 생활이 만만치 않아 온통 신문사 일에만 집중할 수밖에 없었습니다. 1973년쯤 독일대사관에서 어학코스 과정으로 뮌헨 대학교 괴테 연구소에 보내주었습니다. 한때 조대부고에서 독일어 교사를 했던 적이 있었는데 그게 계기가 되었던 거지요. 일 년 후에 귀국을 했는데 당시의 시대 상황이 생각했던 것보다 훨씬 더 절망적이었어요. 유신헌법이 그 무렵에 공표가 되었지 않나 싶어요. 사실상 기자 정신에 입각한 기사를 쓴다는 게 어려웠습니다. 불의한 시대에 시는 더더욱 쓸 수 없었습니다. 사회적 병폐와 모순이 만연한 상황에서 기사와 시는 저의 울분을 온전히 다 담아낼 수 없었습니다. 소설을 써야겠다는 생각을 했던 건 아마 그때부터였을 겁니다. 시로 다 할 수 없는 이야기, 기사로 다 드러낼 수 없는 이면의 이야기를 긴 글로 쓰기 시작했던

것이죠. 그렇게 해서 1974년 『한국문학』에 「백제의 미소」가 신인상에 당선되었습니다. 도자기를 만드는 백제의 유민들이 지배층의 착취로 유랑을 해야만 하는 핍절의 경험을 형상화 했던 것입니다.

박성천: 역사와 고향 그리고 전쟁체험이 선생님 소설의 한 축을 담당하고 있다면 또 한편으로는 광주 오월과 관련된 5·18 체험도 또다른 축을 담당하고 있다고 보입니다. 5·18 당시에 선생님은 신문사에서 해직되는 아픔을 겪습니다. 당시의 상황을 듣고 싶습니다.

문순태: 당시 광주의 상황은 절망적이었습니다. 계엄사에서 모든 보도 통제를 한 탓에 신문 발행은 제대로 이루어지지 않았습니다. 신군부는 자신들의 입맛에 맞는 기사만을 게재하도록 강제했습니다. 저희는 이런 기만적 술책에 저항하기 위해 신문 발행을 중단했습니다. 그런데 얼마 지나지 않아 신문사로 연락이 왔습니다. 수일 내로 발행을 재개하지 않으면 폐간을 하겠다는 통첩이었습니다. 별 수 없이 신문을 내기로 결정을 하고 편집회의를 했습니다. 1면에 도청 분수대 사진을 넣고 광주의 참상을 알리는 시를 싣기로 했던 것입니다. 그렇게 해서 김준태 시인의 그 유명한 「아아 광주여, 우리나라의 십자가여」가 탄생했습니다. 단 하루만에 쓴 150행 가량의 시를 보내왔지만 80%는 검열에 뭉텅 잘려나갔지만 원문은 그날 외신을 타고 세상 밖으로 나갔고 광주의 참상을 알리는 기폭제가 되

었습니다. 그 이후로 김준태 시인은 보안대로 끌려가 만신창이가 되도록 두들겨 맞았고 저 또한 그 일로 해직되는 아픔을 겪었던 거지요.

박성천: 참으로 가혹하고 힘든 시기였던 것 같습니다. 『그들의 새벽』, 『느티나무』, 「그리운 조팝꽃」에 이르기까지 오월 관련 소설은 일정한 성취를 거두었다고 보입니다. 그런데 선생님은 언젠가 『그들의 새벽』 출간 직후엔가 "오월에 대한 소설은 더 이상 쓰지 않기로 결심했다"라고 말씀하셨습니다. 나름의 이유가 있을 것 같습니다. 또한 앞으로 오월 문학이 나아가야 할 방향에 대해서도 평소에 갖고 계신 생각이 있을 것 같은데요.

문순태: 제가 오월 문제를 다룰 때 하게 되는 고민은 늘 이런 거였습니다. 과연 문학성을 우위로 할 것이냐 아니면 실체적 진실을 앞세울 것이냐. 아마 이런 고민은 제 나름의 부채감에서 비롯되지 않았나 싶어요. 당시에 저는 신문사 편집 부국장으로 매일 도청으로 출근했습니다. 운 좋게도 죽지 않고 살아남았는데 돌이켜보면 그 부채감을 갚으라는 뜻인 것 같습니다. 저의 내면에는 당시의 오월 체험을 그대로 기록하려는 의지가 강하게 작동하고 있었어요. 그렇잖습니까. 너무 가까이서 충격적인 현장을 목격하다 보니 그대로 기록하고자 하는 의지가 발동되었던 거지요. 원래 『그들의 새벽』이 세 권 분량이었는데 두 권으로 줄게 된 것도 그 때문입니다.

이와 같은 현상은 임철우나 송기숙 선생의 작품에서도 비슷

하게 드러나고 있습니다. 문학적인 요소보다 다큐적인 요소가 자주 등장한다는 뜻이지요. 체험의 기제가 강하게 작용하고 있다는 뜻입니다. 아마 더 이상 오월 관련 소설을 쓰지 않겠다고 한 건 이러한 이유 때문이지 않을까 싶네요. 그러나 우리 후배 작가들은 부채감이 없는 자유로운 상태에서 예술적으로 뛰어난 소설을 썼으면 하는 바람입니다. 실체적 진실을 내밀하게 드러내는 문학적 형상화가 다각적으로 이루어질 거라고 기대합니다.

박성천: 이제 선생님을 오늘의 작가로 있게 한 소설 「징소리」를 이야기해야 할 것 같네요. 일반적으로 평론가들은 선생님을 '고향과 한의 미학을 추구한 작가'라고 평가합니다. 그만큼 「징소리」는 한의 미학을 가장 탁월하게 형상화한 작품입니다. 교과서에 실릴 만큼 문학성도 뛰어나고 발표 그해 가장 많이 읽힌 소설들 중 하나로 꼽힐 정도로 독자들의 사랑을 받았던 작품입니다. 짐작컨대 징소리는 기자로서 선생님의 취재 능력이 유감없이 발휘된 작품이 아닐까 싶은 생각이 듭니다.

문순태: 소설은 발로 취재하고 엉덩이로 쓴다는 말이 있습니다. 그만큼 쓰고자 하는 소설에 대한 치밀한 취재가 선행되어야 좋은 소설을 쓸 수 있다는 말이겠죠. 맞습니다. 「징소리」는 기자적 감각이 낳은 작품이라고 해도 무방할 것입니다. 당시 어느 술자리에선가 수몰민에 대한 이야기를 들었습니다. 댐이 만들어지면서 도회지로 나온 사람들이 도시 빈민으로 전락한 채

절망적인 삶을 살아간다는 내용이었습니다. 당시에는 지금과 달리 보상비가 많지 않아 대다수가 제대로 된 주거지를 마련할 수 없었습니다. 또한 평생 농사를 짓던 사람들이라 마땅한 직업을 구하지 못해 일용노동자나 지게꾼이 되어 근근이 생계를 꾸려가야 했죠. 저는 그런 수몰민의 삶을 추적해, 그들의 아픔과 상실의 체험을 들었습니다. 그 과정에서 징을 치는 한 사내의 이야기를 듣고 그 사연을 소설로 쓴 것입니다. 도시로 나온 마을 주민들이 특정한 날짜를 정해 수몰지 부근에 모여 주기적으로 사물놀이를 했나 봅니다. 그런데 그날은 사내가 회사 사정으로 수몰마을에 가지 못하자 건물 옥상에 올라가 혼자서 징을 쳤다는 것입니다. 도심 한복판에 울려지는 아득한 징소리… 저는 허공 아스라이 사라지는 그 징소리를 통해 물 아래 잠긴 소담한 마을의 풍경과 정겨운 느티나무를 봤습니다.

박성천: 이동하는 징소리를 가리켜 "한의 문제, 샤머니즘의 문제, 향토성의 문제, 기교적 측면의 문제, 심정적 차원과 이성적 차원의 문제 등 다양한 측면의 관심의 대상으로 제기된" 작품이라고 평한 적이 있습니다. 궁극적으로 징소리에서 말씀하고 싶었던 것은 무엇인지요.

문순태: 70년대 급속한 도시화는 농촌의 붕괴와 아울러 고향에 대한 새로운 인식을 강제하게 됩니다. 고향에서 '뿌리뽑힌 자들'은 타향에서도 쉽게 뿌리를 내리지 못합니다. 도시로 이주했던

농민이 궁핍한 도시 생활을 이기지 못하고 돌아오는 귀향은 동일성의 희구와 복원이라는 측면에서 해석이 가능하지요. 타향에서의 비극적 체험을 경험한 이들은 도시라는 '외부'에서 고향이라는 '내부'로의 진입을 시도하게 됩니다. 근대성에서 전근대성으로의 회귀인데 이는 고향은 동일시의 대상으로 전이됨으로써 화해의 가능성을 담보하게 됩니다. 언젠가는 돌아가야 할 공간으로서의 고향이 귀향과 맞물려 회복해야 할 자신의 이미지로 투사된다는 것이지요.

박성천: 한마디로 고향은 다의적 공간으로서의 의미를 내재한다는 뜻이네요.

문순태: 그렇습니다. 본래적인 자아와의 만남에 대한 욕구를 견인하는 공간이죠. 즉 과거와 현재의 모습이 서로 다르지만 존재의 준거는 동일하다는 의미가 아닐까 싶습니다.

박성천: 사회 전반에 걸쳐 신자유주의 병폐가 날로 심각해지고 그로 인한 사회적 모순이 증대되고 있습니다. 비정규직 문제, 빈부 격차로 인한 양극화, 재벌횡포로 인한 중소기업의 생존문제, 도덕적 타락과 인간소외 등 많은 문제가 표출되고 있습니다. 이러한 문제는 21세기를 사는 많은 이들의 내면에 한(恨)을 낳게 하고 있습니다. 선생님이 생각하는 우리시대의 '한'을 해소하기 위한 방책은 무엇일까요.

문순태: 요즘 말로 하면 '루저' 정도라고나 할까요. 경쟁에서 탈락해 삶의 밑바닥으로 추락해버린 사람들이 많잖아요. '한'은 영어

로 'Han'으로 읽고 쓰는데 고유명사가 되었죠. 혹자는 한을 진부한 감정이라고 치부하지만 요즘에는 심리적 측면, 사회적 측면, 관계적 측면에서 바라봐야 하지 않을까 싶어요. 말 한 대로 작금의 시대는 변화의 진폭이 너무나 **빠릅니다**. 그러다 보니 속도위주 경쟁위주의 삶에서 뒤처지고 이로 인해 상실감을 경험한 이들이 많습니다. 이는 사회구조적인 문제에서 비롯된 측면이 큽니다. 변화와 속도로 대변되는 물질 만능 중심의 사고가 존재와 사유에 기반한 존재론적 삶의 양태로 바뀌지 않고는 갈수록 'Han'을 가속화하는 방향으로 나아갈 가능성이 높습니다. 이제는 성장 일변도의 신자유주의적 행태에서 벗어나 생명의식과 공동체적 가치 지향의 세계로 나아가야 한다고 봅니다.

박성천: 그러고 보니 요즘 들어 발표하신 선생님의 작품, 일테면 『된장』, 「그리운 조팝꽃」, 「울타리」, 이상문학상 특별상 수상작인 「늙으신 어머니의 향기」등과 같은 소설에는 생명의식과 공동체적 가치 지향의 정서가 내재되어 있는 것 같습니다. 저는 이를 '한 정서의 현대화'라는 측면에서 바라보고 싶습니다. 다시 말해 한을 새로운 소통의 차원으로 확장, 변주하고 있다는 생각이 드는데요.

문순태: 시골 출신인 제게 꽃이나 풀 그리고 나무는 너무도 자연스러운 생명체입니다. 굳이 생태주의라는 말을 하지 안 해도 우리 윗 세대들은 삶의 현장에서 몸소 그 정신을 실천해왔어요. 또

한 제가 굳이 작품 속에서 의도적으로 그것을 구현하지 않더라도 이미 그 밑바탕엔 자연친화적이면서도 생명주의 사상이 녹아들어 있다는 겁니다. 생태적 인식은 모성적 정서와 가치를 통해 세상을 바라보며 그것을 기반으로 타자와의 공존, 공생의 삶을 영위하는 정신과 일맥상통한다고 볼 수 있겠죠. 생명에 근거한 유기체적 가치의 공유와 지향만이 오늘날의 제 문제를 해결할 수 있는 대안이 아닐까 싶습니다.

박성천: 근래에 대하소설 『타오르는 강』을 개정 출판 준비 중에 있다고 들었습니다. 『타오르는 강』은 1886년 영산강을 젖줄로 살아가는 농민들이 부당한 세금으로 농토가 모두 궁토로 흡수된 데 대한 저항을 형상화한 대하소설입니다. 구체적으로 이 소설의 배경과 어떻게 소설 작업에 매달리게 되었는지를 말씀해 주십시오.

문순태: 『타오르는 강』의 배경은 영산강을 끼고 있는 나주 영산포입니다. 예전 기자생활 하는 당시에 취재 과정에서 알게 된 사실을 소설로 쓴 것이죠. 1975년 전남매일신문에 1년여에 걸쳐 「전라도 땅」이라는 제목으로 연재하다가 엄청난 자료에 섣불리 덤벼들었다가 중단하고 말았죠. 그러다 나중에 모 월간지와 신문에 연재했던 것을 다시 고쳐 게재했습니다. 이 소설 모티프는 나주 '궁삼면(宮三面)사건'에서 비롯되었습니다. 1886년부터 3년에 걸친 흉년으로 농사를 작파해버린 3개 면의 농민들이 걸식을 하며 떠돌다 돌아왔는데 엄청난 일이 벌

어져 있었습니다. 그동안 세금을 내지 않았다는 이유로 농민들이 일궈왔던 3개 면의 토지가 모두 궁토(宮土)로 흡수되어 버린 것입니다. 그들 가운데는 1886년에 노비 세습제가 폐지되자 어느 정도 자유로운 몸이 된 종 출신들이 많았습니다. 종의 굴레에서 벗어났지만 먹고 살기가 막막해진 그들은 영산강 유역으로 몰려들었던 거지요. 원래 영산포 일대는 큰 물이 많이 나 버려진 황무지가 많았습니다. 그들은 밤잠을 자지 않고 땅을 일굴 만큼 새로운 삶에 대한 열망으로 가득했어요. 그러나 지방 관속들과 힘께나 쓰는 양반들의 교묘한 핍탈은 여전히 종의 신분의 상태를 강제했던 거나 다름없었습니다. 거기에 무시로 찾아드는 수마와 일제 제국주의의 수탈은 그들로 하여금 더 이상 인내할 수 없는 지경에까지 이르게 했던 거지요. 농민들은 처음 소유하게 된 자신들의 땅을 빼앗으려는 간악한 무리들을 향해 분연히 일어선 거지요.

박성천: 일흔이 넘은 연세에 대하소설 개정 증보 작업에 매달린다는 게 건강상으로나 여러모로 힘들었을 것 같습니다. 이 작업을 하시게 된 동기랄까, 나름의 의미가 있을 것 같습니다.

문순태: 처음 『타오르는 강』을 쓸 때는 너무도 방대한 자료와 그리고 섣부른 의욕으로 제가 생각했던 의도를 충분히 반영하지 못했어요. 광주대학교 문창과에서 정년퇴직을 한 이후에 본격적으로 『타오르는 강』 개작에 매달렸습니다. 사실 건강상 이유로 작업하기가 힘들었습니다만, 다행히 소명출판사에서 기

존의 7권이었던 소설을 9권으로 증개작 했던 것을 출판하겠다는 연락이 왔습니다. 제게 『타오르는 강』은 오랫동안 미뤄두었던 그러나 반드시 해야만 하는 숙제와도 같은 것입니다. 영산강 변에 내몰려 황무지를 일구며 살았던 무수히 많은 민초들의 삶을 소설로 복원해내는 것은 지난한 역사의 한 페이지를 복원시키는 의미뿐만 아니라 어떠한 폭압과 수탈에도 꺾이지 않고 분연히 일어섰던 민초들의 삶을 증언하는 길이라고 생각합니다.

박성천: 요즘 보가 건설되고 새롭게 '단장된' 영산강을 보면 많은 생각이 들 것 같습니다.

문순태: 그러게요. 강은 단순한 물길이 아닙니다. 더 이상 개발과 효율의 논리로 침윤되어서는 안 됩니다. 영산강은 남도의 젖줄이지만 21세기의 영산강은 누대를 이어온 조상들의 숨결과 정신이, 현 세대와 미래의 세대가 교류하는 문화와 정보 그리고 소통의 물줄기가 되어야 합니다.

박성천: 선생님은 기자로, 작가로, 교수로 여러 영역에서 성공적인 삶을 사셨습니다. 다시 인생을 사신다 해도 이 세 가지의 길을 다 가고 싶습니까? 아니면 다른 길을 가고 싶습니까?

문순태: (웃음) 작가로만 살고 싶습니다. 좀더 치열하고 우직하게 소설을 쓰고 싶습니다.

박성천: 이제 인터뷰 말미로 들어선 것 같습니다. 저처럼 소설 창작의 길에 들어선 후배들에게 선배작가로서 당부하고 싶은 말씀이

있다면 해 주시기 바랍니다.

문순태: 젊은 세대들의 소설은 너무 미시적이고 도시적 삶의 양태에 빠져 있다는 생각이 듭니다. 거대 담론이 사라진 뒤 지나치게 일상에 매몰된 서사에만 관심을 기울이는 것 같아 조금 아쉽습니다. 어느 시대라도 소설은 시대와 역사를 바라보는 명징한 창이 되어야 한다고 봅니다. 요즘 시대에도 여전히 인권문제 더욱이 농어촌 문제는 아주 심각한 상황입니다. 작가들이 이런 문제들에 더 많은 관심을 가지고 진력을 기울여주었으면 합니다. 그렇다고 젊은 감수성과 정서를 외면하라는 뜻은 아닙니다. 우리 세대 작가들의 역사인식 그리고 풍부한 어휘력 등을 본받아 폭 넓은 소설 세계를 구축했으면 하는 바램입니다.

박성천: 마지막으로 선생님께 과연 소설은 무엇일까라는 질문을 드리고 싶습니다.

문순태: (…) 제게 소설은 구원입니다. 제 삶을 여기까지 인도했으니까요. 물론 종교적 의미의 구원을 의미하는 건 아닙니다. 무엇에도 간섭받거나 휘둘려서는 안 되는 그 자체로 생명력을 지닌 그 무엇이 아닐까 싶네요.

박성천: 그러시군요. 오늘 장시간 좋은 말씀 해주셔서 감사합니다. 후배 문학도들에게 유익한 얘기가 될 것 같다는 생각을 하게 됩니다. 앞으로도 선생님의 소설이 많은 독자들에게 오랫동안 사랑받기를 기대하며 건강하시길 바랍니다.

해한(解恨)의 세계
문순태 문학 연구

초판인쇄   2012년 04월 30일
초판발행   2012년 05월 11일

저   자 박성천
발 행 인 윤석현
발 행 처 박문사
등록번호 제2009-11호

우편주소 서울시 도봉구 창동 624-1 현대홈시티 102-1206
대표전화 (02) 992 / 3253
전   송 (02) 991 / 1285
홈페이지 http://www.jncbms.co.kr
전자우편 bakmunsa@daum.net
책임편집 이신

ISBN 978-89-94024-76-9 93810   정가 24,000원